pulp

mast

Rick DeMarinis, geboren 1934 in New York, lehrte über mehrere Dekaden an der University of Texas in El Paso, bevor es ihn nach Olympia, Washington verschlug. Er ist Autor von mehreren Romanen und Short-Story-Sammlungen und wurde 2000 mit dem Independent Book Publishers Award ausgezeichnet. Auch wenn ihm der große Durchbruch bislang nicht gelingen konnte, wird er doch von Kennern der US-Literaturszene als einer der wichtigsten zeitgenössischen Erzähler geschätzt.

Rick DeMarinis

Götterdämmerung in El Paso

pulp master

pulp master
Band 31

Erschienen bei PULP MASTER, Berlin

Deutsche Erstausgabe
Erste Auflage 2012

Titel des amerikanischen Originals:
Virgins in the Woodwork

Herausgegeben von Frank Nowatzki
Übersetzt aus dem Amerikanischen
von Ango Laina und Angelika Müller
Redaktion: Ute Nowatzki
Cover: 4000
Umschlaggestaltung und Layout: MM-Grafomat
Druck und Verarbeitung: NØRHAVEN, DK-Viborg

ISBN 978-3-927734-44-9

Bibliografische Information der Deutschen Bibliothek.
Die Deutsche Bibliothek verzeichnet diese Publikation in der Deutschen Nationalbibliografie; detaillierte bibliografische Daten sind im Internet über http://dnb.ddb.de abrufbar.

www.pulpmaster.de

1

Man konnte einen Luther Penrose nicht eben mal so »verschlingen«. Warum sollte man auch? Luthers Romane begannen allesamt mit einem Wetterbericht für ein Disneyland der düsteren Art. Mein persönlicher Spitzenreiter: *Der vergrauten Unterwäsche von Göttern gleich verhüllten imposante Wolken die karneolfarbenen Hüften der sonst so zauberhaften Berge Calexicos.* Alles mit Bedacht gewählt und man musste Wort für Wort lesen, um richtig was davon zu haben. Das aktuelle Werk hatte seine ganz eigene Nuance in Sachen atmosphärischer Schattenseiten des Magic-Kingdom-Vergnügungsparks: *Ein wisperndes Gespinst silbrig schimmernden Nebels verschleierte den Schwarzwald und erstickte die neugeborene Sonne in ihrer aufwärtsschwebenden Sternenwiege.* Luther zeigte mir stets das Manuskript, an dem er gerade arbeitete. Er wollte meine Meinung hören, aus welchem Grunde auch immer.

Unsere Freundschaft hatte sich so ergeben, befördert durch Zeit und Raum und durch ein launenhaftes Schicksal. Wir hatten gemeinsam die Schule absolviert, alle zwölf Klassen, und nach ein paar verplemperten Jahren, die geprägt gewesen waren von der Frage, was anfangen mit dem Rest des Lebens, waren wir in die Armee eingetreten, wie zwei Typen auf der Flucht, was wir irgendwie auch gewesen waren – auf der Flucht vor einer langweiligen, stinknormalen Zukunft, die am Horizont dräute.

Seinerzeit auf der Highschool war Luther gescheiter gewesen, als ihm hätte lieb sein können. Im Unterricht wusste er stets die Antwort und meldete sich in großspuriger Manier viel zu häufig, was ihm die falsche Aufmerksamkeit sicherte. In der Grundschule ein Star, bewundert von Lehrern und Schülern gleichermaßen, brachte er sich auf der Highschool mit seiner Frühreife in Gefahr. Das Spielfeld roch jetzt nach Testosteron. Luther war zwar groß, aber weder stark noch athletisch – also leichte Beute für Rowdys, die Schlauberger mitsamt ihrem Hang zu vorschnellen Antworten auf ihrer Liste hatten.

Ich wurde – weil es sich wieder so ergab – Luthers Beschützer und als solcher in ein Dutzend Prügeleien verwickelt.

Wenn ich gewann, triumphierte er. Wenn ich verlor, wurde er paranoid und orientierungslos, als wäre die letzte Bastion zwischen ihm und dem Untergang gefallen.

Nach Lage der Dinge hatten wir also eine gemeinsame Geschichte und das war schon was. Mir war ziemlich früh klar geworden, dass er sich gedanklich in anderen Bahnen bewegte. Die Armee habe ihn verändert, behauptete er. Natürlich hatte sie das. Sie hatte mich verändert. Sie hatte alle verändert, die dabei gewesen waren.

Ich hatte fünfzig Seiten des Manuskripts von *Der Entfesselte Parsifal* gelesen, jede einzelne strotzend vor Gleichnissen und Metaphern, die in etwa so bekömmlich waren wie verschnörkeltes Schmiedeeisen. Luther war ein Schriftsteller, der dick auftrug, und wie die meisten dieser Schriftsteller war er davon überzeugt, dass sein Werk visionär sei. (»Talent«, hatte er einmal gesagt, »besteht in der Gabe, den Nebel aus Ereignissen und Entwicklungen zu durchdringen, um die verborgenen Wahrheiten zu entdecken, die eben diese Ereignisse und Entwicklungen in Gang setzen. Als Vehikel für diese Suche bedarf es einer erhabenen Prosa von gewisser Würde.«) Luther litt nie unter einem Mangel an Selbstgefälligkeit.

Ich gab ihm die fünfzig mit Eselsohren verunzierten

Seiten zurück. »Nicht sonderlich sexy für einen Liebesroman, Luther«, sagte ich, wohl wissend, wie immun er gegen jede Kritik war.

»Es ist kein Liebesroman, J.P. Es ist ein historischer Bildungsroman, basierend auf wenig bekannten Fakten im Zusammenhang mit den familiären, spirituellen und politischen Erfahrungen des Protagonisten Wagner.«

»Honus Wagner? The Flying Dutchman? Shortstop der Pittsburgh Pirates und Mitglied der Hall of Fame?«

»Nein, Klugscheißer. Richard Wagner vom Ring der Nibelungen.«

»Klingt ungeheuer romantisch«, sagte ich.

Luther – einsfünfundachtzig groß, Gewicht: hundertfünfzig Kilo – quälte sich aus seinem Lehnsessel. Gretchen, seine fünfzehn Kilo schwere Manx-Katze, sprang mit theatralischem Gejaule von seinem Schoß.

»Du gibst der Katze zu viel zu fressen«, bemerkte ich.

»Jetzt bist du also Tierarzt und Literaturkritiker in einem?«

»Ich weise nur auf Offensichtliches hin«, erwiderte ich.

»Das ist typisch für dich, J.P. Du meinst, alles sei offensichtlich. Dein Realitätsbegriff ist ziemlich eingeschränkt. Es gibt mehr Dinge im Himmel und auf Erden, als deine Schulweisheit sich träumt, mein Freund.«

»Walt Disney?«, fragte ich.

»Shakespeare, du Depp. Du solltest irgendwann einmal versuchen, die Klassiker zu lesen, um dein Denkvermögen zu steigern. Die Belohnung dafür ist über alle Maßen zufriedenstellend.«

»Ich lese deine Sachen, Luther.«

»Nicht sehr aufmerksam, wie mir scheint. Hol dir ein Bier.«

In seinem Kühlschrank stand viel Bier und wenig anderes. Ich schnappte mir einen Sechserpack und ging damit zurück ins Wohnzimmer, wo ich Zeuge wurde, wie Luther mit der Behutsamkeit eines Neurochirurgen beim Entfernen eines Hirntumors eine Schallplatte aus ihrer Hülle nahm, *Götterdämmerung,* aufgenommen 1958 in der Metropolitan Opera. Er legte die Platte auf seinen geliebten 1963er Marantz und richtete den ausbalancierten Tonarm so aus, dass der Diamant das gerillte Vinyl mit dem Druck einer Eiderdaune berührte.

Luther war kein Anhänger moderner Technologie. Er schrieb seine Romane auf einer kompakten Underwood Standard von 1926, einer schwarz glänzenden Schreibmaschine, die einer zwölf Meter langen Slup als Anker hätte dienen können, und in seiner Musiksammlung gab es nur Vinylscheiben.

»Danke, ich bleibe bei der analogen Tonwiedergabe«, hatte er einmal zu mir gesagt. »Die digitale Aufzeichnung entstellt das Gefüge der diatonischen Tonleiter. Den meisten Menschen fällt es nicht auf, aber mein Gehör ist hypersensibel. Ich erkenne diese minimalen intradigitalen Auslassungen. Das ist eine meiner Anlagen.«

Er besaß noch andere Anlagen. So reagierte er ebenso hypersensibel auf alle Spielereien der Mikrochip-Technologie. Auf Mobiltelefone, Palm Pilots, iPods und i-Phones, Digitalkameras und Navigationssysteme (»Was zum Teufel ist so schlecht am McNally Road Atlas?«) antwortete er mit dem Zorn eines verschrobenen Maschinenstürmers. Diese Geräte seien der Beweis, dass die Welt von satanischen Kräften übernommen worden sei, deren Lakaien, verhärmte Nerds, sich eines Technosprechs bedienten, den niemand verstehe.

»Unter dem Vorwand der Terrorismusbekämpfung will man uns miteinander verdrahten«, behauptete er, »uns sozusagen an die Leine legen und per Knopfdruck beherrschen. Irgendwann kannst du dich nicht mehr entleeren, ohne dass das Ergebnis durch Homeland Security umgehend auf Rückstände von Baba Ghannuoj und anderen Lieblingsspeisen Osamas untersucht wird. Die Japaner haben bereits mit Mikrochips versehene Funktoiletten, die in der Lage sind, anomale Darmtätigkeiten an eine zentrale medizinische Behörde weiterzuleiten, die per Gesetz ermächtigt ist, deine Diät und deine Medikation zu ändern. Rückstände illegaler Substanzen in der Kloschüssel? Du hörst Interpol an deine Tür klopfen, noch bevor du die Hosen hoch hast.«

Luthers kreatives paranoides Denken tendierte dazu, außer Kontrolle zu geraten. Er rauchte Unmengen von pantopongetränktem Gras, um seinen schöpferischen Verstand zu beruhigen und auf bestimmte Dinge zu konzentrieren. Er hielt sich für einen Pionier des medizinischen Gebrauchs von Marihuana.

Die dramatischen Soprane kreischten und die kräftigen Männerstimmen bellten. Das Haus erzitterte unter der Wucht analog wiedergegebener High-Fidelity-Donnerschläge.

Ich musste daran denken, was einst Mark Twain über Wagner gesagt haben soll: »Wagners Musik ist besser, als sie klingt.«

Luther, der sich inzwischen wieder in seinem Sessel fläzte, hatte unsere Unterhaltung auf Eis gelegt. Mit verklärtem, auf die mit Mythen behaftete Vergangenheit gerichtetem Blick summte er die Melodie vor sich hin.

Zugleich ließ er seine dicken Finger im Takt Wagner'scher Opulenz auf der mit Leder bezogenen Sessellehne tanzen.

Irgendwann holte er eine Kiste Zigarren und eine Dose mit Utensilien unter dem Sessel hervor. Es waren teure Zigarren, Arturo Fuente Hemingways. Er ließ seine Nase an einer entlanggleiten, schnupperte und beschnitt die Zigarre mit einem Zigarrenschneider; anschließend bohrte er mit einem Federmesser eine Höhlung hinein. In die nunmehr geschändete Zigarre wurde Sinsemilla gestopft, jungfräuliche Blüten mit hohem THC-Gehalt, auf der Hochebene von Chihuahua gezüchtet und tagtäglich per LKW in die Stadt verfrachtet. Die Cops nannten es das »Milchmann-Prinzip«. Symbolische Razzien, die zuweilen an der Grenzstation durchgeführt wurden, hielten alle bei Laune. Luther bezeichnete diesen dunklen Zeppelin als seinen »Superjoint«.

Er paffte kräftig und eindrucksvoll und behielt den Rauch im Mund, bevor er ihn langsam wieder entließ. Auf seinem Gesicht zeigte sich ein Grinsen der Befriedigung. Ein paar Kringel seines gelockten blonden Haares klebten an seiner Stirn: Er sah aus wie ein hedonistischer Römer, der sich nach einem Besuch der *latrina* erfrischt fühlte.

»Hui, scheiße, ist das gut«, sagte er.

»Verdammt gut«, fügte er hinzu und schnappte ein wenig nach Luft.

Er bot mir keinen Zug an, was mir sehr gelegen kam. Als ich vor zehn Jahren das letzte Mal *la mota* geraucht hatte, war ich mit dem Auto in einem tiefen Bewässerungsgraben gelandet und wäre beinahe ertrunken.

Luther paffte den aufgepeppten Stumpen mit der Gleichgültigkeit des reichen Mannes gegenüber Verschwendung. Diese Form von Gleichgültigkeit brachte er vielen Dingen entgegen.

Die Musik bewegte sich furios auf ihren Höhepunkt aus Blitz und Donnerschlag zu. Vor meinem geistigen Auge sah ich das irre Bild einer Gruppe Nashörner, die es in einem Teehaus miteinander trieben. Thors Hammer fiel – oder Wotans? –, die Wände des Teehauses stürzten ein und die Nashörner polterten in die nichts ahnende Umgebung.

Luther begleitete das Heulen der Soprane mit seiner rauen Stimme, die lediglich über einen unsicheren Ton verfügte. Das war kein Singen, das war inspiriertes Bellen.

Das ging eine Zeit lang so weiter. Ich nahm mir eine Zeitschrift. »Haben Grenzen eine Bedeutung?«, lautete der Titel eines Artikels. Der Autor war sich dessen nicht sicher. Untertitel: »Eine willkürlich gezogene Linie im Sand.« Ein Foto von dunkelhäutigen Männern mit Strohhüten ergänzte den Beitrag. Die Männer waren in Handschellen und wurden von USCIS-Agenten (ehedem INS, egal, auf jeden Fall Agenten von *la migra*) in einen Bus verfrachtet. Das Foto war wenig schmeichelhaft für die USCIS-Leute: Sie sahen aus wie dickbäuchige SA-Männer, die sich vor den kleinen dunkelhäutigen Männern aufbauten, die in Gewahrsam genommen werden sollten.

Luther hatte mich früher am Tag angerufen: »Mein Leben ist ein heilloses Durcheinander, J.P. Hilf mir, die Dinge wieder ins Lot zu bringen, okay, Kumpel?«

»Man könnte dein Leben durchaus als privilegiert bezeichnen«, hatte ich daraufhin erwidert.

»Gerade jetzt brauchte ich dein Mitgefühl, J.P.«, sagte er. »Sarkasmus hilft mir nicht weiter. Bitte, komm her.«

Als ich das dritte Bier intus hatte, war Luthers Stimmung im Keller. Die Musik hatte ihre Wirkung auf ihn eingebüßt. Seine von Sinsemilla gesponserte Reise in die Wagner'sche Welt der Mythen war zu Ende. Unter unverständlichem Gemurmel zerdrückte er den Stummel in einem Aschenbecher. Alfredo Fuente Hemingways kosteten etwa zweihundert Dollar die Kiste, doch Luther behandelte sie wie mexikanische Zigaretten.

Er stand ächzend von seinem Sessel auf. »Lass uns hier verschwinden, J.P.«, sagte er, hob den Tonarm und entfernte den Diamanten aus dem Vinyl-Walhall. Er steckte die Platte zurück in die Hülle. »Ich muss mit dir über eine ernste Angelegenheit sprechen.«

»Geht es um den Roman über Honus Wagner? Um den Helden mit einem Schlagdurchschnitt von .327? Der sogar in der Deadball-Ära über hundert Homeruns schlug?«

»Richard Wagner, gottverdammt! Und nein, es geht nicht um den Roman. Ich habe dich gebeten, herzukommen, weil mein Leben im Arsch ist.«

Wir fuhren zu Sergio's, in Luthers restauriertem 1941er Packard Clipper, einem Juwel in Eierschalengelb mit makellosen Chromteilen und breiten Weißwandreifen. Niemals würde Luther einen Wagen fahren, der nach 1970 gefertigt worden war. Er besaß noch einen 1951er Hudson Hornet, einen 1946er Studebaker Champion und das erste echte Muscle-Car, einen 1964er GTO, entwickelt von John DeLorean. Alle liefen perfekt, auch ohne Hilfe von Mikrochips. Luther kaufte die Autos von Restauratoren, die Preise nahmen, für die man einen neuen Mercedes hätte bekommen können.

Sergio's war eine Taqueria an der Montana Avenue, direkt hinter dem Fiesta, einem Autokino für Triple-X-Pornos. Luther mochte Sergio's wegen seines Retro-Stils – kein Fernseher, kein nerviges Neonlicht und alle Speisen wurden in reinem Schmalz gebraten. Sergio hatte noch nie etwas von Trans-Fetten oder Cholesterin gehört. Abgesehen von ein paar abgeschlafften Transvestiten war der Laden leer.

»Ich werde sie verlassen«, sagte Luther. »Sie lässt mir keine andere Wahl.«

»Wer lässt dir keine andere Wahl?«

»Herrgott noch mal, Mann! Wer wohl? Wen verlässt man, wenn man sagt, man verlässt jemanden?«

»Carla? Du willst die einzige Frau auf diesem Planeten verlassen, die es mit dir aushält?«

»Das genau waren meine Worte, oder?«

»Das wäre ein Riesenfehler, alter Junge.«

Carla, Dozentin für Lateinamerikanische Studien beim hiesigen Ableger der Universität von Texas, war schlichtweg beeindruckend – klug, voller Idealismus, eine leidenschaftliche Aktivistin, die sich ehrenamtlich für die Belange mexikanischer Illegaler einsetzte, die, nachdem sie den Rio Grande überquert hatten, geschnappt worden waren. Sie stand kurz vor dem Abschluss ihrer Promotion und hatte Aussicht auf eine Festanstellung an ihrem Institut. Dennoch war sie ein Mensch mit Bodenhaftung. Sie hatte Spaß an den Vergnügen der einfachen

Leute und sprach deren Sprache. Carla war eine Aristokratin mit Schwielen an den Händen.

Gemessen am gängigen Schönheitsideal, war sie nicht schön, nicht einmal hübsch. Vielleicht lag es an ihrem Gesichtsausdruck: immer ernst, immer konzentriert, immer im Dienst der Sache. Ihr Blick war nicht auffordernd, sondern herausfordernd. Sie konnte moralische Postulate formulieren, ohne ein Wort zu sagen.

Sie blieb im Gedächtnis haften. Und sie war, seltsamerweise, begehrenswert. Eigentlich würde man sie kein zweites Mal anschauen. Tat man es dennoch, ertappte man sich am nächsten Tag dabei, wie man an sie dachte, wenn man sich und seiner aufgestauten Libido Erleichterung verschaffte. Ich denke, dass sie diese Wirkung auf eine Menge Männer hatte, die meinten, ihre Leidenschaft in politischen Dingen sei etwas, was sich mir nichts, dir nichts aufs Bett übertragen lasse. Sie hatte einen Heiligenschein verdient dafür, dass sie Luther so lange ertragen hatte. Wie sie überhaupt mit ihm zusammengekommen war, zählt zu den wundersamen Geheimnissen des Lebens.

»Sie vögelt mit irgendeinem Schwein, dem unsere Beziehung vollkommen egal ist«, sagte Luther. Sein feistes, faltenloses Gesicht verdüsterte sich angesichts der Ungerechtigkeiten, die zu seinem Los geworden waren. Er sah aus wie ein bockiges Kind.

Vor sechzehn Jahren hatte man ihn aus der Armee geworfen, weil er einen Lieutenant Colonel beleidigt hatte, mitten in der saudischen Wüste. »Sieg Heil, mein Herr!«, hatte er zu dem Offizier gesagt und den Arm zu einem forschen Hitler-Gruß gehoben. Dabei hatte er zu dicht vor dem Offizier gestanden und ihm mit seinem zackigen »Sieg Heil« die Mütze vom Kopf geholt. Der Lieutenant Colonel hatte ihm befohlen, sich zwecks Milzbrand-Impfung im Sanizelt zu melden, was Luther verweigerte. Dieser Kokolores brachte ihm vor dem Militärgericht eine Verurteilung nach Artikel 15 ein plus Aufenthalt im Militärgefängnis. Als er die notwendige Impfung weiterhin verweigerte, bekam Luther noch mehr aufgebrummt und wurde anschließend wegen schlechter Führung entlassen, was man jedoch zu einem »Section 8« herabstufte. »Section 8« war gerechtfertigt: Luthers Psyche war mehr als nur ein wenig instabil. Sie schickten ihn als behandlungsbedürftigen Zombie zurück in die Heimat. Nachdem er, die »Section-8«-Papiere in der Hand, das Walter-Reed-Militärhospital verlassen durfte, schloss er sich jeder Antikriegsgruppe an, die er finden konnte. Seine Art, es der Armee heimzuzahlen.

Er lebte auf dem Anwesen seines verstorbenen Vaters, in einem alten Haus mit zwölf Zimmern und Wasserspeiern in den Säulen des Portikus. Durch Vernachlässigung war das Haus dem Verfall anheimgegeben und der Garten der Natur überlassen worden. Für die Kinder aus der Nachbarschaft war es ein Spukhaus, in dem ein Geist wohnte. So ganz falsch lagen sie damit nicht. Tagtäglich rannten sie auf ihrem Schulweg an Luthers Haus vorbei, voller Grusel vor den eingebildeten Gespenstern.

Bisweilen unternahm Luther den Versuch, das alte Anwesen auf Vordermann zu bringen. In Reithosen, mit Tropenhelm und Gummistiefeln, dazu eine Reitpeitsche, die er wichtigtuerisch auf seiner Handfläche tanzen ließ, gab Luther den *padrón* gegenüber armen Schluckern aus Mexiko, die in der Hoffnung auf ein wenig Lohn den

Fluss überquert hatten – eine Rolle, in der sich Luther sehr gefiel, zu sehr. Er bewaffnete die Mexikaner mit Rasenmähern, Hacken und Rechen und jagte sie in das Dickicht aus Besenkorn und breitblättrigem Unkraut vor seinem Haus. Bei Sonnenuntergang drückte er jedem zehn Dollar in die Hand. War Carla da, sorgte sie dafür, dass die Männer zu essen bekamen und Luther ihnen das Doppelte zahlte.

»Carla ist treu wie Gold«, sagte ich. »Sie betrügt dich auf keinen Fall, Luther.«

»Du weißt nicht, wovon du sprichst. Du hast überhaupt keine Ahnung.«

Einleuchtend war es schon. Angesichts seiner momentanen Verfassung konnte ich mir nicht vorstellen, dass es eine Frau länger als ein Jahr mit ihm aushielte. Carla, die noch dazu zehn Jahre jünger war als Luther, hatte fast acht Jahre durchgehalten. Hätte sie jetzt eine Affäre, wäre das längst überfällig.

»Worüber willst du dann reden?«, fragte ich. »Offensichtlich hast du dich bereits entschieden.«

»Das ist nicht so einfach. Eine Scheidung ist für mich keine Kleinigkeit. Wie du weißt, wurde ich katholisch erzogen. Bevor ich aktiv werde, gibt es noch eine Menge zu bedenken. Das kannst du doch verstehen, oder?«

»Ich glaube schon.«

»Du glaubst schon?! Mach aus meinen Problemen keine Bagatelle, J.P. Ich habe den Kopf voll. Ich würde es begrüßen, wenn du das verstehst – sofern das überhaupt möglich ist.«

Luther nahm sich selbst sehr ernst. Er betrachtete das als legitim, seit er endlich einen Roman veröffentlicht hatte und somit ein seriöser Autor war. Das Foto auf der

Rückseite des Einbandes zeigte einen zutiefst nachdenklichen Luther. Das Kinn in die Hand gestützt, die umwölkte Stirn distinguiert in Falten gelegt und die Augen auf etwas hinter der Kamera gerichtet: Hier war ein Mann mit einer gefährlichen Vision, die tauglich war, das Wertesystem zu untergraben, wonach die Menschen lebten. Wenn man ihn nicht kannte, hätte man meinen können, den jungen Kerouac zu sehen, der mit Hemingway-Stahl gehärtet worden war. Und diese Pose nahm er jetzt ein, als er meinen Charakter analysierte.

Sein Roman, eine sechshundert Seiten starke Familiensaga mit dem Titel *Ich bin Pedro Morales*, umfasste das gesamte zwanzigste Jahrhundert und unternahm zudem Ausflüge ins neunzehnte und einundzwanzigste Jahrhundert. Er begann mit dem Spanisch-Amerikanischen Krieg und endete mit den Drogenkriegen der Gegenwart. Herausgekommen war er als Taschenbuch bei einem kleinen Verlag in Nebraska, der kurz nach der Veröffentlichung pleitegegangen war. Luther trug stets ein zerlesenes Exemplar mit sich herum und las laut daraus vor, wann immer eine Unterhaltung ins Stocken geriet. Da ich genau das befürchtete, sprach ich weiter.

»Ich meine, natürlich verstehe ich das, vollkommen sogar. Ich bezweifle nur, dass Carla mit jemandem vögelt. Das passt nicht zu ihr.«

»Ich möchte, dass du sie überwachst, J.P. Finde heraus, wer dieser Hurensohn ist. Mach Fotos. Ich brauche handfeste Beweise, wenn ich zu meinem Anwalt gehe.«

»Das ist nicht mein Ding. Und ganz nebenbei, was Treue betrifft, bist du wahrlich kein Waisenknabe.«

Vor einigen Jahren hatte er eine Geliebte in Las Cruces, eine Kellnerin, die Kette rauchte, drei Kinder hatte, aber keinen Ehemann. Luther zeigte sich spendabel und gab ihr Geld, wann immer sie ihn darum bat, was ziemlich oft vorkam. Sie wurde süchtig danach. Als er ihr den Laufpass gab, bekam sie Entzugserscheinungen und flippte aus. Sie verlangte, dass er sich scheiden lasse und sie heirate, andernfalls – so ihre Drohung – werde sie ihn wegen Liebesentzugs verklagen. Als der Effekt ausblieb, brachte sie ihren Bruder Marky »Crippler« Monzón ins Spiel, einen ehemaligen Profiwrestler. »Marky weiß, wie man jemand in null Komma nichts zu einem sabbernden Etwas zusammenfaltet«, tönte sie. »Wenn Marky mit dir fertig ist, sitzt du in deiner alten Scheiße, atmest durch ein Loch im Hals und siehst zu, wie auf deinem toten Schwanz der Eichelkäse blüht.« Um sie loszuwerden, gab ihr Luther fünfzehntausend Dollar und einen Oldtimer, einen Cadillac Coupe de Ville.

»Bei Männern ist das was anderes«, sagte Luther. »Kein amouröses Intermezzo hatte für mich je eine Bedeutung. Aber wenn eine Frau fremdgeht, bedeutet das etwas. Meine Güte, ist dir das völlig neu? Oder fällst du auf diesen New-Age-Blödsinn rein, wonach Frauen die gleichen sexuellen Freiheiten haben wie Männer?«

»In den Gelben Seiten wirst du fündig, wenn du nach einem schmierigen Schnüffler suchst, der für dich die Drecksarbeit macht, Luther«, hielt ich ihm entgegen. »Dafür brauchst du mich nicht.«

Er nippte an seinem Bier und seine blassblauen Augen fixierten mich über den Rand des Glases hinweg. »Ich möchte, dass du das machst, weil du mein Freund bist«, sagte er. »Ich möchte nicht, dass ein Fremder Carla observiert. Ich liebe sie immer noch, verdammt noch mal. Ich will nicht, dass irgendein voyeuristisches Arschloch sie dabei fotografiert, wie sie diesem Mistkerl in einer billigen Absteige einen bläst. Ich will, dass du das machst.«

»Mein Job sind Versicherungsangelegenheiten, keine familiären Geschichten. Und überhaupt ... ich bin viel zu beschäftigt, um deine Frau quer durch die Stadt zu verfolgen.«

In Wirklichkeit hatte ich überhaupt nichts zu tun. Sundown Fidelity hatte mich ausgemustert, zugunsten einer Firma von der Westküste, deren Ermittler allesamt Juraexamen hatten und Anzüge von Hart Schaffner Marx trugen. Während meiner sechs Jahre als fest angestellter Ermittler hatte ich Sundown durch das Aufdecken vorgetäuschter Versicherungsfälle Erstattungen in Höhe von zirka dreißig Millionen Dollar erspart, doch irgendwie fiel das nicht ins Gewicht. Sie gingen den Schlagworten der Westküsten-Bude auf den Leim: mehr Ressourcen, mehr Flexibilität, globale Datenbanken, diverse Ermittler etc. pp. Und ihnen gefielen die Anzüge. Ich lieferte keine Schlagworte, sondern Ergebnisse und meine besten Klamotten beschränkten sich auf eine gebügelte Levi's, Stiefel aus Straußenleder und mexikanische Hochzeitshemden – locker sitzende Guayaberas, die ich stets im Dutzend in Juárez kaufe.

»Du willst, dass ich drum bettle?«, fragte Luther. »In Ordnung, bettle ich eben, J.P. Ich flehe dich auf Knien an. Bitte. Ich drehe noch durch. Ich muss es wissen.«

»Ich melde mich bei dir.«

»Sag nicht so was. Ich höre nie wieder etwas von Leuten, die das sagen.«

»Ich muss drüber nachdenken, Luther.«

»Denk mal über Folgendes nach: Ich habe so viel

Geld, dass es mir aus dem Arsch quillt! Ich musste mich von meinen El-Paso-Pipeline-Aktien trennen, weil ich zu viel Steuern gezahlt habe. Ich kann es gar nicht so schnell ausgeben, wie es sich vermehrt, Herrgott noch mal! Was hältst du davon, wenn ich dir fünfhundert plus Spesen pro Tag zahle?«

Für hiesige Verhältnisse war Luther reich. Sein Geld steckte in Aktien, Bonds, Treuhandfonds, Immobilien und Rentenpapieren, alles ererbt von Big Bill Penrose, seinem Vater. Luther musste nicht arbeiten, selbst wenn er dazu in der Lage gewesen wäre. Er verbrachte seine Zeit mit Kiffen, Wagner und seiner alten Underwood, auf der er seine Romane tippte. Big Bill Penrose, der dreißig Jahre Bezirksrichter gewesen war, hatte ein Vermögen angehäuft. Es war allgemein bekannt, dass er sich Gefälligkeiten hatte bezahlen lassen und nie eine *mordida*, ein Schmiergeld, abgelehnt hatte. Der Richter hatte stets die Hand ausgestreckt, und zwar nicht nur zur Begrüßung.

»Ich will kein Geld von dir, Luther. Nicht für diese Arbeit, selbst wenn ich bereit wäre, sie zu tun. Aber egal, denn wie ich bereits gesagt habe, meine Zeit ist knapp.«

Seine Lippen – die Lippen eines Cherubs – verzogen sich zu einem Lächeln, das in seiner Servilität noch mehr an die Nerven ging als sein Stirnrunzeln. »Du hast mehr Zeit als alles andere. Zufällig weiß ich das. Zufällig weiß ich auch, dass ich ein ganz schöner Mistkerl sein kann. Einen Freund wie dich habe ich gar nicht verdient.«

Oder eine Frau wie Carla, dachte ich.

Schlagartig setzte er eine bekümmerte Miene auf und quetschte zwei Krokodilstränen aus seinen berechnenden Augen.

»Ich denke drüber nach, Luther«, sagte ich.

»Das ist das Mindeste, was du tun kannst. Du schuldest mir was, Kumpel.«

2

Schulden? Ich hatte ihn wochenlang nicht gesehen. Was hatte ich ihm denn zu verdanken?

Wenn überhaupt, hatte er mir etwas zu verdanken: ein Leben voller Gefälligkeiten. Ich brauchte Geld. Meine Rücklagen lösten sich allmählich in Wohlgefallen auf. Aber ich hatte mir nie etwas von Luther geliehen. Vielleicht betrachtete er unsere Freundschaft als etwas, was seinem Charakter nach auf moralischen Schuldscheinen basierte.

Loyalität. Vermutlich meinte er das. Man schuldet seinen Freunden Loyalität. Das ist die Definition von Freundschaft.

Ehefrauen hingegen verlangen mehr als Loyalität. Kat, meine Frau, hatte entschieden, dass eine Partnerschaft mit einem Mann ohne Ehrgeiz für sie nicht infrage komme.

»Ich sehe keine Zukunft mit dir«, sagte sie, »weil du für dich keine Zukunft siehst.« Sie sagte es ohne Feindseligkeit und ohne mich zu verurteilen. Sie liebte mich, konnte aber ihr Leben nicht mit mir vergeuden. Es war eine einfache Bestandsaufnahme unserer zwei Jahre unter ein und demselben Dach. »Verflucht noch mal, in dir brennt kein Feuer, J.P.«, sagte sie. »Du willst nichts. Dein Leben verläuft in der Gegenwartsform. Es gibt keine Vergangenheit, keine Zukunft. Kein Ziel. Keinen Grund für Veränderung.«

Das hatte gesessen, doch sie lag richtig. Ich war ohne Ehrgeiz und wenig erpicht aufs Hamsterrad. Ich hatte erlebt, was es mit meinem Vater gemacht hatte, der mit vierundvierzig einer verschlissenen Segelklappe wegen gestorben war. Ein erfolgreicher Mann, wenn man so wollte – ein Mann mit drei Autos der neuesten Bauart, einer Hütte im Süden New Mexicos, einem Haus im Hacienda-Stil in El Pasos Upper Valley und den gebeugten Schultern eines Menschen, der zweiundzwanzig Jahre lang gegen die Wucht eines finanziellen Tsunamis angekämpft hatte. Zweiundzwanzig Jahre hindurch Leuten Versicherungen aufschwatzen, die sie sich nicht leisten konnten. Stets spät nach Hause kommen, ein paar Bissen vom Abendessen mit einem Glas Bourbon hinunterspülen, weil man zu müde ist und zu gereizt, um in Ruhe essen und richtig entspannen zu können. Ein Anblick, den ich immer vor Augen habe: ein teilnahmsloses, graues Gesicht, verhärmt und vor der Zeit gealtert. Er starb am Küchentisch eines arbeitslosen Schmelzers namens Gabriel Ruiz, mitten im Versuch, Ruiz und seiner Frau eine Lebensversicherung mit zusätzlicher Unfall-Klausel schmackhaft zu machen, eine Police, die sie sich buchstäblich vom Munde hätten absparen müssen. Er sackte tot zusammen, fiel mit dem Gesicht nach vorn in den aufgeschlagenen Aktenordner, zu einem Zeitpunkt, als Mr. und Mrs. Ruiz begannen, sich für die Sache zu erwärmen.

Meine Eltern, Jim und Velma Morgan, waren anständige, hart arbeitende West-Texaner, die sich für ihre Kinder ein besseres Leben wünschten. Sie nannten meine ältere Schwester »Aida« – nicht weil sie Opernfreunde waren, sondern weil sie wie viele Abkömmlinge der Arbeiterklasse einen starken Hang zum Exotischen hatten. Ein Mädchen mit dem Namen Aida, so meinten sie, könne dem gewöhnlichen Leben einer Hausfrau und dem damit verbundenen Stumpfsinn entkommen.

Ich wurde als J.P. in die Gesellschaft eingeführt. Nicht als John Pierpoint, so wie im Falle des Bankers und Eisenbahntycoons, nein, lediglich mit den wurzellosen Initialen J.P. Mein Vater glaubte, allein diese berühmten Initialen besäßen schon Kraft, seien zwei Magnete, die den Wohlstand anzögen. Er war enttäuscht, als ich nach der Armee aufs College ging und Englisch und Geschichte als Hauptfächer belegte anstelle von Betriebswirtschaftslehre. (»Was willst du mit einem Abschluss in Englisch? Lesen? Was will jemand mit Geschichte, wenn er keine Zukunft hat? Für Frauen mag das angehen« – eine Anspielung auf Velma, die dreißig Jahre Englisch an einer Highschool unterrichtet hatte – »aber nicht für Männer, die vorwärtskommen müssen.«)

Mit neunzehn heiratete Aida einen Feuerwehrmann aus San Antonio, der sie immer dann verprügelte, wenn die Schuldgefühle wegen seiner außerehelichen Affären in alkoholgetränkte Selbstgerechtigkeit umschlugen. Aida hat sechs Kinder und sieht mit vierzig aus wie fünfzig. Inzwischen hat der Feuerwehrmann sie wegen einer neunzehnjährigen Kosmetikerin verlassen. Er hat mit einem Teenager noch mal von vorn angefangen, vermutlich in der Hoffnung, dass der zweite Anlauf mehr Erfolg bringt.

Nach einem Gastspiel als Cop in El Paso wurde J.P., der Mann ohne Namen, Versicherungsdetektiv. Er war oft mit der Miete im Rückstand genauso wie mit seinen Kreditkartenzahlungen. Aber er war zufrieden mit dem

Status quo. Das war das Einzige, worauf er sich verlassen konnte.

An der Trennung hatte ich richtig lange zu knabbern, aber ich hatte Kat nie übelgenommen, dass sie das Weite gesucht hatte. Jetzt, wo sie mit jemandem verheiratet ist, der eine Zukunft hat, schickt sie mir Geburtstagskarten, Weihnachtsgrüße und ruft hin und wieder an, um sich zu vergewissern, ob ich weiterhin sicher Kurs halte auf Nirgendwo.

Ich liebe sie noch immer oder vielmehr die Erinnerung an sie. Aber Erinnerungen sind unzuverlässig – es sind Zerrspiegel, in die wir blicken, um zu rechtfertigen, was aus uns geworden ist. Wie dem auch sei, keine Beziehung zu einer anderen Frau konnte bisher mit den Erinnerungen an Kat mithalten.

Ich hatte gerade eine zweimonatige Affäre mit einer Mary-Kay-Vertreterin namens Fayth LoBello beendet. Sie war mit Phil verheiratet, einem passiv-aggressiv gestörten Bauingenieur, der zwar einen Verdacht gehegt, sich aber nie beklagt hatte. Dieses stille Vor-sich-hin-Leiden war seine Strategie in Sachen Vergeltung.

Fayth holte mich immer in ihrem pinkfarbenen El Dorado ab, um für einen kurzweiligen Nachmittag in ihre umzäunte Wohnanlage im Mesilla Valley zu fahren. Vorsichtig waren wir nie. Eines Tages kam Phil früher von einer Baustelle nach Hause, die, nachdem man die halbe Belegschaft festgenommen und anschließend zurück nach Juárez geschickt hatte, geschlossen worden war. Phil erwischte uns beim vergnüglichen Treiben im Swimmingpool. Nachdem wir uns angezogen hatten, fanden wir ihn in der Küche. Er hatte den Lauf einer

.44er im Mund. Sein vorwurfsvoller Blick, der meinem über die schwere Waffe hinweg begegnete, spiegelte Wehmut und Selbsthass wider. »Hey, Phil«, sagte ich, bemüht, unbefangen und freundlich zu erscheinen. Er blinzelte mir zu. Ich zuckte mit den Schultern. Wir verstanden einander.

Fayth fuhr mich nach Hause. Den an blauem Stahl nuckelnden Phil ließen wir in der Küche zurück. Er hatte den Abzug nicht gedrückt, dennoch fühlte ich mich mies. Sie versicherte mir, dass dramatische Drohgebärden typisch seien für ihren Mann, er sie aber nie in die Tat umsetzen werde. Doch ich glaubte Phil, nicht Fayth. Den Abzug zu betätigen, dazu bedurfte es lediglich eines Impulses. Nach genügend Anläufen wäre Phil willens und in der Lage, sein Hirn in der Küche zu verteilen.

Auf dem Weg zu meinem Apartment lieferte Fayth noch eine Packung Anti-Aging-Creme bei einer Kundin aus dem Upper Valley ab. Wir wechselten kein Wort miteinander. Es gab nichts zu sagen. Wir hatten unseren Spaß gehabt, doch jetzt war der Spaß vorbei. Wir sammelten unsere Murmeln ein und würden nach anderen Spielkameraden Ausschau halten. Ich hatte gegen die wichtigste Regel für männliche Singles verstoßen: Finger weg von verheirateten Frauen – egal, wie einsam oder scharf man selber ist, egal, wie nötig sie es zu haben und wie unkompliziert sie zu sein scheinen.

Mein Apartment lag in Sunset Heights, dem historischen Viertel von El Paso, und von meinen nach Süden gehenden Fenstern aus hatte man einen Blick über die staubige Prärie westlich von Juárez.

Hunderte von Kilometern Wüste, und zwar in allen Himmelsrichtungen, trennen El Paso vom Durchschnitts-

Amerika. Diese Trennung ist nicht nur eine Frage der Entfernung. Seit ihren Anfängen am Ende des sechzehnten Jahrhunderts lebt die Stadt ihren eigenen Takt. Sie ist ein Stück Amerika, das an seinem weniger scharfen Tempo festhält. Man stelle sich die Stadt als amerikanische Zivilisation im Rückwärtsgang vor. Dabei macht sie einen durchaus modernen Eindruck – Autobahnen, die üblichen Bauten aus Glas und Stahl, die üblichen Einkaufszentren, die üblichen Aktentaschenträger in Tausenddollaranzügen und mit dem gewissen Fluidum, der Mischung aus Vitalität und Zielstrebigkeit –, doch tief im Innern ihres poetischen Herzens hält sie das geheime Verlangen wach, diesen Motor der Geschäftigkeit zu drosseln. Es ist eine arme Stadt mit einer Arbeitslosenquote von konstant zehn Prozent, dem Doppelten des landesweiten Durchschnitts, doch Menschen ohne Ambitionen fühlen sich hier wohl. Mein Vater schwamm gegen den Strom und das brachte ihn um.

Kat stammt aus Chicago und konnte den Zeitgeist El Pasos nicht verstehen. Es geht nicht darum, ihn zu verstehen, es geht darum, ihn zu erfahren. Ich konnte es ihr nur so erklären: »Es ist meine Stadt, so sind wir nun mal. Ich kann nicht anders sein.«

»Diese Stadt ist verrückt«, sagte Kat einmal. »An der Oberfläche ist alles heiter und gelassen, doch der Schein trügt. Es ist nichts weiter als ein geordnetes Chaos.«

Das musste ich erst einmal sacken lassen.

»Eine Feststellung, die auf den größten Teil der Welt zutrifft, oder?«, erwiderte ich schließlich.

Woher du kommst und was dir dort widerfahren ist, macht dich aus. Die Stadt, die Wüste, der Fluss und die gelbbraunen Franklin Mountains, die die Stadt in zwei

Hälften teilen – das alles prägt dich von der Wiege bis zum Grab. Du führst dein Leben nach den vom Wind herübergetragenen Klängen der Guitarróns und Vihuelas der Mariachi-Bands. Wenn ich behauptete, die Stadt zu lieben, entspräche das nicht den Tatsachen. Ich bin die Stadt: geordnetes Chaos. Das bin ich.

Nicht dass hier keine Menschen lebten, die auf legale oder andere Weise zu Geld kommen wollen. Es gibt hier jede Menge Kriminalität. Abgesehen von den gelegentlichen Schusswechseln zwischen Mitgliedern einzelner Gangs ist das Wenigste von Gewalt geprägt. Da kann schon mal eine verirrte Kugel in einem Garten landen oder von einem Auto abprallen. Auf dem Parkplatz eines Olive-Garden-Restaurants im Osten der Stadt regnete es einmal Kugeln vom Himmel, nur wenige Meter von Kat und mir entfernt – eine wahre Salve, abgegeben in einem ganz in der Nähe gelegenen Viertel. Nebeneffekt einer Auseinandersetzung zwischen Gangs. Doch die Profis unter den Ganoven sind in der Regel entspannt und ziemlich überzeugt, nicht zu den bösen Jungs zu gehören.

Bei meinem letzten Fall, einem Auffahrunfall mit den üblichen Schleudertraumen, gab der Fahrer zu, dass es sich um eine Inszenierung gehandelt habe, nachdem ich ihm einige offenkundige Ungereimtheiten in seiner Geschichte hatte nachweisen können. So hatte er keine schlüssige Erklärung parat, weder für das Vorhandensein diverser Halskrausen in einem Wagen voller Geschädigter noch für die Tatsache, dass die Cops zehn Minuten vor dem Unfallgeschehen alarmiert worden waren. »Diese hellseherisch begabten Menschen fahren mit Halskrausen?«, fragte ich ihn. Dennoch glaubte er an eine reale Chance, dass Sundown Fidelity den »Opfern« eine Entschädigung zahlen würde.

»Ja, okay«, räumte er ein, »anfangs war es ein abgekartetes Spiel. Doch plötzlich dreht der Fahrer im zweiten Wagen völlig durch, verstehen Sie? Dieser Wahnsinnige schießt einfach übers Ziel hinaus. Er hatte noch 'ne heiße Verabredung, deshalb sollte es schnell gehen. Also ruft er zuerst die Cops an und tritt dann mächtig aufs Gas. Die Leute im ersten Wagen waren richtig durch den Wind. Also war es ein Unfall. Niemand hatte geplant, dass es sich so abspielen sollte. Und wenn es keinen Plan gibt und Leute tatsächlich verletzt werden, handelt es sich doch im wahrsten Sinne des Wortes um einen Unfall, nicht wahr? Oder sehen Sie das anders?«

Manche sagen, es liege am Wasser. Der Hueco Bolson ist reich an Lithiumsalzen. Der Bolson, ein unberührter Grundwasserleiter für reines, nicht wieder auffüllbares Grundwasser aus der Eiszeit, liegt tief unter der Wüste und ist die Quelle für das Trinkwasser El Pasos. Es ist kostbares Wasser, Zehntausende von Jahren alt, und ich hasse es, wenn Leute es für ihre Rasenflächen verschwenden. Ich hatte mir einen Namen mit dem Zerstören von Rasensprengern gemacht.

Dank dieses an Lithium reichen Bolsons sind wir eine durch die Natur ruhiggestellte Bevölkerung. Extremes Verhalten, zumindest das offen aggressive, ist selten und wird für gewöhnlich von Leuten an den Tag gelegt, die auf der Durchreise sind zu den heller funkelnden Lichtern von Dallas im Osten oder Phoenix im Westen. Auf andere Formen des Wahnsinns hat unser Wasser keinen Einfluss. Auf die von Luther zum Beispiel.

Eines Vormittags, eine Woche nach meinem Besuch

bei Luther, dachte ich über all das nach, als mein Telefon klingelte. Ich wartete darauf, dass der Anrufbeantworter ansprang.

»Machen Sie schon, J.P.«, sagte eine Frau. »Nehmen Sie den verdammten Hörer ab, wir müssen reden.«

Die Stimme kam mir bekannt vor, doch es fehlte mir das Gesicht dazu. Ich wusste nur, dass es jemand war, mit dem ich nicht reden wollte. Ich hob den Hörer nicht ab, sondern fuhr in die Innenstadt, ins Hollywood-Café, das sich an der South El Paso Street im Erdgeschoss des alten St.-Charles-Hotels befindet und wo man eine Gordita und ein Bier für weniger als drei Dollar bekommt.

Meine coole, altmodische Stadt.

3

Das Hollywood war so spärlich beleuchtet, dass man nicht mal die Kakerlaken sah, die einem um die Füße krochen. Dass sie da waren, bemerkte man jedoch am gelegentlichen Knacken, wenn man die Füße bewegte. Richtig dreckig ist das Hollywood nicht, es ist nur alt. Jedes alte Gemäuer in El Paso ist fest in Kakerlakenhand. Und die Kakerlaken von El Paso haben die Größe von Feldmäusen.

Solange die Köche sie fernhalten von den Gorditas, Empanadas und der Menudo, komme ich klar mit Kakerlaken. Wenn man ein Problem mit übergroßen Kakerlaken hat, sollte man sich eine andere Stadt suchen.

Ich war bei meinem zweiten Corona, als der Vibrationsalarm meines Mobiltelefons meinen Oberschenkel zu massieren begann. Ich zog es aus der Tasche und klappte es auf.

»Ich bin beim Essen«, sagte ich.

»Sie Glücklicher!«, sagte eine Frau. »Einige meiner Schutzbefohlenen bekommen ihren Brei über einen Plastikschlauch verabreicht.«

Es war die Frau, die mich zu Hause angerufen hatte. Jetzt erkannte ich die Stimme und wusste auch, wem sie gehörte: Pilar Mellado, einer Mitarbeiterin der Adult Protective Services, einer staatlichen Organisation mit Gestapo-Vollmachten.

»Was gibt's, Pilar?«, fragte ich.

»Ich glaube, das wissen Sie.«

»Sie haben nach Velma gesehen«, sagte ich.

»Habe ich, J.P. Und die Wahrheit ist: Sie können es nicht länger vor sich her schieben. Sie müssen sie in ein Heim geben. Ich empfehle das El Descanso. Die sind kompetent und günstig.«

»Eine Bedienstete des Staates sollte keine Pflegeheime empfehlen, Pilar. Sie könnten in den Verdacht der Korrumpierbarkeit geraten. Und der Anschein von Fehlverhalten kann genauso rufschädigend sein wie das Fehlverhalten selbst.«

»Sie gehören zu den Zeitgenossen, die sich große Mühe geben, ihre Ignoranz unter Beweis zu stellen. Das steht Ihnen nicht.«

»Sie wird in kein Heim gehen.«

»Sie spricht wieder mit der Jungfrau.«

»Welche Jungfrau soll das sein?«

»Die, die sich immer wieder mal blicken lässt. In der Speisekammer. In der Dusche. Wo auch immer. Halt, warten Sie, es gibt eine neue, im Garten. Das Antlitz Unserer Lieben Frau, genauer gesagt, seine Konturen, zeigte sich in der Anordnung von Elfenkreisen auf dem

Rasen. Ihrer Mutter ist es gelungen, dass sich einige dafür besonders empfängliche Nachbarn in etwas hineinsteigern. Sie wurden dabei beobachtet, wie sie laut betend vor den Giftpilzen knieten. Das alte Mädchen verliert den Verstand, J.P. Aber das ist Ihnen ja nicht neu, oder?«

»Hört sich eher so an, als würden die Nachbarn ihn verlieren.«

»Die sind uninteressant. Die gehören altersmäßig nicht zu unserer Klientel.«

El Paso ist bekannt für seine Marienerscheinungen. Die Jungfrau zeigt sich auf Tortillas und Holzbalken, in der Patina von abgenutztem Leder und in Wasserflecken an Wänden. Einmal erschien sie sogar auf dem Rücken eines Bankkassierers, mit der Unterstützung seiner Muttermale: Man verbinde die einzelnen Male und siehe da, die heilige Mutter Gottes. Wenn die Erscheinung lang genug anhält, strömen die Gläubigen aus der gesamten Stadt und der Region herbei, um sie um Vergebung, Heilung, Erlösung oder Geld zu bitten. Manche Besitzer eines Objektes, dem das Mysterium anhaftet, kassieren an der Tür Eintrittsgeld von den Pilgern. Ein gegrilltes Käsesandwich, auf dem unsere Mutter Gottes erschien, konnte bei eBay für achtundzwanzigtausend Dollar versteigert werden. Die Jungfrau ist fürwahr ein erstklassiger Vermögenswert.

»Ich spreche morgen mit Velma«, sagte ich.

»Morgen ist heute schon gestern. Schieben Sie's nicht auf die lange Bank, J.P. Es ist nur zu Velmas Bestem. Es ist auch zu Ihrem Besten. Wenn Sie nicht in die Gänge kommen, machen wir es. Sie sind dann aus dem Rennen.«

Die übliche Drohung. »Aus dem Rennen sein« bedeutete, man würde Velma aus ihrem Haus im Upper Valley holen, entgegen meinem Willen, entgegen Velmas. Man würde Haus und Grundstück mit einem Vorhängeschloss versehen und es möglicherweise sogar versteigern, um die Kosten für das Pflegeheim abzudecken. Velmas gesamte Ersparnisse würden von einem staatlichen Treuhänder verwaltet. Der Treuhänder würde dann Betreuung und Vormundschaft übernehmen. Ich wäre außen vor, »aus dem Rennen«, ohne jegliche Mitsprache oder Einfluss.

»Ich kümmer mich darum, Pilar«, sagte ich, bemüht, den Ärger in meiner Stimme zu unterdrücken. Pilar Mellado machte nur ihren Job.

Das hatte ich auch von mir behauptet, nachdem ich einen hirnrissigen Versicherungsbetrug aufgedeckt hatte, ausgeheckt von einem Trottel, der meinte, seine finanziellen Probleme auf die leichte Tour lösen zu können. Ich mache nur meinen Job, Sir.

Oder gegenüber dem Schwachkopf, der seinen zwölf Jahre alten Grand Prix »stahl«, ihn anschließend ein paar Meter weiter hinter dem Haus seines Cousins abstellte, mit einer Plane bedeckte und darauf hoffte, neunzehnhundert Dollar von der Diebstahlversicherung abgreifen zu können. Einen Tag, nachdem er den Diebstahl gemeldet hatte, machte ich das Auto ausfindig. Ist mein Job, Sir.

Dann der Kerl, der selbst für Ängste zu blöd war und sich in der Innenstadt einem Bus entgegenstellte. Als der Fahrer ausstieg, um sich des vermeintlichen Opfers anzunehmen, versteckte ein im Bus sitzender Komplize eine halbe Flasche Cuervo und einen angerauchten Joint unter dem Fahrersitz. Man hatte sich ausgemalt, Fahrer und Stadtverwaltung auf eine halbe Million zu verklagen, Minimum. Die Stadtverwaltung war seinerzeit bei Sundown Fidelity versichert, also schickte man mich, damit ich die Sache unter die Lupe nahm. Es war ein Volltreffer. Der Fahrer wurde von den Cops auf Drogen und Alkohol getestet, negativ, und ich trieb drei Leute auf, die bezeugen konnten, dass der Komplize Tequila und Joint versteckt hatte. Ich suchte den mehr als angeschlagenen Betrüger im Krankenhaus auf.

»Ich kriege nichts?«, fragte er durch den Schlitz in seinem Kopfverband.

»Nur eine Rechnung für den kaputten Scheinwerfer am Bus«, sagte ich, »und eine Gefängnisstrafe, anzutreten, wenn Sie wieder auf dem Damm sind.«

»Scheißkerl«, sagte er und der Kraftausdruck suchte sich pfeifend seinen Weg durch den Gips.

»So lautet meine Berufsbezeichnung, Sir.«

Der Gemütszustand der Selbsttäuschung ist bei Menschen eine Variable. Das gilt übrigens auch in meinem Fall.

Nachdem mein Vater gestorben war, wurde Velma wunderlich. Anfänglich sah es nach neuem Schwung aus. Sie sprühte vor Energie, putzte das Haus, bis es nahezu unbewohnt aussah. Sie kaufte neue Möbel und ließ die alten Sachen von der Heilsarmee abholen. Sie deklamierte schwer verständliche Gedichte im Garten. Als das Geld aus der Lebensversicherung meines Vaters allmählich zur Neige ging, nahm sie einen Job als Schülerlotsin im nächstgelegenen Schuldistrikt an, in genau dem Schuldistrikt, wo sie als angesehene Lehrerin ihr gesamtes Berufsleben verbracht hatte. Außerdem arbeitete sie schwarz in einer Bäckerei, war verantwortlich für die Herstellung von Brötchen, die sie dann um fünf Uhr morgens an die Lebensmittelläden und Cafés im Upper Valley auszuliefern hatte. Zu diesem Zwecke trainierte sie sich das Fahren mit einer der nahezu fabrikneuen Limousinen meines Vaters an. Eines Nachts erwischte der Schichtleiter sie dabei, wie sie Vanille direkt aus der Flasche trank. Voll auf Vanille, fuhr sie ihren Wagen in das Schaufenster eines 7-Eleven. Somit ging der Job als Schülerlotsin flöten, ebenso der in der Bäckerei.

Ein paar Jahre später begannen die Gespräche mit meinem Vater. Einmal bekam ich mit, wie sie mit ihm schimpfte: »Hättest du nur auf Doktor Arroyo gehört, Liebling«, sagte sie. »Er hat uns gewarnt. Hundertmal hat er dir gesagt, du sollst kürzertreten und mehr auf dich achten.« Sie saß an ihrem neuen Esstisch und sprach mit der Tapete an der Wand gegenüber. Nachdem sie ihm sozusagen die Leviten gelesen hatte, las sie meinem Vater nun Gedichte vor – Gedichte, die sie ihren Schülern an der Highschool vorgetragen hatte, um sie ihrem Schlummer zu entreißen.

»Mit wem redest du, Mom?«, fragte ich.

»Mit deinem Vater«, platzte es aus ihr heraus. Als ihr jedoch bewusst wurde, was sie soeben von sich gegeben hatte, verlegte sie sich aufs Kokettieren. »Ich meine, nein, nicht mit deinem Vater«, säuselte sie. »Ich habe nur gerade an ihn gedacht. Habe quasi laut gedacht.«

Einen Monat später ertappte ich sie erneut dabei. Diesmal fragte ich nicht nach. Viele alte Leute reden mit der Wand, sagte ich mir. Das hat nichts zu bedeuten.

Dann ging es mit den Jungfrauen los. Velma war eine

begeisterte Leserin von Büchern, die sich mit dem Okkulten beschäftigten. Sie las Bücher, die sich für die Existenz von Engeln ins Zeug legten. Sie las Bücher über Phänomene, für die es keine wissenschaftliche Erklärung gibt. Sie las aber auch wissenschaftliche Bücher. Sie las ein nicht-mathematisches Buch über das Neueste in der theoretischen Physik, die jüngsten Erkenntnisse zum Thema Stringtheorie, und behauptete, es zu verstehen. Laut Velma erklärt die Stringtheorie, dass es in anderen Dimensionen nicht nur Wesen gebe, sondern dass diese uns auch besuchen könnten, vorausgesetzt, die Schwingungen der Strings stimmten. Die Jungfrau war eine dieser Besucherinnen. UFOs? – auch sie waren transdimensionale Reisende. Bigfoot? – ein Geschöpf aus Dimension Numero fünf. Hitler? Idi Amin? Saddam? Jeffrey Dahmer? – Ungeheuer aus einer Dimension, die gemeinhin als Hölle bekannt ist. »Die wirkliche Welt ist elfmal unterteilt«, sagte sie. »Jeder Teil ist verschieden und dennoch genauso real wie der, in dem wir leben. Es gibt elf Versionen von dir, J.P. In vier Dimensionen ist dein Vater noch am Leben, tot und begraben ist er in sieben und in einer davon wird nicht um ihn getrauert. Deswegen kann ich mit ihm reden. Und weißt du was? Nur weil man aus Dimension fünf, sechs oder elf kommt, ist man kein bisschen klüger, als man in Dimension eins oder drei ist. Es ist immer dasselbe alte Ich, mit allen Fehlern und Schwächen. Das Einzige, dem man nicht entkommen kann, ist das eigene Ich.«

»Erzähl das bloß niemandem von der Adult Protective Services, bitte, Mom«, sagte ich. »Die sind wahrscheinlich nicht ganz fit, was die Stringtheorie betrifft.«

Ihr müdes, altes Gesicht erstarrte. Sie war erst 74, sah

aber aus wie 84. »Denen werd ich's zeigen«, sagte sie. »Ich gebe mein Zuhause nicht auf.«

Über den Nachmittag verteilt trank sie mehrere Wassergläser eisgekühlten Muskateller, mit der Begründung, das sei gut für ihre Nerven. Mir goss sie auch immer eines ein, das ich bei der erstbesten Gelegenheit in den Ausguss schüttete.

»Du kannst es denen im Rathaus nicht zeigen«, widersprach ich. »Wenn die kommen, um nach dir zu sehen, erwähne nur keine Jungfrauen im Dachbalken. Solches Gerede ruft die erst recht auf den Plan.«

Sie wurde ziemlich unruhig, wohl wissend, dass ich richtig lag. Doch sie würde niemanden anlügen, wenn es um das durch die Stringtheorie gestützte Phänomen von Besuchern aus anderen Dimensionen ging. Zu lügen, wenn man die Wahrheit kennt, war die größte Sünde, die sie sich vorstellen konnte.

»Du bist nicht gläubig, Mom«, sagte ich. »Im Übrigen auch keine Naturwissenschaftlerin. Du warst Englischlehrerin an einer Highschool.«

»Du weißt gar nichts von mir«, sagte sie. »Ich bin immer gläubig gewesen. Ich halte nur nichts davon, in die Kirche zu gehen. Ich habe mich immer für Naturwissenschaften und Literatur gleichermaßen interessiert. Ich bin nicht dumm und ich mag es nicht, wenn man mich behandelt, als wäre ich es.«

Und so nahm die Sache ihren Lauf. Velma war auf ihre Wahrheit gestoßen. Ob durch neurologische Funktionsstörungen oder transdimensionale Besucher war vermutlich unerheblich. Wahrheit ist Wahrheit, gleichgültig, auf welchem Wege sie sich Zutritt verschafft. Schiere Logik vermag sie nicht zu verdrängen.

Zurück in meinem Apartment, fand ich eine Nachricht von Luther auf meinem Anrufbeantworter vor. Er hatte alles gegeben, um sein Schluchzen zu unterdrücken. Ich rief ihn zurück.

»Sie ist weg, J.P.«, sagte er. »Sie ist gestern Abend nicht von der Arbeit nach Hause gekommen. Heute Morgen klebte ein Zettel an der Eingangstür. Kaum zu entziffern-des Gekritzel, dabei ist ihre Handschrift normalerweise perfekt. Ich habe die Polizei gerufen, um sie als vermisst zu melden. Die haben mich beinahe ausgelacht. Dann haben sie mich gefragt, ob wir Streit gehabt hätten. Das klang so, als wären unsere Auseinandersetzungen allgemein bekannt. Sie haben mich praktisch beschuldigt, sie aus dem Haus getrieben zu haben, diese Hurensöhne.«

»Und ... hast du?«, fragte ich.

»Mein Gott, du nicht auch noch.« Sein Elend drang buchstäblich durch den Hörer. Ich hatte das Gefühl, meine Ohren würden feucht.

»Was stand auf dem Zettel?«

»Herzlich wenig. ›Luther, ich brauche etwas Zeit. Mach dir keine Sorgen um mich. Vergiss nicht, Gretchen zu füttern und ihr Katzenklo sauber zu machen. Ich komme zurück, wenn ich wieder da bin.‹ Warum tut sie mir das an, J.P.? Was zum Teufel meint sie mit ›ich brauche etwas Zeit‹? Wofür?«

»Ich komme morgen vorbei.«

»Morgen! Von dir hört man immer nur ›morgen‹. Der *mañana*-Mann durch und durch.«

»Vielleicht siehst du einfach nur Gespenster, Luther.«

»Großartig! Vielen Dank für deine Unterstützung!« Er knallte den Hörer auf, doch kurz darauf fing das Telefon an zu klingeln. Ich verzog mich unter die Dusche, bevor der Anrufbeantworter ansprang.

Ich machte mir eine recht üppige Bloody Mary und sah ein wenig Nachrichten – der Rest der Welt fuhr noch immer per Mitternachtsexpress Richtung Hölle. Ich ging zu Bett.

Der Traum überfällt mich von Zeit zu Zeit: Ich befinde mich auf dem ansteigenden Sandufer eines vom Wind geriffelten Wadis. Fünfzig Meter weiter, hinter einem Sandwall, auf einer Berme, wartet jemand auf mich. Obwohl ich schlafe, kann ich meinen beschleunigten Herzschlag hören. Es ist eine dieser Schieß-doch-Bermen, die eigentlich ihre russischen Tanks verbergen sollen, nur dass die Geschütztürme in die Höhe ragen wie Zielscheiben, leichte Beute. Mit einer Stimme, rau vom kuwaitischen Sand, sagt Sergeant Apostoli: Sie sind wahrscheinlich alle tot, Morgan, aber machen Sie sich trotzdem drauf gefasst, Sand zu fressen. Apostoli, 49, hat Khe Sanh überlebt und nun ist er in Kuwait. Durch einen Schleier aus aufgewirbeltem Sand kann ich den Hirten ausmachen, der den Wall erklimmt, den rauchenden Geschützturm eines T-72 im Rücken. Er trägt die obligatorische AK-47. Manchmal ist es keine Waffe, sondern ein Hirtenstab. Manchmal trägt er Olivgrün, manchmal den Umhang eines Hirten. Aber wo sind die Schafe oder Ziegen oder was auch immer diese armen Schweine haben? Er zeigt mit seinem Stab auf mich, kommt näher und lächelt freundlich. Nette Leute, diese Iraki. In meinem dürren, in zwei Wochen aufgeschnappten Arabisch rufe ich ihm zu, den Stab fallen zu lassen. Bitte, lass doch die Scheißwaffe fallen, sadi kie, mein Freund. Runter auf die Knie, Hände hinter den Kopf! Wo sind deine verdammten Schafe? Doch der Shamal mit seinen vierzig Knoten heult los und es sticht in meinen Augen hinter der Schutzbrille. Er kommt auf mich zu, lächelt, versteht mich nicht, will sich ergeben, weiß aber nicht, wie. Er sieht sanftmütig aus, wie Jesus in einem Passionsspiel. Jesus mit den Fingern am Abzug einer AK-47. Hinter ihm brennt ein Mannschaftswagen, darauf die jüngst Gefallenen. Wenn du dich ergeben willst, lass das Ding fallen! Ich sage es auf Englisch, aber er kommt näher, stemmt sich gegen den Wind, lächelt, und es bleibt keine Zeit mehr für Überlegungen. Sehen Sie irgendwelche Scheißschafe?, frage ich Apostoli. ER ist IHR Scheißschaf, antwortet der. Schalten Sie ihn aus, den naiven Mistkerl! Allahu Akbar!, schreit der Schäfer und mein Mund wird trocken wie der Sand um mich herum, als ich den Selektor auf Automatik schiebe. Der Iraki begreift eine Sekunde zu spät, was ich vorhabe. Er lässt die AK-47 fallen, doch da habe ich schon einen 3-Schuss-Feuerstoß auf seine Brust abgegeben. Es hat ihn von den Beinen gerissen und mit zuckenden Gliedern fällt er den Wall hinunter. Seine Augen haben noch nicht den traumverlorenen Ausdruck des Todes, noch sind sie lebendig vor Angst. Ich jage einen weiteren Feuerstoß in sein noch schlagendes Herz und endlich ist er tot, tot wie Jesus. Ich stehe über ihm und blicke in seine Augen. Dummer Wichser, sage ich, doch ich zittere. Boos teezee, sharmuta, – leck mich, Hurensohn, eine verstümmelte Beleidigung, die ihn nicht mehr erreicht.

Ich wache nicht mehr schweißgebadet und mit Herzrasen auf, nur ein wenig verwirrt, und ich frage mich, weshalb der Traum so hartnäckig ist. Seit Kuwait sind sechzehn Jahre vergangen, sechzehn Jahre, seit ich den irakischen Rekruten wegpustete, der sich einen Herzschlag zu spät ergab.

4

Luther wohnt in Kern Place, einem alten, vornehmen Viertel, das in den Vorgebirgen der westlichen Franklin Mountains eingebettet liegt. Etliche Häuser in Kern sind alte, imposante Villen, erbaut im spanischen Stil: rote Ziegeldächer, Innenhöfe, umgeben von Steinmauern, die mit Glasscherben gespickt sind, um Eindringlinge abzuschrecken, Gitter aus Schmiedeeisen vor Fenstern und Türen. Die Gitter sind antik, angefertigt von Kunstschmieden in den frühen Jahren des zwanzigsten Jahrhunderts. Sie sind äußerst dekorativ, haben aber keineswegs nur dekorative Funktion. Kern ist stets im Fokus der *ladrónes* – der Diebe, die den Rio Grande durchwaten auf der Suche nach Gegenständen, für die man in den einschlägigen Seitenstraßen von Juárez, wo das Geschäft der Hehlerei floriert, einen guten Preis erzielen kann. Waren es früher bevorzugt Computer, sind es jetzt Flachbildfernseher. Aber auch jedes andere elektronische Gerät, vom DVD-Player bis zum Mobiltelefon, ist für die Diebe von Interesse.

Luther hatte Besuch von einem großen, sportlichen Mann mit flinken Augen und verschlagenem Gesichtsausdruck. Er war gekleidet wie ein Banker: Dreiteiler mit Nadelstreifen, dazu Brogues von Gucci. Anzug und Schuhe passten nicht zu den Ohrsteckern aus Jade und dem Unterlippenbart. Die silbergrauen Dreadlocks auf seinem Kopf rundeten den Kontrast ab. Der Kerl war ein Weißer, doch alles an ihm signalisierte: »Ich bin so cool wie jeder dieser schwarzen Brüder. Bilde dir nicht ein, du könntest mit mir konkurrieren.«

Als ich eintrat, erhob er sich. Noch bevor er seine

übereinandergeschlagenen Beine bewegt hatte, wusste ich, was er war: Luther hatte einen windigen Privatschnüffler engagiert. Wir gaben uns die Hand. Seine war feucht und hielt meine einen Tick zu lange. Er bleckte die Zähne. Dieses Tausenddollarlächeln war mir auf einem guten Dutzend Gebrauchtwagenplätzen entgegengekommen. Ich kannte ihn nicht, aber ich kannte seinen Stil.

»Ham Scales«, sagte er.

»Wie bitte?«, fragte ich, weil ich dachte, ich hätte mich verhört.

»Ham steht für Hamilton, aber ich kann Leuten nicht zumuten, mich Hamilton zu nennen. Zu förmlich, zu viele Silben. Schwer, mit jemandem warm zu werden, den man Hamilton nennen muss. Man fühlt sich zu einem Knicks verpflichtet oder zu einer Verbeugung.« Er zwinkerte mir zu und reichte mir seine Visitenkarte.

HAMILTON SCALES & PARTNER
Diskrete Nachforschungen

»Sie arbeiten für Luther?«, fragte ich.

»Wir erörtern die Angelegenheit«, erwiderte Scales. »Und Sie sind ...?«

»J.P. Morgan.«

»Ich habe von Ihnen gehört«, sagte er.

»Sehr witzig.«

»Nein, ich meine Ihren Ruf. Sie sind hier so was wie ein Held, Mann. Sie haben für Sundown verdammt gute Arbeit geleistet. Wenn Sie in meine Truppe wollen, rufen Sie mich an. Wir sind immer auf der Suche nach guten Spürhunden und Sie machen den Eindruck, als hätten Sie eine exzellente Nase. Könnte Sie das nicht reizen?«

»Entschuldigung«, mischte sich Luther ein. »Aber ich glaube, hier geht es um *mein* Problem.«

»Und ich glaube, hier gibt es kein Problem«, sagte ich.

»Mein brillanter Freund glaubt, ich hätte kein Problem«, ätzte Luther.

Er war betrunken und zerfloss vor Selbstmitleid. Neben seinem Sessel lagen sieben oder acht leere Bierdosen, ein Hinweis, dass er seine Medikamente nicht eingenommen hatte.

Wieder fragte ich mich, was Carla eigentlich in ihm sah. Andererseits war er nicht immer so gewesen. Er hatte sich im Laufe der Zeit verändert. Vor zehn Jahren hatte er wie ein Filmstar ausgesehen und jeden, der es nicht besser wusste, davon zu überzeugen vermocht, dass er ein Original sei, ein junger wilder Schriftsteller, der sich anschicke, den verstaubten Literaturbetrieb auf den Kopf zu stellen. Carla war beeindruckt, glaubte, er sei ein ernsthafter Mensch mit echtem Talent, wenn auch ein wenig exzentrisch. Ein paar Jahre später hatten ihn seine Dämonen im Griff. Er fing an, sich gehen zu lassen, und legte zu, von schlanken neunzig Kilo auf wabbelige hundertfünfzig. Er nahm seine Medikamente unregelmäßig, trank und kiffte dafür um so regelmäßiger.

Scales wandte sich an mich: »Sie glauben also nicht, dass Carla Penrose etwas mit Hector Martinez am Laufen hat?«

Ich sah Luther an. »Wer ist Hector Martinez?«, fragte ich.

»Unser Team konnte die Anzahl der infrage Kommenden auf zwei oder drei begrenzen«, sagte Scales. »Zwei ältere Doktoranden – und dieser Hector, ebenfalls

Doktorand. Es scheint auf ihn hinauszulaufen, selbst wenn er ein bisschen jung für sie ist.«

»Sie verwirren ihn, Ham«, sagte Luther. »Er braucht es schwarz auf weiß. Zeigen Sie ihm die Fotos.«

Scales zog einen Umschlag aus der Jackentasche und reichte ihn mir.

»Ich denke, du wirst zu der Überzeugung gelangen, dass ich genügend Gründe für eine Annullierung der Ehe, wenn nicht sogar für eine Scheidung habe«, sagte Luther scheinheilig. »In derlei Fällen steht die Kirche einer Annullierung nicht im Wege.«

Ich sah mir die Fotos an: Carla, wie sie einem Mann mit Panamahut und Sonnenbrille einen Hefter übergab. Carla an einem Tresen, daneben ein junger Mann, fast noch ein Teenager – wohl kaum ein Kandidat. Carla, wie sie lachte, wunderbar lachte wie seit Jahren nicht mehr, neben ihr, nur vage zu erkennen, eine Gestalt mit längerem Haar, vermutlich ein Mann, doch es hätte auch eine hochgewachsene Frau in Blazer und Hosen sein können. Auf diesem Foto wirkte Carla so glücklich, ein überraschender Anblick, der Luthers bierseliges Schmollen erklärte.

»Ist das Hector Martinez?«, fragte ich und deutete auf die Gestalt.

»Höchstpersönlich«, sagte Scales. »Dozentin Penrose ist seine ... äh ... Mentorin.«

»Ich bringe diesen Hurensohn um«, stieß Luther zwischen den Zähnen hervor.

»Das ist doch gar nichts«, sagte ich. »Diese Bilder sollen belastendes Material darstellen? Carla ist eine beliebte Dozentin. Sie hat den ganzen Tag Kontakt mit allen möglichen Leuten. Ihre Studenten sind nahezu verrückt nach ihr. Diese Bilder beweisen nichts.«

»Das ist nicht alles«, sagte Scales. Er zog einen Mini-Rekorder aus seiner Tasche. »Mein Team hat ihr Bürotelefon angezapft.« Er drehte und wendete den Rekorder und fand den Knopf zum Abspielen. »Carla Penrose im Gespräch mit einer männlichen Person, sehr wahrscheinlich Martinez.«

Eine blecherne Stimme, die in verhaltenem Flüsterton sagte: »Ich muss dich sofort sehen.« Es hörte sich an wie Carla, aber die Tonqualität war miserabel.

»Verstehe, Carlita«, sagte ein Mann. »Ich weiß, was zu tun ist. Ich wollte dir noch sagen, wie dankbar ich für alles bin, was du bisher für mich getan hast. Dieses Gringoschwein und seine Handlanger schüchtern mich nicht ein.«

Es folgte eine längere Pause, dann sagte die Frau: »Wir müssen vorsichtig sein. Rechne mit dem Schlimmsten, sollten sie uns finden.«

»*Ai*, Carlita. Ihre Drohungen haben nichts zu bedeuten. Nicht hier. Nicht in Mexiko. *En ninguana parte* – nirgendwo.«

»Werde nicht leichtsinnig, Hector«, sagte die Frau. »Dein Mut ist bewundernswert, aber Unbesonnenheit wäre ein Fehler.«

Scales steckte den Mini-Rekorder wieder ein. »Wenn Sie das nicht überzeugt, J.P., wie wär's denn damit: Carla Penrose und ein Hispanic, möglicherweise Hector Martinez, sind heute Morgen zusammen nach Las Vegas geflogen. Wir glauben, dass der Zettel, den sie hinterlassen hat, nur einem Ablenkungsmanöver dienen sollte. Mein Mitarbeiter hat beobachtet, wie sie an Bord einer Delta Airlines, Flug 3901, gegangen sind.«

Luther stöhnte auf. »Gottverdammt«, sagte er, »ich

habe dieser Frau die besten Jahre meines Lebens gewidmet. Und das ist der Dank dafür? Ein Hurensohn, der sich zwischen uns drängt und sie Carlita nennt? Was soll dieser Carlita-Mist? Ihr Name ist Carla, nicht dieses verschissene Car-liii-ta!«

»Es ist eine Koseform«, sagte Scales.

»Ich weiß, was es ist, Herrgott noch mal. Und ich – soll ich etwa das Gringoschwein sein, von dem in ihrem kleinen Dialog die Rede gewesen ist?«

Scales legte Luther eine Hand auf die Schulter. »Ich weiß, was Sie gerade durchmachen, Mr. Penrose«, sagte er. »Aber wenn erst einmal alle Karten offen auf dem Tisch liegen, werden Sie auch wieder ein normales Leben führen können.«

»Ich habe sie geliebt«, jammerte Luther. »Ich liebe sie noch immer. Ich habe nie jemand anderen geliebt als sie.«

»Das ist eine noble Haltung, Mr. Penrose«, sagte Scales. »Sie zeugt von tiefer Anständigkeit. Sie haben etwas Besseres verdient als dieses verworfene Handeln.«

»Ich kann auch vergeben«, sagte Luther und sah Scales erwartungsvoll an. Er war einfach schamlos.

Scales reagierte nicht darauf. »Man muss ein großer Mann sein, um vergeben zu können«, sagte er einen Augenblick zu spät.

Luther, noch ganz der verletzte, doch zu allem entschlossene Märtyrer, nippte an seinem Bier. »Ich kann vergeben, aber nicht vergessen«, sagte er. »So eine Wunde heilt nicht von heut auf morgen. Das ist nicht nur ein kleiner Stich.«

»Nein, so etwas geht tiefer«, sagte Scales. »Es trifft das Herz. Ich habe das ganze Spektrum menschlichen Verhaltens gesehen, Mr. Penrose. Wenn ich sage, ich fühle Ihren

Schmerz, dann ist das mehr als nur höfliche Konversation.«

»Ich war 1991 bei der Operation Desert Storm dabei und bin unversehrt zurückgekommen«, sagte Luther mit leiser Würde. Er betrachtete seine Handflächen. »Und jetzt sehen Sie mich an. Ich blute. Ich sterbe.«

»Wir werden unser Bestes geben, um den Heilungsprozess einzuleiten, Mr. Penrose«, sagte Scales. »Sie haben ein Anrecht auf einen schnellen Abschluss in dieser Sache.«

»Ich brauche frische Luft«, sagte ich. Ich ging in die Küche und öffnete die Türen zum Wintergarten.

Eine kleine grüne Eidechse blickte vom Fliesenboden zu mir hoch. Es war, als sähen mich ihre schwarzen Augen fragend an.

»Frag mich nicht«, sagte ich.

5

»Er ist Abschaum, Luther«, sagte ich. Nachdem Scales sich verabschiedet hatte, waren mir einige Details zu seiner »Truppe« und ihrem Ruf eingefallen.

»Tatsächlich?«, erwiderte Luther. »Seine Firma ist seit zwanzig Jahren im Geschäft. Sie haben Fälle gelöst, die für die Polizei nicht lösbar waren. Den größten Detektiv seit Sherlock Holmes kann eine derartige Aufklärungsquote natürlich nicht beeindrucken. Für jemand Gottgleiches wie dich ist Scales nur Abschaum. Entschuldige, wenn ich zu Ehren deiner fachmännischen Meinung ein wenig die Erderwärmung beschleunigendes Methan ablasse.«

Er hob den Hintern an und entließ trompetend einen Furz.

»Dieser Typ macht sich den Abfall zunutze, Luther. Er kramt ungeklärte Fälle hervor, um im Nachhinein einen Rechtsstreit anzustrengen. Mitunter erst Jahre später machen sie eine geschädigte Partei ausfindig, schaffen genügend Beweise herbei und überzeugen die Geschädigten, als Klagepartei Schadenersatz für eher Nebensächliches zu fordern. Wie im Falle dieser Frau, die übers Telefon anonyme Todesdrohungen erhalten hatte und im Jahr darauf gegenüber Southwest Bell erfolgreich Schadenersatzansprüche wegen emotionalem Stress geltend machen konnte, weil die Anrufe über deren Leitungen kamen. Scales & Partner fungieren als Vermittler. Die Anwälte, mit denen sie zusammenarbeiten, sind auf Personenschäden spezialisiert, schamloses Pack, das immer die Spur des Geldes findet, ihr nachgeht, egal, wie abwegig die Sache zu sein scheint, um am Ende Entschädigungsklagen loszutreten. Und so, wie die Gerichte heutzutage verfahren, wenn es um Entschädigungen geht, verliert dieses Pack so gut wie nie. Vor ein paar Jahren tauchte dieser Scales bei Sundown auf und wollte eine wasserdichte Kautionsversicherung abschließen für seinen aus Exknackis zusammengewürfelten Schnüfflerhaufen. Das wurde rundweg abgelehnt, aus Prinzip. Dieser Typ ist ein Hai in Gucci-Schuhen, Luther. Sieh zu, dass du ihn loswirst.«

»Beeindruckender Vortrag, J.P., ich befürchte nur, du hast keine Ahnung, wovon du sprichst. Und ich für meinen Teil weiß nur, dass sie Ergebnisse liefern. Nebenbei bemerkt, war es nicht dein genialer Ratschlag, ich solle es mal mit den Gelben Seiten versuchen? Und jetzt machst du dir ins Hemd, weil ich ihn befolgt habe.«

»Wie viel zahlst du diesem Gauner?«

»Ich glaube, das geht nur Mr. Scales und mich etwas an.«

»Ich hoffe inständig, dass du noch nichts unterschrieben hast.«

»Auch das ist nicht dein Bier.«

»Mit dieser Aktion wirst du Carla für alle Zeiten verlieren, Luther.«

»Ich habe sie bereits verloren.«

Er sah mich an, seine Augen waren feucht und seine Unterlippe zitterte. »Ich habe sie behandelt wie den letzten Dreck«, sagte er. »Das gebe ich zu. Doch das bedeutet nicht, dass ich sie nicht liebe.«

»Was soll das heißen?«

»Nichts, verdammt noch mal! So bin ich nun mal. Ich kann mitunter ein Arschloch sein. Sie weiß das. Sie hat das schon vor Jahren gewusst. Sie hat das gesamte Paket gekauft.«

»Ich glaube kaum, dass sie gewusst hat, was in dem Paket ist. Du kannst von Glück reden, dass sie so lange bei dir geblieben ist.«

»Leck mich, J.P.!«

»Er wird dich ausnehmen, bis du ihm auf die Schliche kommst oder er selbst in eine Sackgasse gerät«, sagte ich. »Das ist seine Masche.« Doch Luther hörte nicht zu.

Scales wartete draußen auf mich. Gedankenverloren strich er sich über seinen Unterlippenbart. »Hören Sie, Mann«, sagte er, »lassen Sie uns eins klarstellen: Das ist mein Job. Sind wir uns da einig? Es geht zwar nur um Taschengeld, aber wir haben die Ehefrau auf frischer Tat ertappt, sozusagen in flagranti. Es mag uns ein paar Wochen kosten, um an Material zu gelangen, wie Martinez die Lady mit seinem *chorizo* füttert, aber keine

Sorge, J.P., wir kriegen das hin. Wie heißt es so schön in diesem alten Song: Die Liebe findet ihren Weg.«

»Und was springt für Sie dabei heraus?«, fragte ich. »Sechshundert ohne Spesen?«

»Sie sind echt unterhaltsam, J.P. Genau der Richtige für eine Radio-Talkshow. Morgan am Morgen. Das hat was, finden Sie nicht?«

»Mir hat er fünfhundert pro Tag angeboten«, sagte ich, nur um Scales aus der Reserve zu locken.

Er musste zwangsläufig lachen. Sein herablassendes Feixen sagte mir, was ich wissen wollte: Wahrscheinlich hatte er Luther das Doppelte aus den Rippen geleiert.

»Sie verkaufen sich momentan unter Wert, J.P.«, sagte Scales. »Muss ganz schön stressig sein, Aufträge an Land zu ziehen, seitdem Sundown Ihnen einen Tritt verpasst hat, oder?«

»Vielleicht werde ich Luther einfach einen Gefallen tun und Carla selbst ausfindig machen, für lau.«

Scales straffte sich unter seinem Nadelstreifen. »Pass mal schön auf, Cowboy, wenn das hier ein Revierkampf werden soll, ziehst du den Kürzeren. Ich habe von dem Mann bereits einen Vorschuss erhalten, das kommt einem Vertrag gleich. Für uns ist das hier nur Kleinkram, aber unser Motto lautet: Kein Auftrag ist läppisch oder unbedeutend. Wir wollen den Bürgern helfen und sie unterstützen, das ist unser Geschäft. Also such dir deine Minijobs gefälligst selber.«

Ich verringerte die Distanz zwischen uns, so, dass es für einen Uppercut gereicht hätte. Wir hatten in etwa die gleiche Größe, nur rangierte ich zwei Gewichtsklassen über ihm und mein Gesicht war eine Chronik alter Schlägereien. »Vermutlich ist es für Sie schwer zu begreifen,

Scales, aber so wie die Dinge liegen, ist der Mann da drinnen mein Freund. Und wenn ich ihm einen Gefallen tun möchte, dann tu ich das.«

Er ging auf Abstand und stach mit dem Zeigefinger in meine Richtung. »Kommen Sie mir in die Quere, sorge ich dafür, dass Sie Ihre Lizenz los sind, Morgan. Ich habe Freunde, die in Marmortoiletten scheißen. Sind Sie inzwischen derart weg vom Fenster, dass Sie das nicht wissen?«

»Ich brauche keine Lizenz, um Luther einen Gefallen zu tun.«

»Tun Sie sich selbst einen Gefallen, halten Sie sich raus. Was wollen Sie machen, wenn man Ihnen den Lappen entzieht? Bei Denny's Geschirr abräumen?«

»Nett, dass Sie sich meinetwegen Sorgen machen, aber ich denke, ich komme zurecht.«

Wir ließen es dabei bewenden. Scales stieg in einen knallroten Porsche und fuhr davon. Ich hatte eine Reliquie meines Dads dahinter geparkt, einen angerosteten 1971er Chevy Monte Carlo. Ich ging noch mal hinein zu Luther.

»Er wird dich nach Strich und Faden ausnehmen«, sagte ich.

Luther hing noch immer in seinem Sessel, eine frische Dose Bier in der Hand. *Der Fliegende Holländer* auf dem Plattenteller ließ das Porzellan in der Vitrine erzittern, unter dem Sofa lugte der im Takt schlagende Schwanz der dicken Manx-Katze hervor – es war alles ganz schön dramatisch.

»Was kümmert's dich?«, erwiderte Luther. »Ich habe Hilfe gebraucht und du ... ach, du hast Bedenken vorgetragen. Einfach großartig, mit Freunden gesegnet zu sein, auf die man zählen kann.« Er sah mich verletzt an und wurde melancholisch. »Die letzten echten Freunde hatte ich in der Armee. So ist das im Gefecht. Das schweißt zusammen. Es heißt immer, im Gefecht gehe man seiner Menschlichkeit verlustig. Das ist Blödsinn. Es bringt die Menschlichkeit zum Vorschein.«

»Du bist nie in einem Gefecht gewesen. Luther. Du hast den Krieg in Riad verbracht, mit dem Tippen von Wirkungsanalysen.«

»Jeder, der dort war, stand im Gefecht«, sagte er. »Eine von diesen russischen Scuds ist zweihundert Meter von meinem Hotel entfernt eingeschlagen! Und vergiss bitte nicht, dass es in Riad von potentiellen Selbstmordattentätern nur so wimmelte.«

»Du hattest einen zeitlich befristeten Einsatz in einem Hotel?«

»Ich hatte einen zeitlich befristeten Einsatz von dem Moment an, als ich in die Armee eintrat. In Riad war ich nur fünf Wochen. Und weißt du was? Während der ganzen Zeit konnte ich nicht einmal scheißen! Ich habe nicht einen einzigen Haufen in die saudische Wüste gesetzt! Als ich ins Walter Reed eingeliefert wurde, litt ich unter Verstopfung, dazu das Golfkrieg-Syndrom und neurologische Störungen auf Grund eines chemischen Ungleichgewichts – den unfähigen Militärärzten, die mich mit allen möglichen Antitoxinen vollgepumpt haben, sei Dank! Sie mussten quasi eine Rohrreinigungsspirale einsetzen, um meinen Darm sauber zu kriegen. Das hat genauso wehgetan wie eine Schussverletzung, J.P. Aber hat man mir das Purple Heart verliehen, das ich verdient hätte? Nein! Man hat mich nach Hause geschickt mit einer Packung Abführmittel und einem Section 8.«

Luther, der, was Bindungen betraf, zu einer gewissen Flexibilität neigte, war vom Tage seiner Geburt an in einem zeitlich befristeten Einsatz. Ich musste unwillkürlich lachen, ein wenig zumindest.

Er starrte mich an, dann durch mich hindurch. »Du findest das komisch?«, fragte er. »Du lachst beim Anblick von Amputierten und Querschnittsgelähmten? Menschliches Leid entspricht deiner Vorstellung von überbordender Heiterkeit?«

Er hatte dieses bedrohliche Starren bis zur Perfektion eingeübt. Für Zivilisten war es erniedrigend. Kellner und Verkaufspersonal schüchterte es ein. Das Starren sagte: Ich habe mehr gesehen als du in deinen schlimmsten Albträumen. Praktischerweise hatte Luther völlig vergessen, dass ich als Angehöriger der 24. Infanteriedivision aus ziemlich geringer Distanz von Truppen der Hammurabi-Division Saddams angeschossen worden war. In seiner Welt war er der einzige Akteur von Bedeutung.

»Ich werde Carla finden«, sagte ich. »Und ich werde dir keinen Cent abnehmen.«

Er beachtete mich nicht. Auf seinem Schoß lag das Manuskript. Er nahm eine Seite und las sie, seine Bifokalbrille auf der Nasenspitze. Ich wollte gehen.

»Einen Moment, J.P., hör dir das an:

Richards Gesicht überzog ein kräftiges Hummerrot und er verschluckte beinahe seinen Kaviarlöffel. Meyerbeer, sein Gastgeber, verstand weder den Sinn noch die Bedeutsamkeit von Lohengrin! Richard wurde übel, er würgte. Er begab sich hinaus in das triste Elend des tückischen Regens und ging mit ausgreifendem Schritt auf die übel riechende Kloake zu, die man Seine nannte, eingehüllt in die Pariser Nacht, die schwer auf ihm lastete in ihrer merkwürdig unheilschwangeren und freudlosen Ausgelassenheit. ›Keine Oper ist wie Lohengrin!‹, sagte er zu dem namenlosen Bettler, der seine schmutzige Hand eines Almosens wegen ausstreckte. Plötzlich hasste Richard Paris! Er schlug mit seinem Spazierstock auf die schmutzige Hand des Bettlers. ›Schwein!‹, rief er aus und ging weiter. Seinem baldigen Aufenthalt in Meudon sah er mit Freuden entgegen. Der Polizeipräfekt von Paris hatte nicht die Macht, ihn dort wegen seiner Schulden zu verhaften! Meudon, wo er geschworen hatte, das einzige Mittel der Vergeltung anzuwenden, das dem absoluten Genius zur Verfügung stand: Er würde die Welt mit einer neuen Musik in Erstaunen versetzen, einer Musik, die ihren Ursprung geradewegs in dem verwunschenen Reich der großen teutonischen Götter hatte! Bald schon würde Cosima – Tochter des rastlosen ungarischen Genies Franz Liszt – wieder in seinen Armen liegen. Cosima! Die wunderschöne Frau von Bülows, eines anständigen Burschen, der nichts gegen diese Affäre einzuwenden hatte! Cosima! Cosima! Vor seinem geistigen Auge sah er die zarten Pforten ihres Geschlechts, die wie feuchte Blütenblätter einer Rose erzitterten, während sie sich für seine Walhall-gestählte Männlichkeit öffneten, als wäre sie die Sonne selbst! ›Keine Oper ist wie Lohengrin, Cosima!‹ Und warum sollte von Bülow etwas einzuwenden haben? Seine Frau jemandem von absoluter Genialität zu überlassen, bedeutet für jeden Mann eine Ehre! Was ist köstlicher und befriedigt mehr als die Ergebenheit solch aufrichtiger Freunde? Was wäre mehr geeignet, die Gaumen der ewigen Götter zu kitzeln?

Was hältst du davon, mein Freund? Melodramatisch? Zu viel Sturm und Drang für deine bourgeoise Seele?«

»Ein klassischer Penrose«, sagte ich. »Du übertriffst dich nahezu selbst, Luther.«

Er nickte zustimmend, zufrieden mit sich – der Held seiner eigenen Täuschung.

6

Am anderen Morgen spazierte ich durch Bhutan. Die Universität lag nur etwas mehr als einen Kilometer von meinem Apartment entfernt, dennoch fühlte ich mich jedes Mal zehntausend Kilometer weit weg und um tausend Jahre zurückversetzt. Und alles wegen der Bauten. Sie sind absurd. Keine andere Universität im Lande hat auch nur annähernd eine derartige Architektur. So hätte Shangri-La ausgesehen haben können. Verantwortlich für diesen Raum-Zeit-Effekt war die Frau des ersten Präsidenten. Vor gut hundert Jahren stieß diese Frau beim Blättern in einer Ausgabe des National Geographic auf Abbildungen der Dzongs, der Klosterfestungen Bhutans, deren Architektur aus Tibet importiert worden war. Seinerzeit gab es hier weder einen Campus noch Gebäude. Besagte Gattin machte ihren Mann auf das Gebiet von Bhutan aufmerksam, wies darauf hin, wie ähnlich es unserem Teil von West-Texas sei. Der Baustil der großen buddhistischen Klöster sei perfekt für die neue Ausbildungsstätte – der Texas State School of Mines and Metallurgy. Sie konnte ihren Gatten überzeugen.

Es war absurd. Ein College sollte wie ein College aussehen, nicht wie eine buddhistische Klosteranlage. Die Gebäude sollten von Kletterefeu begrünte Außenwände haben, klassische Rundbögen, grasbewachsene Innenhöfe, es sollte einen ehrwürdigen Glockenturm geben, dessen Glocke halbstündlich erklingt. Sie sollten keine niedrigen Dächer mit roten Ziegeln haben oder wie trapezförmige Monolithe in die Höhe ragen. Ihre Mauern sollten nicht mit exotischen Mandalas besetzt sein, die nur für Buddhisten eine Bedeutung haben. Führte jemand in verantwortungsvoller Position diese Argumente ins Feld, wehrte die Gattin des Präsidenten sie ab. Im Laufe der Jahre wuchs der Campus, aber jedes neu zu errichtende Gebäude hatte diesem Erlass zu entsprechen. Jedes hatte auszusehen wie ein tibetischer Dzong. In den späten 1960ern wurde die Lehranstalt umbenannt und erhielt ihren heutigen Namen: University of Texas at El Paso, UTEP. Für mich heißt sie Bhutan. Bhutan am Rio Grande.

Ich schlenderte gern sonntags über den Campus, wenn keine Studenten dort waren. Das Gefühl, durch Zeit und Raum getragen zu werden, war am intensivsten, wenn ich für mich war. Der Wind, der seinen Weg zwischen den Gebäuden hindurch fand, erzeugte einen tiefen Ton, ähnlich dem »AUM« tibetischer Mönche. Manchmal hatte ich etwas zu essen dabei und suchte mir einen Platz im Schatten der Maulbeerbäume im Park vor dem alten Hauptgebäude, dem ältesten der an die Dzongs erinnernden Bauten. Ich setzte mich mit gekreuzten Beinen ins Gras, machte es mir bequem und entwickelte meine besten Lotosgedanken, während die Zeit dahinkroch oder mitunter völlig zum Stillstand kam.

An diesem Tag entwickelte ich keine Lotosgedanken. Auf dem Campus wimmelte es nur so von Leuten und da es Freitag war, probte eine Rockband auf dem Platz vor dem Haus der Studentenvereinigung. Ich sprach einen zerstreut wirkenden Mann in Seersucker und Fliege an – vermutlich ein Professor der Ökonomie – und fragte, wo sich das Institut für Lateinamerikanische Studien befinde.

Er erklärte mir den Weg. Das Dröhnen der Band überlagerte seine Stimme. Ich meinte, etwas verstanden zu haben, was wie War Hell klang. Fast richtig. Am südlichen Ende des Campus fand ich schließlich Worrell Hall.

»Können Sie mir sagen, wie ich zum Büro von Carla Penrose komme?«, erkundigte ich mich bei der Sekretärin des Fachbereichs, einer schmalen, angespannt wirkenden Frau in den Fünfzigern. Sie war eine von diesen stets erschöpften Bürokräften, die selbst im Sarg einen enervierten Eindruck machen.

»Sie hat sich für heute krankgemeldet«, erklärte sie, ohne ihren Papierkram aus den Augen zu lassen.

»Verraten Sie es mir trotzdem«, bat ich.

Sie sah mich kurz an. »Weshalb sollte ich das tun?«

»Ich möchte ihr eine Nachricht unter der Tür durchschieben.«

»Geben Sie sie mir. Ich werde sie in ihr Postfach legen.«

»Es ist etwas Persönliches. Eine Art Billetdoux. Wir sind gut befreundet. Ich möchte es ihr lieber unter der Tür durchschieben.«

Ihre Lippen bildeten eine scharfe rote Linie. Sie zu küssen wäre dem Küssen eines Käsehobels gleichgekommen. »Niemand wird es lesen, Sir«, sagte sie. »Wir respektieren die Privatsphäre, selbst die unseres nicht festangestellten Lehrkörpers.«

Ich nahm an, dass sie damit ihren Sinn für Humor unter Beweis stellen wollte, aber sie lächelte nicht.

»Vergessen Sie's«, sagte ich.

Ich ging den Gang neben dem Sekretariat entlang und studierte die Namensschilder an den Türen. Ich las sämtliche Namensschilder im Erdgeschoss und im ersten Stock. Schließlich fand ich C. PENROSE an der letzten

Tür im Gang der zweiten Etage. Wer auch immer ihr dieses Büro zugewiesen hatte, er musste es in der Absicht getan haben, sie zu verbannen. In manchen Institutionen werden unbequeme Mitarbeiter mit abgelegenen Arbeitsplätzen bedacht, bevor sie gefeuert werden. Vermutlich aus einem ihrem anstehenden Handeln zu verdankenden Schuldgefühl heraus wollen sich die Vorgesetzten dem Anblick der alsbald an die Luft Beförderten nicht aussetzen. Ich fragte mich, ob Carla sich höheren Ortes Feinde gemacht habe, und kam zu dem Schluss, dass dem so sei. Sie war der Typ dafür – eine geborene Quertreiberin.

Die Tür war verschlossen. Ich überprüfte die anderen Büros. Die meisten waren dunkel. Ich lauschte an zwei Türen, hinter deren Oberlichtern Licht zu sehen war. Nichts rührte sich. Wahrscheinlich Professoren, die irgendwelche Papiere lasen. Ich ging zurück zu Carlas Tür. Ich hatte mein Pickset dabei. Es war ein altes Schloss, so um die vierzig oder fünfzig Jahre alt. Trotzdem kostete es mich rund anderthalb Minuten, bis sich die Stifte meiner »Schlange« Marke Eigenbau beugten. Zu lange. Andererseits war der Ort sicher genug für die ruchlose Tat. Ich betrat das Büro und schloss die Tür hinter mir.

Carla lebte komfortabel in ihrer Verbannung. Das Büro war eine Aussage: So ein Exil hat auch sein Gutes. Es war liebevoll eingerichtet und besaß die typisch weibliche Note – Teppiche mit Persermuster, Vorhänge aus Chintz, eine Stehlampe im Tiffany-Stil, ein kleiner Kühlschrank, die Tür voller Magneten und Aufklebern, und an den Wänden Reproduktionen impressionistischer Meister. Die Wände selbst waren in einem ungewöhnlichen Blaugrün gestrichen.

Es gab einen mit Plüsch bezogenen Diwan, darauf dicke Seidenkissen, und einen Ledersessel mit passendem Hocker. Der Diwan war weinrot und lang genug, um sich darauf ausstrecken zu können. Der Raum hatte mehr von einem Versteck als von einem Büro, ein idealer Ort für ein romantisches Stelldichein.

Blickte man aus dem Fenster, offenbarte sich der Kontrast: Auf der anderen Seite des Rio Grande sah man eines der ärmsten Viertel von Juárez, das Territorium der Cedepistas. Die Cedepistas nehmen für sich in Anspruch, Kommunisten zu sein, und heißen *los gringos* nicht willkommen. Es ist riskant, sich in diesem Viertel aufzuhalten, ob zu Fuß oder im Auto. Selbst die Polizei von Juárez verhält sich zurückhaltend, wenn sie, vorbei an den notdürftigen Behausungen, durch die elenden Straßen der Cedepistas patrouilliert.

Als Erstes schraubte ich den Hörer von Carlas Telefon auseinander und entfernte Scales Wanze. Anschließend überprüfte ich unter anderem die Deckenbeleuchtung, den Rauchmelder und die Heizungsrohre auf Mini-Kameras. Sollte Scales eine installiert haben, war sie für mich jedenfalls unauffindbar. Ich ließ Carlas Rechner hochfahren und versuchte mich am Passwort. Bereits der dritte Versuch war erfolgreich: Rosepen. Ich rief rund ein Dutzend Dateien auf – Erläuterungen zu Seminaren, Ideen für neue Lehrveranstaltungen, Memos. Nichts von alldem hatte mit Hector Martinez zu tun.

Danach nahm ich mir ihren Schreibtisch vor. Das reinste Chaos, sie würde nicht bemerken, dass ich ihn durchsucht hatte. In den obersten Schubladen Dinge, die Dozenten so horten: Radiergummis und Tipp-Ex-Fläschchen, ein Dutzend Bleistifte, ebenso viele Kugelschreiber,

Pinnnadeln und Reißzwecken, Heftklammern, Haftnotizen, Schießgummis und Rollen mit Tesafilm, Rollen mit Briefmarken und Packen von Freiumschlägen, alle mit dem Absender des Instituts versehen, Aufkleber aller Art und Flaschen mit Aspirin und Tylenol und ein leeres Röhrchen Percocet.

Die linke untere Schublade diente der Ablage. Sie war vollgestopft mit Papieren von Studenten. Ganz hinten dann das Material zum Thema Protest und Wandel: Texte mit Titeln wie »Öffnet la Frontera jetzt!« und »Schluss mit der Verfolgung mexikanischer Arbeitskräfte, »Dieses Land war *ihr* Land«. Ein Text mit der Überschrift: »Ziele und Methoden der HBB« beschäftigte sich offenbar mit Problemen, verursacht von einer Bürgerwehr, die auf Teufel komm raus die illegale Einwanderung mit Gewalt verhindern wollte.

Daneben gab es Vergrößerungen von Fotos: Carla und einige mexikanische Frauen beim Durchwaten des Rio Grande; ein anderes zeigte die Frauen, wie sie mit Bolzenschneidern ein großes Loch in den Maschendrahtzaun schnitten, der die Länder trennte. Dann ein Foto, auf dem zu sehen war, wie die Frauen durch das Loch krochen. Auf dem nächsten Foto der Serie INS-Beamte, die den Frauen Handschellen anlegten. Carla hob ihre gefesselten Hände für ihren Komplizen hoch, den Fotografen. Sie strahlte, zeigte keine Furcht. Das Foto mit der Bildunterschrift »Gewissen und Ungehorsam – die Grenze heute« hatte es sogar in die *Newsweek* geschafft.

Ich erinnerte mich an den Vorfall. Er hatte sich im letzten Winter ereignet: Eine Guerilla-Theater-Aktion, ganz in der Tradition der Vietnam-Proteste vor über dreißig Jahren. Carla verbrachte eine Nacht in INS-Gewahrsam und wurde für ihre Teilnahme an der Demonstration zu einer hohen Geldstrafe verurteilt. Mir fiel wieder ein, wie sich Luther mit den Behörden in die Wolle bekam, sich wichtig machte, sich großspurig als Sohn von Big Bill Penrose inszenierte. Niemand nahm ihn ernst. Den meisten Menschen in der Stadt ist Big Bill in unangenehmer Erinnerung. Sollte der Name Penrose jemals Gewicht gehabt haben, dann hat Big Bill es mit ins Grab genommen.

Doch nichts hier erklärte Carlas Verschwinden.

Also ging ich und sorgte noch dafür, dass die Tür wieder abgeschlossen war. Am Ende des Gangs kam ein Mann aus einem Büro. Er war kahl geschoren, in ein safrangelbes Gewand gehüllt und trug Sandalen. Auf seiner Nase saß eine Brille mit dunklem Gestell und runden Gläsern. Ein buddhistischer Mönch.

Er war durch und durch echt. Als die Mönche von Bhutan vor Jahrzehnten von diesem Campus erfahren hatten, waren sie nicht nur fasziniert, sie waren auch davon überzeugt gewesen, dass er eine Art metaphysischer Bedeutung haben müsse. Sie besuchten den Campus und der damalige Präsident bot ihnen kostenlose Büroräume an. Kurz darauf rief die Universität ein Himalaya-Kulturzentrum ins Leben.

Die Mönche erschienen wie Botschafter von einem anderen Stern, aber bald schon erfüllten sie mehr als die Funktion einer exotisch anmutenden Dekoration. Sie waren nach West-Texas gekommen, als wollten sie ein verlorenes Gebiet ihres eigenen Landes entdecken. Inzwischen bieten sie Seminare an über den Achtfachen Pfad und Meditationskurse für die, die nach einer neuen Orientierung für ihr Leben suchen. Hin und wieder gestalten sie Mandalas aus Sand, die der Universität

Glück bringen sollen. In einer feierlichen Zeremonie nimmt ein Mönch den Sand eines Mandalas auf und streut ihn in den Rio Grande, um das Wasser zu segnen und von Verunreinigungen zu befreien. Gut möglich, dass es eines Tages dazu kommt, aber bis jetzt hat noch niemand die Universität wegen Missachtung der in der Verfassung verankerten Trennung von Kirche und Staat verklagt.

Der Mönch sah mich und lächelte. »Und? Wie ist Ihr Tag bisher verlaufen?«, fragte er, als würde ihn das tatsächlich interessieren.

»Den Zeh habe ich mir noch nicht gestoßen«, erwiderte ich.

Er lachte gutmütig. »Nun, der Tag ist noch jung, nicht wahr?«

7

Ich war schon fast zu Hause, als Luthers Packard neben mir auftauchte und hielt. Luther kurbelte das Seitenfenster herunter. »Steig ein«, sagte er.

»Was verschlägt dich in diese billige Wohngegend, Luther?«

»Ich suche dich wie die sprichwörtliche Nadel im Heuhaufen«, sagte er. »Bevor sie verschwunden ist, hat sie Geld von unserem gemeinsamen Konto abgehoben. Scales hat mir gesagt, dass sie die Flugtickets bar bezahlt hat.«

»Carla?«

»Nein. Königin Elizabeth II. Wer zum Henker glaubst du wohl?«

»Hat sie sich gemeldet?«

»Nein.«

Ich stieg in den Wagen. Luther sah aus, als hätte er überhaupt nicht geschlafen und sich ausschließlich von Kaffee und Amphetaminen ernährt. Er schien zu zittern – immer mal wieder wurde er von unkontrollierten Zuckungen erfasst. Er hatte sich nicht rasiert und seine Kleidung war bekleckert. Obendrein stank er nach Bier und Gebratenem. Carla war schon keine große Köchin, aber alles, was Luther zu seiner Ernährung beitragen konnte, war das Braten von Club-Steaks in einer Pfanne mit heißem Fett.

»Ich möchte, dass du nach Las Vegas fliegst, J.P.«, sagte er. »Finde sie und rede mit ihr. Sie hat dich immer gemocht. Vielleicht kannst du sie überzeugen, nach Hause zu kommen. Erzähl ihr, wie zerknirscht ich bin. Dir hört sie zu.«

»Was ist mit Scales & Partner?«, fragte ich. »Womöglich haben die bereits Wanzen und Mini-Kameras in ihrem Hotelzimmer installiert. Das wolltest du doch, oder? Handfeste Beweise für eine Scheidung.«

»Ich will sie nicht verlieren«, sagte er niedergeschlagen. »Ich brauche sie, richte ihr aus, dass ich ihr alles vergebe. Erinnere sie daran, dass ich Katholik bin und somit ein Experte, was Abbitte betrifft. Sie hat ihr Techtelmechtel gehabt, aber ich bin verdammt noch mal ihr Ehemann! Das bedeutet doch schließlich etwas, oder nicht? Die Tatsache, dass es mir gelingt, mich derart zu erniedrigen und ihr zu vergeben, sollte sie zur Vernunft bringen, meinst du nicht?«

Vielleicht bringt diese Sache mit Hector Martinez Carla zur Vernunft, ging es mir durch den Kopf, aber ich sprach es nicht aus.

Luther hielt vor meinem Apartmenthaus. Er holte seine Brieftasche hervor und gab mir sein gesamtes Bargeld. »Hier, das sind etwa zweitausend. Wenn du mehr brauchst, schick ich dir was. Tu, was notwendig ist, J.P. Entführe sie, wenn's sein muss. Wenn du sie überreden kannst, nach Hause zu kommen, gebe ich dir fünf Riesen als Bonus.«

»Zuerst solltest du Scales und seine Leute von dem Fall abziehen.«

»Das mache ich. Gleich morgen, als Erstes.«

»Haben die herausgefunden, in welchem Hotel sie ist?«

»Im Riviera, Zimmer 821.« Er sah mich an, einen Hoffnungsschimmer in den Augen. »Sie haben getrennte Zimmer. Martinez hat Zimmer 823.«

Getrennt, aber nebeneinander, dachte ich. »Zuerst muss ich noch etwas wissen«, sagte ich.

Er runzelte die Stirn und wich meinem Blick aus. »Was?«

»Ich will genau wissen, was du anstellen musstest, damit sie abhaut.«

»Ich bin keiner, der seine Ehefrau verprügelt, falls du das meinst.«

»Irgendwas ist zwischen euch vorgefallen, Luther.«

Resigniert ließ er sich in seinem breiten Mohairsitz nach hinten fallen. »Vielleicht gab es da etwas«, sagte er, so leise, dass es kaum zu verstehen war. »Ich wusste bereits von diesem Arschloch, diesem Martinez, bevor Scales ihn ermittelt hat. Ich meine, ich habe gewusst, dass sie sich regelmäßig mit jemandem trifft. Seinen Namen kannte ich nicht. Ich habe die beiden im Paradise-Café gesehen. Die Köpfe zusammengesteckt, so vertraut miteinander über ihren Piña Coladas. Das ist ein paar

Monate her. Ich habe einen Riesenaufstand deswegen gemacht, aber sie hat darauf beharrt, dass der Typ ein Doktorand sei und sie sich nur über die Probleme an der Grenze unterhalten hätten. Gottverdammt, was gehen mir diese Grenzprobleme auf den Sack! Ich wollte ihr ja glauben. Aber es waren doch nur dumme Ausreden. Möglich, dass es ganz harmlos angefangen hat, aber es spricht einiges dafür, dass ihre kleinen Treffen zum Thema Grenzprobleme jetzt von anderer Qualität sind.«

»Das ist alles?«

»Ist das nicht genug? Himmel noch mal, was brauchst du denn noch? Willst du von mir hören, dass sie nicht mehr mit mir schläft?«

»Tut sie das?«

»Fahr zur Hölle.«

»Eins sollte dir klar sein, Luther«, sagte ich.

»Was?«

»Ich werde sie nicht entführen.«

Er sah mich mit gequältem Blick an. Aus den Qualen wurde Sorge und am Ende Angst. Luthers Unterlippe begann zu zittern. »Da ist noch etwas«, sagte er.

»Ah, das Beste kommt immer zum Schluss, nicht wahr?«

Er überging die Stichelei. »Ich bin paranoid, wie du weißt, und von Zeit zu Zeit ein wenig schizoid, richtig? Und dann diese bipolare Störung ... «

»Ich habe dich das eine oder andere Mal im Clinch mit deinen Dämonen erlebt, Luther.«

»Vielleicht bin ich gerade paranoid. Ich weiß es nicht. Aber vor meinem Haus lungern ein paar Brutalos Marke Extrabreit rum, in einem Auto. Als ich losgefahren bin, habe ich sie entdeckt. Sie fahren einen Mietwagen. Keine

Ahnung, wer die sind, aber ich habe richtig Manschetten, nach Hause zu gehen.«

»Vielleicht Touristen, die sich verfahren haben und sich fragen, wie sie nach Alamo kommen.«

»Wie Touristen kamen sie mir nicht vor – eher wie Schläger vom Klan, die ganz alte Schule. Ich konnte die Maisgrütze und den Schweinenacken förmlich riechen.«

»Es gibt hier kein Chapter des Klans«, sagte ich. »Nicht mehr seit den Zwanzigerjahren.«

Die Chance, dass der Klan in El Paso einfällt, um Unruhe zu stiften, hatte durchaus bestanden, nachdem die Universität 1966 mit einem schwarzen Team die NCAA-Basketball-Meisterschaft gewonnen hatte, wodurch eine Menge weißer Fans im Süden in Harnisch geraten waren. Aber dazu war es nicht gekommen.

»Die Typen haben einfach nur im Auto gehockt«, sagte Luther. »Stur geradeaus geschaut, als hätten sie jede Menge Zeit totzuschlagen.«

»Falls sie noch da sind, wenn du nach Hause kommst, ruf mich an. Ich nehme sie unter die Lupe.«

Das schien ihn ein wenig zu beruhigen. Er hörte auf zu zittern, doch sein Teint war unnatürlich wächsern. Luther war überzeugt, sich die sogenannte Golfkriegskrankheit – Nachtschweiß, Müdigkeit, Gelenkschmerzen – eingefangen und sie mit nach Hause gebracht zu haben. Es sah so aus, als hätte er einen Rückfall. Auf seiner Stirn standen Schweißperlen und er war blasser denn je.

»Carla mag von mir aus eine Affäre mit Hector Martinez haben«, sagte ich, »aber ich denke, da spielt sich noch etwas anderes ab. Sie steckt in irgendwelchen Schwierigkeiten. Deshalb mache ich das. Ich will nicht, dass sie mit dem Gesetz in Konflikt gerät.«

»Schuld ist nur ihre verdammte linke Politik!«, rief Luther. »Sie hat ziemlich vielen Leuten auf beiden Seiten des Flusses vors Schienbein getreten. Der mexikanischen Polizei, den Schleusern, der INS – und nichts kann sie stoppen.«

Er fing an, das Lenkrad mit seinen Fäusten zu bearbeiten. Seine Augen blickten ins Leere und er wackelte mit dem Kopf, als wollte er das Chaos darin ordnen.

»Fahr nach Hause«, sagte ich. »Nimm deine Medikamente. Ich werde das eine oder andere für dich herausfinden.«

8

Als er zu Hause war, rief Luther mich an. Der Wagen vor seinem Haus war verschwunden, ganz im Gegensatz zu seiner Paranoia. »Mach dich locker, Luther. Nimm eine Prozac, rauch einen Joint. Ich melde mich morgen bei dir.«

»Für dich ist alles so einfach«, sagte er sarkastisch.

»Einige von uns sind eben gesegnet«, erwiderte ich.

Am nächsten Morgen flog ich nach Las Vegas, ein Flug von zwei Stunden. Ich mietete einen Wagen bei McCarran und fuhr zum Strip. Die irreale Schönheit an der Oberfläche von Las Vegas vermittelte das Gefühl, umjubelter Darsteller in einem außergewöhnlichen Schauspiel zu sein. Ob bewusst oder unbewusst – die Stadt war darauf abgestimmt, genau diesen Effekt zu erzielen. Man glaubte plötzlich an einen Neuanfang und an ein Happy End. Jedenfalls betrachtete man sich nicht als der Trottel, der zu werden, man im Begriff war.

Ich nahm mir ein Zimmer in der neunten Etage des

Riviera. Mein Fenster ging auf den Las Vegas Boulevard hinaus, eine lange Prachtstraße, wo prunkvolle Bauten anderer Epochen, anderer Orte auf engstem Raum beieinanderstanden. Mit ihrer ganz eigenen Ignoranz gegenüber Stil und Geschichte huldigten einige jedoch weder einer bestimmten Zeit noch einem bekannten Ort. Wenn man es zuließ, nahm der Sinn für Realität hier Schaden, und die meisten Besucher ließen es zu – deswegen waren sie ja gekommen. »What happens here, stays here«, lautete das offizielle Motto der Stadt. Für die hoffnungsvollen Hedonisten aus Milwaukee, Wichita und Saskatoon bedeutete das sozusagen den Startschuss. Selbst das Tageslicht schien über mehr Lumen zu verfügen; es blendete viel zu sehr, um natürlich zu sein.

Ich glaube nicht, dass die Jungfrau Maria hier jemals gesichtet wurde. Das ist nicht ihre Stadt. Und doch war sie voll von Gläubigen. Auf den Bürgersteigen zu beiden Seiten des Boulevards rollte der Strom der Pilger, die, bekleidet mit Shorts und Sandalen, bereit waren, die Kollektenteller der Kasinos mit ihrem Pensionsgeld zu füllen. Die Hoffnung des wahren Gläubigen: Wenn den Göttern von Vegas genügend Opfergaben dargebracht werden, werden sie den Pilger mit einer Glückssträhne segnen. Glück im Spiel als einzige Erlösung.

Ich vergeudete nicht viel Zeit am Fenster, sondern fuhr recht bald hinunter in den achten Stock und lauschte an der Tür von 821. Der Fernseher lief und neben dem Gelächter aus der Konserve hörte ich, wie eine Frau, vermutlich Carla, und ein Mann, zweifelsohne Hector Martinez, miteinander sprachen. Es war nicht zu verstehen, was sie sagten, aber das Gespräch wurde schnell geführt und war ziemlich aufgeladen. Die Anspannung im Raum war durch die Tür hindurch spürbar.

Ich fuhr hinunter ins Kasino und wählte einen Spielautomaten gegenüber den Fahrstühlen. Will man ein Hotel in Las Vegas verlassen, muss man zwangsläufig durch diesen Maschinenpark. Es gibt kein leichtes Entkommen, was die Spielautomaten, die Tische für Blackjack oder Craps und die Rouletteräder betrifft. Ein gut dreihundert Meter langer Zickzacklauf führt einen an Hunderten von Spielen vorbei, bevor man das Ziel, den rettenden Ausgang, erreicht hat. Ein Ambiente, so subtil wie die Mündung einer Waffe zwischen den Rippen.

Ich trug eine blaue UTEP-Kappe, eine Sonnenbrille und einen Dreitagebart – eine hinreichende Verkleidung, wollte man nicht auffallen, dort, wo man nicht erwartet wurde.

Ich saß vor meinem Pokerautomaten, versorgt mit einem Becher voller 25-Cent-Stücke, den ich etwa einmal in der Stunde auffüllte. Neben mir, eine kalte Zigarette zwischen den Lippen, spielte eine stark geschminkte Matrone die Jokers-Wild-Option an ihrem Automaten. Die langjährige gebeugte Haltung vor elektrischen Banditen hatte ihr einen beachtlichen Buckel beschert. Ihre Bewegungen waren mechanisch und unermüdlich – Jahre des Hoffens zur Gewohnheit erstarrt. Das Ritual bereitete ihr kein Vergnügen. Sie erinnerte mich an eine alte Frau aus El Paso, eine düstere *abuela*, ganz in Schwarz gekleidet, die in der Kathedrale San Patricio an der Mesa Street immer in der vordersten Reihe saß und sich im gemurmelten Spanisch durch die Stationen des Kreuzwegs betete.

Gegen drei Uhr nachmittags hatte die Belagerung des Pokerautomaten für mich ein Ende. Carla und Hector kamen aus dem Fahrstuhl und steuerten den Ausgang des Kasinos an. Ich vermachte dem alten, weiblichen Automaten-Junkie meinen noch zur Hälfte mit 25-Cent-Stücken gefüllten Becher – Wert etwa fünfzehn Dollar. Sie sah mich an, ihre ohnehin blassen Augen von Misstrauen getrübt. Dann lächelte sie und ihr falsches Gebiss reflektierte den gesamten Regenbogen der Festbeleuchtung des Kasinos. »Das wird Ihnen doppelt Glück bringen«, sagte sie. »Jesus ist jetzt auf Ihrer Seite, mein Lieber. Warten Sie nur ab.« Ich war nicht überzeugt, dass die Verdoppelung meines Glücks automatisch eine gute Sache sei, dennoch bedankte ich mich bei ihr.

Ich verließ das Kasino gerade noch rechtzeitig, um zu sehen, wie Carla und Hector in ein Taxi stiegen. Ein fetter Typ in einem Walmart-Anzug stieg in das Taxi dahinter. Unwillkürlich musste ich an Bluto aus dem Popeye-Comic denken: Dick und unansehnlich, ohne sich dessen zu schämen, dazu eine abfallende Stirn, die auf einen verkürzten Stirnlappen schließen ließ, immerhin der Teil des Gehirns, der für die Steuerung des zivilisierten Verhaltens verantwortlich ist.

Mein Mietwagen, ein Chevy, befand sich in der Obhut des Parkservice, aber die Zeit reichte nicht, ihn holen zu lassen. Ich stieg in das nächste Taxi und sagte dem Fahrer, er solle dem ersten Wagen folgen.

Alle drei Taxis fuhren den Las Vegas Boulevard hinunter, dann auf die Auffahrt zur Interstate 515 Richtung Süden. Alle rasten wir die Interstate hinunter, nach Henderson oder Boulder City oder noch weiter. Blutos Taxi fiel zurück. Ich nahm an, dass er einer von Scales Handlangern war, der verhindern wollte, dass Carla und Hector die Observierung bemerkten. Aus genau diesem

Grund sagte ich meinem Fahrer, er solle langsamer fahren, bis sich die Lücke zwischen uns und Blutos Taxi mit ein paar Autos gefüllt habe.

Kaum hatten wir die City hinter uns gelassen, begann die Umgebung sich zu verändern. Wie sagenhafte Pilze aus Terrakotta ragten teure Anwesen rechts und links der Interstate vom Boden empor. Ich konnte das kollektive Summen von Klimaanlagen und Verdampfungskühlern förmlich hören. Die Straßen dieses Gebiets waren menschenleer, als hätte man die Gebäude einer drohenden Katastrophe wegen evakuiert. Dann lagen auch diese Anwesen hinter uns und wir gelangten in den Teil von Las Vegas, der lange vor den Kasinos existiert hatte. Am Rande von Henderson, direkt neben der Interstate, tauchte ein unübersichtliches Gelände auf: Schuppen aus verrostetem Stahlblech, Lagerhäuser, ein Café, das aussah wie ein Airstream-Trailer aus dem Jahre 1940, ein Lagerplatz voller Röhren mit großem Durchmesser und der obligatorische heruntergekommene Trailerpark, wo sich jede Menge abgewrackte, gut vierzig Jahre alte Wohntrailer drängten.

Carlas Taxi nahm die Ausfahrt und fuhr in den Trailerpark. »Shamrock Meadows«, ein Name, derart unpassend, dass er nur dem entsprungen sein konnte, was der Eigentümer unter Fröhlichkeit verstand.

Blutos Taxi bog ebenfalls in den Trailerpark ein. Ich sagte meinem Fahrer, er möge mich am Café aussteigen lassen. Er machte einen sanftmütigen Eindruck. Sein Nacken war voller Knitterfalten und seine kleinen Hände bewegten sich fahrig. Er erinnerte mich an meinen Vater.

»Und wie kommen Sie zurück?«, fragte er. »Kein Taxi fährt den ganzen Weg von der City hierher.«

»Ich denke, darum kümmer ich mich später.«

»Nach Boulder City ist es nicht weit. Das können Sie auch zu Fuß erreichen.«

»Werd ich mir merken«, sagte ich. »Vielleicht könnte ich einen Taxifahrer aus Boulder City mit einem angemessenen Trinkgeld überzeugen, mich hier abzuholen.«

»Um Sie wohin zu bringen? Keiner wird Sie nach Vegas bringen, um leer wieder zurückzufahren, todsicher.«

»Für kein Geld der Welt?«

Er musterte mich. »Hab Sie gar nicht für so zahlungskräftig gehalten«, sagte er, »eher für jemanden, der jeden Cent am Würfeltisch lässt.«

»So jemand bin ich nicht«, sagte ich.

»Nun, was soll's. Wenn ich meine Uhr laufen lassen kann, warte ich den ganzen Tag auf Sie.«

Ich gab ihm einen Zwanziger. »Hier, kaufen Sie sich ein Sandwich«, sagte ich. »Ich dürfte in einer guten halben Stunde wieder da sein.«

9

Ein leeres Taxi kam aus der Hauptstraße des Trailerparks. Es war eine unbefestigte Straße und das Taxi wirbelte eine ganze Fuhre hellbraunen Staub auf. Am Straßenrand hockten zwei schmuddelige Knirpse und ließen ihre Spielzeug-LKWs in einer Wasserpfütze hin und her fahren. Neben ihnen stand ein Eimer mit Wasser, womit sie die Pfütze immer wieder auffüllen konnten. Einer der beiden sah hoch zu mir, als ich vorbeiging.

»Wollen Sie mitspielen?«, fragte er. »Kommen Sie, Mister, spielen Sie doch mit.«

»Heute nicht, Kleiner«, sagte ich.

»Sie können auch meinen Truck haben«, sagte der andere. »Ich mach den Wassermann.«

»Hört auf den Mann zu belästigen, Jungs«, sagte eine Frauenstimme.

Die Stimme ertönte hinter dem mit einem Fliegengitter versehenen Fensterschlitz eines Wohntrailers.

»Kümmern Sie sich nicht um die, Mister«, sagte sie. »Die vermissen Jared. Mir fehlt dieses Arschgesicht nicht, aber zu den Kindern war er immer anständig.«

Die Fliegengittertür ging auf und die Frau trat hinaus auf den schmalen Absatz der Metalltreppe. Sie machte einen harten, ausgemergelten, Eindruck so wie die Wüste rund um ihren Trailer. In der einen Hand hielt sie eine Zigarette, in der anderen eine Dose Bier. Sie schnippte die Zigarette in die Schlammpfütze ihrer Kinder und schob ihr Becken vor. Ihr dünnes, durchscheinendes Kleid war mit Vergissmeinnicht bedruckt. Die Form ihrer Beine war gut, bis obenhin. Flip-Flops an staubigen Füßen. Rotlackierte Zehennägel.

Ich hatte sie in hundert verschiedenen Trailerparks gesehen. Sie passte perfekt in die Umgebung, genau wie der Wagen neben ihrem Trailer – ein Chevrolet Chevelle aus den späten Sechzigern mit einer gesprungenen Windschutzscheibe, einem Platten und einem Vinyldach, das sich an den Rändern löste. Hätte ich hineingesehen, wäre mein Blick über aufgerissene, mit Plastik bezogene Sitze und ein gesplittertes Armaturenbrett gewandert. Ich konnte mir knapp ein Grinsen verkneifen. Die Frau taxierte mich mit schnellem Blick, ob ich nicht eine Gelegenheit wäre, die sie sich nicht entgehen lassen dürfe.

»Sind Sie hinter Jared her?«, fragte sie und kniff die

Augen zusammen. »Sie sehen aus wie ’n Eintreiber. Wollt ihr seinen Dodge zurück? Das Kleinhirn hat zweitausend hingeblättert für einen chiliroten Ram Quad Cab mit allen Schikanen, obwohl klar war, dass er die sechshundert für die monatlichen Raten nie und nimmer auftreiben kann. Die zweitausend waren aus der Versicherung, nachdem er den Unfall bei der Arbeit hatte. Es war unser gesamtes Geld. Kennen Sie ’n besseres Beispiel für so viel Hirnrissigkeit?«

»Nein, Ma’am«, sagte ich. »Jared kriegt den ersten Preis.«

Ohne Frage kannte ich ein Dutzend besserer Beispiele für so viel Hirnrissigkeit. Sie wahrscheinlich auch. Sie lachte zynisch. Ich lachte zynisch. Wir waren uns einig, dass Jared das Kleinhirn des Jahres und sie ohne ihn viel besser dran war.

»Wie gesagt, zu den Kindern war er immer anständig, aber nach seinem Truck kam erst mal gar nichts und dann irgendwann ich.«

»Der Mann ist ein Idiot«, erwiderte ich.

»Jeder Eintreiber sieht diese Chilischote von Dodge aus einem Kilometer Entfernung ... auffällig wie ein Pickel auf der Nase vom Papst, das Ding. Keine Ahnung, warum ich mich so lange mit diesem blöden Hurensohn abgegeben habe«, sagte sie. »Das Einzige, was er im Griff hat, ist sein Schwanz, und selbst dann lässt er’s noch auf die Badematte tropfen.«

»Die Welt ist voller Jareds.«

»Erzählen Sie mir mal was Neues«, meinte sie. Sie sah mich an, als wäre ich eine Ausnahme.

Ich tippte gegen den Schirm meiner Kappe und wollte weiter.

»Hey, Sir? Wie wär's mit 'nem Kaffee?«, fragte sie. »War grad im Begriff, einen anzusetzen. Verbleit oder unverbleit? Oder vielleicht lieber 'n kaltes Bier?«

»Danke, Ma'am, aber ich habe da hinten noch was zu erledigen.«

»Der Eintreiber. Dachte ich's mir doch. Komisch, ihr Muckitypen seht alle gleich aus. Gibt's bei den Eintreibern so 'ne Vorher-Nachher-Geschichte, wenn sie euch eingestellt haben?«

Ich hätte mit einer entsprechenden Gegenfrage antworten können, ließ es aber. Sie hatte Trailerpark-Gene. Und Jared würde sich immer wieder in Pick-up-Trucks verlieben, die er sich nicht leisten konnte. Ich denke, jeder hat so seinen eigenen Stempel aufgedrückt bekommen. Sie ging wieder hinein. Ich schlenderte die Straße der fälligen Rechnungen und zerstörten Träume hinunter und fühlte mich wie ein Eintreiber auf seiner Mission – was ich in gewisser Hinsicht auch war.

Blutos Taxi stand vor einem Trailer der gehobenen Klasse. Es gab sogar eine Rasenfläche mit Flamingos. Der Dicke lümmelte sich auf der Rückbank des Taxis und sprach in sein Mobiltelefon. Bat um weitere Instruktionen, keine Frage. Ich blieb stehen und klopfte gegen die Scheibe. Er ließ sie herunter.

»Was?«, fragte er.

Seine traurigen Basedow-Augen musterten mich. Er sah aus wie ein zur Übergröße mutierter Frosch, den man in einen schlechten Anzug gestopft hatte. »Arbeiten Sie für Luther?«, fragte ich.

»Wer ist Luther?«

»Luther ist der Typ, der Ihr Gehalt bezahlt.«

»Scheiß auf ihn. Ham Scales bezahlt mich.«

Er wedelte mit einer Visitenkarte.

»Haben Sie gerade Ham am anderen Ende der Leitung?«

»Wer will das wissen?« Er entblößte zwei Reihen kleiner, grünlich schimmernder Zähne. Hätten Frösche Zähne, sie würden genau so aussehen.

»J.P. Morgan, ein Freund der Penroses.«

Er ließ sein Fenster hoch und sprach ins Telefon. Er ließ das Fenster wieder herunter. »Mr. Scales sagt, Sie hätten hier nichts verloren. Er sagt, wenn Sie versuchen, Kontakt mit der Möse aufzunehmen, wird er eine einstweilige Verfügung erwirken und dafür sorgen, dass man Ihnen die Lizenz entzieht.«

»Sagen Sie Mr. Scales, er soll sich in seiner Wortwahl mäßigen. Und richten Sie ihm aus, er möge sich einen Schirm hinten reinschieben und auf Wind warten.«

Bluto grinste und gab die Botschaft wortwörtlich weiter. Sicherlich hatte er selten die Möglichkeit, seinem Boss zu sagen, er möge sich einen Schirm hinten reinschieben und auf Wind warten.

Er klappte sein Telefon zusammen und steckte es weg. »Mr. Scales rät Ihnen, endlich erwachsen zu werden.« Das Fenster rollte wieder hoch.

Ich ging zur Eingangstür des Trailers und klopfte. An der Tür hing ein Schild: *Werbung und Vertreterbesuche unerwünscht.* Ein hinfällig wirkender Mann Ende fünfzig öffnete. Er trug einen lachsfarbenen Anzug mit breiten Revers, weiße Schuhe mit goldenen Schnallen und eine getönte Pilotenbrille. Sein Haar war pechschwarz gefärbt, was den Eindruck verstärkte, man habe es hier mit einem Todgeweihten zu tun. Die buschigen Koteletten hätten bis zum Kinn gereicht, so der Mann eines gehabt hätte. Seine Nase leuchtete violett und war durchzogen von einer Verästelung geplatzter Äderchen; dazu hatte er einen Bauch, derart geschwollen, dass die Vermutung nahelag, dort drinnen niste ein Tumor von rund vierzig Pfund. So hätte Elvis ausgesehen, wäre er zehn Jahre länger am Leben und zudem bei Speed und Bourbon geblieben. »Was gibt es?«, fragte der Typ verärgert. »Ich kaufe nichts.«

»Und ich verkaufe nichts, Sir. Ich hätte nur gern ein paar Worte mit Mrs. Penrose gewechselt.«

Der todgeweihte Elvis warf einen Blick über seine Schulter. »Kennst du diesen Mann?«, fragte er.

Carla erschien an der Tür. »Mein Gott, was machst du hier, J.P.?«

»Ich suche nach dir.«

»Luther hat dich geschickt.«

»So ist es. Er ist krank vor Sorge.«

»Luther sorgt sich nur um Luther«, sagte sie.

Sie trug eine saloppe braune Hose, dazu eine ärmellose Bluse in Rosa. Ihr kurzes braunes Haar war an manchen Stellen von der Sonne bernsteinfarben gebleicht. Auf dem Rücken ihrer prägnanten Nase tummelten sich Sommersprossen. Doch Carlas ausdrucksstärkstes Merkmal waren ihre Augen – Augen von einem dunkleren Grau, die ihre Farbe je nach Wetterlage änderten. Manchmal waren sie grau wie der Ozean bei Sturm, so intensiv, dass man meinte, darin ertrinken zu müssen, wenn man ihrem Blick länger standhielt.

Im Moment waren sie stahlgrau vor Zorn, in den sich vielleicht auch ein wenig Angst gestohlen hatte.

Sie sah an mir vorbei. »Wer ist dein Freund in dem Taxi?«

»Das ist Bluto. Er ist nicht mein Freund. Den hat Luther angeheuert. So besorgt ist er, dass er bereits drittklassige Schnüffler in die Spur schickt.«

»Ich will keinen von euch hier haben. Geh bitte, und sag dem Mann, dass er ebenfalls verschwinden soll. Ich kann nicht glauben, dass Luther so etwas macht.«

»Luther denkt, dass du eine Affäre hast mit Hector Martinez«, sagte ich. »Er denkt auch an Scheidung. Der Typ im Taxi hat Fotos gemacht, von dir und Hector, als Beweis.«

»Oh, mein Gott«, stieß sie hervor.

»Ich bin gekommen, weil ich dich bitten möchte, die Sache mit Hector zu beenden und zu Luther zurückzugehen. Er will nicht wirklich eine Scheidung. Er will dich.«

»Er weiß nicht, was er will. Luther *will* einfach nur.«

»Ihm scheint es ernst zu sein, Carla.«

»Ernst! Was für ein Scheiß! Verdammt noch mal, ihr ruiniert alles! Jeder von euch!«

Sie drehte sich um und sah Hector Martinez an, der hinten im Zimmer auf einem Sofa saß und alles verfolgte. Er war ein großer, gut aussehender junger Mann. Ein Indio mit der breiten Nase der Maya, ausgeprägten Wangenknochen und kräftigen Augenwülsten. Er machte einen angespannten, wenn nicht sogar verschreckten Eindruck. Elvis, der Todgeweihte, sagte etwas zu ihm, doch Hectors Aufmerksamkeit galt Carla und mir. Er stand auf, kam zu uns und stellte sich neben Carla. Wären sie ein Liebespaar gewesen, hätte er sie berührt – ihre Schulter oder ihren Ellbogen, er hätte ihr demonstrativ einen Arm um die Taille geschlungen. Doch Hector Martinez gestattete sich keine derart besitzergreifende Geste. Er sah aus wie ein nervöses Kind, das nie irgendetwas besessen hatte.

»Was ist los?«, fragte er. »Heißt das, wir müssen die Operation abblasen?«

»Ruhig, Hector«, sagte Carla. Und zu mir sagte sie: »Ich will, dass ihr, du und dieser Paparazzo im Taxi, schnellstens verschwindet.«

Ich gab ihr mein Mobiltelefon. »Sag's Luther. Er zahlt die Rechnungen.«

Sie drückte die Nummer. Sie ließ Luther keine Möglichkeit, zu Wort zu kommen. »Pfeif deine Hunde zurück, Luther«, sagte sie. » Ich bin in ein paar Tagen wieder zu Hause. Dann werde ich alles erklären. Es ist nicht das, was du denkst.« Das Gespräch war kurz, doch es genügte offenbar, um Luther zu beruhigen.

»Geh jetzt«, sagte sie zu mir. »Ich kann dir gar nicht beschreiben, wie prekär unsere Situation ist. Aber du und der Typ da, ihr versaut Hector und mir alles.«

»Hector und Dir«, sagte ich.

»Verdammt noch mal, du bist auf dem Holzweg. Hier geht es um Leben und Tod, J.P., und deine Anwesenheit macht alles nur noch schlimmer.«

»Von welcher Operation hat unser Knabe hier gesprochen?«, fragte ich.

»Scher dich endlich zum Teufel«, sagte sie.

10

Bluto war mit seinem Telefon beschäftigt – Instruktionen vom Boss. Ich rief Luther an. »Ich glaube nicht, dass die Beziehung sexueller Natur ist«, sagte ich. »Da geht es um etwas anderes.«

Luthers Antwort ließ auf sich warten. Vermutlich zog er gerade an einem Joint. »Das sieht Ham Scales anders«, sagte er endlich, leicht außer Atem. »Er will die Observation fortsetzen.«

»Natürlich will er das. Schließlich soll der Rubel rollen. Vertrau mir einfach, für Leute, die sich in Vegas irgendwelchen Vergnügungen hingeben, wirken Carla und Hector reichlich gestresst.«

»Aber Genaues weißt du nicht. Überhaupt, selbst wenn es jetzt keine Affäre sein sollte, könnte sich eine daraus entwickeln.«

»Sagt Scales?!«

Luther schwieg; sein Atem – diktiert von seinen Gefühlen – ging stoßweise. »Ham zieht diese Möglichkeit in Betracht. Er meint, die Lage könnte sich ständig ändern, alles wäre denkbar. Seiner Meinung nach reicht ein geringfügiger Anlass und die beiden landen im Bett. Ein freundschaftlicher Kuss, zum Beispiel, der in eine wilde Knutscherei ausartet. Nein, ich werde Ham den Auftrag nicht entziehen.«

»Er hat eine schmutzige Phantasie, Luther. Du solltest darauf drängen, dass er diskreter vorgeht. Wenn Carla sich umdreht und dabei jedes Mal Bluto sieht, wird ihr Ärger ein dauerhafter.«

»Wer ist Bluto, verdammt noch mal?«

Ich schaltete mein Telefon aus und ging ins Café.

Der Taxifahrer saß dort und starrte in seinen Kaffeebecher. Er nahm seine Rechnung, bezahlte mit dem Zwanziger, den ich ihm gegeben hatte, und wir machten uns auf den Weg zum Riviera.

Es waren noch ein paar Stunden totzuschlagen, bevor es zurückging nach El Paso. Also duschte ich, zog andere Sachen an und fuhr hinunter ins Kasino, wo ich mich an einen leeren Blackjack-Tisch setzte. Erst verlor ich fünfzig, dann gewann ich hundert, nachdem ich zwei Asse gesplittet und eine Zehn und eine Acht dazubekommen hatte. Idiotenglück.

Ich ging ins Restaurant, bestellte ein Roastbeef-Sandwich zum Mitnehmen, dazu ein Bier und nahm beides mit hinaus an den Swimmingpool. Neben meinem Tisch durchforstete ein geschröpfter Spieler den Abfalleimer nach leeren Martini-Bechern. Er trug Bermudashorts und ein Polohemd und hatte es offensichtlich auf die unangetasteten Oliven abgesehen, die er ohne Scheu in sich hineinstopfte. Ab und an lachte ihm das Glück und er stieß auf Ananasstücke in den Piña-Colada-Bechern. Ich hielt ihn für jemanden, der am Roulettetisch zockte – der konsequenteste Weg, das Geld für die Hypothekenzahlungen aus dem Fenster zu werfen.

»Knapp bei Kasse?«, fragte ich.

»Ich befinde mich momentan in einer pekuniären Kalamität«, antwortete er. »Meine Aktien haben letzten Monat eine Talfahrt hingelegt. Sie wissen ja, wie das ist.«

»Die Bank liebt das Rad«, sagte ich.

Er musterte mich, unsicher, was meine Äußerung zu bedeuten hatte. Boshaftigkeit und Verachtung jedenfalls nicht, und er schien das zu erkennen.

»Vom Rad halte ich Abstand«, sagte er. »Das Rad ist

eine Erfindung für Masochisten.«

Ich nickte zustimmend. Der ganze Laden war eine Erfindung für Masochisten, aber ich sah keine Notwendigkeit, das auszusprechen.

»Gestern habe ich beim Craps mit fünf Riesen vorne gelegen«, erzählte er. »Hab immer nur das Pass-Line-Feld gespielt. Dann hat sie mir den Rücken gekehrt, die zickige Schlampe.«

Ich fragte nicht, was er gemeint hatte. Fortuna, die zickige Schlampe, hatte seine Glückssträhne beendet. Ich gab ihm mein halbes Sandwich und zehn Dollar. Er bedankte sich und ging zurück ins Kasino, wo besagte Lady geduldig auf seine Rückkehr wartete. Schamgefühl war kein Thema für ihn. Von dergleichen Gefühlsregungen der Mittelklasse hatte er sich längst verabschiedet.

Eine Stunde vor Abflug lieferte ich den Chevy bei McCarran ab. Anschließend fütterte ich die Automaten außerhalb der Flugsteige, verlor meinen Kasinogewinn, verfluchte die zickige Schlampe und ging an Bord einer nicht mehr ganz taufrischen Boeing 737 in der Hoffnung, das Glück möge für die Lufttüchtigkeit älterer Maschinen keine Rolle spielen.

11

Kurz vor dem Aufsetzen machte ein fieser Scherwind aus dem Flieger einen Papierdrachen. Die Maschine setzte mit dem linken Teil des Fahrwerks auf, brach ein wenig aus, hüpfte und befand sich wieder in der Luft. Als der rechte Teil kurz darauf krachend die Landebahn berührte, schüttelte es die Kabine mächtig durch.

»Scheiße«, sagte ich.

Die ältere Dame neben mir war kalkweiß geworden. »Huch!«, stieß sie hervor. »Was war das?« Ihre kastanienbraune Perücke war ihr in die Stirn gerutscht. Das Haar einer Zwanzigjährigen auf dem Kopf einer Siebzigjährigen. Unterhaltsam, aber nicht sonderlich attraktiv.

»El Paso« sagte ich. »Wir haben hier eine Menge merkwürdiger Winde.«

»Das sollte man im Griff haben«, sagte sie.

Was im Griff haben? Den Wind? Ihre Perücke? Ich ging dem nicht weiter nach. Als wir alle nacheinander ausstiegen, hatte jeder von uns ein wenig weiche Knie.

»Nette Landung«, sagte ich zu dem Piloten, als ich von Bord ging.

»Immerhin sind Sie unten, oder?«, gab er zurück. Es klang, als wolle er sich verteidigen.

Mir fiel ein unter Piloten kursierender Spruch ein: Jede Landung, nach der man die Maschine zu Fuß verlassen kann, ist eine gute Landung. »Meine Güte, Captain«, sagte ich, »das sollte ein Kompliment sein.«

Ich holte meinen Wagen vom Parkplatz für Dauerparker, zahlte die Gebühr, fuhr auf die Interstate 10 und weiter Richtung El Paso. Es war kurz vor Einbruch der Dunkelheit und auf der anderen Seite des Flusses funkelten die Lichter von Juárez in giftigem Orange. Ein Muster blauer Lichter inmitten des Orange markierte ausländische Fabriken, die *maquilas*, die ihre Schadstoffe nicht nur in den Fluss leiten, sondern auch die Luft verpesten, die sich El Paso und Juárez teilen. Könnte man die orangefarbenen und blauen Lichter losgelöst von Armut und Gift betrachten, wären sie ein zauberhafter Anblick.

Der böige Wind kam von Westen. Als mein alter Monte Carlo die Hügel von Sunset Heights hochrumpelte, konnte man bereits von Sturmböen sprechen. Zwischen meinen Zähnen knirschte es, der feine Sand der Wüste.

In meiner Küche dösten ein Dutzend Kakerlaken, nachdem sie sich an mikroskopisch kleinen Toastkrümeln und anderen Abfällen meiner Bas Cuisine dumm und dämlich gefressen hatten. Sie hatten sturmfreie Bude gehabt und sich sicher gefühlt. Ich stampfte mit dem Fuß auf – meine Art, ihnen zu sagen, sie sollten sich zurück in ihre Löcher begeben – und nach einem Moment kopfloser Panik, taten sie es.

Kakerlaken in Panik erinnern an panische Menschen. Sie verlieren den Überblick, rennen sich über den Haufen, neigen zu selbstmörderischen Aktionen wie Sprüngen von Küchentresen und anderen höher gelegenen Plätzen, suchen Schutz hinter Stuhlbeinen und präsentieren ihre spröden Hinterteile, als warteten sie nur darauf, zertreten zu werden. Lächerliche Geschöpfe, in der Tat, doch sie werden die Welt bevölkern, lange nachdem wir verschwunden sind. Einer von Gottes kleinen Scherzen. Der Planet wird den Kakerlaken gehören, aber sie werden nichts damit anzufangen wissen. Man muss diese kleinen Schisser einfach lieb haben.

Ich stellte ein tiefgekühltes Fertiggericht in die Mikrowelle – irgendwas mit Kalbskotelett – und machte mir eine Bloody Mary. Drei Teile Tequila, ein Teil V8, Tabasco für den Pep, ein wenig Zitronensaft.

Ich hatte nur wenig von Luthers Geld verbraucht. Den größten Teil konnte ich ihm zurückgeben, nur nicht heute Abend. Morgen würde ich versuchen, ihm klarzumachen, dass er völlig auf dem falschen Dampfer war und keine Privatdetektive brauchte, die Carla auf Schritt und Tritt verfolgten. Ich hatte keine Ahnung, weshalb sie sich mit

Hector Martinez in diesem Trailerpark südlich von Las Vegas aufhielt oder wer der todgeweihte Elvis war, aber ihre Absichten schienen nicht sexueller Natur zu sein. Carla war eine Polit-Aktivistin. Wenn Luther so versessen darauf war, sich Sorgen zu machen, dann konnte er seine paranoide Phantasie auf die Folgen konzentrieren, die jedes von Carlas selbstlosen Engagements mit sich brachte. Bereits früher hatte sie mit der INS die Klingen gekreuzt oder sich Feinde auf der anderen Seite der Grenze gemacht. Die Staatspolizei von Chihuahua hatte sie festgenommen, nachdem sie eine Demonstration organisiert hatte gegen die Haftbedingungen im Cereso, dem berüchtigten Gefängnis von Juárez. Wie Jane Fonda und Sally Field hatte sie sich mit Tausenden an einem Protestmarsch von Amnesty International beteiligt, der sich gegen die unaufgeklärten Serienmorde der letzten zehn Jahre, begangen an Hunderten junger Frauen aus Juárez, gerichtet hatte. Es gab eine Reihe von Gründen, weshalb sich ein Ehemann Sorgen um eine Ehefrau wie Carla machen konnte, ein zweifelhafter Lebenswandel jedoch sollte am unteren Ende der Liste stehen.

Nach dem Essen trank ich noch zwei Bloody Marys, hörte ein wenig klassischen Jazz im Radio und ging relativ frühzeitig zu Bett. Ein alter, übler Traum suchte mich heim: Kat packt ihre Sachen, während ich betrunken auf dem Bett liege, überzeugt davon, dass sie nur eine Show abzieht, um sich am Ende durchzusetzen. »Ich weiß, dass du nicht abhaust«, sage ich. Wie zum Beweis halte ich die Zeitung hoch. »Gleich auf der ersten Seite steht, dass alle Flüge nach Chicago gestrichen sind, solange der Krieg dauert.« Sie packt dennoch weiter. »Es gibt immer eine Alternative«, sagt sie. Ich verfolge, wie sie weggeht, bis sie nur noch ein Fleck am Horizont ist. An diesem Punkt meines Traums verändert sich die Schlagzeile und lautet nun: ALLE FLÜGE GESTRICHEN – ABER ES GIBT IMMER EINE ALTERNATIVE. In fetten schwarzen Lettern scheint die Wahrheit unausweichlich: Absolute Sicherheit gibt es nicht. Aus diesem Traum erwache ich stets mit einem wehmütigen Verlangen nach Geborgenheit und ich rufe: »Katherine, Katherine«, als ob mir diese in Verlust geratenen Silben eine Welt ohne Alternativen zurückbringen könnten, auf dass sie für immer und ewig bei mir bliebe.

Ich erwachte, dachte jedoch nicht an Kat, sondern an den irakischen Rekruten. Die Wehmut angesichts des Verlustes von Kat ließ Kuwait, 1991, wiederauferstehen, etwas, was ich gerade jetzt nicht vor Augen haben wollte. *Er hätte die verdammte Kalaschnikow fallen lassen sollen.* Doch die Rechtfertigung konnte das ungute Gefühl nicht verdrängen. Seine Augen waren das Problem. Die Politiker, die diese Kriege anzetteln und rechtfertigen, müssen niemals in die Augen der Menschen blicken, die sie in Vertretung töten lassen.

Am nächsten Morgen rief ich Luther an. »Deine Sorgen sind unbegründet«, sagte ich. »Vorausgesetzt, mein Gespür lässt mich nicht völlig im Stich, kann ich nur sagen, die Beziehung zwischen Carla und Hector Martinez hat mit Politik zu tun, nicht mit Sex.«

Er erwiderte nichts darauf, ich hörte ihn lediglich atmen. »Alles in Ordnung mit dir, Luther?«

»Nein«, sagte er mit einem Zittern in der Stimme. »Nichts ist in Ordnung. Vor einer Stunde sind sie gegangen. Die Typen, die schon mal hier waren.«

»Wer?«

»Ihr Wagen stand vor dem Haus. Ich hab dir doch von ihnen erzählt, verdammt noch mal.«

»Die Schläger vom Klan?«

»Die sind nicht vom Klan. Das sind Kopfgeldjäger oder so. Profis in Overalls und Nagelschuhen. Sie haben die Scheiße aus mir herausgeprügelt.«

»Haben Sie gesagt, warum?«

»Was glaubst du wohl, Himmelherrgott noch mal?« Er ließ das Telefon fallen. Als er es wieder in der Hand hatte, sprach er zuerst in das falsche Ende. Er drehte das Telefon um. »Sie wollten wissen, wo Carla ist. Keine Ahnung, habe ich gesagt. Ich habe sie gefragt, was Kopfgeldjäger mit meiner Frau zu schaffen haben. Da sind sie völlig ausgerastet. Ich hab so viel eingesteckt von ihnen, J.P., bin nicht eingeknickt ... «

»Nun«, sagte ich, »das kann ich mir vorstellen.«

»... bis sie mir Benzin über den Schädel gegossen haben und meinten, ich hätte noch einen Versuch, bevor sie das Streichholz anzünden. Ich habe kapituliert, ich konnte nicht mehr. Ich habe ihnen gesagt, dass sie in Vegas ist, im Riviera – « Seine Stimme versagte ihm den Dienst. Er schluckte. »Ich bin so ein Feigling, J.P. Ich bin ein mieser Feigling. Ich habe sie nicht verdient.«

»Du bist kein Feigling. Du hast durchgehalten, solange es ging. Jeder stößt irgendwann an seine Grenzen. Hast du Carla gewarnt?«

»Ich hab sie angerufen, aber sie hatte schon ausgecheckt.«

»Ich komme rüber.«

»Ich hab meinen Kopf unter den Wasserhahn gehalten«, sagte er, »aber es riecht immer noch nach Benzin.«

»Zünd jetzt bloß keinen Joint an, Luther.«

12

Luther hatte sich das Blut noch nicht vom Gesicht gewaschen und gab so die Spuren der bezogenen Abreibung zur Besichtigung frei. Ich begutachtete alles und zeigte mich – meiner Pflicht gemäß – beeindruckt. Jemand hatte ihn nach allen Regeln der Kunst vermöbelt. Seine malträtierte Nase war dick wie eine Rübe; verkrustetes Blut klebte an den Nasenlöchern. Seine aufgeplatzten Lippen waren auf das Doppelte ihrer normalen Größe angeschwollen und das rechte Auge war zu. Und er stank nach Benzin und saurem Schweiß.

Ich fuhr ihn in die Notaufnahme des Providence Hospitals. Nachdem Luther die Versicherungsformulare übel zugerichtet hatte, brachte uns eine erschöpfte Krankenschwester in einen Untersuchungsraum. Wir mussten eine geschlagene Stunde warten, bis sich ein Arzt sehen ließ. Er war jung und bestens aufgelegt, wahrscheinlich ein Assistenzarzt im ersten Jahr.

»Aber hallo, was ist Ihnen denn zugestoßen?«, begrüßte er uns.

»Wonach sieht's denn aus, verdammt noch mal?«, erwiderte Luther, allzeit bereit, in die Hand zu beißen, die ihn füttern wollte.

Die gute Laune des Arztes verflüchtigte sich umgehend. Mit einem Stirnrunzeln sah er auf sein Klemmbrett. »Hier steht, Einbrecher hätten Sie angemacht.«

»Angemacht!?«, entfuhr es Luther. »Das ist mehr als beschönigend, Doc. Anmachen ist, wenn jemand in der Sauna Ihren Schwanz befummelt. Sie haben mich nach Strich und Faden verprügelt, mir Benzin über den Kopf gegossen, das haben sie gemacht.«

Der Arzt schnupperte an Luthers Kopf. »Wurde die Polizei informiert?«

Luther sah mich an, mit diesem gewissen schrägen Blick, und ich wusste, was jetzt folgte, war pure Erfindung. »Natürlich wurde sie das«, sagte er. »Aber es war dunkel. Wolken verhüllten den Mond. Keine Chance für mich, die Typen zu erkennen. Und sind wir doch mal ehrlich, die Cops haben Besseres zu tun, als zur Jagd auf zwei Schläger von außerhalb zu blasen.«

Der Arzt, nun völlig in seinem Element, machte sich an Luthers Versorgung. Er säuberte ihn, nähte eine Platzwunde über dem Auge, verabreichte ihm ein Schmerzmittel und riet ihm zu einem Eisbeutel für die Nase und einer Haarwäsche mit einem Geschirrspülmittel. Dann verschwand er, um sich dem nächsten Patienten zu widmen.

Als wir in der Tiefgarage waren, fragte ich: »Warum hast du dem Jungen einen Bären aufgebunden?«

»Ich will die Cops nicht mit hineinziehen. Als ich sie das erste Mal gerufen habe, haben sie mich beinahe ausgelacht. Und überhaupt, was können die schon ausrichten?«

»Nun, als Erstes könnten sie diese Chaoten mit Schlagstöcken bearbeiten und anschließend in eine Gefängniszelle stecken. Könntest du dich damit anfreunden, Luther?«

»Die brocken mir nur zusätzlichen Ärger ein. Das kann ich momentan absolut nicht gebrauchen. Dir ist sicher nicht entgangen, dass ich mich bemühe, so etwas wie einen ernsthaften Roman zu schreiben, oder? Ich will mein Leben nicht noch komplizierter machen, als es ohnehin schon ist. Ich brauche Ruhe und Frieden, J.P., keine weitere Zuspitzung. Die Muse verlangt danach.«

Luther, wie er das literarische Genie gab. Es amüsierte mich stets, wenn er das tat. Er stellte sich damit auf eine Stufe mit Hemingway, Faulkner, Joyce oder wem auch immer. Für Werbezwecke und für den Fall, dass er öffentliche Aufmerksamkeit brauchte, hatte er einen ganzen Packen Hochglanzfotos von sich machen lassen: das Gesicht zweigeteilt durch Licht-und-Schatten-Effekte, die Brauen gefurcht, ein besorgter und zugleich beunruhigender Ausdruck in den Augen, der vermitteln sollte, dass literarischer Ruhm nicht nur ein Geschenk sei, sondern auch ein Kreuz, das man schultern musste.

Ich fuhr zum Hollywood-Café. Dort bestellte ich einen Brandy für Luther und für mich ein Bier. Er wollte nichts essen. Ich gönnte mir einen Teller Gorditas.

»So wie du dich mit diesem frittierten Mist vollstopfst, hättest du bereits drei Herzinfarkte erleiden müssen«, bemerkte Luther.

»Ich halte mich körperlich fit«, erwiderte ich, »sitze nicht den ganzen Tag rum, rauche *grifa* und starre auf eine Schreibmaschine.«

Sein Mund verzog sich zu einem blasierten Grinsen. »Du denkst also, Schreiben verbrenne keine Kalorien? Falls du dir dessen nicht bewusst sein solltest – das Gehirn verbraucht neunzig Prozent der im Körper vorhandenen Glukose. Am Ende eines Arbeitstages komme ich kaum noch von meinem Stuhl hoch.«

»Mit deinen fünfzig Kilo Übergewicht hat das nichts zu tun, oder?«

»Du bist ein kleingeistiger Spießer«, sagte er, »der keine Vorstellung hat, was mir das Leben abverlangt, für das ich mich entschieden habe.«

Die Bedienung kam an den Tisch, servierte einen Teller

mit Gorditas und die Getränke. Sie bedachte Luther mit einem langen Blick und zuckte die Achseln. Möglicherweise war ein Mann mit einem ramponierten Gesicht, der noch dazu nach Benzin stank, im Hollywood nichts Ungewöhnliches. Nach ihrem Mitgefühl heischend, nahm Luther eine eindrucksvolle Pose ein: die des Schwermütigen, an dem man nicht vorbeikam. Womöglich hätte das bei einer achtzehn Jahre alten Englischstudentin verfangen und für leuchtende Augen gesorgt, die Kellnerin jedoch, eine stämmige Mexikanerin um die vierzig, schüttelte nur den Kopf: Sie kannte all die Ärsche, die Gringos und anderen Kerle zur Genüge.

Ich bestellte noch eine Runde Drinks. Draußen wütete der Wind, vermutlich sah man des Sandes wegen kaum die Hand vor Augen. Die Autos krochen mit aufgeblendeten Scheinwerfern dahin. Irgendwo in der Nähe heulte eine Sirene.

»Ach, übrigens«, sagte ich. »Du hast dem Doc erzählt, dass die Schläger von außerhalb waren. Woher weißt du das?«

»Sie haben es mehr oder weniger selbst gesagt. Haben mich als west-texanische Pussy bezeichnet, so, als hätten sie ein Problem mit Leuten aus West-Texas.«

Er schien pikiert, aber auch niedergeschlagen. Eigentlich hätte ich ihn in Ruhe lassen müssen, andererseits lenkte es ihn ab, sowohl von der bezogenen Prügel als auch von Spekulationen darüber, dass sich so etwas wiederholen könnte, sollte die Suche nach Clara für seine sogenannten Kopfgeldjäger ein Misserfolg werden.

Aber da war noch etwas anderes im Busch. Er wich mir aus, mir und meinem Blick.

»Was ist los, Luther?«

»Da fragst du noch?«

»Möchtest du mir etwas sagen, was du nicht sagen möchtest?«

»Meine Güte, sprechen wir jetzt in Rätseln!? Ich möchte lediglich, dass du mir sagst, worin Carla verwickelt ist. Ich möchte wissen, warum sie nicht nach Hause kommen will.«

Ich zog meine Brieftasche hervor und legte das Geld auf den Tisch, die gesamte Summe abzüglich meiner Spesen.

Er schob es weg. »Behalt es«, sagte er. »Könnte sein, dass ich dich noch mal brauche.«

»Weshalb? Ich hab dir bereits erklärt, dass ich an keine Affäre glaube. Darum ging es dir doch, oder? Es handelt sich um einen ihrer edlen Kreuzzüge. Einiges spricht dafür, dass sie in eine Art Rettungsmission eingebunden ist. Wundere dich nicht, wenn *la migra* mit Haftbefehlen vor deiner Tür auftaucht.«

»Und diese Schläger? Warum sind die an meiner Tür aufgetaucht?«

»Keine Ahnung. Vielleicht wurde ein Preis auf Hector Martinez' Kopf ausgesetzt.«

»Gottverdammt noch mal, weshalb lässt sie sich mit solchen Leuten ein? Was soll das bringen? Mexiko bleibt Mexiko, die Regierung ist korrupt, das Volk geliefert. Sie kann nicht jeden retten.«

»Sie ist eine Idealistin. Würde sie nicht versuchen, ihre Ideale durch Taten zu verwirklichen, wäre sie nichts als eine weitere scheinheilige Akademikerin mit großer Klappe. Noch eine Marxistin mit Festanstellung und üppigen Versorgungsansprüchen. Damit würde sie niemals klarkommen, das weißt du. Sie hat mehr Rückgrat, als ihr guttut.«

Luther stöhnte. »Warum habe ich keine Kellnerin heiraten können?«

»Du standest kurz davor«, sagte ich und erinnerte ihn an die Frau aus Las Cruces und ihren Bruder, Marky »Crippler« Monzón.

»Diese Frau hat versucht, mich zu entführen, J.P.«

»Die Ehe kennt viele Spielarten, Luther, und die wenigsten sind perfekt oder auch nur befriedigend.«

»Was weißt du schon davon«, sagte er.

Nicht viel, wie ich einräumen musste.

13

Auf der Fahrt nach Kern hielt ich in Sunset Heights. Luther blieb im Wagen, während ich hoch in mein Apartment ging. Ich besitze vier Waffen: einen alten .357er Smith & Wesson Combat Magnum, eine belgische Baby Browning, Kaliber .25, die nahezu in der Hand verschwindet, eine Colt M1911, Kaliber .45, meinerseits erstanden von einem befreundeten Desert-Storm-Veteranen, der sie einem Offizier der Republikanischen Garde abgenommen hatte, und eine Mossberg, Kaliber .12, mit einer nicht den Vorschriften entsprechenden Lauflänge von fünfunddreißig Zentimetern. Ich schnappte mir die Mossberg und eine Schachtel Schrotpatronen und ging zurück zum Wagen.

»Was steht an? Gehen wir auf Entenjagd?«, fragte Luther.

»Tauchen die Chaosbrüder noch mal auf, verteilst du ihr Hirn gleich im Eingangsbereich. Sorge nur dafür, dass sie deine Schwelle übertreten haben. Es ist legal, eine tödliche Waffe zur Verteidigung seines Hauses einzusetzen. Das ist eine halbautomatische Mossberg mit einem nicht vorschriftsmäßigen Lauf, aber sollte sie überhaupt zum Gebrauch kommen, wird dir die Geldstrafe egal sein. Für dieses Teil muss man kein guter Schütze sein, man drückt einfach nur ab. Du hast fünf Schüsse. Wenn nötig, kannst du nachladen.«

»Wie der Zufall es will, bin ich ein exzellenter Schütze«, sagte er. »In der Grundausbildung wurde mir eine Schützenmedaille verliehen.«

»Prima. Auf diese Weise sparst du Munition.«

Nichts von alldem vermochte seine Stimmung zu heben. Er stöhnte – es war ein regelrechtes Dröhnen der Hoffnungslosigkeit tief aus seinem Innern. »Scheiße, J.P., meinen Gemütszustand wird das keinesfalls positiv beeinflussen. Mir ist nur noch das Schreiben geblieben, jetzt, wo Carla mich verlassen hat. Es bedeutet mir alles. Das hier stört nur den kreativen Prozess. Ich will deinen beschissenen Bleistreuer nicht.«

»Lieber trittst du diesen Jungs ohne entsprechende Unterstützung entgegen? Du bildest dir ein, das Problem erübrigt sich, wenn man es verdrängt? Und noch mal fürs Protokoll: Ich glaube nicht, dass Carla dich verlassen hat. Sie nimmt ihre Aufgabe genauso ernst wie du deine. Oder siehst du das anders? Vielleicht bist du ja der Ansicht, dass die Arbeit deiner Frau verglichen mit dem Schaffen des großen literarischen Meisters banal ist.«

Er probierte es mit seinem Starren. Doch in meinem Falle zog es nicht. »Wenn sie mich nicht verlassen hat, wo zum Teufel steckt sie dann?« Er fing an zu zittern und verschränkte die Arme vor der Brust, um es zu unterdrücken.

»Mach dich nicht lustig über mich«, sagte er kleinlaut.

»Ich bitte dich nur, meine Lage zu verstehen. Es ist eine Frage des Gleichgewichts, verdammt noch mal. Ich verliere es.«

Ich legte ihm eine Hand auf die Schulter und spürte eine tiefsitzende Instabilität, ein inneres Eiern, wie bei einem Kreisel, der dabei ist, an Schwung zu verlieren und zur Seite zu kippen. Ich bekam ein schlechtes Gewissen. Ich hätte ihm nicht so zusetzen dürfen, nicht in dem Zustand, in dem er sich befand.

»Das geht vorbei, Luther«, sagte ich. »Du darfst jetzt nicht schlappmachen. Ich versuche, so viel wie möglich über Carlas Hector-Martinez-Projekt herauszufinden. Du hältst in der Zwischenzeit den Ball flach und sieh zu, dass die Waffe immer griffbereit ist.«

Ich fuhr die Mesa hoch, dann durch die palmengesäumten Straßen von Kern Place und begleitete Luther ins Haus. Drinnen roch es nach Benzin und gebratenem Fleisch. Ich riss einige Fenster auf. Zwar stürmte es noch, aber das bisschen Sand konnte keinen Schaden anrichten. Luther war im Badezimmer verschwunden und als er wieder herauskam, hatte er ein Röhrchen Tabletten in der Hand. Er nahm sich nicht die Zeit, ein Glas Wasser zum Herunterspülen zu holen, sondern warf sofort drei oder vier von den blauen Pillen ein. Dann ging er in die Küche und kam mit einem Sechserpack Pacifico zurück. Er stellte ihn neben seinen Sessel.

»Keine gute Idee, diese Mischung verschiedener Substanzen, Luther«, sagte ich.

Er beachtete mich nicht, ging zu seiner Stereoanlage und legte eine Platte auf, eine Symphonie von Alexander Skrjabin. Atonale Klänge tasteten sich vor, schwollen langsam an mit der Geschwindigkeit einer Pflanze, die ihren Blütenkelch öffnet. Sonderbar, wenn nicht sogar unheimlich. Luther zog sich in seinen großen Sessel zurück, holte seine Utensilien hervor und stopfte jede Menge Gras in eine Zigarettenhülse, dabei verstreute er einiges. Er begutachtete das Ergebnis, zündete den Joint jedoch nicht an, sondern legte ihn auf die Armlehne.

»Du liebst es geradezu, dich über mich lustig zu machen«, sagte er und öffnete eine Dose Bier. »Dieser russische Wahnsinnige hier, Skrjabin, war überzeugt, seine Musik sei so übernatürlich schön, dass sie die menschliche Rasse verändern könne. Mein Gott, J.P., hast du jemals von jemandem gehört, dessen Ego so riesig ist? Er glaubte, die von ihm erschaffenen Klänge könnten eine neue Rasse von Übermenschen hervorbringen, die sich nur dem Frieden und der Schönheit widmen würde!«

Luther lachte so heftig, dass sein Sessel selbstständig nach hinten, in die Liegeposition klappte, und dabei wurden tatsächlich nur wenige Tropfen Bier verspritzt. »Eine neue Rasse!«, rief er, verschluckte sich und fing an zu husten. »Die bis ins Mark verkommene menschliche Rasse verwandelt von schöner Musik! Und du nennst mich verrückt!«

Ich ging und ließ einen Luther zurück, der sich ausschüttete vor Lachen wie der arme Irre aus einem B-Movie, eine Dose Bier in der einen, einen fetten, nicht angezündeten Joint in der anderen Hand, dazu eine halbautomatische Flinte, Kaliber .12, die neben seinem Sessel an der Wand lehnte. Letzteres womöglich nicht das Klügste, was ich in meinem Leben getan hatte. Ich fuhr zurück in mein Apartment, bemüht, jeden Gedanken an welchen Super-GAU auch immer zu verdrängen.

Zu Hause packte ich meine Sporttasche und machte

mich auf ins Gold's an der Paragon Street hinter der North Mesa.

Ich musste mal wieder richtig ins Schwitzen kommen.

Ich stieg auf ein Laufband, wählte die »Rolling-Hill«-Option und legte los. Die Frau auf dem Stairmaster neben mir kannte ich. Ich freute mich, sie zu sehen.

»Hey, J.P. Morgan«, sagte sie. »Du bist spät dran.«

Dani Thrailkill war um die fünfunddreißig und arbeitete beim Notruf der Polizei. Seit Kurzem lebte sie getrennt. Wir hatten über unsere gescheiterten Ehen gesprochen, über die schlammigen Pfützen der Verzagtheit, die sich stets unerwartet im Familiären auftun, über die Momente des Glücks und die langen grauen Abschnitte dazwischen.

Ich kannte ihren Ehemann, einen Polizisten namens Raymond Thrailkill. Er war in dem Jahr als Neuzugang aufgetaucht, das mein letztes bei der Polizei werden sollte. Ein beherzter, ehrgeiziger Bursche mit Gespür für die Straße und soliden Spanischkenntnissen. Ich war seinerzeit der Ansicht gewesen, dass er es weit bringen könnte, und ich sollte recht behalten. Mit gerade mal Mitte dreißig war er jetzt schon Detective Lieutenant.

»Besser spät als gar nicht«, sagte ich lustlos.

Während meiner Zeit bei der Polizei hatten Dani und ich uns ein- oder zweimal verabredet, waren uns jedoch nicht mehr über den Weg gelaufen, seit ich vor sieben Jahren den Dienst quittiert hatte – bis wir uns vor einigen Wochen im Gold's begegneten. Wir trainierten stets Seite an Seite – anfangs eher zufällig, inzwischen hielten wir bewusst Ausschau nach freien Geräten, die nebeneinanderstanden. Die Anzahl unserer gemeinsam absolvierten Trainingseinheiten hatte inzwischen eine Größenordnung erreicht, die genügte, um Regungen in mir wachzurufen, von denen ich geglaubt hatte, sie mittlerweile unter Kontrolle zu haben. Ich mochte Dani, aber die Trennung von Raymond war gerade mal zwei Monate her. Noch war sie dabei, den Trümmerhaufen ihrer Gefühle nach Scherben von Bedeutung zu durchforsten. Grund genug, mich ein wenig in Zurückhaltung zu üben.

Dem glänzenden Schweißfilm auf ihrer gebräunten Haut nach zu urteilen, musste Dani bereits etwa eine halbe Stunde trainiert haben. Sie atmete schwer und vernehmlich.

Ich stellte das Laufband auf »Fitness Race« und es nahm Fahrt auf genau in dem Moment, als Danis in den »Cool-Down«-Modus ging.

»Wir sollten uns nicht mehr hier treffen, J.P.«, flachste sie und stieg von dem Gerät.

»Wenn du einen besseren Ort weißt«, sagte ich, ebenfalls im Scherz.

»Und ob«, erwiderte sie.

Ihr Tonfall sprach nicht von Scherzen. Genauso wenig der Blick ihrer ernsten braunen Augen.

»Vergiss den Rest deiner Trainingseinheit, J.P. Morgan.«

14

»Hast du heute keinen Dienst?«, fragte ich.

»Ich habe mich krankgemeldet«, sagte sie.

»Du bist aber nicht krank.«

»Der Job macht mich krank. Die Cops machen mich krank. Die ganze menschliche Komödie macht mich krank. Ich höre auf. Ich habe einen neuen Job in Tempe, in der Nähe von Phoenix. Beim Campus-Sicherheitsdienst an der Arizona State.«

»Wieder ein Job mit Cops.«

»Campus-Cops. Ein großer Unterschied. Straftäter an einem College, das sind Exhibitionisten, Typen, die bei einer Verabredung übers Ziel hinausschießen, Pillenschlucker, Paint-Ball-Spieler und andere bedeutungslose Scheißer.«

Dann sagte sie etwas, was mich aus den Schuhen holte: »Versteh mich nicht falsch, J.P., aber bist du sauber?«

»Ob ich was bin?«

»Sauber. Keine Geschlechtskrankheiten ... Herpes? Tripper? Oder, Gott behüte, HIV?«

»Ich bin sauber.«

»Großes Pfadfinderehrenwort?«

»Großes Pfadfinderehrenwort«, sagte ich.

»Und Pfadfinder lügen nicht, oder?«

»Nur in Bezug auf Masturbation.«

»Dann lass uns keine Zeit verschwenden.«

»Einverstanden.«

Sie hatte ein Doppelbett – Bettwäsche aus rotem Satin, Kissen, groß wie Seesäcke. All das würde bald in der Nähe von Phoenix sein und jemand anderem auf angenehme Weise die Zeit vertreiben.

Danis Körper war durchtrainiert und athletisch, gierig und stark, und sie schien es zu lieben, wenn es zur Sache ging. Ich drückte ihre Arme nach hinten, nagelte sie fest. Sie bäumte sich unter mir auf wie ein Wildpferd beim Rodeo. Die Füße ineinander verhakt, umklammerten ihre Beine meine Taille derart fest, dass es schmerzte. Sie hob den Kopf, bleckte die Zähne, als würde sie jeden Moment zubeißen wollen. Sex war für Dani ein unpersönlicher sportlicher Wettkampf, allenfalls verfeinert mit ein wenig Blut. Dennoch flüsterte ich einen abgedroschenen Satz: »Das könnte der Anfang von etwas ganz Wunderbarem sein, Dani.« Hoffnung schnürte mir die Kehle zu. Meine Stimme zitterte.

»Halt die Klappe«, sagte sie.

Ich wünschte, ich hätte mehr Zeit im Gold's verbracht. Die Anforderungen, die sie an meine turnerischen Fähigkeiten stellte, brachten mich an die Grenze. Beim zweiten Durchgang setzte sie sich auf mich und gab mir die Chance zur Erholung. Ihre Finger gruben sich tief in meinen Brustkorb, während sie das Optimum aus ihren Stößen herausholte. Ihr kräftiger Hals glänzte schweißnass und ihr Stöhnen war lustvoll, rauchig.

Wir gingen unter die Dusche. Als wir einander unter dem warmen Schauer einseiften, kamen wir erneut in Fahrt und begaben uns für die dritte Runde zurück in den Ring. Ich war erschöpft und machte schlapp. Doch sie wusste Rat. Sie nahm eine Tube Gel vom Nachttisch, drückte etwas heraus, langte unter meinen Hintern und tat etwas, was bislang nur mein Arzt getan hatte.

»Oh«, sagte ich beunruhigt. »Mein Gott.«

»Wurde dir noch nie die Prostata gemolken?«

»Wie? Das war es?«

»Du musst noch eine Menge lernen, J.P.«

»Bin bereit! Was steht als Nächstes auf dem Programm?«

Sie stieß mich weg. »Schluss für heute!«

»Für heute?«

»Für heute.«

Wir saßen am Esstisch, tranken Tee und aßen Scones. Ich war völlig ausgelaugt, aber im Einklang mit der Welt.

Mein Gehirn schwamm in Endorphinen. Sie schien ebenfalls glücklich zu sein. Mein Tag hatte schlecht begonnen, aber es sah so aus, als sollte er mit einem Höhepunkt enden.

Ich bemerkte, wie sie mich über den Rand ihrer Tasse hinweg musterte.

»Du knirschst beim Ficken mit den Zähnen«, sagte sie. »Vor allem, wenn du zum Schuss kommst.«

»Ist mir nie aufgefallen.«

»Ich konnte es hören.«

»Ist das ein Manko?«

»Knirschst du immer? Ich meine, nicht nur beim Sex?«

»Über so etwas mache ich mir keine Gedanken.«

»Wenn du so weiterknirschst, könntest du mit fünfzig deine Zähne verloren haben. Benutzt du Zahnseide?«

»Um Gottes willen, nein.«

Sie sah mich an, als hätte ich nachträglich eingeräumt, sehr wohl eine Geschlechtskrankheit zu haben. Ich wechselte das Thema.

»Ich werde dich vermissen, Dani«, sagte ich.

»Du könntest nach Phoenix ziehen. Ist 'ne tolle Stadt.«

Nein, ist sie nicht, dachte ich, sprach es aber nicht aus. Warum die Stimmung vermiesen? Ich zuckte die Achseln. »Ich bin in El Paso zu Hause, nirgendwo sonst.«

»Du hängst an diesem Dreckloch von Stadt?«

»Peinlich, ich weiß. Aber es ist nun mal so.«

Sie nippte an ihrem Tee. »Du könntest auch in Phoenix mit den Zähnen knirschen«, sagte sie.

Ein Scherz. Aber das war gut so, bedeutete es doch, dass wir dieses kleine Intermezzo hinter uns lassen und dennoch Freunde bleiben konnten, Zahnseide hin, Zahnseide her.

Ich küsste sie. Sie erwiderte meinen Kuss. Ein freundschaftlicher Kuss – kühl, distanziert und trocken.

»Wir sehen uns im Gold's«, sagte ich.

»Nicht mehr lange, J.P.«

Damit verabschiedeten wir uns voneinander.

15

Am nächsten Morgen rief ich Luther an. »Sie ist nicht zurückgekommen«, sagte er.

»Du hast nichts und niemanden umgebracht, oder?«

»Die Flinte macht mir eine Heidenangst. Sie ist von bösem Wesen, J.P. Eine Waffe wie diese ist konzentrierter Hass aus einer Million Jahren. Sie führt ein Eigenleben. Jedes Mal, wenn ich sie ansehe, gibt sie mir zu verstehen, ich möge den Lauf in den Mund nehmen und abdrücken. Scheuch das ganze Elend zur Hintertür hinaus. Sie fängt an, mich zu beherrschen. Ich habe versucht, mich davon abzulenken, aber meine Augen wandern immer wieder zu dem verdammten Ding. Also habe ich sie in den Schrank gesperrt. Soll sie doch ihren bösartigen Schwachsinn unter den Wollmäusen verbreiten.«

Luther fing an zu halluzinieren. Kein gutes Zeichen.

»Im Schrank wird sie dir nicht viel nützen, wenn diese Deppen von Kopfgeldjägern deine Tür eintreten«, sagte ich.

»Wieso sollten sie das tun? Ich habe ihnen gesagt, was sie wissen wollten. Ich kann doch nichts dafür, dass ich keine Ahnung habe, wo meine Frau steckt. Wahrscheinlich ist sie in Juárez oder weiter südlich und tauscht mit Hector Martinez und seinem politisch unterdrückten Anhang Körperflüssigkeiten aus.«

Ich hatte es satt, ihm zu sagen, wie sehr er danebenlag. Er glaubte, was er glauben wollte. Ich stritt mich nicht mit ihm. Es hätte die Sache wesentlich vereinfacht, wäre er im Recht gewesen. Ich dachte an meine nachmittägliche Eskapade mit Dani Thrailkill. Ich dachte an ihren Ex, Raymond – einen anständigen Cop, der wahrscheinlich noch immer viel für sie empfand. Wir bildeten ein unbedeutendes Dreieck innerhalb der größeren Geometrie der Welt. Carla hingegen war in etwas verstrickt, was verfänglicher war als ein ausgiebiges Schäferstündchen mit einem Liebhaber. Etwas wesentlich Gefährlicheres.

Im Hintergrund donnerten Töne aus *Das Rheingold*. Gretchen, die Katze, jaulte.

»Hast du Gretchen gefüttert?«, fragte ich.

»Was?«

»Deine Katze. Gretchen. Hast du dich um sie gekümmert? Du weißt schon – Wasser, Futter und Katzenklo.«

»Na klar«, sagte er.

»Sonderlich klar klingst du nicht, Luther. Hörst du etwa Stimmen?«

»Nur deine und die von deiner Schrotflinte. Schaff das Teil hier weg! Selbst wenn ich Wagner voll aufdrehe, höre ich, wie sie mir zuflüstert.«

»Hast du etwas Stärkeres als Elavil im Haus?«

»Ich nehme kein gottverdammtes Thorazine, falls du das meinst. Mit dem Gift bin ich durch. Mir entgleisen die Gesichtszüge. Ich habe meine Zunge nicht unter Kontrolle. Und ich kriege keinen mehr hoch, wenn mir dieser Mist durchs Hirn schießt. Wahrscheinlich werde ich nie wieder jemanden flachlegen, aber es ist eine angenehme Vorstellung, dass ich könnte, wenn sich die Gelegenheit böte.«

»Was ist mit Haldol? Davon hast du doch was da, oder?«

»Haldol ist noch verheerender. Außerdem bedeutet es keine Tragödie, verrückt zu sein. Skrjabin war verrückt, Nietzsche war verrückt. Ich glaube, dass mehr als nur ein paar Präsidenten der Vereinigten Staaten verrückt waren oder unter Drogen und Alkohol standen. Heutzutage würde man die Hälfte der Genies des neunzehnten Jahrhunderts ins Irrenhaus stecken und mit Tranquilizern vollpumpen. Isaac Newton war ein amtlicher Fall von Geisteskrankheit. Meine Güte, was ist so großartig an geistiger Gesundheit in einer Welt, die Babys Mikrochips implantiert, um sie von der Wiege bis zur Bahre unter Kontrolle zu haben? Kannst du mir das beantworten?«

»Fütter die Katze, Luther. Ich komm später vorbei.«

»Hör mal, ich trage mich mit dem Gedanken, eine Künstlerkolonie zu gründen – du weißt schon, Autoren, Dichter, Maler. Nichts Besonderes, nur ein zwangloses Beisammensein Gleichgesinnter. Ich habe es satt, in diesem großen Haus herumzugeistern, allein, während Carla meint, die Welt retten zu müssen. Ich denke, ein sinnvolles soziales Miteinander täte mir gut, so eine Art Forum, wo ich meine literarischen Vorstellungen präsentieren könnte.«

»Es dreht sich immer nur um dich«, sagte ich.

»Genau das habe ich von dir erwartet. Unterstützung auf ganzer Linie.«

»Tut mir leid, Luther. Ich glaube, das mit deiner Künstlerkolonie ist eine gute Idee.«

»Du könntest vielleicht dazustoßen. Kontakte aufbauen zu interessanten Bohemiens. Vielleicht lernst du eine Frau kennen, die es glücklich macht, die eine oder andere Nummer mit dir zu schieben, so ganz ohne Verpflichtungen. Was meinst du?«

»Bohemiens? Diese Leute sind nicht mein Fall. Es gäbe wenig Gesprächsstoff zwischen uns.«

»Blödsinn, J.P., du hast doch überhaupt keine anderen Leute. Irgendwann endest du als schräger Sonderling, der sich in einem Pornokino einen runterholt und brave Bürger bei Walmart zu Tode erschreckt.«

»Luther ... «

»Ich meine es ernst. Auf deine Art bist du verrückter als ich.«

»Bis bald, Luther.«

Ich legte auf.

16

Wenn man meint, bestreiten zu müssen, dass man verrückt sei, ist der Moment gekommen, wo man die Grenze zum Verrücktsein überschritten hat. Ich halte mich nicht für verrückter als andere, allerdings weiß ich nichts über andere, außer dass die Chancen fünfzig zu fünfzig stehen, dass dieser Andere die Grenze zum Verrücktsein überschritten hat.

Ich habe hinreichend oft befremdliches Verhalten bei ansonsten anständigen Bürgern erlebt, um zu der Überzeugung zu gelangen, dass die meisten Menschen auf die eine oder andere Art haltlos sind in ihrem Denken. Eine Annahme, die man als Grundlage dessen betrachten sollte, was einen tagtäglich erwartet. Auf diese Weise kann man kaum einer Täuschung aufsitzen.

Andererseits darf man nicht den Glauben daran verlieren, dass Menschen zumindest zeitweilig vernünftig handeln, dass die Welt Regeln unterworfen ist, die auf Vernunft basieren, und dass die Verbindungen von A nach B zuverlässig, wenn auch nicht immer geradlinig sind.

Andernfalls wäre alles in Auflösung. Es gibt kein Zentrum. Ein zartes Band zeitweiliger Vernunft hält die Dinge zusammen. Es ist eine Art Glaubensbekenntnis. Ein armseliges zwar, aber es ist alles, was ich habe.

Nehmen wir den Matador, zum Beispiel. Er verkauft Zeitungen gegenüber dem Coronado-Einkaufszentrum an der Mesa Street.

Ich hatte den Vormittag bei meiner verwirrten Mutter zugebracht und war auf dem Weg in die Innenstadt, um im Hollywood Mittag zu essen, als der kleine Kerl mitsamt seiner prall gefüllten Zeitungstasche von der Mittelinsel auf mich zugeschossen kam. Ich machte einen Schlenker und rammte beinahe einen grünen Suburban. Der Schlenker wäre nicht notwendig gewesen. Ich kannte das Vorgehen des Matadors, nur hatte er mich dabei erwischt, wie ich geistesabwesend hinter dem Steuer saß und über Velmas jüngste Erscheinungen sinnierte.

Eine aufgeklappte Zeitung wie eine Muleta in der Hand, bewegte sich der Zeitungsverkäufer tanzend von meinen Vorderrädern weg, vollführte dabei eine Veronica, die der Menge in der Plaza de Toros von Juárez »Olés« entlockt hätte. Der Matador der Mesa Street. In seiner eigenen Welt zu Hause.

Die Ampel sprang auf Rot und ich hielt an. Ich ließ mein Seitenfenster herunter und kaufte eine Zeitung. »*Para usted, señor – cincuenta centavos, nomás*«, sagte er – für Sie nur fünfzig Cent. Ein kleiner Scherz seinerseits: Fünfzig Cent war der Preis der Zeitung. Ich gab ihm einen Dollar; er behielt das Wechselgeld.

Der Matador war um die sechzig, vielleicht auch siebzig, und er machte den Eindruck, als kenne er sich aus in einer Arena. Sein graues Haar war zur klassischen Coleta gebunden und seine Leichtfüßigkeit war die eines Ballettmeisters. Die meisten Leute fanden Gefallen an seiner Vorstellung, manche hingegen drückten verärgert auf die Hupe. Als die Ampel auf Grün sprang, wurde aus ihm wieder der Matador, der, auf Zehenspitzen balancierend, vor den Kühlern heranfahrender Autos mit seiner Zeitung wedelte, sie anfeuerte, dabei perfekte Veronicas präsentierte, jedes Mal, wenn ein Wagen passierte, und so tat, als verberge sich unter seiner papiernen Muleta ein Degen, ein Estoque, bereit, in die schimmernden Motorhauben und gleichsam in die Eingeweide der Motoren versenkt zu werden.

War er verrückt? Ja. Nein. Vielleicht. Nicht selten phantasieren sich verrückte Menschen ihr Leben zusammen, die meisten jedoch tun es plump, ignorieren dabei nicht nur Fragen der Logik und des Stils, sondern auch das Eigeninteresse. Ein Künstler wie der Matador erfand sich selbst mit Anmut und Witz.

Verrückt oder nicht, der Matador hatte Spaß am Leben. Wenn er dem Maßstab entsprach, den die Welt an Verrückte anlegte, war es arm bestellt um diese Welt.

In einer anderen Stadt, zu einer anderen Zeit wurde ein nachweislich zurechnungsfähiger Mann dazu verdonnert, seinen domestizierten Schimpansen in einen Privatzoo zu geben, nachdem das Tier einem Freund des Mannes einen Finger abgebissen hatte. Der Mann erhielt Besuchsrecht und beglückte den widerspenstigen Schimpansen zu seinem Geburtstag mit einem Kuchen. Der Mann hatte den Schimpansen stets wie ein eigenes Kind behandelt.

Zwei ausgewachsene Schimpansen, ein Männchen und ein Weibchen, bewohnten den Käfig neben dem Geburtstagskind. Sie beäugten das glückliche Wiedersehen. Und ihnen gefiel nicht, was sie sahen.

Wie wir Menschen sind Schimpansen eifersüchtig, sie verteidigen ihr Revier, reagieren empfindlich auf Kränkungen und sind angriffslustig. Vielleicht ging den beiden etwas wie das hier durch ihren Menschenaffenschädel: Was bildet sich dieser Scheißkerl ein, versorgt diesen Neuling von niederem Rang mit Leckerbissen? Hier haben wir den Hut auf! Warum bringt uns dieser Mensch keinen Respekt entgegen?

Zu diesem Zeitpunkt handelte es sich vermutlich nur um ein Herumnörgeln. Doch dann beging der nachweislich vernünftige Mann einen fatalen Fehler. Er sah dem verärgerten Alpha-Männchen direkt in die Augen. Der Schimpanse empfand das als blanke Provokation. Das zarte Band zeitweiliger Schimpansen-Vernunft riss.

Das schlaue Weibchen fand einen Stock, mit dem es ihr gelang, die Käfigtür zu öffnen. Beide Schimpansen stürzten sich nahezu blindwütig auf den Mann. »Wo ist unser verdammter Kuchen?«, schienen die Bewegungen ihrer Hände und Augen zu sagen. »Warum bekommt das Geburtstagskind Kuchen und wir nicht?«

Unter wütendem Kreischen schlugen sie den Mann nieder, rissen ihm ein Auge heraus, bissen ihm Finger, Lippen und Nase ab, zerfetzten seine Hose und rupften ihm die Genitalien ab. Zu Beginn der Attacke hatte der Mann versucht, die Schimpansen zu beruhigen, hatte also etwas eingesetzt, woran es ihnen mangelte: Vernunft. Das ist unser Revier, so ihre Reaktion. Du hast dich in unserem Revier respektlos verhalten, und das ist die Quittung. Hättest du uns einen Kuchen mitgebracht, wäre das nicht passiert. Selbst eine schäbige Banane hätte genügt.

Schimpansen sind unsere nächsten Verwandten, anders als wir nur durch ein Prozent des genetischen Codes, der uns als »Menschen« definiert. Intelligent und gutmütig – so sehen sie die meisten von uns, doch diese rebellierenden Schimpansen beschlossen, einem verwandten Primaten eines Kuchens wegen das Augenlicht zu nehmen, ihn zu verstümmeln und zu kastrieren. Es geht niemals um die Sache, es geht um die Geste. Die gekränkten Schimpansen drehten völlig durch. Unsere ureigenen Dämonen stecken in unseren Genen. Wir halten sie in einer Büchse unter Verschluss. Wenn sie dort ausbrechen, nennt man das »vorübergehende Unzurechnungsfähigkeit«.

Luther hängt einer Theorie an, mit der ich mich anfreunden kann: Vor Tausenden von Jahren seien auf dem europäischen Kontinent und in den Steppen Asiens Menschen ausschließlich für die Kriegskunst gezüchtet worden. Sie seien stark gewesen, intelligent, schnell und furchtlos. Die Züchter dieser Krieger hätten sich potente junge Männer herausgepickt, deren Antrieb zu beherrschen und zu zerstören, anderen den Schädel einzuschlagen und Beute zu machen stark ausgeprägt gewesen sei. Die Vorstellung von zivilem Verhalten habe sich noch nicht entwickelt. Man habe diese Kampfmaschinen mit Frauen gekreuzt, die ähnliche Wesensmerkmale aufgewiesen hätten. Diese Verbindungen müssen die wahre Hölle gewesen sein, die Nachkommen hingegen sicher beeindruckend. Eine derartige Form spezieller Züchtung über ein paar Generationen vorangetrieben und man erschafft ein Volk, das genug Furor im Leib hat, um die Tore der Hölle niederzureißen und den Teufel in den Arsch zu ficken. Ziviles Verhalten gehörte nicht zu den besonderen Stärken dieses Volkes.

Luther behauptet, dass es so etwas wie Überbleibsel dieser Züchtung unter uns gebe, nur habe die Gesellschaft keine Verwendung für sie. Wir brauchen niemanden, der durch die Gegend rennt und ausgewählten Feinden mit einer Keule den Schädel einschlägt. Einige von ihnen treten in die Armee ein, sofern es einen Krieg gibt, der es wert ist, dass man in ihm kämpft. Aber das Militär ist eine Bürokratie mit automatisierten Abläufen und für so etwas fehlt diesen Männern die Geduld. Sie mögen es nicht, Befehle von Leuten entgegennehmen zu müssen, für die sie keinen Respekt empfinden. Also, wie fügen sie sich ein? Überhaupt nicht. Einige wenige wenden sich Sportarten zu wie Boxen oder Football, aber selbst diesen Formen des Kämpfens sind durch Regeln zu enge Grenzen gesteckt, als dass sie befriedigend sein könnten. Der Großteil dieser Männer sitzt hinter Gittern. Manche nehmen gefährliche Jobs an, die normale Männer als Selbstmordkommando bezeichnen würden. Der normale Mann erkennt diese Typen, wenn er sie sieht, und wird, sofern er alle fünf Sinne beisammenhat, ihrem starren Blick zügig ausweichen.

Ein Exemplar dieser Spezies saß an der Bar des Hollywood-Cafés, vor sich ein Bier und eine Taco. Als er mich bemerkte, drehte er sich auf seinem Hocker um und sah mich an. Der Kerl war groß – um die zwei Meter –, zirka hundertzwanzig Kilo schwer und hatte Sehnen wie Stahltrosse.

»Man hat mir gesagt, dass Sie in etwa um die Zeit hier aufschlagen«, sagte er.

Ich erwiderte sein Grinsen nicht. Überaus kräftige Arme voller Knasttätowierungen. Ein rasierter Schädel. Er hatte starke, vorstehende Kieferknochen, die ihm einen archaischen Anstrich gaben, und seine Zähne waren große schimmernde Vierecke in der Farbe oxidierten Zinns. Der Blick der blassblauen Augen unterhalb der Augenwülste war geradezu ausgelassen, als dass man Vernunft dahinter hätte vermuten können. Ein Blick, der einen direkt in die Notaufnahme starren konnte.

»Wer ist ›man‹?«, fragte ich.

»Ich geb Ihnen ein Bier aus«, sagte er und klopfte auf den Hocker neben sich.

»Sollte ich wissen, wer Sie sind?«

»Zur Hölle, nein. Aber ich weiß, wer Sie sind, Mr. Morgan, und das reicht allemal.«

Ich setzte mich neben ihn. Meine Neugier war geweckt.

»Huddy Darko«, sagte er. »Aus Winslow, Arizona.«

Er quetschte meine Hand zusammen und zeigte noch mehr Zähne, ein Grinsen von einem Ohr zum anderen. Er trug ein Muskelshirt. Seine tätowierten Bizeps hingen an ihm wie bemalte Schinken, und das, was von seiner Brustmuskulatur zu sehen war, ließ einen wahren Panzer erahnen. Auf jeder Schulter prangte eine große Tätowierung, »HBB« in gotischen Lettern. Ich erinnerte mich, diese gotischen Lettern auf einem Papier in Carlas Schreibtisch gesehen zu haben.

»Wofür steht HBB?«, wollte ich wissen.

Sein Lächeln verlor an Strahlkraft. »Was?«

»Auf Ihrer Schulter. HBB.«

»Wir sind nicht hier, um über die Kunst an meinem Körper zu plaudern, Mr. Morgan.«

»Sondern?«

»Über den Cisco Kid und seine Freundin. Der Bohnenfresser braucht dringend Frischluftzufuhr für seinen Schädel.«

»Und was habe ich damit zu tun?«

Die Bedienung kam. Ich bestellte Huevos Rancheros und einen Schlag Menudo.

»Mein Gott«, stieß Huddy Darko hervor, »wie können Sie diesen Menudo-Scheiß essen? Sie wissen, was die da reintun?«

»Ich bin hier geboren und mit Menudo groß geworden, Huddy.«

Er kippte sein Bier hinunter; seine Kehle arbeitete wie eine Sumpfpumpe.

»Sie haben Luther zusammengeschlagen«, sagte ich. »Sie und ein Freund.«

»Welcher Luther sollte das sein?«

»Ihr habt ihn nach Strich und Faden verprügelt, aber nur bis zu einem gewissen Punkt, was sehr fürsorglich war. Doch dann habt ihr ihn mit Benzin übergossen und hättet es auch angezündet, wenn Luther nicht eingeknickt wäre.«

»Klingt nach irre viel Spaß, war aber nicht meine Show.«

»Sie sind der Kopfgeldjäger, richtig?«

»Kopfgeldjäger? Kopfgeld wofür? Ich mache keine Scheißarbeit, noch dazu für ein Taschengeld, Mr. Morgan.«

Meine Menudo kam. Sie entsprach nicht dem Standard,

was für eine Menudo im Hollywood Standard war. Draußen hing ein Schild: »Menudo – zum Essen reicht's.« Mexikanischer Humor vom Feinsten.

»Wie wär's, wenn wir den Nachmittag gemeinsam verbringen?«, fragte Huddy Darko. »Sie könnten mir mehr über Luther und die großen, bösen Kopfgeldjäger erzählen.«

»Ich fürchte, ich bin ausgebucht, Huddy.«

»Oder anders ausgedrückt: Ich bestehe darauf. Sie löffeln jetzt diese Plörre aus und danach möchte ich eine Stadtrundfahrt durch Juárez machen. Ich bin neu hier, also können Sie mir 'n paar Sehenswürdigkeiten zeigen. Man hat mir gesagt, dass Sie die Stadt wie Ihre Westentasche kennen. Vielleicht machen wir einen Abstecher ins Rotlichtviertel, ziehen uns am Nachmittag eine dieser legendären Donkey Shows rein. Oder wir besorgen es den Señoritas mal so richtig. Ist das Ihre Kragenweite, Mr. Morgan? Was meinen Sie?«

»Tut mir leid, Huddy. Das mit dem Flachlegen müssen Sie schon allein hinkriegen. Daran sind Sie sicherlich gewöhnt. Auf keinen Fall fahre ich mit Ihnen nach Mexiko. Die *judiciales* schauen Sie nur kurz an und schon landen wir beide im Cereso.«

Er zog die Augenbrauen hoch. »Ich kenn mich nicht aus mit dem Dialekt von den Bohnenfressern, Mr. Morgan, also weiß ich auch nicht, wovon Sie reden. Aber eins weiß ich – Sie haben gar keine Wahl. Wir bringen Sie über den Fluss, Kumpel.« Er zog sein Muskelshirt weit genug hoch, um den schwarzen Griff einer Automatik präsentieren zu können. Das »Wir« bereitete mir Sorgen. Ich sah mich um. Aus einer dunklen Nische starrte mich ein zweiter Kahlkopf an. Er zermalmte einen Cheeseburger mit den langsamen Kaubewegungen eines Schimpansen, der selbstvergessen eine Kochbanane verspeist.

»Maisgürtel-Nazis?«, fragte ich. »Weiße Bruderschaft? Die Kirche des Arischen Jesus, der uns allen in den Arsch treten wird? Seid ihr auf Bewährung aus Huntsville entlassen worden?«

»Wir sind weder kriminell, noch sind wir Spinner, Mr. Morgan. Wir sind Angehörige eines Kommandotrupps«, erwiderte er todernst.

Ich hütete mich zu lachen. In seinen irren Augen lag ein Glitzern, das null Toleranz verkündete. »Das ist ja mal was Neues«, sagte ich.

»Gewöhnen Sie sich dran. Wir sind hier, um dieses chaotische Scheißland zu retten, ob es das will oder nicht. Wir sind Helden, Mr. Morgan. Eines Tages werden Sie auf unserer Siegesparade Konfetti streuen.«

17

Huddy Darko fuhr einen Hummer. Lackierung im Tarnmuster. Oliv und Schwarz. Noppenreifen für den Geländeeinsatz. Ich saß vorn. Auf der Rückbank, direkt hinter mir, saß Spode Weems, Huddys Partner. Spode war eine Huddy-Version auf dem Wege zu ihrer Vollendung. Bis auf die Augen. Sah man in diese Augen – vorausgesetzt, Spode stellte hinreichend lange ihr Irrlichtern ein –, entdeckte man die Überdrehtheit eines gereizten Kampfhundes. Er presste mir den Lauf eines großkalibrigen Revolvers in den Nacken.

»Seien Sie vorsichtig mit dem Ding, Spode«, sagte ich.

Er stieß mir den Lauf in den Nacken, so heftig, dass ich Sterne sah. »Sie haben hier gar nix zu vermelden,

Mr. Morgan«, sagte er. »Ich bin vorsichtig.«

»Sei nett, Spode«, sagte Huddy. »Schließlich ist Mr. Morgan hier, um uns zu helfen, ihr Nest zu finden.«

Der Verkehr Richtung Juárez war schwach. Die mexikanischen Grenzbeamten bedachten Huddy und seinen Freund mit einem langen neugierigen Blick und winkten uns schließlich durch. Vorsorglich hatte Spode Weems seinen Revolver verschwinden lassen. Man nimmt keine Waffen mit nach Mexiko, nein, nein!

»Wir wollen zur Avenida Duranzo«, sagte Huddy. »Haben da was zu erledigen. Und wenn alles klappt, fahren wir Sie anschließend nach Hause. Alles sauber, alles fair. Wir sind keine bezahlten Kriminellen, Mr. Morgan.«

»Ihr verschleppt mich, weil ihr einen Fremdenführer braucht?«

»Nehmen Sie's nicht persönlich, J.P. – macht Ihnen doch nichts aus, wenn ich Sie J.P. nenne, oder? Wir brauchen Ihre Ortskenntnisse, um da anzukommen, wo wir ankommen wollen. Kein großes Ding, aber es erleichtert unsere Arbeit.«

»Fahren Sie geradeaus«, sagte ich. »Biegen Sie rechts in die Diez y Seis de Septiembre ein.«

Es war heiß und grell. Das Sonnenlicht in Juárez ist nicht das Gleiche wie das Sonnenlicht in El Paso, obwohl nur achtzehn Meter hellbraunes Wasser die Städte voneinander trennen. Die Sonne von Juárez ist erbarmungslos – grausam heiß im Sommer, im Winter hingegen geizig mit ihrer Wärme. Dann ist die Luft zum Schneiden dick wegen all dem Zeug, das die Leute verbrennen, um es warm zu haben. Im Sommer liegt ein fauliger Geruch in der Luft, der von einer Kanalisation herrührt, die bereits vor fünfzig Jahren überlastet gewesen war. Das gesamte Jahr über verbrennen die Ziegeleien alte Reifen in ihren Öfen und verdüstern die Atmosphäre mit schwarzem Rauch.

»Das ist wirklich 'ne potthässliche Stadt«, sagte Huddy. »Aber sind sie das nicht alle? Wenn's um ihre Grenzstädte geht, haben die Bohnenfresser die Hässlichkeit gepachtet.«

»Wer hat euch auf mich angesetzt?«, fragte ich.

Spode Weems' Revolver stieß wieder gegen meine Schädelbasis. Ich spürte, wie die Mündung nervös durch meine sprichwörtlich aufgestellten Nackenhaare strich. Diese Aktion bescherte Spode einen zu großen Adrenalinstoß, als dass er sie schnell beenden würde. Ich konnte nur hoffen, dass sein Finger am Abzugsbügel war und nicht am Abzug selbst.

»Kann ich Ihnen verraten, kein Problem«, sagte Huddy. »Ich meine, ich hab nichts zu verbergen. Je offener man mit allem umgeht, desto besser. War 'n schmieriger Privatschnüffler, Hamilton Scales. Ich denke, Sie kennen ihn. Meinte, Sie wären mit beiden Seiten der Grenze so vertraut wie Scheiße mit Gestank.«

Auf den Straßen wimmelte es von Menschen. Viele kamen aus El Paso herüber, um ihren Wochenendvorrat an Tequila zu kaufen oder sich mit ihrem monatlichen Bedarf an Medikamenten einzudecken. Einer der Vorteile, in unmittelbarer Nähe der Ciudad Juárez zu wohnen, besteht darin, dass man eine Reihe pharmazeutischer Produkte ohne Rezept bekommt. Hergestellt in den USA, aber zu mexikanischen Preisen verkauft. Medizinische Versorgung ist ebenfalls günstig. Bis zu ihrem Abgleiten in die Demenz hatte meine Mutter ihre Zähne hier behandeln lassen, für einen Bruchteil dessen, was es in den Staaten gekostet hätte.

Wir fingen uns einige kritische Blicke von den *transitos* ein, den Verkehrspolizisten, die auf den Straßen unterwegs waren. Ein unterbezahlter, von niemandem sonderlich respektierter Haufen, der sich darauf konzentrierte, seinen Schnitt bei unbedarften Touristen zu machen. Ein *transito* bedeutete uns, anzuhalten. Der Hummer musste ihm wie ein Aufklärungsfahrzeug erscheinen. In Unkenntnis der örtlichen Gepflogenheiten fuhr Huddy an die Seite und hielt an. Ein *transito* bläst in seine Trillerpfeife, signalisiert dir, anzuhalten, und du tust so, als sähest und hörtest du ihn nicht. Du stellst das Radio laut und gibst Gas. Huddy wusste das nicht. Er fuhr an den Straßenrand, betätigte die Handbremse und ließ das Seitenfenster herunter. Die Adern an seinem Hals schwollen an.

»*Pasaporte, señor?*«

»Pass?«, erwiderte Huddy. »Ich muss dir keinen Lappen zeigen, *muchacho.* Wir wollen uns hier ’ne Donkey Show reinziehen, uns für fünf Dollar einen blasen lassen und uns mit Tequila eindecken. Wir sind hier, um die mexikanische Wirtschaft anzukurbeln. Wir sind Botschafter des guten Willens, Captain.«

Huddy grinste breit über seinen eigenen Witz.

Der Polizist schien wenig Verständnis für Huddys humoristische Einlage zu haben. Er beugte sich in den Wagen, musterte jeden von uns, lange und eindringlich, versuchte herauszufinden, womit er es zu tun hatte und was für ihn dabei heraussprang. »Sind Sie *soldados, señor?*«, fragte er. »Sind Sie Soldaten aus Fort Bliss?«

»Nein, Sir, wir sind keine Soldaten«, erwiderte Huddy und äffte den singenden Tonfall des *transito* nach. »Wir sind Zivilisten und suchen ’ne Miss.«

Der Polizist verstand den Scherz nicht, und wenn doch, gelang es ihm gut, es zu verbergen.

Das Ganze hatte das Zeug zu einem kleineren internationalen Zwischenfall. Etwas musste geschehen, damit Huddys improvisierte Nummer uns nicht hinter Gitter brachte. Ich langte an ihm vorbei und gab dem *transito* einen Zehner. Er betrachtete ihn. Er hatte einiges einstecken müssen. Ein Zehner war nicht genug. Ich gab ihm noch einen.

»*Gracias, señor*«, sagte er. Er berührte den Schirm seiner Mütze, warf Huddy einen warnenden Blick zu und zog ab.

»Wenn Sie schon anhalten, sollten Sie denen mit Respekt begegnen, Huddy«, sagte ich. »Sie können diese Verkehrspolizisten nicht wie Dreck behandeln.«

»Ich behandle Dreck wie Dreck«, sagte Huddy. »Aber danke für den Tipp. Warum haben Sie überhaupt die Kohle rüberwachsen lassen? War doch gar nicht nötig gewesen.«

»Haben Sie schon mal eine Nacht im Gefängnis von Juárez verbracht?«, fragte ich. »Sie standen kurz davor, sich eine einzuhandeln.«

Ich lotste ihn über die Kreuzung an der Avenida Juárez, vorbei am dortigen Zollamt und anschließend weiter Richtung Westen, bis wir über einige miserable Straßen fuhren – Corredor, Aranda, Zapata. Die Häuser hier waren klein, einige verputzt, andere nur mit Latten von Holzkisten verkleidet. Die Hausnummer, die Huddy mir auf der Avenida Duranzo nannte, war an einen Pfahl genagelt, der sich auf dem winzigen, umzäunten Hof eines Hauses befand, das so klein war, dass es in El Paso als

Spielhaus für Kinder durchgegangen wäre. Das Dach aus Teerpappe war mit flach gehämmerten Kaffeedosen geflickt und an den Außenwänden fehlten ganze Putzbrocken, als hätte das Haus unter Feuerbeschuss gestanden. Für die Verhältnisse von West-Juárez jedoch war es ein ziemlich anständiges Haus.

Huddy parkte den Hummer und wir stiegen alle aus. Huddy und Spode klemmten ihre Waffen in die Gürtel.

»Ich kann das Schmalz in der Pfanne riechen«, sagte Huddy. »Der Bohnenfresser und die Frau sind da drin.«

»Und wenn es eine andere Horde von Bohnenfressern ist?«, meinte Spode.

»Wir wissen, dass er einen Mann getötet hat, also gehen wir mal davon aus, dass er sich da drin versteckt.«

»Ich kann's gar nicht abwarten, ihn mir richtig vorzunehmen«, frohlockte Spode.

»Genau dazu wird es kommen«, sagte Huddy. »Sie kennen sich aus mit dem Kauderwelsch, J.P., also überlass ich Ihnen das Reden. Wenn wir erst mal drin sind, machen Sie sich dünne.«

»Und mit wem soll ich reden?«

»Spielen Sie hier nicht den Blöden«, sagte Huddy. »Das wäre momentan reichlich unklug.«

Huddy und Spode hatten ihre Waffen gezogen und dirigierten mich damit zur Eingangstür des kleinen Hauses. Spodes Mienenspiel nährte den Eindruck, sein Kopf stehe kurz davor, spontan in Flammen aufzugehen.

Huddy schlug mit der Faust gegen die Tür. »Poch, poch, ihr Süßen«, sagte er. »Der böse Wolf ist da.«

18

Offenbar war niemand im Haus. Die verschlossene Tür erschien wenig stabil. Huddy trat sie einfach ein und ging mit erhobener Waffe voran. Es war ein sogenanntes Shotgun House – Vorderzimmer, Küche, Schlafzimmer, alles in einer Reihe, mit Wänden, von denen die Farbe abblätterte, und neben dem Schlafzimmer ein Badezimmer von der Größe eines Besenschranks. Orangefarben gestrichener Betonboden. Auf einem kobaltblauen Tisch in der Küche zwei Teller. Auf den Tellern einige Essensreste – Bohnenpüree, Reis und ein paar Stücke Tortilla. Der Küchenherd, Baujahr etwa 1950, verfügte über keinen Backofen und bestand nur aus zwei elektrischen Kochplatten. Darauf stand eine gusseiserne Pfanne mit verkrusteten Resten von Bohnen. Auf dem Küchentresen, eingezwängt zwischen einem Brotkasten und einem Sack Maismehl, ein winziger Fernseher. Die Libelle war mit Alufolie umwickelt, um den Empfang zu verbessern.

Die Möblierung des Schlafzimmers erschöpfte sich in einem schmalen Bett und einer Kommode, Letztere im gleichen Blau gestrichen wie der Küchentisch. Da war ein gerahmtes Foto von einem jungen mexikanischen Paar im Hochzeitsstaat, aufgenommen auf den Stufen vor der vierhundert Jahre alten Kathedrale von Juárez. Daneben stand eine farbenfrohe Madonna aus Keramik. Aus dem Bauch der Madonna schwamm ein vielfarbiger Zwillingsfisch, aus ihrer Stirn flog ein exotischer Vogel und um ihre Füße ringelte sich eine grüne Schlange. Die Schlange hatte die Ohren eines Luchses und das helle Gesicht und die dunklen Augen einer Schleiereule. Indianische Kunst ist reich an Symbolen, die sich einem

Gringo nicht erschließen, es sei denn, sein Hirn steht unter dem Einfluss einer verbotenen psychotropischen Substanz – in diesem Fall jedoch könnte ihn seine Erkenntnis vor Schreck schlagartig runterholen. In ihrer verwirrenden, schwer zugänglichen Art, die jeder naiven religiösen Kunst anhaftet, war diese Madonna beeindruckend.

»Sieh dir diesen Mist an«, sagte Spode. »Das ist Gotteslästerung.« Er zerschlug die Madonna mit dem Griff seines Revolvers.

»Das bringt Unglück, Spode«, sagte ich.

»Ein weißer Mann hat sein Glück selbst in der Hand, Arschloch«, sagte er.

Huddy trat an das Bett und stieß mit dem Knie dagegen. Über dem Kopfende hing ein Bild – Jesus auf schwarzem Samt mit dem vertrauten von Dornen umrankten Herzen auf der Brust.

Spode riss die Bettdecke weg. Das Laken darunter war fleckig. »Ich glaube, das sind Sportflecken«, sagte er. Er deutete darauf. »Hier, sieh mal! Der Cisco Kid hat Juanita seekrank gevögelt. Geile Scheiße, hier hat sie ihre Muschel entleert. Und das ist noch nicht lange her.«

»Scheint, als wären uns Bonnie und Clyde eine Stunde voraus«, bemerkte Huddy. »Was meinst du, wohin sind sie gefahren? Nach Süden? Zurück nach Norden?«

»Diese Hinterlassenschaften können von jedem stammen.« Ich deutete auf das Hochzeitsfoto. »Vielleicht von dem glücklichen Paar.«

Huddy ignorierte mich. »Was wäre wohl das nächste Ziel von so einem Pärchen?«, fragte er. »Ich meine, aus einem beschissenen Loch wie dem hier? In ein anderes beschissenes Loch? Desperados wie die fahren von einem beschissenen Loch zum nächsten, bis sie die ultimative Kläranlage gefunden haben.«

Ich zuckte mit den Achseln, aber er hatte sowieso keine Antwort erwartet. Wir gingen zurück in die Küche. An den Wänden hingen Stierkampfplakate. »Vielleicht sind sie zur Plaza de Toros gegangen, Huddy«, sagte ich.

»Was?«

»Stierkämpfe.«

»Das glauben Sie?!«, fragte er.

»Nein, das habe ich mir ausgedacht, um Sie zu verwirren.«

Ich sah den Schlag kommen und beinahe wäre es mir gelungen, ihm auszuweichen. Doch für einen so schweren Mann hatte Huddy schnelle Hände. Er traf meinen Kiefer direkt unterhalb des Ohrs. Es überraschte mich, denn er schien immer noch freundlich, wenn nicht sogar leicht amüsiert angesichts der Situation. Ich landete auf einem Knie, kam wieder hoch, riss die noch warme Eisenpfanne von der Kochplatte und warf sie mit beträchtlichem Schwung. Sie verfehlte Huddy und traf Spode an der Stirn genau in dem Moment, als er mit gezogener Waffe auf mich zukam. Spode ging zu Boden und seine unsteten Augen gönnten sich augenblicklich eine Pause. Huddy stellte sich vor Spode und attackierte mich erneut. Er schlug eine rechte Overhand, die einem George Foreman zur Ehre gereicht hätte. Ich konnte ihr nicht ausweichen. Der Treffer landete mit einer Wucht, als wäre eine Bahnschwelle zum Einsatz gekommen. Für einen Augenblick verlor ich das Bewusstsein, und als ich wieder zu mir kam, fand ich mich am Küchenboden wieder, den Blick zur Decke gerichtet.

»Ich denke, Sie haben nichts damit zu tun, dass die

nicht hier sind, J.P.«, sagte Huddy. »Allmählich frage ich mich, ob diese gewissen Leute überhaupt hier gewesen sind. Das riecht doch alles nach Verarsche und das macht mich stinksauer. Ich spiel nicht gern den Dorftrottel für die Wichtigtuer aus der Stadt. Ich musste mich einfach abreagieren und Sie hat's getroffen.«

Spode saß am Tisch und betastete vorsichtig die Beule an seiner Stirn. »Vielleicht kommen sie zurück, Huddy«, sagte er.

»Nee, die haben ganz schnell ausgecheckt. Haben nicht mal zu Ende gegessen. Jemand hat ihnen einen Tipp gegeben, ihnen gesteckt, dass wir kommen.«

»Oder sie mussten sich beeilen, um noch Schattenplätze in der Plaza de Toros zu ergattern«, sagte ich.

»Für Sie ist das alles ein Riesenwitz, nicht wahr, J.P.?« Huddy war mit einem Male auf hundertachtzig. Seine Eigenheit, blitzschnell von Gelassenheit auf Wut umzuschalten, war bemerkenswert.

»Ich würde Ihnen raten, das Ganze nicht auf die leichte Schulter zu nehmen«, sagte er. »Einer unserer Leute, ein großartiger junger Mann – ein Freund von mir, um genau zu sein – ist tot, dank dieses Bohnenfressers, der nicht mehr hier ist.«

»Mrs. Penrose mag Stierkämpfe«, sagte ich. »Man sollte meinen, dass eine mitfühlende Linke dieses Schlachtfest hasst, aber sie ist ein echter *afficionado.*«

»Leute, die um ihr Leben fürchten, gehen nicht zum Stierkampf«, stellte Huddy fest.

»Die Plaza ist ein geeigneter Ort, sich zu verstecken«, sagte ich. »Bei einer Corrida kommen rund zwanzigtausend Menschen zusammen.«

Huddy dachte darüber nach. »Ich hasse Stierkämpfe«,

sagte er schließlich. »Als ich jung war, bin ich in Winslow auf Stieren geritten. Ich mag Stiere. Es sind edle Geschöpfe. Glauben Sie, ich hocke da, brülle *olé*, während so ein Chilifresser in Strumpfhosen ein edles Tier zu Tode quält? Niemals, J.P.«

Er trat gegen den Küchentisch und stieß ihn um. Die Teller schepperten zu Boden. »Wir hauen ab«, sagte er. »Das kotzt mich an hier, und der Geruch von Sex und Essen geht mir derart an die Nieren, dass ich drauf und dran bin, alles kurz und klein zu schlagen.«

Zu ihrem Unglück kamen die beiden, die das Haus bewohnten, in diesem Augenblick zurück. »*Qué es esto?*«, fragte der Mann. Das Mädchen, eine Tüte mit Lebensmitteln im Arm, fing augenblicklich an zu schreien:

»*Ladrónes! Son ladrónes!*«

Es waren fast noch Teenager, die uns, die vermeintlichen Gringo-Diebe, jetzt mit großen Augen ansahen. Der Junge, ein Strich in der Landschaft und bekleidet mit der khakifarbenen Uniform eines Maquila-Arbeiters, der sich für einen Tageslohn von fünf Dollar verdingt, rief: »*Vete a la chingada!*«

Spode sah zu Huddy. »Ich glaube, dieser Ton behagt mir nicht«, sagte er. »Was hat er zu vermelden, Morgan?«

»Er meint, dass wir auf der Stelle das Haus verlassen sollen«, erwiderte ich. »Eine durchaus verständliche Aufforderung.«

»Unser überheblicher Bohnenfresser meint also, wir wären hier unbefugt eingedrungen, richtig?«, fragte Spode. »Er hält sein kleines Rattenloch für geheiligte Hallen? Ist das seine Vorstellung?«

»Er ist nicht unser Bohnenfresser, Spode«, sagte Huddy, der ein Foto neben das Gesicht des Jungen hielt. »Unser

Bohnenfresser hat eine größere Nase und mehr Fleisch auf den Rippen. Das ist eine miese Schnitzeljagd. Wir werden verarscht, nach Strich und Faden.«

»*Vete biches!*«, sagte der Junge.

»Ich glaube, der kleine Deckhengst hat mich eben Schlampe genannt«, sagte Spode. »Er hält uns für Schwuchteln.«

»Fick deine Hurenmutter in den Mund, *gabacho*!« Mit diesen Worten bewegte sich der Junge auf Spode zu, die Fäuste nach oben gereckt. Neben Spode wirkte der Wagemut des Kleinen beinahe komisch: Ein Hähnchen fordert den großen Hund heraus. Zu seiner Frau sagte er: »*Llame a la policía, Lourdes.*«

»Der kleine Wetback spricht Englisch, Huddy«, sagte Spode.

»Er ist mexikanischer Staatsbürger, Spode«, erwiderte Huddy. »Solange er den Fluss nicht durchquert hat, ist er kein Wetback.«

»Dann eben ein Wetback in spe. Gezeugt hier in Scheißhausen.«

»Deine Mutter lutscht den Esel!«, rief der Junge.

»Er äußert noch mehr schmutzige Dinge über meine Mutter.« Spode holte aus. Der Griff seines Revolvers traf den Jungen seitlich am Kopf und der Kleine ging zu Boden wie ein Stein. Das Mädchen bedachte Spode mit einer wahren Schimpfkanonade, woraufhin Spode sie packte und ihr dünnes Kleid vom Ausschnitt bis zur Taille in zwei Teile riss. Er trat einen Schritt zurück und weidete sich am Anblick des entdeckten Neulands. Die kleinen, braunen Brüste des Mädchens waren kümmerlich wie Mexiko, aber Spode betrachtete sie, als breite sich Eldorado vor ihm aus. Das Mädchen bedeckte ihre

Blöße mit ihren dürren Ärmchen.

»Hast du nicht in Denver mein Bett neu bezogen?«, wurde sie von Spode gefragt.

Sie blickte verstört. *»No comprendo, señor«*, sagte sie und ihr schmächtiger Körper fing an zu zittern.

»Oder in meinem Zimmer in Tucson Staub gesaugt? Die Handtücher gewechselt? Das warst du doch, nicht wahr, Lourdes? Du hast den Türknauf in Nogales poliert, stimmt's? Das warst du, Lourdes, nicht wahr? Vielleicht war es auch deine Schwester. Du hast 'ne Menge Schwestern, richtig? Etwa fünfzig Zillionen?«

»Lo siento«, sagte sie und schlotterte. *»Lo siento, señor.«*

»Lass sie, Spode«, sagte Huddy.

»Nee, die nehm ich mir vor, Huddy. Ich werde die mickrige Schlampe sogar bezahlen. Die sind doch alle hinter Dollars her. Ich meine, hier kann man alles kaufen, nicht wahr?« Er nahm fünf Dollar aus seiner Brieftasche. »Vermutlich ist sie keinen Fünfer wert, aber ich habe heute meinen großzügigen Tag.«

Er legte die fünf Dollar auf den Küchentisch. »Warte im Wagen auf mich, Huddy. Ich mach's kurz.«

»Vergiss es, Spode«, sagte Huddy.

Spode feixte. »Vergiss es, sagt der Mann.«

»Ich mein's ernst.«

Das verängstigte Mädchen wich vor Spode zurück. »Wie? Du willst mehr?«, sagte er. »Fünf Dollar reichen nicht? Dafür muss dein kleiner bissiger Pancho einen ganzen Tag lang schuften, oder? Zum Teufel, wir können drüber reden, Mädchen. Nimmst du Barschecks? Vielleicht akzeptierst du Visa?«

»Es reicht jetzt«, sagte Huddy. »Lass uns verschwinden. Wir haben noch was anderes vor.«

»Das ist ’n Bonus, Huddy. So ’ne Art Zulage.«

»Heute gibt’s keine Zulage«, sagte Huddy.

Ich trat hinter Spode. Er machte sich gerade an seinem Gürtel zu schaffen, als ich ihm einen Schlag in den Nacken verpasste. Ich legte meine gesamte Kraft in diesen Schlag. Spode ging auf die Knie, fiel nach vorn und berührte den orangefarbenen Boden mit der Stirn, als wollte er zu Allah beten. Dann gaben die Knie nach und er landete bäuchlings auf dem Beton. Der Schmerz in meiner Faust strahlte aus bis zur Schulter.

Huddy fuhr herum. Der Haken, der meine Rippen traf, zog mir die Füße weg. Es fühlte sich an wie eine Herzattacke. Dann fühlte ich gar nichts mehr.

Ich kam im Hummer zu mir. Auch Spode war wieder wach; der unruhige Lauf seines Revolvers saß mir im Nacken. Wie gehabt. »Ich muss diesen Pisser einfach umlegen, Huddy!«, stieß Spode mit überschnappender Stimme hervor. »Ich habe Kopfschmerzen, da würde selbst Gott um Tylenol betteln.«

»Im Handschuhfach ist Aspirin«, sagte Huddy. »Wir werden J.P. irgendwo absetzen.«

»Hier werden jeden Tag Leute umgebracht und niemand kümmert sich auch nur einen Scheiß drum. Dieser Mistkerl hat mir zweimal eine eingeschenkt, Huddy. In meinen Ohren klingelt’s immer noch. Das darf man ihm nicht durchgehen lassen. Ich muss ihm einfach eine ins Ohr verpassen.«

»Ist mir klar, Spode. Schließlich musst du nahezu jedem eine ins Ohr verpassen. Aber nicht auf diesem Ausflug. In Ordnung, Junge? Es gibt anderes, um das wir uns zu kümmern haben.«

Spode stieß den Lauf in mein Ohr und verletzte dabei

die Haut. »Peng, peng, Schwuchtel«, sagte er. Blut bahnte sich seinen Weg aus meinem Ohr und an meinem Ohrläppchen entlang.

»Sehen Sie's ihm nach, J.P.«, sagte Huddy. »Er steht nun mal total auf Schusswaffen und ist mächtig versessen darauf, sie zu benutzen, fürchte ich.«

Huddy fand den Weg zurück, ohne dass ich ihm sagen musste, wo er abzubiegen hatte. Allerdings wusste er nicht über die Brücken Bescheid. »Um nach El Paso zurückzukommen, müssen Sie über die Brücke an der Avenida Juárez fahren«, sagte ich. »Dort ist Einbahnstraßenverkehr, wie auf der Stanton-Brücke, als wir reingefahren sind. Fahren Sie an der Kathedrale an der Diez y Seis de Septiembre vorbei und dann links auf die Avenida Juárez.«

Die Hitze färbte den Nachmittagshimmel gelb. Durch einen heftigen Wind bildeten sich in den engen Straßen kleinere Staubteufel. An den Straßenecken, in Dreier- oder Vierergruppen, standen Tarahumara-Indianer – Frauen und Kinder in Stammeskleidung – und bettelten. Unterstützt von der örtlichen Polizei, hatten Drogenhändler sie von ihren armseligen Farmen im Hochland südlich von Juárez vertrieben und sie waren in die Stadt gekommen in der Hoffnung, Mittel und Wege zu finden, die ihr Überleben sicherten. Die Drogenhändler wollten, dass ihre Handelsware auf Tarahumara-Land gedieh, nur waren die Indianer, die hauptsächlich Mais anbauten, damit nicht einverstanden gewesen. Sie hatten dem Fortschritt im Wege gestanden und entfernt werden müssen. Drogenbarone haben die Macht, andere zu enteignen.

Als wir kurz vor der Brücke in einen Stau gerieten und anhalten mussten, verließ eine Indianerin mit einem

Baby auf dem Arm ihren Platz an der Ecke und steuerte auf den Hummer zu in der Absicht, um Geld oder Essen zu bitten.

»Ich könnte ihr eine Ladung zwischen die Titten verpassen und keiner würde es merken«, sagte Spode. »Und erzähl mir nicht, sie wäre so nicht besser dran. Schau dir nur diese heruntergekommenen Indianerärsche an, Huddy. Sie sind das menschliche Pendant zur gemeinen Kakerlake.«

»Du bist ein echter Humanist«, sagte Huddy. »Ich werde an den Generalsekretär der Vereinten Nationen schreiben und dich für die Menschenrechtsmedaille vorschlagen.«

»Ach, Scheiße«, sagte Spode. »Damals haben wir ihre Mestizenärsche von Texas nach Mexico City getreten, aber wir haben die Sache nicht zu Ende gebracht. Kommt Ihnen das bekannt vor, Mr. Morgan? Erinnern Sie sich an Korea? Die Schweinebucht? Vietnam? Erinnern Sie sich, wie man General Patton befahl, seine Panzer kurz vor Berlin zu stoppen? Was war mit dem ersten Irakkrieg? Ich habe gehört, Sie waren dabei? Sobald wir einen Ständer haben und drin sind, machen wir schlapp. Das ist unsere nationale Schande. Das Land der Freien und die Heimat der vorzeitigen Abspritzer. Wir haben damals Tausende von Mexikanern umgebracht und von ein paar Eierköpfen aus New England mal abgesehen, hat sich niemand auch nur einen Scheiß dafür interessiert. Aber wie gesagt, kurz vor dem Ziel haben wir gekniffen.«

»Spode war auf dem College«, sagte Huddy. »Sie haben ihn von der Arizona State geschmissen, weil er sich mit seinen Geschichtsprofessoren angelegt hat.«

»Beschissene Schlappschwänze und Möchtegern-

Linke«, sagte Spode. »Keine Klöten zwischen den Beinen. Zach Taylor hätte sie aneinandergekettet und im Rio Grande versenkt.«

»Er meint den Mexikanisch-Amerikanischen Krieg von 1846, J.P.«, sagte Huddy. »Unser Spode ist ein Geschichtsfreak. Man sollte nur verhindern, dass er mit dem Bürgerkrieg anfängt.«

Spode ignorierte Huddy. »Robert E. Lee war einfach genial im Mexikanischen Krieg. Ihr halbes Land nahmen wir ein«, sagte er. »Wir hätten alles haben können, bis hinunter zur Grenze von Guatemala, aber wir haben diesen verdammten Vertrag von Guadalupe Hidalgo unterzeichnet und nur Arizona, Neu-Mexiko, Kalifornien, Utah, Colorado und Nevada bekommen.«

»Nur?«, fragte ich.

Spode stieß wieder seinen Revolver in mein Ohr. »Sie finden das wohl komisch? Vierzehntausend amerikanische Jungs starben in Mexiko. Heutzutage wären das hochgerechnet einhunderttausend. Gut ein Drittel unserer Toten im Zweiten Weltkrieg. Jetzt fallen die Mestizen in Scharen ein und machen sich in den Gebieten breit, die sie nun mal ganz klar verloren haben. Glauben Sie, die mexikanische Regierung weiß nicht, was da vor sich geht? Herrgott noch mal! Das ist ihr Plan. Ihr Ziel ist es, den Westen der USA zurückzuerobern, indem sie uns mit Wetbacks überschwemmen. In Kalifornien gibt es bereits mehr Mexikaner als Weiße. Nach über hundertdreißig Jahren hat L.A. wieder einen mexikanischen Bürgermeister. Sehen Sie nicht, was abgeht? Wenn der überwiegende Teil der Bevölkerung mexikanisch ist, dann – hallo? – muss es wohl Mexiko sein!«

Mein Ohr schmerzte und Spodes Tirade machte es

nicht besser. »Lassen Sie mich hier raus«, sagte ich. »Ich gehe zu Fuß zurück. Wahrscheinlich bin ich schneller über die Brücke als ihr, der Stau wird immer dicker.«

»Draußen gibt's keine Klimaanlage, J.P., aber wie Sie wollen«, sagte Huddy. »Vielleicht kommen wir noch mal auf Sie zurück, wenn wir wieder einen Führer durch die Gassen von Scheißhausen brauchen.«

Spode nahm die Kanone aus meinem Ohr. Ich stieg aus.

Ich bahnte mir meinen Weg durch die Ansammlung aus Touristen und Straßenhändlern und steuerte auf einen mir bekannten Mann zu. Kein persönlicher Bekannter, aber an seinem schicken Anzug und der italienischen Sonnenbrille, an seiner Art, die Menge im Blick zu behalten und dabei in ein Funkgerät zu sprechen, erkannte ich den Polizisten in Zivil, den *judiciale.*

Ich sprach ihn an. »*Con permiso, señor* … «

Er sah mich an, bemerkte das Blut an meinem Ohr und seine Miene signalisierte Interesse, wenn auch ein genervtes.

»*Esos gringos, en el Hummer?*«, fragte ich.

Der Hummer bewegte sich nur zentimeterweise auf die Santa-Fe-Brücke zu. Huddy reckte seinen Kopf aus dem Seitenfenster, um die Ursache für den Stau herauszufinden.

»*Sí?*«, erwiderte der *judiciale.*

»*Tienan pistolas.*«

»*De veras?*«

»*Sí, dos pistolas.*«

»*Son sus compadres?*«

»*No, no, señor*«, sagte ich und hob die Hände, um zu unterstreichen, dass ich nichts zu tun hatte mit den beiden.

»*Nomás les vi en un barro*« – ich habe sie nur in einer Bar gesehen. Ich zog mein Hemd hoch, um zu verdeutlichen, wo Huddy und Spode ihre Waffen versteckten. Die Finger meiner anderen Hand formten eine Pistole.

»*Qué barro?*«, fragte er.

»*El Club Chi-Chi.*«

Er musterte mich. Vermutlich fragte er sich, ob ich irgendein Durchgeknallter sei, dann sah er hinüber zu dem Hummer, sah ganz sicher vor seinem geistigen Auge, wie gut der sich in seiner Einfahrt ausmachen würde. Der *judiciale* verlor das Interesse an mir. Er sprach leise in sein Funkgerät und im Nu tauchte ein halbes Dutzend Männer mit M16-Gewehren aus der Menge auf und umstellte den Hummer. Huddy und Spode wurden aufgefordert, auszusteigen und die Hände auf das Wagendach zu legen. Man tastete beide Männer ab und fand ihre Waffen. Spode sah mich über die Schulter hinweg an. Ich nickte ihm flüchtig zu und verabschiedete mich mit einem angedeuteten militärischen Gruß. Letzten Endes war Spode Teil eines »Kommandos«. Er erwiderte den Gruß mit dem Mittelfinger, bevor die *judiciales* ihm Handschellen anlegten.

Mexiko, ein Land, das eine Reihe von Revolutionen durchlebte, gestattet keine Waffen in den Händen von Zivilisten. Besonders empfindlich reagieren die Mexikaner auf US-Bürger, die mit Waffen ins Land kommen. Diese Befindlichkeit reicht mehr als ein Jahrhundert zurück. Ein Geschichtsfreak wie Spode hätte das wissen müssen. Jetzt würden die beiden die vielen Vorzüge des mexikanischen Strafsystems kennenlernen.

19

Mein Anrufbeantworter war voll bis zum Anschlag.

»Wir müssen uns unterhalten, dringend«, sagte Pilar Mellado. »In River City herrscht Krisenstimmung.«

»Wo zum Teufel steckst du?«, fragte Luther Penrose. »Du kannst dir nicht vorstellen, was mir alles zugemutet wird.«

»Unser Zinsniveau befindet sich auf historisch niedrigem Stand«, verkündete eine Stimme, die nach eigener Aussage »Jimmy Vasquez von Cibola Savings and Loan« gehörte.

»Wahrheit ist Schönheit und Schönheit ist Wahrheit«, deklamierte meine Mutter. »Das haben wir auf der Highschool immer den Kindern gesagt. Jetzt ergibt das so richtig Sinn, nicht wahr? Weißt du, was Gravitationswellen sind, J.P.?«

»Ich hatte viel Spaß an unserem gemeinsamen Nachmittag, J.P. Morgan, aber da wäre noch mehr drin, was meinst du?«, sagte Dani Thrailkill. »Ich bin heute nach Phoenix gefahren. Besuch mich mal. Ich werde deine Prostata mit einem ganz besonderen Gel bearbeiten.« Sie nannte ihre Adresse in Tempe. Ich notierte sie nicht. Es gab sechs weitere Nachrichten von Leuten, die ich nicht kannte und die mir Sachen anboten, die ich nicht wollte.

Ich betrachtete mein Gesicht im Spiegel des Badezimmers. »Du bist schön«, sagte ich. Ein Zahn war locker und meine Zunge hatte einen Riss. Kopfschmerzen arbeiteten sich vom Hirnstamm weiter bis in die Stirnlappen. Ich schluckte vier Darvocet, wusch mir das Blut aus dem Ohr und nachdem ich das Telefon ausgestöpselt hatte, machte ich mir eine große Bloody Mary. Danach ging ich zu Bett mitsamt einem Eisbeutel für meinen geschwollenen Kiefer.

Nach zwanzig Stunden traumlosen Schlafes wachte ich auf.

Ich rief Velma an. Niemand nahm ab. Ich rief Pilar Mellado an. »Was haben Sie mit Velma gemacht?«, fragte ich ihren Anrufbeantworter.

Ich rief Luther an. »Vielleicht habe ich mich doch geirrt«, erklärte ich ihm.

»Du sagst das mit einer gewissen Betroffenheit, als würde es dich überraschen«, erwiderte er. Er saß auf dem hohen Ross. Aber saß er das nicht immer?

»Ich habe darüber nachgedacht«, sagte ich. »Zwei Leute auf der Flucht können sich durchaus näherkommen. Zwei gegen den Rest der Welt, das alte romantische Thema. Das wurde in hundert alten Filmen durchgespielt. Denk nur an *The Getaway*. Natürlich läuft es am Ende immer darauf hinaus, dass einer von beiden zurückbleibt oder getötet wird.«

»Mein Gott, das Leben in Anlehnung an eine Filmkritik von Roger Ebert. Vielen Dank auch. Hast du noch etwas von meinem Geld? Ich bin zu dem Schluss gekommen, dass ich es doch zurückhaben möchte. Ebenso möchte ich eine detaillierte Übersicht bezüglich der Ausgaben. Stell mir zehn Prozent in Rechnung für die Unannehmlichkeiten, die du hattest.«

»Schlagen wir heute nicht ein wenig über die Stränge?«, fragte ich.

Im Hintergrund lärmten die Walküren.

»Andererseits«, fuhr ich fort, »gibt es keinen Beweis für eine Liebesbeziehung zwischen Carla und Hector. Nicht einmal ein Indiz.«

Ich berichtete ihm von Huddy und Spode und von dem Haus in Juárez. Ich sagte ihm, dass Huddy Darko die falsche Adresse von Ham Scales bekommen habe und mein Engagement als Fremdenführer sein Vorschlag gewesen sei. »Keine Ahnung, was Scales im Schilde führt, aber irgendwas ist nicht koscher.«

»Darko und Weems, das könnten die Kerle sein, die mich verprügelt haben«, sagte Luther.

»Sie haben es bestritten.«

»Und du hast ihnen geglaubt?«

»Die gehören zu der Sorte, die sich etwas darauf einbildet, Leute zusammenzuschlagen. Sie sind alles andere als zurückhaltend, wenn es darum geht, so etwas zuzugeben. Wenn sie es machen, wollen sie auch die Anerkennung. Deine Typen waren Kopfgeldjäger, meine hingegen Mitglieder eines Kommandotrupps.«

»Ich werde dich nicht bitten, das zu erläutern.«

»Ich bin auch nicht sicher, ob ich das könnte, Luther.«

»Komm rüber. Da ist noch etwas, was ich dir erzählen muss. Ich mag es nicht, dergleichen am Telefon zu erörtern.«

Thor, Wotan oder wer auch immer brachte eine Waggonladung Dynamit in den Schluchten rundum Walhall zur Explosion.

»Okay«, sagte ich. »Gib mir ein paar Stunden Zeit. Ich leide noch unter dem Entzug von Darvocet.«

Nachdem ich aufgelegt hatte, ging ich unter die Dusche. Anschließend aß ich etwas, was ich nicht kauen musste – glibberige, zerkochte Nudeln aus der Dose, in einer versalzenen Brühe, aufgepeppt mit einem Spritzer Tabasco. Dann noch eine Bloody Mary. Und ich rief Pilar Mellado noch einmal an. Diesmal nahm sie ab.

»Was ist mit Velma?«, fragte ich.

»J.P.? Wo um Himmels willen sind Sie gewesen? Seit Tagen versuche ich, Sie zu erreichen.«

»Ist irgendwas nicht in Ordnung? Geht es ihr gut?«

»Sie ist im Krankenhaus. Es könnte ein Schlaganfall sein. Körperlich scheint sie okay zu sein, aber ihre Wahrnehmung scheint eingeschränkt.«

»In welchem Krankenhaus?«

»Columbia Medical Center, siebter Stock.«

»Wir sehen uns dort.«

»Nein. Ich bin sehr unter Druck. Da sind noch sechs andere Fälle, die ich heute bearbeiten muss. Aber ich will mit Ihnen reden. Sie müssen jetzt das Richtige tun, und zwar schnell.«

20

Monsunzeit: Feuchte Luftmassen von der mexikanischen Pazifikküste, dazu stationäre Tiefdruckgebiete und Temperaturen über dreißig Grad geben uns von Juli bis September das Gefühl, vor Hitze umzukommen. Die Sonora- und die Chihuahua-Wüste sind im Allgemeinen heiße, trockene Gebiete, aber der Monsun treibt die Feuchtigkeit auf sechzig Prozent und höher. Wenn man statt einer Klimaanlage nur über einen Verdampfungskühler verfügt, entdeckt man Schweißdrüsen am eigenen Körper, von denen man nie geglaubt hätte, dass sie existieren.

Ich duschte ausgiebig, zog mich an und fuhr ins Krankenhaus. Im Westen, über dem Gebiet von El Malpais, braute sich ein Gewitter zusammen. Blitze zerteilten den blaugrauen Horizont. Bereits nach kurzer Zeit klebte mein Hemd wie Frischhaltefolie an meinem Rücken.

Ich stellte den Wagen im Parkhaus ab, ging die Überführung entlang ins Hauptgebäude des Krankenhauses und fuhr mit dem Fahrstuhl in den siebten Stock. Dort stieß ich auf einen vierschrötigen Krankenpfleger und fragte ihn, wo ich Velma Morgan finden könne. Ich folgte ihm zum Stationstresen, wo er ein Notizbrett konsultierte. »Zimmer 834«, sagte er.

Sie hockte auf der Bettkante und starrte aus dem Fenster. Ich war bestürzt darüber, wie gebrechlich sie aussah. Sie konnte nicht mehr als neunzig Pfund wiegen, wenn nicht sogar weniger. Sie schien dahinzuschwinden.

»Hi, Mom«, sagte ich.

Sie antwortete nicht sofort. Ihre Aufmerksamkeit galt dem heraufziehenden Gewitter. »Hi, Schatz«, sagte sie schließlich.

»Wie geht es dir?«, fragte ich.

»Sie sagen, dass es ein Schlaganfall gewesen sein könnte. Ich glaube das nicht. Mein Verstand ist klar wie Kristall.«

Den Blick nach draußen, auf die Wetterfront, gerichtet, hob sie die rechte Hand und bewegte die Finger. Das Gleiche machte sie mit der linken Hand. Indem ich mich auf das breite Fensterbrett setzte, zwang ich sie, mich anzusehen.

»Kannst du gehen?«, fragte ich.

»Natürlich kann ich gehen. Ich kann auch sprechen. Ich bin es, die hier spricht. Kannst du mich hören? Und was stimmt sonst so nicht mit mir? Was glaubst du? Soll ich dir etwas vorsingen?« Sie trällerte ein paar Takte aus *Sentimental Journey*. »Siehst du!«, sagte sie. »Bist du jetzt überzeugt?«

»Pilar Mellado möchte, dass du in das El-Descanso-

Pflegeheim übersiedelst. Ich halte das für eine ganz gute Idee.«

»Ich liebe Blitze«, sagte sie und versuchte, an mir vorbeizulinsen. »Als Kind hatte ich Angst davor, weil ich sie für etwas Willkürliches hielt, was Leben tötet, Leben, die es nicht verdient haben, getötet zu werden. Bumm! Himmlische Einäscherung! Mit einem Blitz himmelwärts! Aber das ist eine kindliche Sichtweise. Inzwischen weiß ich, dass nichts willkürlich ist, vor allem Blitze nicht. Ein Blitz ist präzise wie eine Handarbeit.«

Ich sah jetzt, dass ihr rechtes Augenlid zur Hälfte geschlossen war. Sie bemerkte, dass ich darauf starrte.

»Ich bin auch nicht blind«, sagte sie. »Nicht auf beiden Augen gleichzeitig. Das kann ich beschwören.«

»Und warum bist du hier?«, fragte ich.

»›Welche Silbe suchst du, Vokalissimus, in den Fernen des Schlafes? Sprich sie aus.‹«

»Wie bitte?«, entfuhr es mir.

»Poesie. Die guten alten Sachen, als Dichter noch Herz und Verstand besaßen. Stevens, glaube ich. Ich kann mich nicht mehr an alles erinnern. Muss ich ins Pflegeheim, weil ich mich nicht mehr an alles erinnern kann? Erinnerst du dich an deinen Vater, wie sie ihn getragen hat?«

»Wie wer ihn getragen hat?«

»Es ist ein Geheimnis in einem Geheimnis in einem Geheimnis.«

»Was ist?«

»Bitte, strapaziere nicht meine Geduld, Schatz.«

»Ich spreche mit Pilar. Wir werden gemeinsam an einer Lösung arbeiten.«

»Arbeiten, arbeiten, arbeiten. Das habe ich zur Genüge getan. Mein ganzes Leben lang. Jetzt gilt es zu singen, gilt es zu fliegen. Wie dem auch sei, ›der Kiefernwald gibt meinem Körper Süße. Die weiße Iris schmückt mich.‹«

Sie stand auf, verlor das Gleichgewicht und setzte sich wieder. Das hängende Augenlid flatterte. Mit einem Mal sah sie aus wie ein verängstigtes Kind. Unter der dünnen Haut ihrer mit Altersflecken gesprenkelten Hand zeichneten sich die Knochen ab. Velma verging Stück für Stück. Es war unerträglich für mich, es mitansehen zu müssen. Dann schon lieber von einem willkürlichen, von mir aus auch von einem »präzise-wie-eine-Handarbeit-Blitz« abberufen werden.

Eine Praktikantin in der klassischen rot-weiß gestreiften Uniform kam herein, ein Tablett in den Händen.

»Schweizer Steak mit Brokkoli und Apfelmus!«, verkündete sie dank ihres jugendlichen Optimismus begeistert. »Und was haben wir hier? Boston Cream Pie zum Nachtisch! Lecker!« Velma wandte sich von dem Tablett ab, als hätte man sie beleidigt. Die Praktikantin hatte Mühe, ihr Lächeln zu konservieren. Ich versprach Velma, am nächsten Tag wiederzukommen, gab ihr einen Kuss auf die pergamentene Wange und ging.

Ich saß bei aufgedrehter Klimaanlage in meinem Wagen und telefonierte mit Pilar Mellado. »Sie benimmt sich ein wenig kindisch.«

»Was Sie nicht sagen«, erwiderte Pilar. Sie klang gelangweilt. Sie klang immer gelangweilt.

»Kindisch, Pilar, nicht verrückt. Kein Grund, sie nicht wieder nach Hause zu lassen.«

»Sie hat es Ihnen nicht erzählt?«

»Mir was erzählt?«

»Letzte Nacht, kurz vor dem Schlaganfall, ist die Jungfrau Maria von Guadalupe in ihr Schlafzimmer gekommen. Die Jungfrau hat die Leiche Ihres Vaters getragen.«

»Sie hat die Jungfrau nicht erwähnt. Sieht so aus, als wäre sie ein kleines Schlitzohr. Beweist das nicht, dass ihre Funktionen noch da sind ... mehr oder weniger?«

»Weniger, würde ich sagen. Viel weniger. Und jetzt machen Sie Folgendes, J.P., Sie fangen an, einiges in die Wege zu leiten. Zuerst kümmern Sie sich um ein Zimmer im El Descanso, dann kontaktieren Sie einen Immobilienmakler, damit Velmas Haus zum Kauf angeboten werden kann. Auf dem Immobilienmarkt sieht es derzeit gut aus, Sie sollten eine hübsche Stange Geld dafür kriegen. Ich kümmere mich inzwischen um den Papierkram, aber Sie werden eine Vollmacht benötigen. Es muss sein, J.P. Tun Sie sich selbst und Ihrer Mutter den Gefallen.«

Ich zeigte mich einverstanden, wusste aber, dass ich das Ganze noch ein paar Tage hinausschieben würde. Ich liebte das alte Mädchen und wollte keinesfalls meinen Teil dazu beitragen, sie den mildtätigen Bürokraten auszuliefern, bevor nicht alle Möglichkeiten ausgeschöpft waren.

Ich fuhr zu Luther. In der Wendeschleife hinter seinen Oldtimern stand ein schwarzer Ford. Die Nummernschilder wiesen ihn als Regierungsfahrzeug aus und hinten auf dem Wagendach stak eine kurze Antenne. Luther empfing mich an der Tür.

»Ein Cop ist hier«, flüsterte er. Luther war barfuß und trug einen nur locker geschlossenen Bademantel. Ein heftiges Zucken erfasste seine rechte Gesichtshälfte. Er stöhnte, war schweißnass und vor Angst ganz käsig.

»Was will er, Luther?«

»Er will Hector Martinez. Der Mistkerl denkt, ich wüsste, wo sich Martinez aufhält. Ich habe ihm von dir und Scales erzählt, dass du dich auf die Suche nach Martinez und Carla gemacht hast. Er wollte meinen Computer! Ich habe ihm erklärt, dass ich eine Schmälerung meiner aufwendig verfassten Prosa durch die Anwendung eines Haufens binärer Symbole niemals dulden würde. Kannst du dir Shakespeare vorstellen, in Bits und Bytes? Er hat es nicht begriffen und sich geweigert zu glauben, dass ich keinen Computer besitze. Jeder besitze einen Computer, meinte er. Ich habe ihm meine 1926er Underwood gezeigt. Er wusste nichts anzufangen damit, hat sie von vorn bis hinten begutachtet und vermutlich nach versteckten Kabeln gesucht. Er war bereits in der Universität, um Carlas Rechner zu beschlagnahmen.«

Wir gingen ins Haus. Dort traf ich auf einen stämmigen Mann in grauem Anzug und stellte mich ihm vor. Er trug Stiefel aus Schlangenleder und einen weißen Stetson mit breitem Rand, eine Kopie des berühmten »Boss of the Plains«-Stetson aus dem neunzehnten Jahrhundert. Er zeigte mir seinen Polizeiausweis. Robert T. Eggers, Texas Ranger. Sein rundes, pausbackiges Gesicht auf dem Ausweisfoto erinnerte an einen Klumpen Teig und seine kleinen dunklen Augen sahen aus wie schwarze Pfefferkörner.

»Ich habe gehört, dass Sie Mrs. Penrose und Hector Martinez auf der Spur sind«, sagte er.

»Ich war es und bin es nicht mehr.«

»Sie haben sie in Las Vegas aufgespürt?«

»So ist es.«

»Und Sie haben die Polizei nicht darüber informiert?« Seine kleinen Augen fixierten mich und man bekam eine Vorstellung von der unablässig arbeitenden Maschine dahinter.

»Warum sollte ich? Soweit ich weiß, haben sie gegen kein Gesetz verstoßen.«

»Martinez wird wegen Mordes gesucht, Mr. Morgan. Man sollte meinen, dass ein professioneller Ermittler wie Sie zuallererst einige ... ähm ... Nachforschungen anstellt, bevor er das Geld seines Klienten ausgibt.«

Ich sah Luther an. Er nickte entschieden, ein schamloser Versuch, sich bei dem Ranger einzuschleimen. »Der Klient«, erwiderte ich, »war lediglich daran interessiert herauszufinden, ob seine Ehefrau und Martinez eine Affäre haben. Ich war davon überzeugt, dass dem nicht so sei, und habe es ihm mitgeteilt. Genau deswegen hat man mich angeheuert.«

»Nun, zu schade, dass Sie nicht einen Tick sorgfältiger vorgegangen sind«, sagte der Ranger. »Hätte dem Staate Texas reichlich Geld und Aufwand erspart. Nebenbei bemerkt, für Hinweise, die zur Ergreifung von Martinez führen, ist eine Belohnung von fünfundzwanzigtausend Dollar ausgesetzt. Scheint, als hätten Sie 'ne hübsche kleine Lohntüte liegen lassen, Mr. Morgan. Haben Sie eine Idee, wo die beiden sich jetzt aufhalten könnten?«

Ich beschloss, weder Huddy Darko und Spode Weems noch das kleine Haus in West-Juárez zu erwähnen. »Nö«, sagte ich. »Das letzte Mal habe ich sie in einem Trailer gesehen, irgendwo zwischen Vegas und Boulder City.«

»Und wissen Sie, was sie in dem Trailer gemacht haben, Mr. Morgan?«

»Das hat mich nicht interessiert«, erwiderte ich. »Aber ich bin sicher, es hatte mit der Grenze zu tun. Mrs. Penrose ist eine Aktivistin.«

Der Ranger sah Luther an. »Und Sie haben diesen Mann tatsächlich bezahlt, damit er Ihre Frau findet?«

»Ich fordere mein Geld zurück!« Luther blies sich mächtig auf in seiner vermeintlich berechtigten Empörung und das Zucken in seinem Gesicht nahm wilde Züge an.

»Mr. Morgan«, sagte der Ranger, »vielleicht ist es für Sie von Interesse zu erfahren, dass in diesem Trailer eine illegale Klinik für plastische Chirurgie untergebracht ist. Hector Martinez war dort, um sein Äußeres verändern zu lassen. Allein zu diesem Zwecke wurde er von der Frau – von Mrs. Penrose – dorthin gebracht. Sie hat die Operation bar bezahlt, um die siebentausend Dollar oder mehr. Ich befürchte, man wird Mrs. Penrose der Unterstützung und Beihilfe, wenn nicht sogar der Mittäterschaft anklagen, wenn wir die beiden erst einmal in Gewahrsam genommen haben.«

»Wird man ihn ebenfalls anklagen?«, fragte Luther und zeigte auf mich.

Ein Grinsen teilte das breite, feiste Gesicht des Rangers. Er nahm seinen Stetson ab und fuhr sich mit einem Taschentuch von der Größe eines Bandanas über die Augenbrauen. Sein schütteres Haar war klatschnass. »Man kann einen Mann nicht wegen Unfähigkeit festnehmen, Mr. Penrose«, sagte er. »Doch wenn es nach mir ginge, ich würde ihn wegen Faulheit, schlechten Urteilsvermögens und mangelnder Professionalität belangen. Sie können ja zivilrechtlich gegen ihn vorgehen.«

Der Ranger setzte seinen Hut wieder auf, sagte, dass er wiederkomme, sollten sich noch Fragen ergeben, und verabschiedete sich.

»Du willst mich also verklagen, Luther?«, fragte ich.

»Red keinen Unsinn«, erwiderte er.

»Weshalb hat sich Scales die Belohnung durch die Lappen gehen lassen? Das würde ich gern wissen«, sagte ich mehr zu mir selbst.

»Er wird seine Gründe gehabt haben. Heutzutage sind fünfundzwanzigtausend keine bedeutende Summe, J.P. Vielleicht war Ham hinter was richtig Großem her.«

»Und das wäre? Wie viel sollte Martinez irgendjemandem wert sein?«

»Mach dir einen Drink, J.P. Du siehst aus, als könntest du einen gebrauchen.«

21

»Du hast gemeint, du müsstest mir noch was anderes erzählen«, sagte ich.

Luther war auf allen Vieren und holte seine Utensilien unter dem Sessel hervor. »Als dieser Bulle die Auffahrt hochkam, habe ich meinen Vorrat in Windeseile unter den Sessel geschoben. Gott, war ich in Panik, ich hätte mir fast in die Hosen gepinkelt.«

»Du solltest kürzertreten, was den Hanf betrifft. Damit handelst du dir genauso schnell ein Lungenemphysem ein wie mit Zigaretten. Wenn nicht sogar schneller.«

Inzwischen hatte er es in den Sessel geschafft und fabrizierte einen dünnen Joint. »Maß dir bitte nicht an, mir Vorträge zu halten«, sagte er. »Laut Robert T. Eggers, Texas Ranger, hast du's grandios versiebt.«

Ich zog meine Brieftasche hervor. »Hier ist der Rest von deinem Geld, abzüglich zehn Prozent«, sagte ich und warf ihm das Bündel Scheine in den Schoß. »Und meine Spesen gehen zu deinen Lasten. Ich habe gemacht, worum du mich gebeten hast.«

Er winkte ab. Das Geld war nebensächlich für ihn. Wie die meisten Leute ohne Geldsorgen langweilte auch ihn die tägliche Buchführung. »Carla hat sich gemeldet«, sagte er. Er nahm einen langen Zug und starrte an die Decke, während er den Rauch in den Lungen behielt. »Sie ist in Tucson.«

»Warum hast du dem Cop nichts gesagt?«, fragte ich.

»Liegt das nicht auf der Hand? Ich will nicht, dass man sie verhaftet. Ich will nicht, dass sie ins Gefängnis kommt, nur weil sie dumm ist.«

»Sie ist alles andere als dumm, Luther.«

»Du irrst dich. Sie ist dumm auf eine Weise, die sie mit den meisten gefühlsduseligen Idealisten teilt. Sie machen kapitale Fehler, weil sie die wirkliche Welt und ihren Lauf verachten. Wie die Bürgerrechtsunion, die das Recht der Skokie-Nazis auf Versammlungsfreiheit verteidigt. Das Ideal ist ihre Realität, ihre einzige, und es ist nicht gelitten, Grenzen zu verwischen. Sie kämpfen gegen Windmühlenflügel. Wenn es darum geht, sich zu entscheiden zwischen Menschen aus Fleisch und Blut und der Sache, dann landet das bloße Fleisch und Blut auf dem Kompost. Betrachte mich als Beispiel für Letzteres. Vor vierhundert Jahren schrieb Cervantes *das* Buch über diese Leute. Vielleicht hast du davon gehört. Es heißt Don Quijote.«

»Also hast du dich von der Vorstellung verabschiedet, dass sie mit Martinez ins Bett geht?«

Er nahm noch einen Zug. »Sie war aufgeregt. Irgendwas ist schiefgelaufen, sie könne nur nicht darüber reden, hat sie gemeint. Wenn sie mit Martinez fickt, werde ich mich davon nicht verrückt machen lassen. Momentan zählt nur ihre Sicherheit. Ich liebe Carla, aber wenn sie mich tatsächlich verlassen hat, will ich sie nicht dafür bestrafen. Ich will sie beschützen, immer noch.«

»Das ist wirklich hochanständig von dir, Luther. Aber warum nehme ich dir das nicht ab? Woher nur dieser überraschende Sinneswandel?«

»Mir ist egal, was du denkst. Du hast meine großherzige Seite nie wahrgenommen. Du kennst mich nicht wirklich. Ich habe mehr menschliche Größe, als du glaubst.« Er drückte den Joint aus und steckte ihn in die Tasche seines Bademantels.

»Hat sie gesagt, was sie in Tucson macht? Hat sie dir eine Adresse gegeben?«, fragte ich.

»Nein. Sie wollte mich lediglich beruhigen, ich solle mir keine Gedanken machen. Es werde alles seinen Gang gehen. Nur habe ich keinen blassen Dunst, was damit gemeint ist. Ich bin sicher, dass sie in Gefahr ist, aber was kann ich dagegen tun?«

»Weiter kiffen?«

»Ich würde es vorziehen, wenn du jetzt gehst, J.P. Deine Beleidigungen sind anstrengend. Ich betrachte dich auch weiterhin als meinen Freund, aber ich fürchte, du hast eine zweidimensionale Seele, flach und fad. Dir fehlt die Tugend der Empathie.«

Eine kleine, dralle Frau betrat in diesem Augenblick das Zimmer. Sie war nur mit einem von Luthers Pyjamaoberteilen bekleidet, das ihr bis zu den Knien reichte. »Komm wieder ins Bett, Luther-Schatz«, sagte sie. »Ich flippe aus. Ich bekomme Zustände in deinem großen, unheimlichen Haus. Ich glaube, im Badezimmer ist eine Fledermaus oder eine riesige Motte. Als ich auf dem Klo gesessen habe, ist mir das Ding in die Haare geflogen.

Hast du mich nicht schreien hören? Ich habe gegen meinen Kopf gehämmert und mich dabei fast ins Koma geschlagen. Warum lässt du überhaupt die Fenster auf? Hörst du nicht, wie's donnert? Es fängt gleich an zu regnen.«

Sie trug wahre Schichten von Make-up und war nicht so jung, wie ich anfangs gedacht hatte. Ihr rotes Haar schien das Zimmer zu erleuchten. Sie hatte volles, glänzendes Haar, zu einer Hochsteckfrisur im Stil der Sechzigerjahre getrimmt, die allerdings derart in Auflösung begriffen war, dass einzelne Strähnen auf Höhe der Taille hingen. Das Oberteil war zur Hälfte aufgeknöpft und rückte ihre Brüste – zwei bleiche Dreiviertelmonde – ins Blickfeld. »Wann um alles in der Welt beendest du endlich deine Unterhaltungen mit all diesen Leuten?«, fragte sie.

»Lelanie Loftsgarten«, sagte Luther. »Wir haben uns gestern bei Barnes & Noble kennengelernt. Lelanie ist Schriftstellerin. Dichterin Schrägstrich Dramatikerin. Lelanie, das ist mein zweidimensionaler Freund, J.P. Morgan. Ihm mangelt es an Empathie Schrägstrich Mitgefühl.«

»Ich habe von Ihnen gehört«, sagte die Dichterin/Dramatikerin. »Sie sind Banker oder so, nicht wahr? Bankern mangelt es an Empathie, nicht wahr? Aber sie können nichts dafür, schließlich müssen sie so sein. Weiß der Himmel, was sonst mit unserem Geldsystem passierte.«

»Danke für Ihr Verständnis«, sagte ich.

»Ich nenne sie meine kleine Walküre«, sagte Luther.

Luther brachte mich zur Tür.

»Du bist ein gottverdammter Idiot«, sagte ich.

»Senke deine Stimme«, flüsterte Luther. »Ich bin Künstler, J.P. Ich ziehe Frauen magisch an. Das ist der Ausgleich für das Kreuz, das wir Künstler tragen. Es ist außerdem eine kleine Entschädigung für das heldenhafte Einsiedlerdasein, das man führt. Ein Lebensentwurf, der dein bürgerliches Vorstellungsvermögen über Gebühr beansprucht, ich verstehe das.«

»Du bist ein ausgemachter Schwachkopf«, sagte ich.

»Der Künstler hat Bedürfnisse, die einem gewöhnlichen Menschen wie dir immer fremd sein werden.«

»Du glaubst, Carla wird das einfach so hinnehmen, ja?«

»Sie muss es nicht erfahren, oder?«

»Auf Wiedersehen, Luther.«

22

Der Sturm fegte in Böen von achtzig Stundenkilometern herein, begleitet von Regen, der mit der Heftigkeit eines tropischen Wolkenbruches niederging. Ich musste regelrecht gegen den Wind ankämpfen, um zu meinem Wagen zu gelangen. Es war definitiv Walkürenwetter. Wotan oder Thor, einer von beiden murmelte in den schwarzen Wolken vor sich hin.

Ein paar Grundstücke von Luthers Haus entfernt wässerte eine Sprinkleranlage einen Rasen vom Ausmaß zweier Tennisplätze. Wasser floss über den Bürgersteig und die Straße hinunter. Es war eine automatische Sprinkleranlage und das Roboterhirn, das die Ventile regulierte, war sich der Flut von oben nicht bewusst.

Das Rohrleitungssystem unter den Sprinklern führte reines Wasser aus dem Hueco Bolson heran, das hier rücksichtslos in den Orkus gespült wurde. Ich ging zur Eingangstür des Hauses und klingelte. Niemand reagierte.

Die Leute waren nicht da, aber ihre Sprinkleranlage tränkte brav den bereits überfluteten Rasen mit kostbarem Wasser.

Die Sache ist die: Der Grundwasserleiter trocknet aus und am Ende bleibt uns zum Trinken nur Tee der Marke »Riskant« aus dem dauerhaft verunreinigten Rio Grande.

Der gedankenlose Verbrauch von jungfräulichem Wasser ist moralisch verwerflich – genauso gut könnte jemand das Blut seiner Kinder verhökern, um seine Crackabhängigkeit zu finanzieren.

Bei diesem Thema kenne ich keine Zurückhaltung. Dieser alte Bolson enthält *agua bendita* – heiliges Wasser. Man sollte es achten und verehren. Rasenflächen, Golfplätze und künstliche Seen müssten nicht nur hier, sondern überall im Südwesten verboten werden.

Der Schaltkasten befand sich neben der Veranda. Ich klappte ihn auf. Die Anlage war so eingestellt, dass sie alle zwölf Stunden sechzig Minuten lang in Betrieb war. Die Eigentümer dieses Haus wollten einen Rasen, der aussah wie ein Golfplatz in Wisconsin.

Leute, die es auf der Flucht vor dem Winter des Nordens in den Südwesten verschlägt, mögen die Kargheit der Wüste nicht. Sie ziehen hierher, ihre im Norden geprägten Vorstellungen von einer Landschaft im Umzugskarton. Sie begreifen es nicht: Im Südwesten ist Wasser der kostbarste Schatz.

Ich stellte die Anlage so ein, dass sie einmal im Monat für zwei Stunden ihre Arbeit versah. Vielleicht würden die Besitzer es gar nicht bemerken.

»Haben wir heute unseren selbstgerechten Tag?«, rief mir ein Mann von der Tür des Nachbarhauses aus zu. Er hielt ein Mobiltelefon in der Hand. »Ich habe die Polizei gerufen, *señor*«, sagte er patzig, sich seiner Unantastbarkeit als Angehöriger der Mittelklasse äußert bewusst. Er hielt mich für einen Mexikaner, womöglich für einen Wetback auf Durchreise.

»Quién es el pendejo aquí?«, rief ich zurück – wer ist hier das Arschloch? *»El hacendado o yo?«* – der Großgrundbesitzer, dem das alles hier gehört, oder ich?

Thor oder Wotan schleuderte einen Blitz in die Franklin Mountains. Der Lichtschein und der darauffolgende Donnerschlag verschafften mir einen Vorteil: Die alten Götter höchstpersönlich standen mir zur Seite. Auch ein hiesiger Gott hätte Urheber dieses Blitzes gewesen sein können, Tlaloc zum Beispiel, der Wettergott der Azteken, und nicht zwingend ein germanischer Fremdling wie Thor oder Wotan.

Vielleicht reagiere ich zu hitzig, wenn es um unser bedrohtes Trinkwasser geht. Vielleicht sogar zu einseitig. Der Mann an der Tür muss mich für einen Wahnsinnigen gehalten haben – durchgeknallter Mexikaner manipuliert in unserem Viertel die geliebten Sprinkleranlagen, die unsere Welt aufs Angenehmste grün erhalten.

Ein zweiter Schlag aus grellem Licht und krachendem Donner unterstrich meine Allianz mit dem Irrationalen. Aus Furcht vor mir und den Göttern zog sich der Mann umgehend in die Geborgenheit seines Hauses zurück.

Untermalt vom Trommeln des Regens, fiel die Tür ins Schloss.

Ich schlenderte zu meinem Wagen, genoss den Sturm und hüpfte in eine Pfütze, wie einst der im Regen tanzende Gene Kelly.

23

Morgens um sieben scheuchte mich das Telefon aus dem Bett. Es war Carla Penrose. Meine Überraschung hielt sich in Grenzen.

»Vielleicht irre ich mich, aber ich denke, du bist der Einzige, dem ich jetzt noch vertrauen kann«, sagte sie. »Luther kann man vergessen.«

»War das jemals anders?«, fragte ich etwas abwesend. Die Fetzen eines Traums von einem vergeudeten Leben spukten mir noch im Kopf herum.

»Ich glaube nicht, dass ich es allein schaffe, J.P.«

»Was allein schaffst? Was machst du eigentlich in Tucson?«

»Ich bin nicht in Tucson. Ich habe Luther das nur aufgetischt für den Fall, dass die Polizei oder die Hans-Brinker-Irren ihn dazu bringen, uns zu verraten. Ich bin in Albuquerque. Kannst du herkommen, gleich heute Vormittag?«

»Hans Brinker? Der aus dem Kinderbuch, der mit den silbernen Schlittschuhen?«

»Ich will jetzt nicht so lange telefonieren. Ich erkläre dir alles, wenn du hier bist. Ich habe Angst. Hector ... leidet ... unter starken Schmerzen. Hast du irgendwelche Schmerzmittel?«

»Ja, Darvocet, gut ein Dutzend. Und etwas Tylenol 3.«

»Bring alles mit und pass auf, dass dir niemand folgt.«

Sie nannte mir den Namen des Hotels – das alte Hilton La Posada – und die Nummer des Zimmers, in dem sie sich aufhielten, und legte auf.

Carla und Angst? Sie besaß mehr Courage als Johanna von Orléans. Mir ist bisher niemand begegnet, der weniger von Furcht beherrscht gewesen wäre. Carla hätte eine ganze Kolonne SA-Männer einschüchtern können. Selbst wenn man sie auf dem Scheiterhaufen verbrennen wollte, fügen würde sie sich nie. Ihre Überzeugungen waren ihr Schwert und Schild.

Ich duschte, zog mich an und legte mein Schulterholster an. Nachdem ich den .357er geladen hatte, steckte ich ihn unter meine Achsel. Der .25er Browning wegen entschied ich mich für einen Pistolengurt – ich hatte eine Genehmigung für die Baby Browning, für Texas, jedoch nicht für Mexiko. Ich beschloss, mein Arsenal unter einem lindgrünen Seidenjackett zu verbergen, das ich vor zehn Jahren in Juárez gekauft hatte. Ein Zugeständnis an die Mode jener Tage. Ich machte mir einen Becher starken Kaffee, verquirlte drei Eier mit Tabasco, Chipotle-Chilis und Frühlingszwiebeln, schnitt einen Bagel auf, steckte die Hälften in den Toaster und kümmerte mich um das Rührei.

Ich bin kein Waffennarr, doch allein bei dem Gedanken, dass Carla Penrose sich fürchtete, stellten sich mir die Nackenhaare auf. Die Hans-Brinker-Irren, hatte sie gesagt. Ich dachte an das Papier in ihrem Schreibtisch mit dem Titel »Ziele und Methoden der HBB« und an Huddy Darkos Tätowierung. Hans Brinker was? Bombenbastler? Sprengstoffattentäter? Braunhemden?

Und wieso Hans Brinker? Man musste schon achthundert Kilometer Richtung Norden fahren, um auf Leute zu stoßen, die Schlittschuhe besaßen.

Vier Stunden später war ich in Albuquerque. Ich verließ die Interstate 25 an der Central Avenue und fuhr zu dem Hotel. Ich kannte es. In dem Jahr, als wir geheiratet hatten, waren Kat und ich für eine Nacht in diesem guten alten La Posada abgestiegen, einem der ersten Spitzenhotels von Conrad Hilton.

Noch bevor ich angeklopft hatte, öffnete mir eine abgespannte Carla die Zimmertür im dritten Stock des Hotels. »Weshalb hat das so lange gedauert?«, fragte sie.

»Mein Wagen muckt. Er fängt an zu stottern, wenn ich Gas gebe.«

»Du hast Luther nicht gesagt, dass du herkommst, oder?«

»Ich würde Luther nicht mal sagen, wenn seine Shorts in Flammen stehen würden.«

Sie sah mich erstaunt an.

»Ich dachte, er wäre dein Freund.«

»Ist er auch. Aber das heißt nicht, dass er kein Arschloch ist, das verdient, was es bekommt.«

Hector Martinez saß auf dem Bett und verfolgte ein Fußballspiel im Fernsehen. Er sah aus, als hätte er es mit mehr als einem Baseballschläger zu tun gehabt. Sein Gesicht war ein einziger Bluterguss, dazu geschwollen und mit hochroten Narben frischer Schnitte versehen.

»Das Werk von Elvis?«

»Dr. Caravaggio«, korrigierte mich Carla.

»Haben Sie die Pillen dabei?«, fragte Hector.

Ich gab ihm ein Röhrchen Darvocet. Er nahm den Deckel ab und schluckte zwei Tabletten ohne Wasser. Offensichtlich war Doc Caravaggio bei der Nasenkorrektur etwas übers Ziel hinausgeschossen. Hectors Maya-Nase war bis hinunter zu den breiten Nasenflügeln auf Knopfgröße gestutzt worden. Nicht ganz so radikal wie bei Michael Jackson, aber radikal genug – die Nase hätte auch die einer Neunjährigen sein können. Und man hatte ihm Wangenimplantate verpasst, die seinem Gesicht eine völlig andere Form verliehen und die verkleinerte Nase zusätzlich betonten. Das nunmehr runde Gesicht und die Stupsnase lenkten die Aufmerksamkeit auf die veränderten Augen. Caravaggio hatte den Epikanthus an beiden Oberlidern entfernt und Hector zu weit geöffneten Augen verholfen. Er hatte jetzt für immer und ewig den starren Blick eines Wildes, das in aufgeblendete Scheinwerfer sieht. Damit nicht genug, hatte der Chirurg Hectors schmale Lippen mit Collagen aufgepumpt.

»Würdest du mir verraten, was mit euch beiden los ist?«, fragte ich Carla.

»Du meinst, ob wir ein Verhältnis haben?« Trotz brachte Leben in ihr Gesicht.

»Das habe ich nicht gemeint, aber jetzt, da du es ansprichst ... ja ... habt ihr eins?«

Sie saß neben Hector auf dem Bett und nahm seine Hand. »Es ist die Not, die uns eng verbindet«, sagte sie. »Belass es dabei, okay? Was zählt, ist die Aufgabe, die wir zu erfüllen haben. Sie könnte uns das Leben kosten.«

»Welche Aufgabe?«

»Ich denke, du solltest einiges darüber erfahren«, sagte sie und sah Hector von der Seite an. Der löste seinen Blick nicht von dem Fußballspiel und zuckte lediglich mit den Schultern.

Sie lieferte mir eine kurze Zusammenfassung. Hector, ein Doktorand aus Carlas Umfeld, war an der Grenze westlich von El Paso in einen Vorfall verwickelt worden. Es war nicht klar, ob sich das Ganze in Texas oder New Mexico ereignet hatte. Als es passierte, war Hector mit einer Familie unterwegs, um sie in die Vereinigten Staaten zu lotsen.

»Moment mal«, warf ich ein, »Hector ist ein Schleuser?«

»Nicht im herkömmlichen Sinne«, sagte Carla. Wieder sah sie Hector an und mir wurde klar, wie eng die Not sie miteinander verband. Vielleicht war es platonisch, aber platonische Liebe findet mitunter ihren Weg, die Sinne zu infizieren. Falls sie noch nicht miteinander schliefen, würden sie es bald tun.

»Hector hat es nicht des Geldes wegen getan«, fuhr Carla fort. »Ihm ging es um das Wohlergehen der Leute, die er über die Grenze brachte. Es waren anständige Menschen, kurz davor, wegen Hitze und Dehydrierung zusammenzubrechen. Zuvor hatte er ihnen Jobs und Unterkunft besorgt. Und dann mischte plötzlich die Hans-Brinker-Brigade mit. Die HBB ist eine Bürgerwehr, die sich von den üblichen zivilen Grenzpatrouillen unterscheidet. Für die meisten, wie die Minutemen zum Beispiel, ist Gewalt kein Thema. Sie verstehen sich als Hilfstruppe der INS. Aber die Hans-Brinker-Brigade ist eine Guerilla. Sie wollen Menschen töten. Sie arbeiten darauf hin, eine Situation zu schaffen, die einen Krieg zwischen Mexiko und den Vereinigten Staaten provoziert. Sie agieren grausam und brutal, benutzen Präzisions- und Maschinengewehre und zwingen LKWs voller illegaler Einwanderer zum Anhalten. Eines ihrer Mitglieder stellte sich Hectors Gruppe in den Weg und befahl ihnen mit vorgehaltener Waffe, umzukehren, zurück nach Mexiko zu gehen. Hector weigerte sich. Der Mann – ach was, ein Jugendlicher, viel zu jung, um dort allein Streife zu laufen, brachte seine Waffe in Anschlag. Eine Maschinenpistole. Hector wollte sie ihm entreißen, doch in dem Handgemenge löste sich ein Schuss und traf den Jungen ins Bein. Er ist an Ort und Stelle verblutet.

Hector versuchte es noch mit einer Aderpresse, aber die Verletzung der Oberschenkelarterie war zu gravierend.«

»Und was hat es mit dem Namen Hans-Brinker-Brigade auf sich?«

»Du erinnerst dich an das alte Kinderbuch? Wo Hans Brinker, dieser holländische Junge, ein Leck im Deich bemerkt und seinen Daumen hineinsteckt, damit es nicht größer wird? Hans wird zum Retter der Stadt, weil er das Loch so lange stopft, bis die Deichwächter kommen und das Problem beheben. Die Brigade hat diese Rolle für sich adaptiert. Für sie ist die Grenze ein Deich und sie sind die Deichwächter. Sie wollen die Lecks schließen und das Land vor einer Flut illegaler Einwanderer bewahren.«

»Indem sie sie umbringen«, sagte ich.

»Sie denken, dass die Leute nicht über die Grenze gehen, wenn sie befürchten müssen, von Heckenschützen erschossen zu werden. So jedenfalls ihre Vorstellung. Sie malen sich aus, wie sie die mexikanische Armee mit hineinziehen, wenn sie Illegale abknallen, die noch auf mexikanischer Seite sind. Sollte es dazu kommen, hoffen sie, dass sich das amerikanische Militär ein Gefecht mit den Mexikanern liefert, das Vorspiel zu einem Krieg, den diese Gruppe unbedingt will.«

»Und sie verfolgen Hector, weil sie sich an ihm rächen wollen?«

»Der getötete Junge war der Sohn des Gründers der Brigade, ein millionenschwerer Dermatologe aus Phoenix namens Stefan Selbiades, insofern handelt es sich um etwas äußerst Persönliches. Selbiades hat ein Kopfgeld auf Hector ausgesetzt. Fünfzigtausend Dollar.«

»Die Texas Rangers sind der Ansicht, dass sie zuständig

sind. Sie suchen Hector wegen Mordes«, sagte ich. »Allerdings ist Hector ihnen nur fünfundzwanzigtausend wert.« Ich sah keinen Grund, Carla etwas von meinem Zusammenstoß mit den Hans-Brinker-Zwillingen, Huddy und Spode, zu erzählen.

Sie berührte Hectors Hand und streichelte sie. »Der Kerl, der mit seinem Wagen vor Caravaggios Trailer stand, als du da warst, ist uns von Las Vegas hierher gefolgt«, sagte sie. »Er hat uns die ganze Zeit belauert.«

»Du meinst Bluto, den Handlanger von Hamilton Scales, dem Privatschnüffler, der von Luther angeheuert wurde. Ich habe dir davon erzählt.«

»Ja, kann sein«, erwiderte Carla. »Wie auch immer, er ist groß und nicht sonderlich attraktiv, vorsichtig ausgedrückt.«

»Bluto. Und er ist jetzt in Albuquerque?«

»Ich habe ihn im Flieger gesehen. Er war mächtig bemüht, sich so unauffällig wie möglich zu verhalten, aber er fällt nun mal auf wie ein Feuerwehrauto. Wir konnten ihn abschütteln, indem wir mit dem Bus vom Flughafen ins Hotel Blue an der Central Avenue gefahren sind. Dort sind wir zur Hintertür hinaus, haben uns anschließend etwa eine Stunde lang zwei Blocks weiter in eine dunkle Bar verzogen. Erst dann sind wir mit dem Taxi hierher. Bluto ist ein lausiger Schnüffler. Wahrscheinlich hockt er immer noch in der Lobby vom Blue.«

»Seid ihr kürzlich in Juárez untergetaucht, Hector und du?«

»Was meinst du mit kürzlich?«, fragte sie. »Ich war vielleicht vor einem Monat in Juárez. Hector ist nicht mehr dort gewesen seit – « Sie sah Hector an. »Wie lange ist das her? Zwei Monate?« Hector nickte. »Warum fragst du?«

»Du bist nicht die Einzige, die falsche Informationen über euren Aufenthaltsort verbreitet.«

Jetzt war klar, dass Scales Huddy und Spode auf eine falsche Fährte gelockt hatte, um sich einen Vorsprung bei der Jagd auf Hector zu sichern. Gleichzeitig hatte er dafür gesorgt, dass sie mich aus dem Verkehr zogen. Mehrere Fliegen mit einer Klappe. Die Adresse des Hauses an der Avenida Duranzo hatte er sich irgendwie beschafft. Für Ham Scales keine Herausforderung.

Also war die Ergreifung von Hector Martinez zu einem Wettstreit geworden, bei dem es insgesamt um fünfundsiebzigtausend Dollar ging. Heutzutage keine weltbewegende Summe, für Typen vom Schlage eines Hamilton Scales allerdings ein nettes Zubrot. Nur schienen die Beteiligten momentan die Witterung verloren zu haben.

Hector stand auf. Seine Bewegungen waren die eines alten, müden Mannes, steif, als sei nicht nur sein Gesicht, sondern sein gesamter Körper von dem Eingriff in Mitleidenschaft gezogen worden. Er öffnete den Kühlschrank, nahm eine Miniflasche Jack Daniel's heraus, schraubte den Verschluss ab und leerte die Flasche in einem Zug. Dann griff er nach der nächsten.

»Ich fühle mich beschissen«, sagte er und leerte auch die zweite Flasche.

»Ich muss dich bitten, uns noch einen Gefallen zu tun, J.P.«, sagte Carla. »Ich kann das nicht selbst erledigen.«

»Kommt drauf an, was du von mir erwartest. Umlegen werde ich jedenfalls niemanden. Als ich mich das letzte Mal diesbezüglich schlaugemacht habe, verstieß es noch gegen das Gesetz.«

»Ich möchte dich bitten, zum Postamt in der Innenstadt zu fahren und ein Paket abzuholen. Ich halte es für angebracht, nicht persönlich durch die Gegend zu marschieren, wenn mindestens einer unserer Verfolger hier in der Stadt ist. Und ich möchte dich bitten, uns nach Mexiko zu fahren. Ich werde dich gut bezahlen.«

»Du möchtest also, dass ich zwei Leute unterstütze, die vor dem Gesetz auf der Flucht sind.«

»Ich möchte, dass du uns dabei unterstützt, unseren humanitären Auftrag zu erfüllen.«

»Der Weg in die Hölle ist mit humanitären Aufträgen gepflastert«, sagte ich.

»Genau wie der Weg in den Himmel«, konterte sie.

»Der Himmel ist ein Leckerbissen an einer Angel über deinem Kopf, die Hölle ein Fleischerladen gleich um die Ecke.«

»Du willst es also nicht tun?«

Zuerst Luther, jetzt Carla. Mir kam der hämische Ausspruch P.T. Barnums in den Sinn, dem zufolge jede Minute ein Trottel geboren wird.

»Ich mach's«, sagte ich. »Ich sitze meine Zeit lieber in La Tuna ab als in Huntsville. Ich glaube, in Bundesgefängnissen ist das Essen besser und das Personal humaner.«

»Tienes huevos, compa«, bemerkte Hector – du hast Eier, Kumpel.

»Vielleicht bin ich auch nur selten dämlich«, erwiderte ich.

24

Carla und Hector hatten sich im Hotel als Mr. und Mrs. Fidencio Ochoa eingetragen und das Zimmer bereits bezahlt, in bar. Das Paket, das ich abholen sollte, war – Überraschung! – an mich adressiert. »Wir konnten es nicht an das Hotel schicken«, sagte Carla. »Wir wussten nicht, welche Namen wir nach Las Vegas benutzen würden. Es an dich zu schicken, schien uns die beste Lösung zu sein.«

Sie zeigte mir einen Stapel Ausweise für sich und Hector. Sie waren von guter Qualität, *Made in USA.* Hector war auf seinen noch mit dem alten Gesicht präsent. Als er am McCarran das Flugzeug bestiegen hatte, war er noch bandagiert gewesen. Jetzt aber waren sie gezwungen, sich neue Ausweise machen zu lassen, sobald sein Gesicht verheilt war.

Ich musste über mich selbst lachen, über meine Berechenbarkeit. Carla hatte bereits in Doc Caravaggios Trailer gewusst, dass ich nach Albuquerque kommen und diesen Botengang für sie erledigen würde. Sie kannte mich besser als ich mich selbst. Ich wollte wissen, was in diesem Paket sei, doch sie wich mir aus. »Keine Einzelheiten, okay? Nur so viel: Es handelt sich um Beweise, die Hector entlasten.«

»Die da wären?«

»Ein Videoband. Ich war nämlich ebenfalls an der Grenze, nur etwa zwanzig Meter entfernt von der Stelle, wo sich alles abgespielt hat, versteckt hinter Büschen. Ich ließ meinen Camcorder laufen, mit Teleobjektiv. Die Aufnahme ist verwackelt, aber sie zeigt zwei Männer, die um eine Waffe ringen. Dann das Mündungsfeuer. Jeder kann erkennen, wer die Waffe gezogen hat und dass es sich um einen Unglücksfall handelt.«

Auf meinem Weg zum Postamt ließ ich mir alles durch den Kopf gehen. Es fühlte sich nach einem dilettantisch geplanten Versicherungsbetrug an – einfach zu platt, wie ein schlecht geschriebenes Drehbuch. Überzeugend war anders. Das Paket, das ich annahm, war groß wie ein kleiner Koffer und wog mindestens dreißig Pfund. Es enthielt mehr als nur ein Videoband, und zwar reichlich. Ich warf das Paket auf die Rückbank meines Wagens.

Dann tauchte Bluto auf. Wie vom Himmel gefallen. Nicht schlecht für einen Mann von den Ausmaßen eines Busses. »Hi, wie geht's?«, fragte er. Er musste aus dem Malibu gestiegen sein, der direkt vor meinem Monte Carlo parkte.

Der Walmart-Anzug schien noch mehr an komfortabler Passform eingebüßt zu haben. Blutos dicker, roter Hals quoll über den Hemdenkragen und Schweißperlen klebten an seinen Wangen wie Fettspritzer an einem verdreckten Herd. Er schenkte mir sein kurzzahniges Grinsen, packte mich am Gürtel meiner Hose und hob mich hoch. Er hielt mich, während ich nahezu schwerelos vor ihm in der Luft hing. Bluto, ein vortrefflicher Kandidat für einen Wettbewerb unter dem Titel »Wer stemmt den Toyota?« – das war eine Demonstration, ein Vorgeschmack dessen, was er noch so zu leisten vermochte. Ich nehme an, das sollte mich beeindrucken und verunsichern. Das tat es auch. Nicht zuletzt wegen der Blutergüsse, die mir von meinem letzten Sparring mit den beiden HBB-Schwergewichten geblieben waren.

Sein Grinsen wurde breiter. Das letzte Mal waren mir als leichtgewichtiger Neuling auf der Highschool die

Hosen stramm gezogen worden. Ich spürte wieder die Erniedrigung, als meine Schuhe vom Boden abhoben, den Schmerz meiner gequetschten Nüsse, hörte das aufgeregte Kichern der Mädchen, die in der Nähe gestanden hatten. Die Erinnerung war wie ein Schlag ins Gesicht. Ich war wieder vierzehn Jahre alt.

Aber ich war keine vierzehn mehr und – anders als seinerzeit auf der Highschool – keineswegs schüchtern. Der Schritt meiner Hose schnitt in meinen Sack und der Schmerz vermischte sich mit der Erinnerung an alten Schmerz. Es gelang mir, die .25er aus dem Pistolengurt zu befreien und rammte sie Bluto ins Gesicht. Seine Nase platzte auf wie eine überreife Melone. Blut und Schleim spritzen bis an seine Ohren. Augenblicklich ließ er meinen Gürtel los, jaulte auf und griff sich ins Gesicht. Ich trat ihm gegen das Knie und er ging zu Boden. Dann trat ich ihm in den Bauch. Vor zwanzig Jahren hatte ich für die Coronado High Thunderbirds in West-El-Paso jede Menge Field Goals und Points after Touchdown erkickt und meine Beine waren noch immer gut in Form. Ich trat Bluto in die Nieren, als ginge es um einen 40-Yard-Versuch. Er rollte sich weg und erbrach. Er erbrach irgendetwas Grünes. Enchiladasauce, Guacamole, alles gemischt mit schwarzen Bohnen. Eine Frau verließ gerade das Postamt. Ihren Händen entglitten die Briefe und ihr Unterkiefer klappte herunter. Alle Farbe wich aus ihrem Gesicht, als stünde sie kurz vor einer Ohnmacht. Sie setzte sich auf die Treppenstufen. »Jemand muss die Polizei rufen«, sagte sie leise, so leise, dass nur Bluto und ich es hören konnten, aber wir hörten nicht hin. Viel lieber hätte ich das mit Ham Scales angestellt statt mit Bluto, diesem unfähigen Fleischberg, der für einen Stundensatz arbeitete.

»Sieh zu, dass Scales deine Arztrechnung bezahlt«, sagte ich. »Das ist dir dieser Scheißkerl schuldig. Wenn ich mich richtig erinnere, gibt es am San Mateo Boulevard eine Ambulanz. Lass dir einen Beleg ausstellen, sonst siehst du von Scales keinen Cent. Und nimm ein Taxi. In deinem Zustand solltest du besser nicht Auto fahren.«

Ich ließ ihn auf dem Bürgersteig zurück. Er würde eine Woche lang Blut pissen und mindestens genauso lange wenig Neigung verspüren, sich an Carlas und Hectors Fersen zu heften.

Ich fuhr zurück zum Hotel. Irgendwie fühlte ich mich nicht wohl in meiner Haut. Es war überflüssig gewesen, Bluto derart blindwütig zusammenzutreten. Er hatte einen wunden Punkt berührt, alte Verletzungen und Demütigungen hatten sich in Erinnerung gebracht. Demütigungen aus der Kindheit sind unauslöschliche Eindrücke, sie lassen sich nicht vertreiben. Hätte Bluto mir nur einen Schlag verpasst, wäre ich nicht ausgerastet. Aber er hatte mir die Hosen straff gezogen und einen alten Dämon auf den Plan gerufen. Es überraschte mich, dass dieser alte Dämon noch so reizbar war und die Zähne zeigte.

Ich näherte mich dem La Posada auf Umwegen, fuhr um Häuserblocks, wendete, wo ich nicht wenden durfte, bog falsch in eine Einbahnstraße ein und wich zwei Blocks lang dem entgegenkommenden Verkehr aus, bevor ich mich in eine Seitenstraße verzog. Ich fuhr über die Parkplätze an einer Einkaufsstraße und hielt sogar an einem Burger King, um einen Whopper und Pommes zu kaufen. Falls jemand mir folgte, war dieser Jemand zu gut, um aufzufallen.

Einen Block vom Hotel entfernt drang plötzlich Rauch

aus dem Motorraum meines Monte. Ich fuhr in eine Parklücke, stieg aus und öffnete die Motorhaube bei laufendem Motor. Der große V8 war in Rauch gehüllt. Ich sah, dass Öl vom Ventildeckel auf den Motorblock sprühte. Die Dichtung war hinüber und der Motor könnte Feuer fangen. Allerdings musste ich diese beunruhigende Erkenntnis fürs Erste ignorieren, bis sich eine Möglichkeit ergab, die Dichtung zu erneuern. Ich stellte den Motor ab, ging zu Fuß ins Hotel und fuhr mit dem Fahrstuhl in die dritte Etage.

Carla war in Tränen aufgelöst, als sie mir die Tür öffnete. Mit unsicherer Stimme fragte sie mich, was passiert sei. »Ich habe schon gedacht, du hättest uns hängenlassen. Wo um alles in der Welt bist du gewesen? Hector wurde festgenommen.«

Ein Stuhl war umgeworfen worden. Der einzige Tisch im Zimmer stand auf zwei Beinen gegen die Wand gelehnt. Eine Lampe lag mit ramponiertem Lampenschirm auf dem Boden.

»Wer hat ihn festgenommen?«, fragte ich.

»Er hat gesagt, er sei ein Fugitive Recovery Agent und arbeite für das FBI. Er hat mir seinen Ausweis nur flüchtig gezeigt.«

»Dreadlocks, Ohrstecker und ein Kinnbärtchen? Ein Zwölfhundertdollaranzug?«

»Woher weißt du das?«

»Er ist nicht vom FBI. Das ist Hamilton Scales, Luthers Spürhund. Ich komme geradewegs von einer kleinen Auseinandersetzung mit Bluto. Er hat das Postamt observiert. Vermutlich hat er dich beobachtet, als du in Vegas das Paket aufgegeben hast.«

Sie sah die Blutspritzer auf meinem Jackett.

Blutos Blut. Rot auf Lindgrün.

»Mein Gott«, sagte sie. »Es tut mir so leid, J.P. Das ist ja schrecklich.«

»Für Bluto war es schrecklicher.«

Ich stellte den Tisch wieder auf und legte das Paket darauf.

»Was nur will Luther von Hector?«, fragte Carla.

»Nichts. Luther will dich, nicht Hector. Scales will Hector. Er ist hinter der Belohnung her. Wann ist das passiert?«

»Gerade eben. Vor etwa zehn Minuten. Er hatte eine Waffe. Hector wollte sie ihm abnehmen. Er hat Hector damit geschlagen. Und ich habe versucht, Scales mit der Lampe zu schlagen.«

Sie fing wieder an zu weinen. Carla hatte nicht nah am Wasser gebaut. Diese Tränen waren für Hector. Ich warf einen Blick auf das Bett. Die Bettdecke war zurückgeschlagen, das Laken zerknittert. Alles sprach dafür, dass es hier kürzlich leidenschaftlich zugegangen sein musste. Als ich mich zum Postamt aufgemacht hatte, war das Bett in Ordnung gewesen. Die Unordnung hätte auch infolge des Handgemenges entstanden sein können. Ich versuchte dennoch, Spuren auszumachen, beschämt über mein Verhalten und gleichzeitig von Neugier gepackt. Es kam mir in den Sinn, dass Scales die beiden womöglich in flagranti erwischt hatte.

»Hatte Hector etwas an?«

»Er war in Unterwäsche, okay?«, erwiderte sie zugeknöpft. »Weshalb?«

»Und Scales hat ihn so mitgenommen?«

»Er hat Hector Handschellen angelegt und ihm eine Decke übergeworfen. Ich könnte mich ohrfeigen, J.P., wir hätten schon gestern nach Mexiko fahren sollen.«

»Wahrscheinlich ist ein halbes Dutzend ausgebuffter Schnüffler hinter euch her. Was macht dich so sicher, dass du sie auf Dauer abschütteln kannst?«

Sie saß auf dem Bett, den Kopf in die Hände gestützt, und weinte. Das passte überhaupt nicht zu ihr, aber vielleicht war sie auch noch nie richtig verliebt gewesen. Ich glaube nicht, dass sie Luther je geliebt hatte. Sie bewunderte ihn, hielt ihn für brillant, redlich und unkonventionell – aber es war nie eine bedingungslose, von Leidenschaft geprägte Liebe gewesen.

Die erste Liebe sollte einen nicht ereilen, wenn man jenseits der dreißig ist. Tut sie es doch, sollte man ihr einen Namen geben, so wie Meteorologen die zerstörerischen Kräfte eines Hurrikans würdigen, indem sie ihm einen Namen verpassen. Hurrikan Hector hatte Carlas winziges Boot hinaus aufs Meer getrieben.

»Vielleicht können wir sie noch einholen«, sagte ich – wobei die Chancen schlecht standen, dass ein Monte Carlo Baujahr 1971 mit maroder Ventildeckeldichtung es mit einem neuen Porsche aufnehmen konnte. Andererseits würde Scales das Risiko nicht eingehen, wegen überhöhter Geschwindigkeit angehalten zu werden. Ein roter Porsche auf der Interstate würde der Aufmerksamkeit der Highway Patrol kaum entgehen. Jeder mit Radar ausgestattete Cop zwischen Albuquerque und El Paso würde seine Geschwindigkeit überprüfen. Also musste Scales unterhalb der Höchstgeschwindigkeit bleiben und zusammen mit den Limousinen vorsichtiger älterer Damen auf der rechten Fahrbahn zuckeln. Allein das könnte ihn verdächtig machen, ein Risiko, das Scales eingehen musste.

Sein Ziel war die Sicherheit El Pasos – es gab keinen Grund, mit seinem zu versilbernden Schatz einen anderen Ort anzusteuern. Von El Paso aus konnte er mit Stefan Selbiades in Verhandlungen eintreten, was von Anbeginn an seine Absicht gewesen war. Er war zu gierig, als dass er die fünfzigtausend Dollar Kopfgeld als Ende der Fahnenstange akzeptieren würde. Besäße Hector Martinez international einen Wert, Scales würde ihn bei eBay an den Höchstbietenden versteigern.

Wären wir erst einmal auf der Höhe von Truth or Consequences oder Las Cruces, bestand durchaus die Möglichkeit, Scales einzuholen. Sofern uns der Monte nicht vorher um die Ohren flog. Vor uns lagen vierhundert Kilometer gerader Strecke, um die Lücke zwischen uns zu schließen.

»Los, lass uns aufbrechen«, sagte ich.

»Es tut mir leid, dass ich dich mit hineingezogen habe«, sagte Carla.

»In was genau?«

»Erzähl ich dir im Wagen.«

25

»In dem Paket ist Geld, und zwar eine Menge«, sagte sie.

Wir fuhren auf der Interstate 25 Richtung Süden. Ich hatte das Kurbelwellengehäuse mit Öl gefüllt und zusätzlich Öl zum Nachfüllen gekauft. Und ich hatte für dreißig Dollar einen Feuerlöscher gekauft.

»Wie viel?«, fragte ich.

»Eine halbe Million.«

»Dollar?«

»Dollar.«

Ich stieß den entsprechenden Pfiff aus. Die nächste Frage war so naheliegend, dass ich sie gar nicht erst stellte. Aber Carlas Antwort überraschte mich dann doch.

»Irak«, sagte sie. »Es stammt aus dem Irak.«

Ich ging runter auf einhundertzehn Stundenkilometer. Der alte Monte war willig, aber kränkelte. Ein flatterndes Vorderrad ließ das Lenkrad in meinen Händen vibrieren und an der Windschutzscheibe zogen schwarze Rauchschwaden vorbei.

Es war ein Tag, wie gemacht für Fotografen von Ansichtspostkarten. Die Manzano Mountains schimmerten im kupferfarbenen Abendrot. Im Süden präsentierten sich rosafarbene Federwolken Zuckerwattewirbeln gleich über einer bläulichen Mesa. Direkt vor uns, in etwa dreihundert Meter Höhe, schwebte ein Steinadler im Aufwind, als sei er auf der Suche nach Beute.

»Die Welt ist schön und die Menschen sind traurig« – eine Zeile in einem Gedicht, das ich gelesen hatte, als ich zu jung gewesen war, um es wertschätzen oder daran glauben zu können.

Ich wartete darauf, dass Carla fortfuhr. Sie runzelte die Stirn, als wäge sie ab, was sie mir erzählen könne und was nicht. Eine Träne löste sich, die sie ungeduldig wegwischte.

»Mario, Hectors jüngster Bruder, war letztes Jahr im Irak stationiert. Er befand sich auf Patrouille in Samara. Er und ein zweiter Soldat. Sie inspizierten ein verlassenes Haus. Dort fanden sie einen Stahlbehälter voller Geld, versteckt unter einer Falltür im Küchenboden.«

»Ich habe davon gelesen«, sagte ich. »Irgendwann haben die Jungs das Geld aber ihrem Kommandierenden Offizier übergeben. Sie haben es lange genug behalten, um in Teufels Küche zu kommen.«

»Das war eine andere Einheit. Die fanden mehrere hundert Millionen. Mario und sein Freund haben nur anderthalb Millionen gefunden.«

»Wie haben sie es aus dem Irak rausschaffen können?«

»Der andere Soldat sprach fließend Najdi-Arabisch, den örtlichen Dialekt. Er hatte sich mit einem irakischen Geschäftsmann angefreundet und einen Deal mit ihm ausgehandelt. Das Geld sollte geteilt werden und der Iraker sollte den Anteil der beiden Jungs per Post in die Staaten schicken. Sie meinten, sie könnten ihm das anvertrauen. Er war ein anständiger Mann.«

»Klingt eher unwahrscheinlich«, sagte ich.

»Mario sah das anfangs ebenso. Aber der Iraker hatte ein kleines Unternehmen, Import/Export. Er war häufig unterwegs, unternahm Geschäftsreisen nach Syrien und in den Libanon. Mario erzählte, der Mann habe einen Yugo gefahren, der vierhunderttausend Kilometer auf dem Zähler hatte. Der Iraker hat das Geld zusammen mit anderen Waren von Aleppo aus verschifft. Es landete direkt in Hectors Postfach bei der Poststelle der Universität. Es war fast zu leicht, um wahr zu sein.«

»Also ist es Marios Geld, nicht Hectors. Oder deins.«

»Mario wurde bei einem Gefecht mit Aufständischen in Al Qaim getötet.«

»Und der Freund?«

»Keine Ahnung. Hector weiß auch nichts. Uns ist nur bekannt, dass er aus Kalifornien kam. Ich nehme an, dass er sich mit seinem Anteil ein schönes Leben macht.«

»Es handelt sich hierbei um Konterbande. Du kannst es nicht behalten.«

»Warum nicht? Die Regierung würde es nur dazu benutzen, die Ölfelder und Pipelines im Irak wieder flottzumachen. Darum ging es doch in erster Linie bei diesem verdammten Krieg – eine neokonservative List, um sich aus dem Würgegriff der OPEC zu befreien. Hector hat eine viel bessere Verwendung dafür.«

»Es wird als schwerer Diebstahl angesehen. Man wird euch beide für eine lange Zeit wegsperren.«

»Willst du uns ans Messer liefern? Willst du was von dem Geld, damit unser kleines Geheimnis gewahrt bleibt? Nenn mir deinen Preis, J.P.! Fünfzigtausend? Einhunderttausend? Die Hälfte?«

»Hör auf, Carla. Mir geht es nur um dich. Und um Luther. Um Himmels willen, ist dir klar, worauf du dich da eingelassen hast?«

Sie lehnte sich gegen das Fenster und sah hinaus auf die Landschaft, die vorbeizog. Die niedrig stehende Sonne erfasste Strähnen ihres kurzen Haares und verwandelte sie in goldene Fäden. »Glaubst du an Wunder, J.P.?«

»Ich bin aus El Paso. Wir haben das Monopol auf Wunder.«

»Mario hat ein Bild der Jungfrau von Guadalupe in das Paket gelegt, um den sicheren Transport zu gewährleisten. Zwischen Samara und Grenzstädten wie Al-Waleed oder Al-Tanf musste das Paket durch Dutzende von Kontrollpunkten geschleust werden. Meine Güte, der Iraker musste es durch das Ödland der Al-Anbar-Provinz transportieren. Wie stehen die Chancen für ein Paket mit einer halben Million Dollar, von Samara durch die Al-Anbar-Wüste über Aleppo bis nach El Paso zu gelangen, ohne von einer Regierungsbehörde abgefangen, von einem Kampfhubschrauber zerschossen oder von Wegelagerern erbeutet zu werden? Eins zu einer Million? Eins zu zehn Millionen?«

»Willst du mir erzählen, du bist zu einer katholischen Mystikerin geworden? Zu einer Jungfrauenverehrerin? Eine eingefleischte, neo-kommunistische Öko-Aktivistin wie du?«

»Ich war nie Atheistin. Selbst in der roten Hochphase haben viele Kommunisten die Sakramente empfangen.«

»Sie werden es wohl nötig gehabt haben«, sagte ich. »Also, wie sieht Hectors Plan für die Verwendung der Beute aus?«

»Das Geld geht nach Mexiko. Genau wie wir.« Bei dem »wir« musste sie schlucken. Aber wie jeder gute Soldat gestattete sie sich nicht den Luxus der Gefühlsduselei.

Ich dachte darüber nach, wie sie mich in ihren Plan eingebunden hatte, wie ich hineingetappt war, wie ein Blinder in den Treibsand. »Du hast mich mit hineingezogen, wohl wissend, dass sie mich wegen Beihilfe drankriegen können.«

Sie zuckte mit den Achseln. »Wir brauchten Hilfe. Ich hatte das Gefühl, auf dich zählen zu können. Und ich weiß, dass du kein Heuchler bist.«

»Danke für das Gütesiegel. Das könnte sich noch als nützlich erweisen, wenn ich erst mal unter all den Liberalen in Leavenworth weile.«

Sie berichtete, dass Hector in Juárez ein Stück Land mit sicheren Häusern für Immigranten bebauen und in El Pasos Lower Valley ein Haus kaufen wolle, um ihnen eine Unterkunft zu bieten, wenn sie die Grenze überquert hätten. Es handele sich um eine Art Untergrund-Trasse für Durchreisende. Sie nannte sie »Durchreisende«, nicht »Illegale«. Ihrer beider Anliegen sei es, so Carla, den

Verzweifelten auf ihrer Suche nach einem menschenwürdigen Dasein ein wenig Bequemlichkeit zu bieten. Hector und seine Freunde seien durchaus imstande, die schlechten Äpfel auszusortieren – Drogenschmuggler, zum Beispiel.

Grenzen, sagte sie, seien eine Erfindung der Politik, Ergebnisse imperialistischer Kriege und gerechtfertigt mit pseudorationalen Erklärungen wie dem Manifest Destiny. Die Waffe am Kopf, sei Mexiko durch den Vertrag von 1848 nahezu halbiert worden. Was einst Mexiko gewesen sei, sei mithilfe brutaler Gewalt US-Territorium geworden. Mexikanische Familien seien durch eine willkürliche Linie im Sand auseinandergerissen worden. Viele, die illegal die Grenze passierten, hofften, bei Verwandten unterzukommen, bis sie Arbeit gefunden hätten, so Carla weiter. »Konservative machen sich Sorgen über die sogenannte Latinisierung des amerikanischen Westens«, sagte sie. »Tatsächlich jedoch handelt es sich um eine Re-Latinisierung.«

»Man erntet, was man sät«, sagte ich.

»Grob vereinfacht, aber mehr oder weniger wahr.«

»Die Scharfschützen der HBB sind da einer Meinung mit dir.«

»Was die sich entwickelnde Situation anbelangt, nicht was die Lösung betrifft. Sie sind paranoide Mörder. Wir sind auf der Seite der Engel.«

Ich musste beinahe lachen. Nur ein zum Kamikaze bereiter Fanatiker konnte so etwas ohne Ironie sagen. Teufel noch eins, ich war ebenfalls auf der Seite der Engel – will sagen, wer, der auch nur halbwegs ein Herz besaß, wäre das nicht? –, aber meine Ziele waren weniger hochgesteckt. Nie und nimmer würde ich einer derartigen

Sache wegen mein Leben aufs Spiel setzen, es sei denn, ich hätte den Verstand verloren. Es hatte Engel gegeben, die eine Sache zur ihren gemacht und ebenfalls einen Ozean von Blut dabei vergossen hatten.

Dennoch, ich hatte ein schlechtes Gewissen, weil ich wegen meiner mangelnden politischen Ziele kein schlechtes Gewissen hatte. Zumindest dazu war ich fähig. Alle Menschen auf diesem Planeten haben das Recht auf Sicherheit und ausreichende Nahrung, haben ein Anrecht darauf, mit ihrem Schicksal zufrieden, wenn nicht sogar wahnsinnig zufrieden zu sein, warum auch nicht, verdammt noch mal? Aber ich hatte keine Vorstellung, wie man diesen Traum Wirklichkeit werden lassen könnte. In meinem Leben würde das nicht mehr geschehen. Zuvor müsste es einige Veränderungen bei den Menschen allgemein geben. Vielleicht könnten die Gen-Ingenieure so lange am menschlichen Naturell herumfeilen, bis es friedlich, hilfsbereit und großzügig wäre, statt rastlos, destruktiv und eigennützig. Und vielleicht würden Schweine dann fliegen und Singvögel quieken.

Ich ging mit dem Monte runter auf hundert. Neuere Wagen, die hundertzwanzig und hundertfünfzig fuhren, überholten uns. Der Vollmond, groß wie ein Essteller, füllte die breiten Lücken zwischen den Gipfeln der Manzano Mountains. Völlig unvermittelt kam mir Kat in den Sinn, die für mich nicht erreichbar war, und dann Dani Thrailkill, die es war. Wie gern wäre ich jetzt im Bett einer netten Frau, dachte ich, wie gern würde ich jetzt den warmen Körper neben mir spüren. Sex, Essen, ein Dach über dem Kopf – die schlichteste Form des Daseins, die man sich vorstellen kann. Es bedürfe nur zweier Menschen, eine Welt zu erschaffen, hatte ein Weiser einmal gesagt.

Aber mehr noch wird ein verwirrendes und in seinen Einzelheiten nicht voraussagbares Durcheinander voller unlösbarer Probleme geschaffen. Das war alles, was ich wusste. Und mehr würde ich niemals wissen.

»Wer weiß von dem Geld«, fragte ich, »außer Hector und dir?«

»Der andere Soldat natürlich. Aber wie gesagt, ich weiß weder, wie er heißt, noch wo er sich aufhält.«

Carla sank tief in ihren Sitz und berührte ihre Stirn mit den Fingerspitzen, als säßen dahinter Kopfschmerzen. »Ich wollte nicht, dass alles so verdammt kompliziert wird«, sagte sie.

Für mich bezog sich das nicht nur auf die Ereignisse des Tages. Etwas war geschehen, womit sie nicht gerechnet hatte. Die Liebe hatte dazwischengefunkt. Sich in Hector zu verlieben war nie Teil ihres Plans gewesen. Das verlieh dem Ganzen eine offene Flanke, die es nicht gäbe, hätten die beiden sich nur auf ihr Vorhaben konzentriert. Soldaten auf Seiten der Engel hatten nicht die Muße für einen verzwickten Zeitvertreib, wie Liebe ihn darstellt.

Carla ließ ihren Gefühlen und ihren Tränen freien Lauf, nickte jedoch ab und an ein, wenn die nackte Müdigkeit ihren Kummer überwältigte. Gut fünfzehn Kilometer vor Truth or Consequences fuhr sie im Sitz hoch, als erwache sie aus einem bösen Traum. »Verdammt, dein Wagen brennt!«, rief sie.

26

Aus dem schmalen Spalt zwischen Motorhaube und linkem Kotflügel züngelten blaue Flammen. Ich drosselte noch mal die Geschwindigkeit, fuhr jetzt siebzig und hielt Ausschau nach einer Parkmöglichkeit neben der Straße.

Wir schafften es bis zur Ausfahrt nach Truth or Consequences. Ich bog in eine von Modulhäusern und Magnolienbäumen gesäumte Straße ein. In diesen billigen Häusern von der Stange lebten Ruheständler aus allen Ecken des Landes. Viele von ihnen waren alt genug, um zu wissen, dass man die Stadt nach einer populären Quizshow benannt hatte, die in den 1940er-Jahren im Radio ausgestrahlt worden war. Inzwischen war der seltsame Name den meisten Menschen allerdings ein Rätsel und die Stadtverwaltung hatte bereits in Erwägung gezogen, den ursprünglichen Namen, Hot Springs, wieder einzuführen, aber nicht die notwendige Unterstützung dafür bekommen.

Wie auch immer sie genannt wurde, für mich würde sie stets Truth or Consequences heißen, eine Stadt am südlichen Ufer des Elephant Butte Reservoirs. Es war nicht unbedingt Malibu oder Cancun, aber für die Menschen, die hier lebten, war es ein Paradies, auch in wirtschaftlicher Hinsicht, die Schaukelstuhl-Riviera im Süden New Mexicos, wo das Leben leicht und bezahlbar war.

Ich zog den Hebel zum Öffnen der Motorhaube und stieg aus. Um Ansaugstutzen und Zylinderkopf wand sich eine dunkle Flamme. Ich holte den Feuerlöscher vom Rücksitz und erstickte das Feuer, bevor es sich durch die Isolierung der Zündkerzenkabel fressen oder den Vergaser entzünden konnte. Wir mussten eine Pause einlegen, bis der Motor sich abgekühlt hatte. Das erklärte ich Carla.

»Verdammter Mist, und wie sollen wir sie jetzt einholen, bitte schön?«, fragte sie.

»Wir müssen sie nicht einholen.«

»Wie jetzt? Sie haben wahrscheinlich gerade mal zwanzig Minuten Vorsprung.«

»Scales unternimmt keine weite Reise. Er wird Hector in El Paso verstecken, bis es ihm gelungen ist, den Preis hochzutreiben. Das gelingt nicht über Nacht, sondern kann bis zu einer Woche dauern. Er wird sich nicht mit den fünfzig Riesen begnügen, die Selbiades rüberschieben will. Von Anfang an ging es nur um das Geld. Nicht um dich. Nachdem Scales herausgefunden hat, dass du mit einem Mann unterwegs bist, auf den ein Kopfgeld ausgesetzt ist, warst du nur noch eine Art Wegweiser. Wüsste er etwas von der halben Million, hätte er nicht Bluto auf dich angesetzt, sondern eine ganze Armada.«

Wir saßen im Wagen, warteten, dass der Motor abkühlte. Carla verfiel in dumpfes Schweigen. Es wirkte ansteckend. Auch ich hatte keine Lust, mich zu unterhalten. Jede Äußerung würde ich vermutlich später bedauern. Es gab ohnehin genügend Bedauerliches. Mein Szenario, was die vor uns liegende Entwicklung betraf, klang nicht überzeugend – es überzeugte nicht mal mich. So verharrten wir schweigend, bedauerten uns selbst und lauschten auf das Ticken des sich abkühlenden Motors wie auf das Ticken einer stetig langsamer werdenden Uhr. Nach einer halben Stunde hörte das Ticken auf. Ich drehte den Zündschlüssel und der zuverlässige 454er V8 erwachte dröhnend zum Leben. Er fing erst wieder Feuer, als wir Las Cruces hinter uns gelassen hatten und fast schon zu Hause waren. Ich hielt an der Raststätte an der Grenze zu Texas.

Die Blasen im Lack der Motorhaube sahen aus wie ein Hautausschlag. Ich klappte die Haube hoch und erstickte den Brand ein weiteres Mal mit dem Schaum aus dem Feuerlöscher. Die Kabel der Zündkerzen machten nicht den Eindruck, als würden sie ein drittes Feuer überstehen, und die Wattierung des Brandschutzes, die den Innenraum von Motorengeräuschen isolieren sollte, war versengt. Dennoch, ich war optimistisch, dass uns der alte Chevy auch noch das letzte Stück nach Hause bringen würde.

Ich ging zur Toilette, um mir die Hände zu waschen. Sie war leer, bis auf eine Kabine, die von einem Barfüßigen besetzt war. Allerdings standen die nackten Füße nicht flach auf dem Boden, so wie sie sollten, hätte er auf dem Becken gesessen. Sie lagen auf der Seite, einer vor dem anderen, und ragten unter der Kabinentür hervor. Der Mann lag also neben dem Toilettenbecken. »Alles in Ordnung, Kumpel?«, fragte ich.

Keine Antwort. Auch die Füße rührten sich nicht. Ich drückte die unverschlossene Tür auf.

Hamilton Scales war weder überrascht, mich zu sehen, noch war ihm sein Zustand peinlich. Er war nackt, lag auf der Seite neben dem Becken, als hätte er entschieden, den perfekten Ort für ein Nickerchen gefunden zu haben. Sein Kopf war in einem abenteuerlichen Winkel fast nach hinten gedreht. Man hatte ihm das Genick gebrochen. Die oberen Halswirbel – C1, C2 und vielleicht auch C3 –, die besonders verletzungsanfällig sind, waren wie trockene Flügel geknackt worden.

Seine Füße waren schmutzig, die Nägel lang und schartig. Es war ein befremdlicher Anblick, es sprang ins Auge wie eine Kakerlake in einer Suppentasse: Scales, der durch und durch Lässige, der tadellos und teuer Gekleidete, hatte ein Bad und eine Pediküre bitter nötig.

Der Tod stiehlt einem Menschen die Würde, ersetzt sie jedoch durch etwas von längerer Dauer: Gleichgültigkeit. Scales graue Augen mit dem nunmehr verschleierten Blick sahen mich an, als wäre ich Teil der Kabinenwand. Sein Darm hatte sich auf den Betonboden entleert. Auch dem gegenüber war Scales gleichgültig.

Auf dem Parkplatz sah ich mich nach dem Porsche um, konnte ihn aber nirgends ausmachen. Hector hatte nicht nur Scales Kleidung mitgehen lassen, sondern auch seinen Wagen. Ich ging zurück zum Monte.

»Es gibt neue Komplikationen, Carla.« Ich berichtete ihr von meiner Entdeckung. »Spricht einiges dafür, dass Hector Scales umgebracht und sich seinen Porsche geschnappt hat.«

Sie war sofort in Alarmzustand. »Was? Wie hätte er das anstellen sollen? Er war in Handschellen!«

»Vielleicht hat Scales sie ihm abgenommen, damit er zur Toilette gehen kann. Klingt unwahrscheinlich, ist aber nicht auszuschließen.«

Ich glaubte selbst nicht daran. Hector hatte nicht den Eindruck vermittelt, dass er jemanden mit bloßen Händen umbringen könne. Wer auch immer Scales getötet hatte, kannte sich aus mit Halswirbeln. Doch was wusste ich schon über Hector? Er hätte ebenso gut ein Kung-Fu-Meister mit schwarzem Gürtel sein können. Ich fragte Carla danach.

»Keine Ahnung«, sagte sie. »Über solche Dinge haben

wir nie gesprochen, aber möglich ist alles.«

Die Nachricht von Hectors Flucht hob ihre Stimmung beträchtlich. »Er ist bestimmt nach Mexiko gefahren. Er hat Familie dort, in Chihuahua City. Er wurde in Brownsville geboren, aber seine Eltern stammen aus Monterrey. Er hat die doppelte Staatsbürgerschaft. In Mexiko ist er sicher.«

Ich wusste, warum er sicher und sie glücklich war: Im Falle von Kapitalverbrechen liefert Mexiko seine Bürger nicht an die USA aus. Anders als bei uns gibt es in Mexiko keine Todesstrafe.

»Am Ende wird sich alles für uns zum Guten wenden«, sagte sie. »Hat er sich erst einmal dort eingerichtet, wird er Kontakt mit mir aufnehmen. Dann kann ich das Geld rüberschaffen.«

»Klasse.« Es war völlig uninteressant, was ich sagte. Egal, was man jetzt äußerte, nichts konnte Carla aus dem Gleichgewicht bringen.

An der Abfahrt zum Executive Center verließ ich die Interstate und fuhr direkt zu Luthers und Carlas Haus. »Gott sei Dank«, sagte Luther, als er Carla sah. »Endlich bist du wieder bei mir, mein Liebling! Die Sorge um dich hat mich fast um den Verstand gebracht!« Er ergriff meine Hand und schüttelte sie heftig. »Ich schulde dir was, J.P. Ich schulde dir eine Menge.«

»Das glaube ich kaum, Luther«, sagte ich.

Er beachtete mich nicht weiter, nahm Carla in die Arme und versuchte, sie mit Küssen zu ersticken, aber sie riss sich wütend los.

»Ich bin nur hier, um ein paar Sachen zu holen«, sagte sie. »Ich verlasse dich, Luther.«

»Also ist es wahr, du fickst diesen verfluchten Wetback.«

Carla schlug zu. Luther riss die Hand hoch, um zurückzuschlagen, hielt aber inne. »Zier dich nicht, schlag mich«, sagte Carla. »Das macht es einfacher für uns.«

Ich hatte genug und ging zu meinem Wagen, um das dritte Feuer zu löschen, das sich doch noch entwickelt hatte. Das Zischen des Feuerlöschers übertönte alle anderen Geräusche.

Carla war im Haus verschwunden und Luther stand unbeweglich auf der Veranda. Seine riesige Silhouette, die sich vor der Innenbeleuchtung des Hauses abzeichnete, sah aus wie eine Pappfigur seiner selbst.

Ich legte den Feuerlöscher in den Kofferraum und ging zurück zum Haus. Luthers Gesicht war verzerrt, als hätte ihn der Schlag getroffen. »Ich habe sie zurückgebracht, Luther«, sagte ich. »Es tut mir leid, wenn es nicht das ist, was du erwartet hast.«

»Sie kann mich am Arsch lecken!«, brüllte er in die Nacht. »Ich habe ihr alles gegeben! Ich habe ihr den Hochschulabschluss ermöglicht! Und jetzt will sie nichts mehr von mir wissen! Sie war eine mittellose Studentin, als wir uns kennenlernten. Ist das der Lohn für meine Mühen?«

»Du meinst, deine Investitionen haben sich nicht rentiert, nicht wahr?«

»Du kannst mich ebenfalls am Arsch lecken, mein Junge. Ich hoffe, sie erstickt an der Suppe, die sie und der Wetback sich eingebrockt haben!«

»Gute Nacht, Luther.«

Sein Blick blieb an dem rauchenden Monte Carlo hängen. »Das ist ein echter Klassiker auf vier Rädern, den du da hast, J.P. Aber du hast ihn vernachlässigt. Du bist dabei, ihn in einen nicht funktionstüchtigen Haufen

Schrott zu verwandeln. Du könntest ihn für zehn Riesen restaurieren lassen. Aber du wirst es nicht tun. Du wirst es nicht tun, weil du nicht zu schätzen weißt, was du besitzt ... bis du es verloren hast.«

Sein plötzlicher Stimmungsumschwung war unheimlich. Es war fast ein Eingeständnis seines eigenen Versagens, aber wenn er sich besser fühlte, weil er seine Fehler auf mich projizierte, dann war das in Ordnung.

Carla kam mit nur einem Koffer aus dem Haus. »J.P., würdest du mich bitte zum San Jacinto Inn an der Mesa fahren? Die vermieten wochenweise Zimmer. Ich werde dort bleiben, bis ich etwas Passenderes gefunden habe.«

Oder bis die Cops dich abholen, dachte ich.

»Du hast ihr von Lelanie Loftsgarten erzählt, du Mistkerl«, sagte Luther, als Carla an ihm vorbeiging. »Hast du mir deswegen eine runtergehauen, Carla?«

»Ich habe nichts erzählt«, erwiderte ich, »aber du hast es gerade getan, du Volltrottel.«

Er schlug uns die Tür vor der Nase zu. Es hörte sich an wie ein gewaltiger Schuss. Hinter einigen eben noch dunklen Fenstern in der Nachbarschaft ging das Licht an.

27

Ich machte mir eine Bloody Mary »halb und halb«, in einem Bierkrug, und verzog mich damit auf meinen kleinen Balkon und blickte hinüber zum Westend von Juárez mit seinen mit Caliche gepflasterten Straßen. Das blinkende Lämpchen meines Anrufbeantworters nervte mich, aber ich fühlte mich noch nicht bereit für all die schlechten Nachrichten, die dort gespeichert waren. Üblicherweise verwendete ich Cuervo für meine Bloody Mary »halb und halb«, heute Abend allerdings hatte ich den guten Stoff verdient, Herradura Gold aus der göttlichen blauen Agave. Hinter mir lag schließlich ein langer Tag voller hässlicher Überraschungen.

Der Glaube an eine Theorie basiert auf ihrer Plausibilität und bekommt Auftrieb durch Intuition. Nichts von dem hatte Einfluss auf mich. Hector war weder ein Killer noch ein Kung-Fu-Crack mit schwarzem Gürtel, und er war nicht im für ihn sicheren Mexiko. Er hatte Scales nicht überredet, ihm die Handschellen abzunehmen, und er hatte Scales nicht entwaffnet. Er mochte Scales Kleidung tragen – beide hatten in etwa die gleiche Größe –, aber ich konnte mir nicht vorstellen, dass er damit und mit dem Porsche vor Familie und Freunden in Chihuahua City protzte. Nun, Carla wollte das glauben, und ich hatte nicht vor, die andere, die düstere Alternative ins Spiel zu bringen: Jemand anders hatte Scales umgebracht und sich Hector für eigene Zwecke geschnappt.

Als ich meine dritte Bloody Mary intus hatte, waren mir die düsteren Alternativen egal. Ich sah fern, bis ich im Sitzen einschlief.

Ich schlief bis zehn Uhr am nächsten Morgen. Irgendwann in der Nacht musste es mir gelungen sein, mich auszuziehen und ins Bett zu kriechen, aber mir fehlte jegliche Erinnerung daran. Die größte Herausforderung an diesem Morgen bestand darin, zu entscheiden, ob ich die Nachrichten auf dem Anrufbeantworter abhören oder im Hollywood frühstücken sollte. Ich entschied mich für das Frühstück, als mir dämmerte, dass der Monte etwas Zuwendung brauchte. Ich fuhr zu Pep Boys an der Mesa, besorgte mir Ventildichtungen und Zündkerzenkabel und machte mich noch auf dem Parkplatz ans Werk. Ich hatte mein eigenes Werkzeug dabei – Drehmomentschlüssel, Schraubenschlüssel, Steckschlüssel, Zangen, einen Satz chinesischer Schraubenschlüssel, ausgefallen, wenn auch nicht einsetzbar, da sie am metrischen System ausgerichtet waren, aber sie verliehen meinem Werkzeugkasten eine gewisse Note. Nach einer Stunde war ich durch mit der Reparatur.

Der Hunger schlug zu und bescherte mir Magenknurren. Ich beschloss, bei Carrow's zu frühstücken, wie Pep Boys ebenfalls an der Mesa gelegen, nur rund zwei Kilometer weiter Richtung Norden. Mein Weg dorthin führte mich am San Jacinto Inn vorbei, einst ein feines altes Motel, als die Interstate noch Zukunftsmusik gewesen war und die Mesa Street Teil des U.S. 80, des alten Ost-West-Highways. Nachdem die Motels entlang der Interstate dem San Jacinto Inn nach und nach das Wasser abgegraben hatten, hatte der Besitzer beschlossen, Apartments einzurichten, die man wochenweise mieten konnte. Man kam dort preisgünstig unter, während man die Stadt auf der Suche nach einer dauerhaften Bleibe durchkämmte.

Carla hatte sich den Abend zuvor im ersten Stock eingemietet, in einem Apartment mit Blick auf den Parkplatz und die Straße. Eingetragen hatte sie sich unter dem Namen einer verstorbenen Großtante: Letty Parsons.

»Ich deponiere das Geld morgen in einem Schließfach bei meiner Bank«, erklärte sie, nachdem ich sie daran erinnert hatte, dass einige Gäste des San Jacinto Inns auf Bewährung Entlassene, Junkies oder ganz allgemein psychopathisch Veranlagte waren.

»Verlass dich nicht auf das Türschloss«, riet ich ihr. »Schieb einen Stuhl unter den Türknauf.« Ich gab ihr meine .25er. »Es sind sechs Schuss im Magazin. Verschafft sich jemand Zutritt, hast du sechs Hohlspitzgeschosse, um ihn zum Umdenken zu bewegen.«

»Danke, J.P.«, sagte sie. »Ich kann dir gar nicht genug danken. Es tut mir wahnsinnig leid, dass ich dich mit alldem belästigen muss. Wenn Hector sich erst mal gemeldet hat und ich ihn in Chihuahua City treffe, mache ich es wieder gut. Du hast dir einen Anteil an unserem Geld redlich verdient, mindestens zehntausend Dollar.«

»Das sehe ich anders«, widersprach ich.

Sie umarmte mich und gab mir einen Kuss auf die Wange. Vermutlich hielt sie mich für bescheiden. Weit gefehlt.

Denn für mich sah die Sache folgendermaßen aus:

Sie würde niemals nach Chihuahua City fahren. Sie würde einfahren. Auch Hector würde nicht nach Chihuahua City fahren. Höchstwahrscheinlich war er bereits tot. Und ich würde todsicher keine zehntausend Dollar von jemandem bekommen, der im Knast war oder tot.

Dieses irre Vorhaben war bereits gescheitert und die Folgen würden alles andere als angenehm werden.

Wenn sie so dumm wäre, das Geld aus dem Irak zur Bank zu bringen, käme sie nur in Handschellen wieder heraus.

»Vergiss das mit deiner Bank, Carla«, sagte ich. »Man wartet nur darauf, dass du diesen Fehler machst. Nimm dir ein Schließfach im alten Union Depot an der San Francisco Street. Dort sollte das Geld relativ sicher sein. Und pass bloß auf, dass dir niemand folgt.«

Ob sie meinen Ratschlag annahm oder nicht, vermochte ich nicht zu sagen, aber auf keinen Fall sollte das Ganze meiner Verdauung in die Quere kommen. Mein

Ratschlag würde das Unvermeidliche sowieso nur hinauszögern. Also bestellte ich im Carrow's ein Denver-Omelett und aß es in aller Ruhe.

28

»Die Zeit ist abgelaufen.« Pilar Mellado. »Wir leiten jetzt die notwendigen Schritte ein. Es ist unumgänglich. Sie haben es sich selbst zuzuschreiben. Ihnen bleiben vielleicht ein oder zwei Wochen, um den entsprechenden Anweisungen seitens der Vormundschaftsbehörde zu begegnen. Einen schönen Tag noch.«

Als Nächstes ein zwei Tage alter Anruf von Luther: »Ich kann mich doch auf deine Diskretion verlassen, oder? Es ist nicht notwendig, das Thema Lelanie gegenüber Carla oder sonst wem anzuschneiden, nicht wahr?« Dann berichtete er mir, dass Lelanie Loftsgarten ein ergebener Fan seines literarischen Schaffens sei, wie sehr sie seine intellektuelle Energie schätze und wie erquickt er sich fühle, quasi wie neugeboren, seitdem er das Bett mit ihr teile. Er beschrieb detailliert ihre sexuellen Vorzüge und meinte, dass ihre völlige Hemmungslosigkeit seinen schöpferischen Geist ansporne. »Die Muse ist immer eine Frau« sagte er. »Eine Frau, die willens und in der Lage ist, die Bedürfnisse des Künstlers zu stillen. Deshalb sind so viele weibliche Künstler von gewisser Qualität lesbisch – «

Ich spulte weiter zur nächsten Nachricht.

»Dein Arsch ist bereits im Arsch, du verdammtes Arschgesicht.« Knurriges aus kräftiger Kehle. Mir war, als hörte ich die Stimme von Huddy Darko, was mich überraschte. Sollten Huddy und Spode trotz der Anklage wegen unerlaubten Waffenbesitzes auf freiem Fuß sein, dann musste jemand einen Staatsanwalt in Juárez gekauft haben.

Die nächste Stimme erkannte ich sofort:

»Die Schlampe gehört dir, Kumpel. Bring sie zurück zu ihrem bescheuerten Ehemann. Ich würde mal sagen, die beiden verdienen einander. Ich habe ihr mexikanisches Sexspielzeug. Und du hast – wie heißt es gleich noch mal? – ach ja, du hast verloren. Wenn du für meinen Laden ermitteln willst, das Angebot steht noch. Ich habe den Eindruck, du wirst nehmen müssen, was du kriegen kannst.«

Im Hintergrund hörte ich das sanfte Brummen eines kaum geforderten Porsche-Motors. Hamilton Scales, mit vielleicht hundertzehn Stundenkilometern auf der Interstate 25 unterwegs, hatte mich über sein Mobiltelefon angerufen. Vermutlich die letzte Nachricht, die er jemandem hinterlassen hatte. Ein Bild tauchte als ungebetener Gast in meinem Kopf auf – der lange, dünne Körper, so bleich, dass er im fluoreszierenden Licht der Toilette beinahe bläulich aussah, die schmutzigen Füße und ungepflegten Zehennägel, der Kopf mit den Dreadlocks, um nahezu hundertachtzig Grad verdreht. Der leere Blick, den ich schon einmal gesehen hatte und der mich in meinen Träumen verfolgte.

Nächste Nachricht.

»Hier ist deine Mutter«, sagte Velma. »Ich denke, du erinnerst dich an mich. Vielleicht auch nicht. Eine aufdringliche Person will mich hier wegbringen. Sie behauptet, ich sei eine Gefangene in meinem eigenen Hause. Verstehst du das? Haben die Leute den Verstand verloren? Habe ich irgendetwas verpasst?«

Ich fuhr zum Upper Valley.

Velma saß in der Küche und trank Muskateller.

Als sie mich sah, fing sie augenblicklich an zu reden.

»Sie wollen mein Haus versteigern. Sie sagen, ich sei gestürzt und eine Frau, die stürzt, sei eine Gefahr für sich selbst. Ich bin nicht gestürzt. Sie sind dazugekommen, als ich auf dem Rücken gelegen und das Bild an der Wohnzimmerdecke betrachtet habe. Mir ist es nie zuvor aufgefallen. Ihre Spione haben von der Verandatür ins Haus gespäht und mich auf dem Boden im Wohnzimmer entdeckt. Sie bestehen darauf, dass ich hingefallen sein muss. Bin ich aber nicht. Geh ins Wohnzimmer und sieh selbst. Vielleicht kannst du dafür sorgen, dass sie mich nicht weiter belästigen. Ich bin eine alte Dame. Es geht nicht an, dass derart rüde Menschen mich bedrängen. Es war mir nicht bewusst, dass wir in einem Polizeistaat leben. Wenn ich tatsächlich gestürzt sein sollte, weshalb lag dann dieses Kissen unter meinem Kopf?« Sie hob ihr Glas mit beiden Händen und setzte es an die Lippen.

»Darauf habe ich keinen Einfluss, Mom. Entweder gehst du freiwillig ins El Descanso oder man wird dich zwingen. Ich kann sie nicht daran hindern.«

Velmas Gesichtsausdruck veränderte sich. Ihr Blick ging durch mich hindurch.

»Und Sie sind ... ?«, fragte sie.

»Wie bitte?«

»Wer sind Sie, Sir?«

»Ich bin J.P., dein Sohn.«

»J.P.? Wofür stehen diese Initialen? John Peter? Josiah Paul? Judas Pipkin? Hätten Sie womöglich die Freundlichkeit, sich vorzustellen, bevor ich meinen Mann rufe?«

Ich hatte mein Leben lang nach einer Vorstellung von mir gesucht und wünschte, man hätte mich John, Josiah oder Paul genannt, von mir aus auch Judas. Ein richtiger Name könnte zumindest ein Anfang sein.

»Um Himmels willen, Mom, du weißt doch, dass meine Initialen für gar nichts stehen.«

»Das ist absurd.«

»Wenn du es sagst.«

Ihre Miene war wie versteinert und jetzt flossen auch noch Tränen. »Ich bin nicht gestürzt. Das ist eine Unterstellung von ihnen. Aber sie haben unrecht. Ich habe es ihnen erklärt. Unter meinem Kopf lag ein Kissen. Ich habe dort gelegen, um sie zu betrachten.«

Ich ging ins Wohnzimmer und sah hoch zur Decke. An dem alten Haus musste einiges repariert werden. Die Regengüsse hatten vor dem Dach nicht haltgemacht. Feuchtigkeit war in den Dachboden eingedrungen und an der Decke zeigten sich Wasserflecken. Wenn man sich darauf einließ und wenn man es unbedingt glauben wollte, konnte man vielleicht die Mutter Gottes sehen, wie sie mit grenzenloser Güte auf einen herunterblickte.

Man könnte sich auf eine Menge Dinge einlassen, an die man unbedingt glauben wollte. Und genau das tun wir. Das ist unsere größte Schwäche. Das macht die Welt zu einem veritablen Irrenhaus. Ich erinnerte mich daran, wie Luther in Abwandlung einer Gedichtzeile von T.S. Eliot einmal gesagt hatte: »Unsere ganze Erde ist ein Hospital. Die eine Hälfte der Menschen sind Patienten, die andere Hälfte Krankenschwestern.« Ich sah mich zu beiden Kategorien zugehörig: an manchen Tagen oben, an anderen unten. Für diese Balance in puncto Stimmungsschwankungen war mein lithiumhaltiges Bolson-Wasser zuständig.

»Ich werde Pilar erzählen, dass ich die Jungfrau ebenfalls gesehen habe«, sagte ich zu Velma. »Vielleicht quartiert sie uns im Pflegeheim in benachbarten Zimmern ein.«

»Ich bin nicht verrückt. Ich bin auch nicht senil. ›Des Waldes Dunkel zieht mich an, doch muss zu meinem Wort ich stehn, und Meilen gehn, bevor ich schlafen kann.‹ So in etwa lautet es. Robert Frost, wenn ich die Zeilen richtig in Erinnerung habe. Erinnerung! Es hat Zeiten gegeben, da konnte ich das ganze Evangelium auswendig.«

»Pilar hat nicht behauptet, dass du verrückt bist. Sie ist nur der Ansicht, du kommst nicht mehr allein zurecht. Wann hast du das letzte Mal etwas gegessen, Mom?«

Sie blickte sich verstohlen in der Küche um, wie ein Kind bei dem Versuch, sich die perfekte Lüge auszudenken. Kein Topf auf dem Herd, kein Teller in der Spüle, die Arbeitsplatten leer wie die Regale, wo sonst Lebensmittel gestanden hatten. »Ich glaube, es müsste gestern gewesen sein«, sagte sie.

Ich warf einen Blick in den Kühlschrank. Ein Viertelliter saure Milch, zwei Wochen über dem Verfallsdatum. Ein gekochtes Ei. Eine halbe Zitrone. Eine schwarze Banane. Eine Scheibe vertrocknetes Brot, bestrichen mit etwas, von dem ich hoffte, dass es Apfelgelee sei. Im Gemüsefach ein Kopfsalat, dunkel wie Motoröl.

»Du hast etwas abgenommen«, sagte ich.

»Das war beabsichtigt. Je leichter man ist, desto näher ist man dem Himmel. Du solltest auch etwas abnehmen. Du hast einen Bauch angesetzt.«

Sie trug ihren alten rosafarbenen Bademantel aus Chenille. Er war am Hals offen. Ich sah die Knochen zwischen ihren schlaffen Brüsten, die dünne Haut voller Leberflecken.

»Zieh dich an, Mom. Ich lade dich zum Essen ein.«

»Daddy sagt, der Verzicht aufs Essen beschert dir die Fahrkarte nach drüben. Er ist einsam und sehnt sich nach mir. Selbstverständlich ist nicht garantiert, dass ich seine Dimension finde, wenn ich hinübergehe. Wer weiß, worauf ich stoßen werde. Vielleicht kann ich mich dort gar nicht orientieren. Es ist ein Wunder und ein Rätsel. Vielleicht wird Daddy immer einsam sein. Obwohl er weiß, dass diese Möglichkeit besteht, möchte er, dass ich es auf jeden Fall einstelle.«

Das Essen einstellen. Die Fahrkarte nach drüben. Nicht unbedingt das, was Daddy sagen würde, aber wie hätte ich im Sinne eines durch die Dimensionen reisenden Geistwesens widersprechen können?

»Könnte dich ein Schweinekotelett-Sandwich reizen, Mom?« Ich wollte sie in Versuchung bringen. »Du siehst verdammt hungrig aus.«

Aber man konnte sie nicht weglocken von ihren Hirngespinsten – was so viel bedeutete wie: Sie hatte keine Wahl. Sie musste ins El Descanso übersiedeln.

Ich ging wieder ins Wohnzimmer. Die Mutter Gottes war noch immer an der Decke, huldvoll und voller Vergebung, mit ausgebreiteten Armen, bereit, die leidende Menschheit zu empfangen. Man konnte sich tatsächlich einreden, die Wasserflecken, die ihr bleiches, ovales Gesicht beschrieben, seien von unsicherer, aber ergebener Hand aufgetragen worden. Steigerte man sich noch mehr hinein, konnte man fast das berühmte Kind in ihren Armen erkennen.

»Tu etwas«, sagte ich. »Gib dem alten Mädchen eine Chance. Bitte.«

29

Am Nachmittag verbrachte ich zu viel Zeit in Rosa's Cantina unten an der Doniphan Street, einem vorzüglichen Platz, wenn man – weshalb auch immer – abtauchen musste. Keine Ahnung, ob man die Bar nach dem Song von Marty Robbins benannt hatte oder ob Marty Robbins durch die Bar zu seinem Song inspiriert worden war. Oder ob es überhaupt eine Verbindung zwischen beidem gab. Ich mochte die Bar. Ich mochte den Song. Es war eine dieser Henne-oder-Ei-Geschichten, über die man nicht lange nachzudenken brauchte. Wann immer ich zum Abtauchen herkam, fütterte ich die Musikbox mit Münzen und spielte die Marty-Robbins-Nummern, bis sich die Blicke der Stammkunden wie Messer in meinen Nacken bohrten.

Diesmal war ich nicht zum Abtauchen hier oder um meine Probleme zu ertränken. Bis auf den Umstand, dass ich meine Mutter überzeugen musste, sich friedlich zu ihrer letzten irdischen Krippe zu begeben, hatte ich überhaupt keine Probleme. Man könnte mich wegen Beihilfe anklagen, aber das wäre eine harte Nuss und vermutlich die Zeit des Staatsanwaltes nicht wert. Hab nur meinen Job gemacht, Sir: J.P. Morgan, Versicherungsdetektiv und Eheberater, zugelassen vom Staate Texas, tätig auf dem Felde der Läuterung von Mensch und Gesellschaft durch die Erledigung von Aufträgen, gleichgültig, wie hirnverbrannt, aussichtslos oder grässlich sie auch sein mögen.

Carla hatte Probleme und musste abtauchen. Durch ihr Engagement in einer edlen Sache quasi geadelt, dürfte sie das natürlich anders sehen. Hector hatte Probleme, aber die Chancen standen nicht schlecht, dass er die hinter sich gelassen hatte. Vermutlich diente seine Leiche inzwischen den Feuerameisen der nördlichen Chihuahua- oder Sonora-Wüste als Nahrung.

Das Geld aus dem Irak stellte ein Problem dar, aber da ich kein Auge darauf geworfen hatte, war es nicht mein Problem. Es ist schwierig, so viel Geld unter der Decke zu halten. Geld in großen Mengen sendet Botenstoffe aus, wie Käse, der Ratten anlockt. Und die Ratten waren bereits alarmiert.

Nach der dritten Margarita trat ich den Heimweg an; die Doniphan hinunter, vorbei am alten Asarco-Hüttenwerk und dann die Überführung entlang Richtung Sunset Heights.

Ich nahm noch einen Drink in meiner Küche, dann rief ich Fernando Peralta an, einen Rechtsanwalt, mit dem ich ab und an Handball gespielt hatte. Fernie hatte Sundown in ein paar Fällen vertreten und wir hatten uns angefreundet. Ich stand mit etlichen Anwälten für Personenschäden auf Du und Du, aber ihren Ratschlägen würde ich nicht einmal trauen, wenn es um die Frage ginge, wie man ein Ei kocht. Fernando Peralta war ein renommierter Fachanwalt für Immobilienrecht. Wir waren uns einig in der wenig schmeichelhaften Einschätzung derer, die sich dem Aufspüren von Schadensersatzansprüchen verschrieben hatten.

Fernie sollte mir zu einer Vollmacht verhelfen. Zudem ging es darum, der alleinige Vormund und Bevollmächtigte meiner Mutter zu werden. Das betraf auch ihr Haus und Grundstück, das ich verkaufen würde, sobald sie sich im El Descanso aufhielt. Velmas Mitspracherecht wäre bei null, da ich Beweise liefern konnte, die ihre mangelnde Geschäftsfähigkeit auf Grund von Altersdemenz belegten.

Pilar Mellado würde die Sache weiter vorantreiben. Nach einer schnellen Anhörung zur Feststellung der Geschäftsfähigkeit – einem Tribunal für die Tatterigen – würde man das alte Mädchen aus ihrem Haus holen, wenn nötig auch in Handschellen, und sie ihren Betreuern überstellen. Das Leben im neuen Jahrhundert schien am laufenden Band Erstaunliches bereitzuhalten.

Ich verabredete mich mit Fernie und machte mir anschließend eine Bloody Mary im Bierkrug, was die Frage aufwarf, weshalb ich mich ins Koma soff.

Am späten Nachmittag rief Luther an. Zweimal fiel mir der Hörer aus der Hand, bevor ich ihn endlich am Ohr hatte. »Die Kopfgeldjäger waren wieder hier«, berichtete er. »Die personifizierte Mordlust. Sie sind hinter Hector her. Ich habe ihnen gesagt, du wüsstest, wo er steckt. Ich musste es tun, J.P. Noch mal solche Schläge hätte ich nicht überlebt. Es tut mir leid.«

»Danke für die Vorwarnung, Luther.«

»Sie hätten mir die Beine gebrochen, Herrgott noch mal! Sie hatten wieder ihren verdammten Benzinkanister dabei. Ich musste ihnen was liefern.«

»Also hast du mich geliefert.«

»Ich hab doch gesagt, dass es mir leidtut.«

»Ich werde mit denen schon fertig, Luther. Mach dir keine Gedanken.«

»Ich fühle mich beschissen.«

»Du hättest sie mit meiner Flinte in die Flucht treiben können«, sagte ich.

»Sie liegt im Kofferraum des Packards. Ich wollte sie dir zurückbringen. Ich hätte sie keine Minute länger im Haus haben dürfen. Ich war ganz versessen darauf, sie zu benutzen. Das kannst du doch nachvollziehen, oder?«

Ich konnte. Die Waffe hatte ihm echten Scheiß zugeflüstert, ihn verführen wollen, eine Ladung Schrot zu schlucken. »Kein Grund, Angst zu haben. Nimm mich einfach in den Mund und zieh den Abzug durch. Kawumm – und du bist im Nirwana, hast den Kopf voller göttlichem Licht – und bekommst nicht mal Kopfschmerzen davon.«

Ich wechselte das Thema. »Was ich noch sagen wollte, Luther, ich habe Carla nichts von Lelanie erzählt. Sie verlässt dich nicht ihretwegen. Was sie und Hector betrifft, habe ich mich geirrt. Sie ist in ihn verliebt. Allerdings hat es nicht so angefangen, da bin ich mir sicher. Sie sind in einer Mission nach Las Vegas gereist und nicht vorgezogener Flitterwochen wegen. Im Anschluss an Vegas sind die Dinge außer Kontrolle geraten.«

»Von mir aus können sie in der Hölle außer Kontrolle geraten«, sagte Luther. »Ich werde mir dadurch nicht mein Leben versauen lassen. Ich habe zweihundertsechzig Seiten von *Der Entfesselte Parsifal* fertig, jede Zeile ein Hammer. Es ist das Beste, was ich je zu Papier gebracht habe, J.P. Das wird mein Durchbruch. Ich habe Kontakt zu einem Agenten aufgenommen ... «

Ich beendete das Gespräch, bevor er wegen des kurz vor dem Durchbruch stehenden Genies namens Luther Penrose richtig in Fahrt geriet. Ich lud meinen .357er Combat Magnum mit Hohlspitzgeschossen, machte mir noch eine Bloody Mary und wartete. Viel lieber hätte ich meine Mossberg zur Verfügung gehabt, die momentan im Kofferraum von Luthers Packard Oldtimer-Staub ansetzte. Nichts bremst aggressives Verhalten nachhaltiger aus als der Anblick einer abgesägten Halbautomatik Kaliber 12.

Ich ließ die Tür zum Apartment auf. Ich wollte, dass sie einfach hereinmarschierten. Ich wäre die Überraschung, die sie im Dunkeln erwartete.

Mit Marty Robbins als musikalischer Untermalung und dem einen oder anderen Schluck Herradura direkt aus der Flasche harrte ich aus bis zum Sonnenuntergang. Ich fühlte mich wohl, war benebelt und wünschte, es erschiene eine Frau anstelle zweier grobschlächtiger Typen.

Wenn ich die Augen schloss, sah ich Dani Thrailkill – unter mir, auf mir, neben mir, wie sie sich auf mich zubewegte, sich mir tanzend entzog, wie wir uns beide prächtig miteinander amüsierten, im Schlafen und im Wachen, wenn wir uns unterhielten und es miteinander trieben, wenn wir uns unterhielten und es nicht miteinander trieben, wie wir ein wahres Fest der Sinne genossen und im Hintergrund Marty Robbins, der mit schmachtender Stimme seine Balladen sang.

Ich rief die Auskunft in Tempe an, aber sie hatten noch keinen Eintrag. Also nix mit Telefonsex heute Abend, was mich ein wenig runterzog. Ich machte mir noch eine Bloody Mary. Inzwischen war die Sonne völlig verschwunden und es sah nicht so aus, als würden sich die Kopfgeldjäger noch blicken lassen. Ich saß im Sessel vor dem Fernseher, die Waffe im Schoß, und starrte auf Wiederholungen von Law and Order und Special Victims Unit – vergewaltigte Kinder, vergewaltigte Großmütter, zur Reue unfähige Schlitzer, Sexsklaven, importiert aus Thailand oder Swasiland –, abendliche Kost für eine gereizte Nation, die zunehmend nervöser wurde. Mein Kopf fühlte sich schwerer und schwerer an. Ich ließ das Kinn auf die Brust sinken.

Dani sagt, du bist der Mann, den ich immer wollte. Ich sage, würdest du gern nach Swasiland gehen? Sie sagt, auf geht's. Ich sage, du siehst aus wie Kat, und dann ist sie mit einem Male Kat und sagt, hast du dich endlich gefunden, J.P. Ich blicke in den Spiegel. Das da bin ich, sage ich, Judas Pipkin, ein neuer Mr. Ripley, am Ende doch noch ausgegraben, ein perfekt erhaltenes Fossil oder ein leeres Gefäß. Überzeugend, sagt sie und geht, den Koffer in der Hand, zur Tür hinaus. Der Knall, als die Tür ins Schloss fällt, bringt mich zurück in den Wadi, wo ich den 3-Schuss-Feuerstoß auf den Rekruten abgebe. In seinen Augen, die jetzt ganz nah sind, leuchtet die Angst auf, dann das Wiedererkennen. Und dann – ich schwöre es, ich schwöre es – Vergebung. Ich brauche deine Vergebung nicht, ich bin entlastet. Mein Handeln ist gerechtfertigt. Die Vergebung in seinen Augen bleibt dennoch.

30

Dass sie hereinkamen, hörte ich nicht. Für kräftige Jungs bewegten sie sich erstaunlich leichtfüßig. Ich hatte gerade mal den .357er hoch genommen, als er mir auch schon von einem der beiden mit einem Baseballschläger aus der Hand geschlagen wurde; der andere Typ zog mir einen Lederknüppel über den Kopf. Interessante Wahl der Waffen: Baseballschläger, Lederknüppel, Benzin, Fäuste, Füße.

Diese Rambos waren Hinterwäldler in Overalls, auf der Suche nach Geld, um es für einen Wohnwagen oder ein Flachwasserboot hinzublättern. Der eine war groß, der andere besonders groß. Beide trugen Vokuhilas, hinten zu fettigen Pferdeschwänzen gebunden, dazu Ohrringe, kompakt wie Messingdichtungen. Ihre Nasen waren platte

Bergpfirsiche. Das Duo erinnerte mich an ein Tag Team des Worldwide Wrestling Entertainments, Little Big und Extra Big. Ihre kräftigen Kiefer sahen aus, als könnten sie ein T-Bone-Steak samt Knochen wiederkäuen. Vermutlich hatten sie derbe Frauen mit strammen Armen und eine Busladung voller Kinder mit Bürstenschnitten, die in Childress oder Plainview oder Odessa auf die frohe Kunde warteten, dass die Flüchtigen geschnappt und das Kopfgeld bereits per Postanweisung unterwegs sei.

Sie nahmen mich ein wenig in die Mangel, doch es reichte, dass ich Blut erbrach. Es waren kurze Schläge, dennoch mit Dampf dahinter, gezielt, routiniert. Nieren, Unterleib, seitlich zum Kiefer und unter das Herz. Kam ich auf die Beine, wurde ich wieder zu Boden geschickt. Ich wollte mich unter den Tisch rollen, wollte mal durchatmen, doch ihre mit Stahlkappen ausgestatteten Nagelschuhe trafen mich, bevor ich dorthin gelangte. Die Fähigkeiten ihrer Füße standen denen ihrer Fäuste in nichts nach: Tritte gegen den Rücken, die Rippen, seitlich zum Kopf, gegen den Nacken, gegen das Steißbein.

»Ihr habt gewonnen«, sagte ich, doch sie waren anderer Meinung.

Ich verlor das Bewusstsein. Als ich wieder zu mir kam, machten sie weiter, gezielt, langsam, ausdauernd. Hacken, Zehen, Fäuste. Halb im Dämmer bemerkte ich, dass ich mir in die Hosen gepinkelt hatte.

Plötzlich sahen sie auf ihre Armbanduhren und hörten auf, als arbeiteten sie nach Tarif. Little Big ging zur Spüle und ließ Wasser in ein Glas laufen. »Ist das Wasser aus dem Hahn in El Paso immer so pisswarm?«, beschwerte er sich. Doch er stürzte es hinunter und füllte für seinen Partner nach. Dann setzten sie mich auf einen Stuhl, nahmen Klebeband und fesselten meine Arme an die Rückenlehne und meine Knöchel an die Beine des Stuhls. Wie sich herausstellte, hatten sie noch andere Waffen dabei: alte, schwere .45er Single-Action-Colts, die Läufe mit Gravur und die Griffe aus Kirschholz, Wildwest pur. Extra Big probierte, ob der Lauf seines Revolvers in meine Nase passte. Er passte nicht, aber er machte es passend. Dabei riss das Korn irgendetwas auf und Blut floss mir über die Lippen. Extra Big zog den Lauf heraus und wischte ihn an meinem Hemd ab.

Little Big und Extra Big hockten sich hin und ihre Gesichter rückten nah an mich heran. Die Kombination ihrer beider Atem roch nach gebratenem Speck und Cheetos.

»Nun erzähl uns mal, wo dieser Stinker von Mestize steckt oder wir müssen dir ein bisschen wehtun«, sagte Extra Big.

»Mein Gott, das habt ihr doch schon«, sagte ich. Ich fuhr mit der Zunge meine Schneidezähne entlang. Sie bewegten sich, als hingen sie an Scharnieren.

»Nö«, sagte Little Big, »wehgetan haben wir dir nicht, wir haben uns nur vorgestellt. Waren doch nur angedeutet, die Schläge. Nicht einen Knochen haben wir dir gebrochen, meine ich. Du wärst jetzt tot, wenn wir hundert Prozent gegeben hätten. So richtig Vollgas gegeben hätten, meine ich.«

Extra Big schraubte den Verschluss seines Benzinkanisters ab und goss mir eine Ladung in den Schoß. »Ich lass ’n Streichholz fallen und schon brennst du. Zuerst sind deine Kronjuwelen dran. Du kannst dasitzen und zuschauen, wie dein Sack samt Rute verkohlt. Du kannst uns aber auch den Mestizen liefern.«

»Er ist tot«, sagte ich.

Little Big und Extra Big sahen einander an. »Tot?!«, wiederholte Extra Big. »Du hast ihn tot gesehen? Du hast Beweise? Vielleicht hast du ein Polaroid, auf dem er tot daliegt? Das Wort von einem Zuhälter aus El Paso, der behauptet, dass der Junge tot ist, hinter dem wir her sind, gilt bei uns nämlich nichts.«

»Zuhälter?«

»Kein Grund, sich zu schämen«, sagte Little Big. »Wir wissen, wie du an deine Kröten kommst. Aber woher will so ein mieser Zuhälter wissen, dass unser Mestize ins Gras gebissen hat?«

Ich hatte keinen blassen Schimmer, weshalb sie mich als Zuhälter bezeichneten, aber ich hielt es für klüger, mitzuspielen. Ich erzählte ihnen von Scales, von seiner nackten Leiche und dem verschwundenen Hector. Das Paket mit dem Geld ließ ich unerwähnt, genau wie alles andere, was die Geschichte für sie undurchsichtiger machen würde. »Andere Kopfgeldjäger müssen Scales eingeholt haben«, sagte ich.

»Weshalb ist so ein Zuhälter wie du überhaupt hinter ihm her?«, wollte Extra Big wissen.

»Weshalb seid ihr wohl hinter ihm her?«

»Moment mal«, sagte Little Big, »du bist Zuhälter und spürst gleichzeitig Leute auf? Wie kriegst du das zeitlich gebacken?«

»Ich habe einen Großteil meiner Mädels an das New-Orleans-Syndikat verloren. Die Hispanics sind hier aufgekreuzt, hatten mehr Geld zu bieten, außerdem Krankenversicherung und Altersvorsorge. Die hatten einen ziemlichen Aderlass wegen Hurrikan Katrina und mussten aufstocken. Für mich war der Drops in dem

Moment gelutscht.«

»Und warum hätten die anderen Kopfgeldjäger den Jungen umbringen sollen? Sie hätten ihn nur den Rangers übergeben müssen, um die Belohnung zu kassieren.«

»Die waren nicht an der Belohnung interessiert, sagte ich. »Es ging um Rache.«

Ich präsentierte ihnen die Story um die Hans-Brinker-Brigade, erzählte von ihrem millionenschweren Gründer und seinem Sohn, der von Hector getötet worden war. Ich verschwieg die Belohnung, die der Millionär aus Phoenix zu bieten hatte – das hätte sie nur wieder stutzig gemacht und ich wollte sie eher einlullen.

Doch Extra Big kaufte mir nichts von dem ab. Er schlug so hart zu, dass ich mit dem Stuhl nach hinten kippte. Ich spürte einen losen Zahn im Mund, der in Blut schwamm.

»Was für ein Blech!«, rief er. »Für wie beknackt hältst du uns? Du bist derjenige, der den Mestizen versteckt. Sag uns sofort, wo er ist, oder ich zünd 'n Streichholz.«

Ich hörte schwere Schritte auf dem Treppenabsatz vor meiner Tür.

»Da ist er«, sagte ich.

31

Natürlich war es nicht Hector. Es war Luther. Ein erschrockener und zugleich völlig verwirrter Luther. Und er hatte die Mossberg dabei. Seine Lippen bewegten sich, doch er bekam keine Silbe heraus, produzierte nur erstickte Laute, so, als würde er ein Pfund Kies verschlucken. Extra Big riss seinen Colt hoch, aber da hatte Luther bereits abgedrückt. Zwar war es Extra Big gelungen, einen Schuss abzufeuern, aber es geschah in einem letzten Reflex und die Kugel schlug in der Zimmerdecke ein, wo sie ein perfektes .45er Loch hinterließ. Er hatte auch versucht, seinen Kopf aus der Schusslinie zu bewegen, jedoch nur erreicht, dass sich sein Hinterkopf in Form von rotem Brei über die Wand verteilte. Der Rest von Extra Big landete auf dem Hintern und brach auf dem Boden zusammen. Aus seiner perforierten Halsschlagader spritzte Blut in einer Doppelfontäne in den Raum. Luther feuerte ein zweites Mal, diesmal auf seine Gestalt, die sich in den Glasscheiben meiner Balkontüren spiegelte.

Little Big vergeudete keine Zeit mit seinem Colt, sondern nahm in geduckter Haltung Kurs auf Luthers Beine, wohl in der Überlegung, ihm die Flinte von unten zu entreißen. Allerdings führte er sein Vorhaben nicht schnell genug aus, denn Luther jagte aus nächster Nähe zwei Ladungen Schrot in Little Bigs Rücken und zerlegte ihn ziemlich genau in zwei Hälften.

Wie in Blut gebadet, die Unterschenkel im Klammergriff der leblosen Arme von Little Big, setzte Luther mit hoher Stimme zu einem Wehklagen an. Er stieg einfach aus der Umklammerung, schwang die Flinte mehr oder weniger abgehackt und beschrieb Bögen, während er sich nach möglichen weiteren Schützen im Hinterhalt umsah. Er lief Amok und hatte noch einen Schuss. Das gestaltete die Situation knifflig.

Sein mit Blut bespritztes Gesicht war verzerrt und zeigte in schneller Abfolge unterschiedlichste Emotionen – Furcht, Hass, Genugtuung, Reue, Freude. Mit klappernden Zähnen zielte er in meine Richtung. Ich lag noch am Boden, gefesselt an den Stuhl. Was auch immer er über meinem Kopf zu sehen glaubte, er schoss darauf, langte in die Tasche, lud die Mossberg nach, setzte sie an die Schulter und kniff die Augen zusammen. Ich spürte die Luftbewegung des Schusses an meinem Ohr, als fliege ein Schwarm Hornissen in Überschallgeschwindigkeit vorbei. Ich spuckte den Zahn samt Blut aus und rief:

»Mensch, Luther! Sie sind tot! Erschieß mich nicht auch noch!«

Allmählich kam er wieder runter, setzte sich aufs Sofa und legte die Waffe quer über seine Oberschenkel.

»Hast du 'n Bier?«, fragte er.

»Im Kühlschrank. Bedien dich. Aber leg erst mal die Flinte weg.«

»Mann, hab ich einen Durst. So durstig war ich noch nie. Nicht mal in Riad, wo vierzig Grad an der Tagesordnung waren. Ich habe nie jemanden erschießen müssen, aber durstig war ich immer.«

Er legte die Waffe auf den Boden und stolperte in die Küche. Ich hörte, wie er eine Dose aufriss und das Bier hinunterkippte. Dann öffnete er eine zweite und brachte sie mit ins Wohnzimmer. Er setzte sich aufs Sofa und sah mich an, zum ersten Mal, seitdem er die Party gesprengt hatte. »Was hast du eigentlich da unten verloren, J.P.? Steh auf.«

»Geht nicht. Ich bin an diesen verdammten Stuhl gefesselt. Hol ein Messer aus der Küche. Du musst mich losschneiden.«

Er verschwand in der Küche und kam mit einem fünfzehn Zentimeter langen Ausbeinmesser zurück. Seine Hände zitterten heftig. »Sei um Himmels willen vorsichtig. Das Messer ist scharf.«

»Du bist ein Chaot, J.P. Ich habe dir doch gesagt,

dass sie kommen werden. Wie konntest du das hier zulassen?«

Ich wusste darauf keine Antwort.

Luther machte mich vom Stuhl los. Man hatte mich derart zugerichtet, dass ich nicht aufrecht stehen konnte. Ich kroch zum Sofa und kletterte darauf.

»Du siehst echt Scheiße aus«, stellte Luther fest. »Vor allem deine Nase. Ich fahre dich ins Columbia, in die Notaufnahme.«

»Später. Die Cops werden gleich hier sein.« Ich hörte bereits die Sirenen. Vermutlich hatte jeder hier im Haus und auch der eine oder andere von gegenüber den Notruf alarmiert. Eine Mossberg veranstaltet einen gewaltigen Krach.

»Wir werden wohl oder übel mit ihnen darüber reden müssen. Egal, was du machst, Luther, sag auf jeden Fall die Wahrheit. Schildere es genau so, wie es sich abgespielt hat.«

»Cops? Scheiße, Scheiße ... meinst du, die buchten mich ein? Ich habe diese Südstaatler in Notwehr erschossen, oder etwa nicht? Hört sich das nach einer Lüge an? Sie waren kurz davor, dich fertigzumachen. Was hätte ich tun sollen, mit ihnen diskutieren? Ihnen aus dem Evangelium predigen? Nach dem Motto, alles, was ihr wollt, dass euch die Leute tun sollen, das tut ihnen auch? Küsse den Arsch deines Nachbarn, damit er sein neuner Eisen nicht in deinen rammt? Dieser dicke Mistkerl hätte mich durchlöchert.«

»Dein Timing ist bestechend. Wie hast du es geschafft, genau im richtigen Augenblick aufzutauchen? Die Cops werden dich das fragen.«

»Ich bin nicht irgendwie aufgetaucht. Ich habe draußen

in meinem Wagen gesessen, fast eine Stunde lang. Ich habe mich mies gefühlt, weil ich dir die Typen auf den Hals gehetzt habe. Aber ich musste all meinen Mut zusammennehmen. Ich stand kurz davor, nach Kern zurückzufahren.«

Er wartete auf Worte der Anerkennung. »Du hättest zehn Minuten früher auf der Matte stehen können«, sagte ich, »aber ich bin froh, dass du nicht nach Hause gefahren bist. Man braucht Eier, um das zu tun, was du getan hast.«

»Ja, so ist es wohl, oder?«, erwiderte er gedankenverloren. »Ja, so ist es ganz bestimmt.«

Er stand noch immer voll unter Adrenalin. Seine Hände zitterten genau wie seine Beine. Er konnte sie nicht still halten. Die Absätze seiner Schuhe trommelten auf den Boden und seine Gesichtszüge waren in Bewegung: grinsen, Lippen spitzen, lächeln, blinzeln. Die Folgen seines Tablettenkonsums. Unwillkürliche Muskelkontraktionen im Bereich des Gesichtes. Es überraschte mich, dass er in seinem Zustand in der Lage gewesen war, Little Big und Extra Big auszuschalten. Nach Luthers Vorstellung – die wirklich Eier erfordert hatte – würde mich nichts mehr in Erstaunen versetzen können.

Er musste sich übergeben, danach fing er an zu lachen. Was wie ein kindliches Kichern begann, steigerte sich zu einem irren Gackern.

»Ich bin heilfroh, dass ich es gemacht habe«, sagte er, nachdem er sich wieder im Griff hatte. »Diese Schläger haben erst mich misshandelt, dann dich. Kretins dieser Sorte haben seit ihren Kindergartentagen andere verletzt. Sie haben es verdient zu sterben. Jesus hätte sie mit einer Feueraxt gerichtet. Ich verspüre den Drang, sie ein zweites Mal zu töten.« Er hob die Mossberg auf und presste sie gegen seine Brust wie ein Kind sein liebstes Kuscheltier.

»Lass es sein. Es wäre den Cops nur schwer zu vermitteln, weshalb du noch mal auf die beiden geschossen hast.«

Er gewann wieder Bodenhaftung, holte sich noch ein Bier und trank es in einem Zug. Er rülpste. Sein Blick war schläfrig, fast schon normal, die Anspannung des Kriegers war gewichen.

»Wieso hast du ihnen das mit dem Zuhälter aufgetischt?«, fragte ich.

»Ist mir einfach so herausgerutscht. Ich wusste nicht, was ich sage, ich hatte nur noch Schiss, dass sie mir Benzin über den Kopf gießen.«

»Ich habe ziemlich schnell hineingefunden in die Rolle. Vielleicht ist es ja meine wahre Bestimmung.«

Er sah mich entgeistert an.

»Das sollte ein Witz sein, Luther«, sagte ich.

»Hat sich aber nicht danach angehört.«

Genau in diesem Moment ließ Extra Big einen fahren – einen letzten Ausstoß von Methan. Luther und ich fuhren zusammen. Er schnappte sich die Mossberg und schoss ein Loch in die Wand zur Küche.

32

Der erste Schwung Polizisten sprach nicht mit uns. Sie legten uns Handschellen an und verfrachteten uns in verschiedene Streifenwagen. Noch mehr Einsatzfahrzeuge trafen ein, Sirenen heulten und die Straße füllte sich mit Schaulustigen. Ein Cop in Zivil setzte sich auf den Fahrersitz des Wagens, in dem ich hockte.

»Sieht nach 'ner echten Wildwestshow aus da drin«, sagte er. »Ist die Stimmung auf der Party gekippt?«

Ich erkannte ihn sofort. Er war groß, drahtig, hatte ein schmales Gesicht und für sein Alter auffallend graues Haar. Raymond Thrailkill.

»Hallo, Raymond«, sagte ich.

Er sah mich überrascht an. »Kennen wir uns?«, fragte er pikiert.

»J.P. Morgan. Ich habe die Truppe verlassen, als du in deinem ersten Jahr warst.«

Er brauchte ein paar Sekunden.

»Leck mich am Arsch, der alte J.P. Morgan! Du hast in der Zwischenzeit aber mehr als eine Gordita verdrückt, Mann. Wenn ich mich recht erinnere, warst du früher eher Slim Jim Morgan. Meine Güte, du siehst aus, als wärst du in einen Propeller geraten. Wir sollten dich in die Notaufnahme bringen.«

»Sehe ich genauso.«

»Aber gib mir erst mal 'nen Überblick, okay? Ich nehm an, es handelte sich um ein Treffen oder so und die bösen Jungs sind ausgetickt.«

»Genau so war's.«

Ich setzte ihn über alles ins Bild – Hector, Scales, Carla und Luther, die Kopfgeldjäger und die Hans-Brinker-

Brigade. Nur das Paket aus dem Irak ließ ich unerwähnt. Ich wollte nicht, dass Carla ins Gefängnis wanderte.

»Also Notwehr«, sagte er. »Die Kopfgeldjäger wollten gerade deine Kastanien rösten, als dein Freund zufällig mit der Mossberg auf der Bildfläche erschien. Ist es so gewesen?«

»Nachdem die ihn so zugerichtet hatten, habe ich Luther die Waffe vor ein paar Tagen überlassen. Ich mache drei Kreuze, dass ich es getan habe.«

»Der Lauf ist kürzer als erlaubt«, sagte er. »Laut Strafgesetzbuch des Staates Texas ein schweres Vergehen. 46.05, wenn ich mich nicht irre.«

»Ohne dieses verdammte Ding würde ich jetzt nicht mit dir reden können.«

»Das Teil geht ins Labor und dann entscheidet der Staatsanwalt, was zu tun ist. Nicht meine Entscheidung, du verstehst.«

»Sicher, Ray. Du machst schon das Richtige.«

Er kritzelte etwas in ein kleines Notizbuch, stieg aus, sprach mit einem Uniformierten und stieg wieder ein. »Die Highway Patrol hat den toten Nudisten gestern Morgen in der Toilette der Raststätte gefunden«, sagte er. »Sie konnten ihn aber nicht identifizieren. Seine Fingerabdrücke sind in keiner Datei. Danke für den Hinweis.«

»Ich bin nun mal ein braver Bürger. Ich hab sogar ein schlechtes Gewissen, weil ich nicht zur Wahl gehe.«

»Ihr habt keine Anklage zu erwarten, du und dein Kumpel, es sei denn, sie finden noch etwas. Es spricht alles für Notwehr. Diese Hinterwäldler waren berüchtigt. Sind wie Neandertaler mit Steinen und Knüppeln auf die Jagd gegangen. Das Einfangen von Flüchtigen war nur Mittel zum Zweck, um Leute aufmischen zu können.

Geld war ein zusätzlicher Anreiz. Du wirst bei der Polizei keinen finden, der ihnen eine Träne nachweint. Vor der Anhörung wird jemand vom Büro der Staatsanwaltschaft mit euch sprechen, ist aber kein Grund zur Panik. Wahrscheinlich müsst ihr noch vor der Grand Jury aussagen, aber es ist völlig ausgeschlossen, dass man gegen dich oder deinen Freund Anklage erheben wird.«

Er stieg aus, öffnete die Hintertür und nahm mir die Handschellen ab.

Ich hatte das Gefühl, reinen Tisch machen zu müssen: »Ich habe mich mit deiner Ex getroffen«, sagte ich. »Ist 'ne tolle Frau. Tut mir leid, dass es zwischen euch nicht hingehauen hat.«

Er riss die Augen auf.

»Zum Teufel, wovon sprichst du?«

Ich erkannte meinen Fehler sofort. Mein Gott, ich war ihr voll auf den Leim gekrochen. Vielleicht hatte sie angenommen, ich sei eher bereit für ein Abenteuer, wenn sie mich in dem Glauben lasse, sie sei ungebunden. Vielleicht hatte es die Sache auch für sie einfacher gemacht. Wieder einmal hatte ich gegen die wichtigste Regel für männliche Singles verstoßen. Diesmal zwar unwissentlich, der Unterschied allerdings war nur ein hypothetischer.

»Sie hat mir erzählt, ihr wärt getrennt. Es war nur eine Verabredung zum Mittagessen, Ray. Ich sehe sie zwei- oder dreimal die Woche im Gold's.«

Er musterte mein Gesicht mit einer Eindringlichkeit, die eine Leiche ins Schwitzen gebracht hätte. »Wir sind getrennt«, sagte er, »aber nicht freiwillig. Vielleicht hast du nur gehört, was du hören wolltest.«

»Bestimmt nicht, Ray.«

»Also harmlos, ja?«

»Ja, harmlos.«

Er stieß ein trockenes, humorloses Lachen aus und zündete sich eine Zigarette an.

»Wir gehen nach Phoenix«, sagte er. »Dani ist schon da und kümmert sich um eine Wohnung. Man hat mir die Leitung eines Reviers angeboten. Nun haben sie jemanden von außerhalb, was bedeutet, dass eine ganze Riege von Primadonnen richtig schön angepisst sein wird, aber scheiß drauf. Durch meine Spanischkenntnisse habe ich quasi einen Sonderstatus. Über kurz oder lang wird jeder Cop im Westen über Grundkenntnisse in Spanisch verfügen müssen. Das Gehalt ist fast das Doppelte und dann Zulagen, von denen du nur träumen kannst.«

Er war aufgekratzt, sprach ohne Punkt und Komma – ein Mann, der zu erklären versuchte, warum er glücklich sein sollte, obwohl er es nicht war. Seine Augen klebten an meinem Gesicht, suchten nach der Lüge.

»Nur Mittagessen, ja?«

»Bei Uncle Bao's an der North Mesa, nach dem Training. Sonst nichts, ich schwör's.«

Sein Gesicht sah verhärmt aus – zu viele Überstunden, zu viel Ehrgeiz, zu viel Ehefrau. All das machte ihn älter, als er war. Mir tat inzwischen so gut wie alles weh und es war mir herzlich egal, ob er mir meine Version abkaufte oder nicht. Er hatte durchaus Anlass, es nicht zu tun, aber das war sein Problem, nicht meins.

»Ich schätze, ich habe ein paar gebrochene Rippen. Meine Nase ist ebenfalls im Arsch. Kann mich jemand zur Notaufnahme ins Columbia fahren?«

»Na klar. Ich will mir nur noch die Geschichte von Dschungel-Jim anhören.«

Ich sah hinüber zum anderen Streifenwagen.

Dschungel-Jim wurde von einem weiteren Cop in Zivil befragt. Bleib bloß bei der Wahrheit, Luther, schoss es mir durch den Kopf.

Immerhin war er Schriftsteller, nicht wahr?

33

Der Hausverwalter erklärte, die Versicherung komme für die Kosten der Instandsetzung des Apartments auf, allerdings seien die Schäden so enorm, dass die Arbeiten einige Wochen in Anspruch nähmen. Luther bot mir eines der sieben Schlafzimmer in seinem Haus an.

Ich hatte zwei gebrochene Rippen, ein Knochen meiner Orbita war angeknackst, ein Zahn fehlte, drei andere waren locker, dazu ein Schädel-Hirn-Trauma ersten Grades und eine geschwollene Nase, die zum Glück nicht gebrochen war. Und man entfernte eine Schrotkugel aus meiner linken Wade. Meine linke Gesichtshälfte schimmerte purpurfarben, in allen Schattierungen, durchsetzt mit etwas Gelbgrün. Die Leute von der Notaufnahme verbanden mich und drückten mir ein Röhrchen Lortab plus Rezept in die Hand. Bei der erstbesten Gelegenheit warf ich beides weg. In seinem Arzneischrank hortete Luther besseren Stoff.

Ich nahm Luthers Angebot an und kroch in ein großes Doppelbett, unter afghanische Decken, legte mich auf riesige Kissen und schlief ein. Während der ersten zwölf Stunden weckte mich Luther alle zwei Stunden, um sicherzugehen, dass ich nicht ins Koma gefallen war. Anordnung des Arztes. Danach ließ er mich in Ruhe, was ihm hoch anzurechnen war. Er drosselte auch

Wagner – verhaltenes Grollen statt Donnerhall. Oder er spielte Auszüge aus *Tristan und Isolde*, besänftigende Musik, die sich hob und senkte wie ein bewegter Ozean. Wagner musste auf Laudanum gewesen sein, als er diese abgeklärten Musikstücke komponiert hatte.

Es war ein großes Zimmer im ersten Stock, eher spartanisch möbliert – Bett, Kommode, Nachttisch –, dafür aber waren die Wände mit Kunst geradezu tapeziert, Kunstwerke, die Eingang in meine Träume fanden. Weibliche Akte in Öl, korpulente Frauen beim Nachmittagstee, Pillbox-Hüte auf den Köpfen, hochhackige Pumps aus Lackleder an den Füßen; Aquarelle von splitterfasernackten Männern mit ausgemergelten Körpern, nur mit Fliegen und Golfschuhen ausgestattet; Holzschnitte von ausdrucksleeren Alten, die einander mit mechanischem Sexspielzeug stimulierten; Landschaften unter blutroten Himmeln, bevölkert von aasfressenden Nagetieren. Diese Bilder mussten Luther gehören. Sie waren drastisch und spektakulär und beglückwünschten ihren Besitzer zu seinem gewagten avantgardistischen Geschmack. Genau das, was Luther kaufen würde, um seinem Image als richtungsweisender Literat Auftrieb zu geben.

Es gab auch mexikanische Kunst religiösen Inhalts und durchdrungen von der Spiritualität der Azteken, Tolteken oder Zapoteken: Flaschenkürbisse, aus denen Kinder und Schlangen sprossen, eine indianische Gottesmutter mit der Sonne in der rechten und dem Mond in der linken Hand, einem grünen Aal mit Flügeln aus zarten Federn, der aus ihrem Nabel schwamm. Die Sonne sah aus wie ein knackiger Apfel, der Mond wie eine dunkle Kugel aus geronnenem Blut. Als Ganzes betrachtet hatten diese Bilder die Wirkung von Hieronymus Boschs

Triptychon *Der Garten der Lüste* – des Malers verstörende Darstellung eines Picknicks in der Hölle.

Mein erschüttertes Gehirn schluckte diese Bilder und verarbeitete sie in meinen Träumen. Diese Träume waren in der Tat wie harte Arbeit. Wenn ich aus ihnen erwachte, war ich verschwitzt und fühlte mich wie gerädert, als hätte ich im Schlaf einen Huckerstuhl voller Ziegelsteine durch die Gegend getragen. Die Träume waren ohne inhaltlichen Zusammenhang, liefen ab wie Filmspulen, die jemand in wahlloser Reihenfolge einlegte. Ein Traum führte mich zurück in den Wadi, wo ich mein M16 auf Automatik stellte. Der Schäfer mit dem Hirtenstab verwandelte sich in einen Hammurabi-Elitesoldaten samt AK-47. Ich roch den ekelerregenden Gestank der verbrannten Leichen in dem irakischen Mannschaftswagen, brutzelndes menschliches Fett. Schalten Sie ihn aus, Morgan!, sagte Sergeant Apostoli. Schalten Sie den Mistkerl aus!

»Du hast Fernando Peralta versetzt«, raunte eine geisterhafte Stimme. »Er hat schon mal in deinem Namen die Nazisse der Adult Protective Services kontaktiert und den Stein ins Rollen gebracht, was auch immer das heißen soll. Er meint, du würdest schon verstehen.«

Es war nicht Sergeant Apostoli, der da außerhalb meines Traumes sprach, es war Luther. Er hatte eine Funk-Wechselsprechanlage besorgt, ein Gerät lag auf meinem Nachttisch, das andere trug er stets bei sich. Für den Fall, dass ich etwas benötigte, sollte ich ihn anrufen. Er rief mich zuerst an.

»Scheiße«, sagte ich. »Ist er noch dran?«

»Du sollst ihn in fünfzehn Minuten zurückrufen. Meinst du, du schaffst das?«

»Wie spät ist es?«

»Kurz vor drei. Komm runter und iss etwas.«

»Welcher Tag ist heute?«

»Freitag, der dreizehnte.«

»Wie lange habe ich geschlafen?«

»Was soll das werden? *Twenty Questions?*«

»Wie lange?«

»Lange. Zwei Tage. Vielleicht auch drei. Ich hatte einiges um die Ohren und habe es noch. Überhaupt ... ich will nicht über diesen Apparat mit dir sprechen. Komm runter und iss etwas.«

Im Hintergrund Stimmengewirr. Über die Sprechanlage hörte es sich an wie das keifende Gezänk von Schimpansen. »Ich bin gleich unten«, sagte ich.

»Mach dir keinen Stress, Bruder. Lelanie kann dir das Telefon hochbringen.«

»Ich muss mich anziehen«, sagte ich. »Ich muss mal raus, 'n paar Schritte gehen. Was gibt's zu essen?«

»Wir haben Pizza geordert. Es ist noch einiges übrig. Und im Kühlschrank ist jede Menge Aufschnitt. Mehr steht derzeit nicht auf dem Speiseplan, nachdem ich ganz offiziell mein Junggesellenleben wieder aufgenommen habe.«

»Wer ist eigentlich ›wir‹?«

»Artistas del Paso, Bruder. Ich habe dir doch erzählt, dass ich eine Künstlerkolonie gründen will.«

»Und warum nennst du mich Bruder, Luther?«

»Weil wir Brüder sind, mein Junge. Im Kampf verbunden. Wie? Du spürst es nicht, das Band der Brüderlichkeit?«

Was ich spürte, war das sich lösende Band der Vernunft. Ich legte das Gerät beiseite, stand auf und zog mich an. Ich fühlte mich schwerelos und gleichzeitig als Spielball der Schwerkraft. Im Wechsel zwischen Schweben und Torkeln bewegte ich mich den langen Flur entlang und die Treppe hinunter, die ins Wohnzimmer führte.

Das Bizarre meiner Träume hielt die Wirklichkeit auf Distanz. Mir war klar, dass es sich nur um ein vorübergehendes Phänomen handelte, doch Garantien gab es keine. Ein Neurologe hatte von zerstörten Synapsen gesprochen und vor Dementia Pugilistica gewarnt – weitere Schläge auf den Kopf könnten mich in einen trunkenen Dauerzustand versetzen. Ich packte das Geländer mit beiden Händen und nahm die Stufen wie ein Kleinkind.

Luther thronte in seinem Sessel und zog an einem Joint. Neben ihm, auf dem Boden, saß Lelanie Loftsgarten, eine dickbauchige grüne Bong zwischen den Knien. Rund ein Dutzend Männer und Frauen verteilte sich irgendwie im Zimmer, einige rauchten, andere hielten Drinks in der Hand und alle sahen wahnsinnig kreativ aus. Überall verstreut lagen Manuskriptseiten.

Ich ging in die Küche und rief Fernie Peralta an. Wir verabredeten uns für Montagvormittag zehn Uhr. Er berichtete mir, dass er Pilar Mellado habe beschwichtigen können. Und auch die Vormundschaftsbehörde halte fürs Erste die Füße still, was den Verkauf von Velmas Haus anbelangte.

Ich nahm ein Glas Meerrettich-Senf aus dem Kühlschrank, eine Ecke alten Cheddarkäse und eine Dose Lone Star. Ich schnitt die grünen Stellen aus dem Käse und machte mir ein herzhaftes Sandwich. Gretchen sprang auf meinen Schoß und schnüffelte am Tellerrand. Dabei stieß sie mit der Nase gegen einen Klecks Senf, riss den Kopf zurück und gab mir mit einem Blick zu verstehen, was für ein Idiot ich doch sei, hervorragendes Essen mit Giften zu versetzen.

»Hat der große, böse Pothead dir etwas zu futtern gegeben, Kätzchen?«, fragte ich.

Gretchen antwortete darauf mit einem langanhaltenden Klagelaut. Ich nahm ein Stück Käse von meinem Sandwich, leckte den Senf ab und Gretchen verzog sich damit auf den Boden.

Eine zweite Dose Lone Star in der Hand, steuerte ich meinen Rückzugsort im ersten Stock an. Ich hatte geglaubt, hinausgehen, ins Upper Valley fahren und wieder Kontakt mit meiner Welt aufnehmen zu können, aber ich musste einsehen, dass ich dafür noch zu schwach war.

Ich schloss die Zimmertür hinter mir, verweigerte dem munteren Stimmengewirr so den Zutritt, zog mich aus und fiel ins Bett, zurück in meine Träume.

Er ist da, wartet. Seine trüben toten Augen sind auf mich gerichtet, als ich den zweiten Feuerstoß abgebe. Er reißt die Arme nach oben, zeigt auf seine blutenden Ohren. Die Druckwelle der Bombe, die von einer F-15 hinter der Berme abgeworfen wurde, hat seine Trommelfelle zum Platzen gebracht. Er hat meine in schlechtem Arabisch gerufene Aufforderung, seine AK-47 fallen zu lassen, überhaupt nicht hören können.

34

Die schwüle Nacht schien kein Ende nehmen zu wollen. Ich schwitzte, schlief in kurzen Intervallen. Jedes Mal, wenn ich aus dem Halbschlaf hochfuhr, dachte ich, es sei bereits Morgen, doch es war noch immer Nacht.

Ich wanderte im Haus umher.

Luther hatte keine Klimaanlage in dem alten Kasten einbauen lassen. Die Luft war stickig. Wetterleuchten draußen, hinter den Fenstern. Meine Unterhose klebte an mir wie eine zweite Haut.

Luther und Lelanie redeten die ganze Nacht miteinander. Egal, wo ich umherwanderte, ich hörte sie. Sie unterhielten sich im Bett, sie unterhielten sich, wenn sie nicht im Bett waren. Sie unterhielten sich in der Küche, während sie eine Kleinigkeit aßen. Sie folgten einander ins Badezimmer und unterhielten sich, während einer von beiden pinkelte. Sie nahmen ein Bad, zu zweit, und dank Fliesen und Keramik waren ihre Stimmen noch aufdringlicher.

Ich hörte sie und manchmal sah ich sie auch. Es war nicht schön. Lelanie und Luther im Esszimmer, Luther in Ekstase, nicht Lelanies engagierter Fellatios wegen, sondern der eigenen Stimme wegen, mit der er seine visionären Einfälle deklamierte.

In dem Schlafzimmer, das neben meinem lag, trug Luther Passagen aus *Der Entfesselte Parsifal* vor, untermalt vom Quietschen der Sprungfedern, das wie das Quietschen einer verrosteten Wippe klang. Nachdem die verrostete Wippe zum Stillstand gekommen und auch das Juchzen und Stöhnen verebbt war, unterzog er Lelanie einer Befragung, um herauszufinden, inwieweit sie das

Revolutionäre seiner literarischen Methode tatsächlich ermessen konnte.

»Die neuen Strukturen werden das Reale und das Abstrakte wie bei einem Kettenhemd miteinander verflechten!«, sagte er.

»Oh *du!*«, so Lelanie.

»Ein Bildungsroman, der zum Fluchtpunkt von Tod und Verklärung geführt wird. Wer hat es geschaffen?«

»Mein großer Junge!«, jubelte sie.

»Obwohl ich von Zeit zu Zeit ins Chaos abtauche, komme ich stets mit dem Gold an die Oberfläche zurück.«

»Mein genialer Romeo!«

Mir wurde klar, dass dies die Frau war, die Luther hätte heiraten sollen – Lelanie, die gefügige Hedonistin, und nicht Carla, der weibliche Kreuzritter in Sachen Gerechtigkeit.

Sie standen auf und flitzten die Treppe hinunter, in die Küche. Ich hörte, wie der Kühlschrank geöffnet und geschlossen, geöffnet und wieder geschlossen wurde. Irgendwann schlief ich ein, schlief länger als nur ein paar Minuten, doch Erholung fand ich nicht.

Die Sonne ging auf, zuverlässig wie immer. Sie presste sich mit der Hitze eines Glühofens gegen mein Fenster. Irgendwo da draußen bediente sich eine Spottdrossel ihres entliehenen Repertoires, als wäre jeder einzelne Ton von ihr. Im Schlafzimmer nebenan schnarchten Luther und Lelanie, endlich ermattet, in harmonischer Zweisamkeit.

Ein guter Tag zum Ausziehen.

35

Ich nahm mir ein Zimmer im Las Palmas Inn, einem alten, aber anständigen Motel im östlichen Teil der Alameda Avenue. Es war preiswert und etwas weiter weg vom Schuss. Ich rief Fernie Peralta an und erklärte seinem Anrufbeantworter, wo ich steckte. Danach rief ich Velma an, um ihr auseinanderzusetzen, was demnächst passieren werde, dass es dazu keine Alternative gebe und sie keinerlei Einfluss darauf habe.

»Ich kann darüber nicht sprechen«, sagte sie.

»Und worüber kannst du sprechen?«

»Rhabarberkuchen.« Zu ihren Ausweichmanövern gehörte auch plötzliches Abbiegen bei voller Geschwindigkeit. Ich zog mit.

»Rhabarberkuchen?«, wiederholte ich.

»Als du klein warst, wolltest du meinen Rhabarberkuchen nicht essen«, sagte sie. »Für dich war Rhabarber ein saures Wort und ein Kuchen, der aus einem sauren Wort gemacht wurde, musste deiner Ansicht nach ein saurer Kuchen sein. Darauf hast du beharrt. Du hast immer sensibel auf den Klang der Worte reagiert, nicht auf ihre Bedeutung. Daran bin ich schuld. Ich habe dich angehalten, vernünftig zu sprechen und die Sprache zu achten. Sprache ist ein kostbares Geschenk. Heutzutage scheint das niemandem mehr gegenwärtig zu sein. Sprache hat den Menschen befähigt, sich seiner selbst bewusst zu werden. Und so hat sie ihm auch ein Gewissen gegeben. Am Anfang war das Wort. Das Wort hat uns nicht nur gelehrt, das eine vom anderen zu unterscheiden, sondern auch richtig von falsch. Rhabarber, das Wort hat dir Übelkeit verursacht.«

»Aber als ich irgendwann doch Rhabarberkuchen gegessen habe, war es für mich der beste Kuchen überhaupt. Vor allem, wenn du ihn mit Erdbeeren gemacht hast und Eis obendrauf.«

»Jetzt ist keine Erdbeersaison«, sagte sie.

»Alles und jedes hat seine Saison, Mom.«

Plötzlich unterhielten wir uns in einer Art Geheimsprache, doch ich war mir nicht sicher, ob Velma das durchblickte.

»Im El Descanso kannst du jeden Tag Erdbeeren essen. Fernie Peralta wird dich anrufen. Er ist in Ordnung, Mom. Es wird Zeit, dass wir es anpacken.«

»Die Zeit ist aus den Fugen«, sagte sie.

»Hör dir einfach an, was Fernie zu sagen hat, ja?«

Sie legte auf.

Das Motel verfügte über einen Swimmingpool, also ging ich schwimmen. Ich hatte keine Badehose dabei, aber meine olivgrünen Boxershorts waren selbst im nassen Zustand ganz passabel. Das Schwimmen bereitete mir Schmerzen, hatte aber auch eine therapeutische Wirkung. Am nächsten Morgen fühlte ich mich halbwegs wie ein Mensch. Ich fuhr hinaus zur Universität. Es war Sonntag und ich hatte den Campus für mich allein. Ein Aufenthalt in Bhutan, die besondere Luft des westtexanischen Himalajas, war genau das, was ich jetzt brauchte, um Ordnung in meine Gedanken zu bringen.

Ich stellte den Wagen auf dem südlichen Parkplatz des Campus ab und stieg den Hügel zum Old Main hinauf, dem Gebäude, das einem Dzong am meisten ähnelte. Ein leichter Wind strich durch die Büsche und Sträucher der parkähnlichen Anlage. Ich setzte mich auf eine Bank und ließ den Zauber des Ortes auf mich wirken. Ich musste die Ereignisse der letzten Woche durchdenken, Revue passieren lassen, und zwar mit klarem Blick.

Am Fuße des Hügels bewegte sich ein Mönch auf Worrell Hall zu. Ein Windstoß verfing sich in seinem safrangelben Gewand und für einen kurzen Augenblick befürchtete ich, der Mönch könnte hinfallen. Das Gewand bauschte sich und statt zu fallen, schien der Mönch wie ein übergroßer Schmetterling Richtung Eingangstür zu flattern.

»Ein wunderbarer kleiner Campus, meinen Sie nicht auch, Mr. Morgan?«

Hinter mir stand der Texas Ranger, der Luther aufgesucht hatte. Kein raschelndes Blatt, kein knackender Zweig unter seinen Schuhen hatten ihn verraten. Robert T. Eggers setzte sich neben mich auf die Bank und nahm den Stetson ab.

»Sie warten darauf, dass sie auftaucht?«, fragte er.

»Wie bitte?«

»Ich spreche von Mrs. Penrose.«

»Nein«, sagte ich. »Es ist Sonntag.«

»Manche Lehrkräfte kommen auch sonntags vorbei. Haben Sie eine Idee, wo sie sein könnte?«

»Wieso sollte ich?«

»Heißt das nein?«

»Man könnte es so auffassen.«

»Zweifellos sind Sie mit dem Begriff ›Behinderung der Justiz‹ vertraut. Hierbei handelt es sich um einen alten Rechtsstandard und ein einigermaßen probates Mittel der Strafverfolgung.«

»Wollen Sie wissen, was ich denke? Ich denke, Hector Martinez ist tot. Die Sache hat sich erledigt. Es gibt keinen Grund, Mrs. Penrose länger zu verfolgen.«

»Gesetzt den Fall, er ist tot – die Frau wird dennoch um eine Anklage wegen Beihilfe und Begünstigung nicht herumkommen. Aber vielleicht vertreten Sie ja die Ansicht, man sollte unsere Gesetze selektiv anwenden.«

»Ich kann Ihnen nicht helfen, Officer. Martinez ist Futter für die Ameisen in der Wüste, das ist meine Überzeugung.«

»Ich bin sicher, dass wir die Frau finden. Und wenn wir sie finden, finden wir auch Martinez, im Ganzen oder das, was die Feuerameisen von ihm übrig gelassen haben. Danke für das Gespräch, Mr. Morgan.«

Robert T. Eggers erhob sich von der Bank. »Vielleicht möchten Sie ja Ihre eigene Situation überdenken, einiges loswerden, bevor die Sache in die finale Runde geht.« Er starrte mehr als nur einen Moment in seinen Stetson, bevor er ihn wieder aufsetzte. Dann sah er nach oben, in den Himmel.

»Wird ’n heißer Tag heute«, sagte er freundlich und verschwand so leise, wie er gekommen war.

Ich spazierte den Hügel hinunter zum Worrell Hall. Die Eingangstür war offen, das Sekretariat allerdings unbesetzt. Ich ging die Treppe hoch in den zweiten Stock und weiter den dunklen Flur entlang zu Carlas Büro. Es war verschlossen, also war wieder mein Pickset gefragt. Mit dem Schloss inzwischen vertraut, brauchte ich keine halbe Minute, um die Stifte gefügig zu machen.

Im Büro hatte sich nichts verändert. Ich zog die linke unterste Schreibtischschublade auf und suchte nach etwas Bestimmten. Der Text mit der Überschrift »Ziele und Methoden der HBB« war für mich jetzt wesentlich interessanter als bei meinem ersten Besuch. Ich setzte mich und begann zu lesen.

36

Carla wurde am Montagmorgen festgenommen. Sie hatte um neun Uhr vor ihren Studenten gestanden, was man als mutigen oder als naiven Akt bezeichnen könnte oder beides. Wahrscheinlich beides. Die Hälfte der Vorlesung war bereits vorbei, als die Cops hereinplatzten und Carla Handschellen anlegten. Keine Ahnung, was sie sich dabei gedacht hatte. Vielleicht wähnte sie sich in moralisch höheren Sphären und glaubte, so unangreifbar zu sein. Die Sache als Schutzschild – ein Trugschluss, dem die Gerechten oft zum Opfer fallen.

Man brachte sie in die Haftanstalt an der East Overland Avenue, legte ihr aber kein Verbrechen zur Last. Vielmehr überzeugte der Staatsanwalt einen Richter, eine Material-Witness-Order zu erlassen, was bedeutete, dass man Carla als unverzichtbare Zeugin mehr oder weniger zeitlich unbegrenzt inhaftieren konnte.

Ich rief Fernie Peralta an und schilderte ihm die Situation, ließ dabei jedoch gewisse Details aus, die er nicht zu wissen brauchte. Fernie war kein Strafverteidiger, dafür aber ein *compa,* ein Kumpel des Staatsanwalts. Ihre Frauen waren ebenfalls miteinander befreundet und man besuchte sich oft gegenseitig und aß gemeinsam zu Abend. Fernie zeigte sich einverstanden, mit Carla zu sprechen, und eröffnete mir gleichzeitig, dass man wenig Handhabe hätte. Eine Material-Witness-Order sei wasserdicht. Er sah keine Möglichkeit, eine Fahrkarte nach Hause – also raus aus dem Knast – für Carla auszuhandeln. Sie würde in ihrer Zelle bleiben, bis die Texas Rangers hatten, was sie wollten. Ich bat Fernie, mich auf die Besucherliste zu setzen. Ich musste mit Carla etwas besprechen, worauf ich in ihrem Text über die Hans-Brinker-Brigade gestoßen war.

Ich besuchte sie am Mittwochvormittag. Sie steckte in einem orangefarbenen Overall und machte einen munteren, wenn nicht sogar aufgekratzten Eindruck, als ob ihre Inhaftierung den Beweis erbringe, dass alles, woran sie glaubte, richtig sei.

»Wenn Hector am Leben ist«, sagte ich, »dann ist er wahrscheinlich in Scottsdale, auf dem Anwesen von Selbiades.«

Wir sprachen über ein Telefon miteinander. Eine dicke Scheibe aus Plexiglas trennte uns.

»Nein«, sagte sie. »Er ist in Mexico City. Er hat mich angerufen.«

»Er hat dich angerufen?«

»Auf meinem Mobiltelefon. Am Montagmorgen, bevor ich festgenommen wurde.«

Sie zwinkerte mir zu, dann formte sie mit den Lippen das Wort Juárez, so deutlich, dass ich es ablesen konnte. Vermutlich wurde unser Gespräch abgehört, also fütterte sie den Lauscher mit Nonsens.

Ihre Lippen formten die Worte *Hotel Maria Bonita in Juárez.*

»Mexico City?«, wiederholte ich.

»Ja. In Mexico City ist er sicher.«

Hol das Geld. Bring es ihm.

Ich zuckte mit den Achseln. Carla verstand.

Im Union Depot. Schlüssel in meinem Büro. Unter der Stehlampe.

Ich brauchte keine Worte mit den Lippen zu formen, mein Blick sprach Bände: *Du hältst mich für einen kompletten Idioten, oder?*

Für den besten, erwiderte ihr Lächeln.

Es war das zuversichtliche Lächeln eines Menschen, der wusste, mit wem er es zu tun hatte. »Nimm dir, was du brauchst«, sagte sie über das Telefon. »Du hast es verdient, J.P. Ich habe mit Luther gesprochen. Er hat mir erzählt, was passiert ist. Es ist meine Schuld. Es tut mir leid.«

Ich wechselte das Thema. »Laut deinen Unterlagen ist Selbiades ein Dermatologe für die Reichen und Wohlhabenden. Muss ein völlig durchgeknallter Typ sein. Auf seinem Grundstück soll es ein kleines Gefängnis geben? Ein unterirdisches Verlies? Erst heuert er Illegale an, damit sie seine Aprikosen und Birnen pflücken, und anschließend lässt er sie foltern? Unglaublich. Und dann schickt er sie mit noch blutenden Striemen zurück nach Mexiko, damit sich unter den anderen herumspricht, was für Arbeitsbedingungen man in Arizona vorfindet.«

»Er kann es sich erlauben«, sagte Carla, »weil er Teil des Systems ist. Er gehört zu den wichtigsten Spendern für die Wahlkampfkasse, und zwar die beider Parteien. Zahlt jedes Jahr Unsummen in die Fonds ein. Einem Dr. Stefan Selbiades tritt niemand vors Schienbein. Dabei ist er selbst ein Immigrant. Wäre es nicht so entsetzlich, man könnte lachen über die Ironie, die dem Ganzen innewohnt.«

»Entsetzliche Menschen tun entsetzliche Dinge.«

»Und die guten stehen manchmal nur daneben und schauen zu.«

Und werden so zu Komplizen. Carla hatte es nicht aussprechen müssen, es stand auch so in der Landschaft. Die wahren Guten schlagen zurück. Bei ihrer Betrachtung der Welt entdeckte sie keine Grautöne. Käme es zur Revolution, würde ich wegen meines Danebenstehens gehängt, während der Mob mit Stöcken und Steinen aufeinander losginge.

»Behandeln sie dich gut hier drin?«, fragte ich, um abzulenken.

»Ich bin sozusagen Ehrengast. Sie bringen mir sogar Kekse und Süßigkeiten. Die Wärterinnen nennen mich *la profesora*. Sie glauben, ich wäre eine Art heiliger Berühmtheit. Niemand behandelt mich wie eine Kriminelle.«

Das schien sie zu enttäuschen. Welcher Märtyrer bekommt Kekse und Süßigkeiten? Wo waren die Peitschen, wo die Ketten? Die täglichen Leibesvisitationen, die Wasserfolter und die Starkstromkabel, die man an die Geschlechtsteile hält?

»Also muss ich keinen Ausbruch organisieren?«

Sie lächelte. »Himmel, nein! Ich fühle mich fast wie zu Hause. Vielleicht bin ich für das Gefängnis geboren. Wie geht es Luther? Er und Menschen erschießen – das will mir nicht in den Kopf.«

»Gut möglich, dass er eine wandelnde Zeitbombe ist, die irgendwann mal hochgeht, doch momentan ist er der Mann der Stunde. Das Büro des Staatsanwalts betrachtet die Schießerei als Notwehr. Und die NRA wird ihn vermutlich zur Galionsfigur ihrer nächsten Kampagne küren.«

»Und seine Freundin? Wer ist sie?«

»Lelanie Loftsgarten. Eine Lyrikerin.«

»Genau das, was er braucht«, sagte sie. »Der fidele Balztanz geht weiter.«

»Und kein Ende in Sicht, wie's scheint.«

»Ich war gerade mal einundzwanzig, als ich Luther kennenlernte«, sagte sie. »Ich habe mich nicht seines guten Aussehens wegen in ihn verliebt – und er sah damals gut aus! Er war ein engagierter Kriegsgegner zu einer Zeit, als Proteste gegen den Krieg nicht mehr angesagt waren. Für mich war er ein Held. Ein Mann, der für seine Überzeugungen eintritt. Viel später erst habe ich erkannt, dass er das Militär nicht aus Prinzip hasste, sondern aus rein persönlichen Gründen. Er nahm alles persönlich, was dann zu seinen mentalen Problemen geführt oder sie zumindest befördert hat. Krieg oder Politik kümmern ihn einen Scheiß. Ist schon komisch, wie es einem die Füße wegziehen kann, wenn man sich an jemanden bindet, den man zu kennen glaubt, aber nicht kennt.«

»Mein Motto. Ich sollte es mir auf die Stirn tätowieren lassen«, sagte ich. »Vielleicht sollte das jeder.«

Die Warnlampe blinkte auf und wir mussten unser Gespräch beenden. Ich wollte den Hörer aufhängen.

»Warte, J.P., ich muss dich noch um einen Gefallen bitten.«

Die Warnlampe blinkte erneut auf. Ich hätte eigentlich gehen müssen.

»Entspann dich«, sagte Carla. »Es ist nichts Dramatisches. Ich brauche ein paar Sachen aus dem Haus. Frauenkram. Das ist doch okay für dich, oder? Ich mag die Marke nicht, die man hier bekommt. Außerdem brauche ich Slipeinlagen.«

Schau hinter die fetten, nackten Frauen, formten ihre Lippen.

»No problema«, sagte ich.

37

Die fetten, nackten Frauen? Das musste eines der Gemälde sein, die in Luthers Gästezimmer hingen. Ich rief ihn an, erklärte, dass ich vorbeikäme.

»Mir wäre lieber, du kämst nicht«, sagte er.

»Was ist los?«

»Mir ist unwohl.«

»Bist du krank?«

»Nicht krank. Unwohl. Das ist ein Unterschied.«

»Was ist passiert, Luther?«

»Nichts ist passiert. Warum muss immer irgendetwas passiert sein? Ist nicht schon genug passiert? Vielleicht ist auch irgendetwas nicht passiert. Es gibt eine ganze Fülle von Möglichkeiten, J.P. Schon mal drüber nachgedacht?«

»Ich habe etwas in meinem Zimmer vergessen.«

»Also gut. Komm her. Aber rechne nicht damit, dass du bleiben kannst.«

Ich fuhr zuerst zur Universität, um den Schlüssel für das Schließfach aus Carlas Büro zu holen. Die Tür stand einen Spaltbreit offen. Eine Putzkraft war gerade dabei, den Teppich zu saugen. Ich wartete, bis der Mann fertig war, und ging hinein. Das gefiel ihm nicht. Er sah mich mit einem Stirnrunzeln an. Seine Aufgabe war es, das Büro sauber zu machen und die Tür abzuschließen, wenn er ging. Er war nicht berechtigt, jemanden hineinzulassen.

»Está bien«, sagte ich. *»Soy el esposo de la profesora Penrose.«*

Keine Ahnung, ob er mir das abkaufte oder nicht. Sein Gesichtsausdruck sagte: Sie sehen nicht aus wie der Ehemann einer Dozentin. Doch dann hellte sich seine

Miene auf, als fragte er sich, wie so einer wohl aussehen solle. Es war vermutlich mein zerschlagenes Gesicht, das sein Misstrauen erregt hatte.

»Mi cara fea?« – mein hässliches Gesicht? *»Un poquito accidente.«* Ich stieß meine Fäuste gegeneinander, um einen Zusammenstoß anzudeuten. Er nickte lebhaft und ich lachte – ein kleiner Unfall mit Blechschaden kann uns *hombres* doch nichts anhaben. Ihm war klar, dass es sich nicht um einen *poquito accidente* mit Blechschaden gehandelt hatte, aber ihm gefiel mein Machogebaren. Denn so viel stand mal fest: Das Gesicht zerbeult zu bekommen war für einen Mann eine Kleinigkeit. *No importa.* Die Sache war geritzt: Ich hatte meine Zugangsberechtigung unter Beweis gestellt, von Mann zu Mann, sozusagen, und durfte im Büro bleiben. Ich schloss die Tür und holte den Schlüssel für das Schließfach unter der Stehlampe hervor.

Lelanie öffnete mir die Tür. »Er fühlt sich unwohl«, sagte sie. Sie trug einen kurzen roten Kimono und sonst nichts. Offenbar hatte sie ihn gerade erst übergestreift, denn sie war noch mit dem Bindegürtel beschäftigt. Außerdem war sie barfuß und präsentierte die glänzend schwarz lackierten Zehennägeln ihrer kleinen Füße.

»Ist er krank?«

»Nein. Er fühlt sich unwohl. Das ist nicht das Gleiche.«

»Habe ich schon mal gehört.«

»Das arme Baby sieht so verloren aus. Ich bemühe mich, nicht zu weinen, aber wenn ich zu ihm in den Wintergarten gehe, bricht sein Anblick mir das Herz.«

»Was macht er im Wintergarten? Es müssen draußen um die fünfunddreißig Grad sein.«

»Er meditiert.«

»Luther meditiert nicht. Er medikamentiert sich.«

»Das ist nicht komisch. Das ist sogar ziemlich taktlos, um ehrlich zu sein. Und Sie behaupten, Sie wären sein Freund.«

Ich ging in die Küche und von da aus in den verglasten Wintergarten. Luther lag nackt in einem Liegestuhl. Entlang der Glaswände trieben tropische Pflanzen in Kübeln aus Terrakotta große, beinahe obszön anmutende Blüten. Ihnen entströmte ein die Sinne betörender Duft, der sich seinen Weg direkt ins Hirn bahnte. Feuchtigkeit hing wie ein Schleier in der verpesteten Luft und wurde von ihr aufgesogen wie ein Schwamm. Von Luthers Oberkörper perlte der Schweiß.

»Gründest du auch noch eine Nudistenkolonie?«, fragte ich zur Begrüßung.

Einen Notizblock auf dem Schoß und einen Filzstift in der Hand, bedachte er mich über den Rand seiner Lesebrille hinweg mit einem finsteren Blick. Der Notizblock war vollgekritzelt. Es sah aus, als hätte Luther hundert Ameisen in schwarze Tinte getaucht und sie anschließend über das gelbe Papier krabbeln lassen.

»Das ist unleserlich«, stellte ich fest.

»Ja, für dich. Ich habe das Kapitel ›Richard trinkt Tee mit Hitler‹ in Deutsch abgefasst. Ich bin zu dem Schluss gekommen, dass der Roman der Zukunft polyglott sein muss. Ob es einem gefällt oder nicht, wir steuern auf eine vereinte Welt zu. Ein entsetzlicher Gedanke, aber unabwendbar. Der isolierte, sich selbst genügende Nationalstaat ist Vergangenheit. Die Neue Weltordnung ist da. Die USA sind Geschichte. Es ist nur eine Frage der Zeit, bis die Menschen es realisieren.«

»Tee mit Hitler? Wird das nicht eine Menge Leute vor den Kopf stoßen?«

»Wir sind in der Zeit weit genug vorangeschritten, um diesen Mann als eine gewöhnliche, wenn auch in gewisser Hinsicht gestörte Persönlichkeit betrachten zu können.«

»In gewisser Hinsicht gestört?«

»Despotismus ist keine Anomalie der Gene. Entsprechende Provokationen vorausgesetzt, könnte jeder Hitler sein. Jeder – du, ich, Micky Maus. Hör dir das an.«

Luther griff sich voller Pathos an die Brust. »*›Ich habe ein schwaches Herz, mein Führer!‹, sagte Wagner.* Du musst wissen, Wagner war Hypochonder, genau wie Hitler. Er war davon überzeugt, herzkrank zu sein. Die beiden sind wie Zimmergenossen, die einander bemitleiden.«

»Zimmergenossen?«

»Ich trage mich mit dem Gedanken, auch Sanskrit zu verwenden. Hitler war Mystiker. Die Sanskrit-Silben ›su‹ und ›asti‹ weisen nicht nur auf die vollkommene Hingabe an den natürlichen Impuls hin, sie bilden auch den frühgeschichtlichen Begriff ›su-asti-ka‹ oder Swastika. Es ist ein Gegenentwurf der Seele zur Zivilisation. So gibt es auch einen ›su‹- und ›asti‹-Aspekt in der Musik Wagners.«

»Starb Wagner nicht, bevor Hitler geboren wurde?«

»Ich erwarte nicht, dass du es verstehst.«

»Was verstehst?«

Luthers Gesicht lief knallrot an. Sein lockiges Haar war schweißnass. Er zündete sich einen Joint an und nahm einen tiefen Zug.

»Ich werde dir nicht das Konzept der subjektiven Unterschiede erklären«, keuchte er, »oder die kohäsive Verflechtung disparater Zeitfraktale.«

»Pech für mich«, sagte ich.

»Allerdings, und zwar mehr, als du ahnst«, erwiderte Luther.

»Ich glaube nicht, dass Wagner Hitler ›mein Führer‹ genannt hätte.«

»Die ›su‹- und ›asti‹-Elemente in der Psychologie beider Männer gestatten einen anderen Schluss.«

»Ich kann dir nicht folgen«, sagte ich.

»Ich weiß«, sagte Luther.

Ich verzog mich in die Küche und nahm mir ein Bier aus dem Kühlschrank. Lelanie saß am Tisch, vor sich einen Teller mit Aufschnitt und gefüllten, hartgekochten Eiern. Als ich vorbeiging, würdigte sie mich keines Blickes. In ihren Augen hatte ich aufgehört zu existieren. Ich war mir sicher, eine Möglichkeit zu finden, um damit leben zu können.

Ich ging hinauf ins Gästezimmer und nahm das Gemälde der nackten Damen beim Nachmittagstee von der Wand. An der braunen Rückseite des Bildes hing ein mit Klebestreifen befestigter Umschlag. Ich nahm ihn ab. Er war unverschlossen. Ein Packen Fotos und ein beschriebenes Blatt Papier fielen heraus, Carlas Aufzeichnungen. »Dr. Stefan Selbiades«, war dort zu lesen, »der seine Millionen lukrativen Immobiliengeschäften verdankt, steht in enger Verbindung mit ausländerfeindlichen, extremistischen Organisationen in Europa. Siehe Fotos.«

Ich sah die Fotos durch. Schnappschüsse, einige von professioneller Qualität, andere machten den Eindruck, als hätten Amateure sie mit einer Einwegkamera geschossen. Eines der qualitativ höherwertigen Fotos zeigte zwei Männer, die einander per Handschlag begrüßten – weißhaarig und elegant der eine, der andere im dunklen Zweireiher und mit einem Fedora, als wäre er direkt dem

Jahr 1933 entsprungen. Auf der Rückseite des Fotos stand eine Notiz: »Dr. Stefan Selbiades (re.) trifft auf Fritz Stoudemire, einen Unterstützer des inzwischen verstorbenen österreichischen Ultranationalisten Jörg Haider.« Andere Fotos zeigten Selbiades (den Weißhaarigen) im Gespräch mit Mitgliedern des britischen »Combat 18«, der belgischen »Vlaamse Militanten Orde« und des französischen »Front National«, laut Carlas Aufzeichnungen samt und sonders rechtsradikale, nationalistische Vereinigungen, deren Programm es sei, gewaltsam gegen Ausländer vorzugehen.

»Trage noch immer Informationen zusammen«, hatte sie notiert. »Sollte ich jedoch aus irgendeinem Grund meine Recherchen einstellen müssen, leitet dieses Material bitte an Lyle Strimpley und DeWalt Frederickson vom Außenbüro des FBI weiter. Selbiades hat seine Hans-Brinker-Brigade am Modell der brutalen ultranationalistischen Organisationen in Europa ausgerichtet. Langfristig verfolgt Selbiades das Ziel, die US-Regierung in einen militärischen Konflikt zu verwickeln. Nichts gefiele ihm mehr, als eine halbe Million US-Truppen, die die Grenze von San Ysidro bis Brownsville bewachen. Sollte es so weit kommen, genügt ein Funke, ein kleiner Zwischenfall, um einen großen Krieg auszulösen. Selbstredend ist es Selbiades' Absicht, so viele Zwischenfälle wie möglich zu provozieren. Folgt der Spur des Geldes. Ich bin überzeugt, dass er einigen, wenn nicht sogar allen europäischen Organisationen beträchtliche Summen zufließen lässt. Eine internationale Verschwörung dieser Größenordnung sollte das FBI genauso interessieren wie das State Department.«

Ich steckte alles zurück in den Umschlag und befestigte

ihn an der Rückseite der nackten Damen beim Nachmittagstee. Nachdem das Gemälde wieder an seinem Platz hing, machte ich mich auf den Weg nach unten. Luther kam aus dem Wintergarten, seinen Notizblock in der Hand. Er hatte sich etwas angezogen, geblümte Bermudas und Sportschuhe.

»Hör dir das an, J.P.«, sagte er. »Ich übersetze aus dem deutschen Text: *Adolf und Richard, die es sich vor dem knisternden Kaminfeuer in Hitlers Berchtesgadener Refugium bequem gemacht hatten, sprachen leise, aber aufgeregt miteinander. ›Ich brauche etwas‹, sagte Adolf. ›Etwas, äh … was mich aufrichtet, wenn Sie verstehen, was ich meine, Richard.‹ In diesem Augenblick, wie auf ein Stichwort, betrat Dr. Theodor Morell den Raum und nachdem er Wagner und Hitler gebeten hatte, die Hosen herunterzulassen, injizierte er beiden eine Dosis eines clevererweise ›Vitamultin‹ genannten Präparats in die Hinterbacken – ein starkes Amphetamin. Anschließend gab er ihnen einen Vitamincocktail zu trinken.*«

»Ich will ja nicht nerven, Luther«, sagte ich, »aber ich sehe einfach nicht, wie du Hitler und Wagner in ein und demselben Raum auftreten lassen kannst, und auch nicht in einem Buch.«

»Ich weiß, es kommt einer Strafe gleich, J.P., aber versuche doch, es zu verstehen. Literatur ist keine Literatur, wenn sie nicht die Freiheit genießt, neue Impulse zu verarbeiten, und zwar ohne Rücksicht auf die durch konventionelle Erzählstrukturen auferlegten Beschränkungen oder jedwede andere Beschränkung. Ich stelle mich der Herausforderung, das Erwartete zu transzendieren und zu transformieren. So wird Hitler Wagner bitten, eine neue Nationalhymne für das Dritte Reich zu komponieren – nicht um ›Deutschland, Deutschland über alles‹ zu ersetzen, nein, um es mit symphonischen Effekten anzureichern und letztendlich zu erhöhen. Wagner wird sich dazu bereit erklären.«

»Jetzt begreife ich«, sagte ich. »Hitler channelt Wagner.«

»Nein, tut er nicht.« Luther blätterte eine Seite um und fing wieder an vorzulesen: *»Adolf gab Richard einige ovale Pillen. ›Das ist Pervitin‹, sagte der Führer. ›Die werden Ihr Verlangen, etwas zu erschaffen, stimulieren. In mir reifte der Plan für die Invasion in Russland, nachdem ich mehrere davon genommen hatte‹. Hitler griff nach einem Bajonett und betrachtete es liebevoll. ›Was ist in diesen Tabletten?‹, wollte Wagner wissen. ›Fragen Sie nicht danach, mein lieber Richard‹, sagte Hitler und stach spielerisch mit dem Bajonett in Wagners Bauch. ›Ich weiß nur, dass sie den Verstand entflammen! Sie werden sich in meine kleinen ovalen Tabletten verlieben!‹«*

Luther wartete darauf, dass ich seinem Genie applaudierte.

»Grandios«, sagte ich. »Wagner ein Speedfreak. Klingt einleuchtend.« Ich wechselte das Thema. »Lust auf eine kleine Spritztour? Ich meine, wenn du fertig bist mit Meditieren.«

»Ja. Ich fühle mich zwar unwohl, aber ich denke, das liegt daran, dass ich ans Haus gefesselt war seit … dieser Episode. Wen legen wir heute um?«

»Niemanden, hoffe ich.«

Lelanie, die sich bisher zurückgehalten hatte, baute sich neben Luther auf. »Geh nicht mit, Luther-Baby. Ihm fehlt der Sinn für deinen Zustand.«

»Das weiß ich, Schätzchen«, sagte Luther. »Deshalb ist mir an seiner Freundschaft so gelegen.«

Lelanie stampfte wütend mit ihrem kleinen Fuß auf.

»Das ist doch vollkommener Unfug, Zuckerkuchen!«, rief sie.

Luthers Hand wanderte unter den Kimono. Er küsste Lelanie. »Du gehst jetzt nach oben und kriechst ins Bett. Und bevor du dich versiehst, ist dein Zuckerkuchen wieder da.«

»Zuckerkuchen«, sagte ich, als wir in meinem Wagen saßen.

»Orale Fixierung. Wenn sie an mich denkt, dann immer unter der Rubrik ›Nahrungsaufnahme‹. Sie ist eine verkappte Kannibalin.«

»Vermutlich hat sie eine Menge *su* und *asti.*«

»Zumindest einen unstillbaren Hunger«, sagte Luther mit einem anzüglichen Grinsen.

38

Ich machte keinen Zwischenstopp am Union Depot. Nicht um alles in der Welt wollte ich einen Karton mit einer halben Million Dollar über die Grenze bringen. Sollte Hector tatsächlich in Juárez sein, würden wir eine andere, eine sichere Form der Geldübergabe verabreden.

Ich fuhr zur Bridge of the Americas, die den Rio Grande in Richtung Ost-Juárez überspannte.

»Machte es dir etwas aus, mir zu verraten, wohin es geht?«, fragte Luther.

»Scheint, als wäre Hector Martinez hier.«

»Und darf ich ihm den Kopf abreißen und in den Arsch schieben?«

»Hector hat dir Carla nicht weggeschnappt. Carla hat sich Hector geschnappt.«

»Dazu gehören immer zwei, J.P. Aber egal, wer sich

wen geschnappt hat. Hier geht es um meinen Stolz. Der Mann steigt mit meiner Frau ins Bett. Was für ein Licht wirft das auf mich? Was meinst du?«

»Es ist also eine Prestigefrage für dich?«

»Es ist immer eine Frage des Prestiges. Dummerweise leben wir in einem Goldfischglas randvoll mit Prestige. Es gibt kein Entrinnen. An jeder Ecke lauert die Erniedrigung. Der gehörnte Ehemann, mein Freund, ist für die Gesellschaft der Hanswurst.«

»Also ist es Lelanies Bestimmung im Leben, dir wieder zu Ansehen zu verhelfen?«

»Sie verfasst auch kleine Gedichte und ist einsame Spitze beim Scrabble, sofern man nichts gegen kreatives Buchstabieren einzuwenden hat.«

»Du bist ein wunderbarer Mensch, Luther.«

Das Hotel Maria Bonita lag an der Avenida San Lorenzo. Und irgendwann kamen wir tatsächlich dort an, nachdem ich etliche Male falsch abgebogen und an einem Punkt sogar wieder Richtung Grenze kutschiert war.

Ich öffnete das Handschuhfach und nahm den .357er heraus.

Luther sah mich an, als hätte ich den Verstand verloren. »Wenn die dich damit erwischen, stecken sie dich ins Cereso und werfen die Schlüssel weg.«

»Ich habe nicht vor, damit herumzufuchteln.«

»Was hast du dann vor?«

»Wenn ich es weiß, bist du der Erste, der es erfährt.«

Wir gingen in das Hotel. Der Angestellte an der Rezeption machte ein verdutztes Gesicht, als wir nach Hectors Zimmernummer fragten.

»Sind Sie Freunde von *señor* Martinez?« Er sprach das Wort »Freunde« aus, als fände er es amüsant.

»Wir haben geschäftlich mit ihm zu tun«, sagte ich.

»Verdad?«

»Ja, tatsächlich. Irgendwas *incorrecto* hier?«

Er warf einen Blick in die Anmeldung. *»No, señor«*, sagte er. *»Está bien. Señor* Martinez hat das Zimmer 22B.«

Doch irgendwas war *incorrecto.* Ich nahm Luther beiseite. »Geh hoch und sieh nach, wer in dem Zimmer ist. Sollte es sich nicht um Hector handeln, sag einfach, du hast dich in der Tür geirrt.«

Nach nur ein oder zwei Minuten war Luther wieder unten. »Zwei Schläger«, berichtete er. »Skinheads. Muskelshirts und Totenkopf-Tattoos. Wünschte, ich hätte meine Flinte dabei.«

»Du meinst meine Flinte.«

»Diese Waffe ist ein Teil von mir. Ich werde einen Exorzisten brauchen, um sie loszuwerden.«

»Jetzt gehört sie fürs Erste dem Polizeilabor.«

»Hast du eine Ahnung, wer die Leute da oben sein könnten?«

»Huddy Darko und Spode Weems, Kommando der Hans-Brinker-Brigade. Handlanger von Stefan Selbiades, seines Zeichens Dermatologe aus Scottsdale und nachgewiesenermaßen durchgeknallter Immobilien-Multimillionär, der einen Krieg mit Mexiko lostreten möchte. Wahrscheinlich will er sein Engagement in Sachen Immobilien auf den Norden Sonoras und vielleicht weiter Richtung Osten, bis nach Chihuahua ausdehnen. Die Annexion von Baja gehört ebenfalls zum Schlachtplan.«

»Wow! Wovon sprichst du eigentlich? Du wirst mir Nachhilfe erteilen müssen, Mann.«

Ich tat es. Ich informierte ihn sogar über das Geld und seine Geschichte. Dann eröffnete ich ihm, dass er umgehend mit meinem Wagen zu einem Supermarkt fahren müsse, um einiges zu besorgen. Botengänge waren unter seiner Würde, doch es roch geradezu nach dubiosen Machenschaften, hinreichend genug, um seine Adrenalinproduktion anzuwerfen und seinen Stolz Stolz sein zu lassen.

Ich setzte mich in der Zwischenzeit in eine Bar vis-à-vis vom Hotel, bestellte ein Pacifico Light, rührte es aber nicht an. Mein Interesse galt einzig dem Eingang des Hotels, den ich unverwandt im Blick behielt. Ganz klar hatte sich Huddy mit Hectors Namen eingetragen – was den Mann am Empfang dazu genötigt haben musste, zweimal hinzusehen. Huddy sah so mexikanisch aus wie ein Eisbär.

Etwa eine Stunde später hielt Luther mit quietschenden Reifen in einer Wolke aus Staub am Bürgersteig. Er stieg aus, eine Einkaufstüte aus Papier in der Hand. Ich fing ihn vor dem Hotel ab.

»Wir gehen nicht an der Rezeption vorbei«, sagte ich. »Am Swimmingpool gibt es sicherlich einen Hintereingang.«

Niemand tummelte sich im Pool. Nur an den Tischen unter den Cinzano-Sonnenschirmen saßen vereinzelt amerikanische Paare über ihren Margaritas. Der Hintereingang war unverschlossen und wir gingen hinein. Die Tür von Zimmer 22B wurde aufgerissen, noch bevor ich ein zweites Mal klopfen konnte.

»Dachte schon, Sie finden nie hierher«, empfing uns Huddy Darko. »Eigentlich haben wir mit der Pritsche von dem Bohnenfresser gerechnet, dann aber mitbekommen, dass sie im Knast sitzt. Wir haben geschaltet und darauf gewartet, dass sie einen Freund mit der

Kohle vorbeischickt. Schön, Sie wiederzusehen, J.P. Haben Sie's dabei?«

Wir betraten das Zimmer. Spode hing in Shorts auf dem Sofa ab und sah eine Telenovela, ein Jagdmesser in der Hand, mit dem er sich die Fingernägel sauber machte.

»Und wer ist das hier?«, fragte Huddy und deutete mit dem Kopf auf Luther.

»Mein Bodyguard.«

Huddy fand das komisch. »Nicht gerade 'n Kracher, der Knabe, so wie Ihr Gesicht aussieht.«

»Wie konnten Sie Hector dazu bewegen, Carla zu verraten?«

Huddys Grinsen wurde noch einen Tick breiter »Zum ersten Mal höre ich etwas richtig Dämliches aus Ihrem Mund, J.P. Wenn man die entsprechenden Knöpfe drückt, kriegt man so gut wie jeden dazu, das zu tun, was man möchte. Ist Ihnen das neu? Im Falle vom Cisco Kid war der entsprechende Knopf eine Gartenschere am Sack. Wie die meisten anderen Männer hat auch der Latino eine Aversion gegen das Wegschnippeln seiner Eier. Dazu noch etwas flüssigen Stickstoff, mit dem der Doc normalerweise Warzen vereist. Kommt mit minus zweihundert Grad aus der Spraydose. Man begreift erst, was Schmerz bedeutet, wenn einem das Zeug in die Nase gesprüht wird. Hat es sich nicht leichtgemacht, der Bohnenfresser, doch am Ende wurde er gefügig und hat ausgepackt. Hat uns alles über seinen Bruder im Irak erzählt und das Geld, das sie rausgeschmuggelt haben.«

»Ich habe gedacht, es geht euch um Martinez. Aber das Geld?«

»Aber hallo! So viel Schotter überlässt man nicht den

Sesselfurzern, das wäre eine Schande! Wir, ich meine Spode und ich, haben zwar die Belohnung von Dr. Selbiades kassiert, weil wir den Bohnenfresser abgeliefert haben, aber der Doc musste schließlich einen mexikanischen Richter schmieren, um uns aus dem Rattenloch rauszuholen. Natürlich will er was von seinen Spesen wiedersehen. Das war ’ne verdammt clevere Aktion von Ihnen, J.P., das juckt mir noch immer gewaltig im Arsch. Hat unserm Ansehen bei den Kameraden ziemlich geschadet.«

»Ich wette, ich weiß, wer dieser Fettsack ist«, sagte Spode und zeigte mit seinem Messer auf Luther. »Das ist das Weichei, das zusieht, wie der Bohnenfresser seine Alte knallt. Hab ich recht, Fettsack? Wahrscheinlich wünscht er sich, wir würden den Bohnenfresser um seine Kronjuwelen erleichtern. Dann wär das Spielfeld wieder frei für Fettsack. Mein Gott, seht nur, was der Fettsack für Grimassen schneidet! Was is los, Fettsack? Nervöse Zuckungen? Das kommt davon, wenn man sich vorstellt, wie der Bohnenfresser seinen *chorizo* in die *taco* der Alten schiebt.«

Spode kicherte, sichtlich zufrieden mit dem eigenen Witz.

Luther riss sich zusammen, doch ich sah, wie es in ihm arbeitete, hörte ihn angestrengt atmen.

»Was Hamilton Scales betrifft, habt ihr ganze Arbeit geleistet«, sagte ich.

»Sie haben’s gesehen, nicht wahr?«, sagte Huddy. »Das Arschloch hat es verdient. Hat uns drei komplett in die Irre geführt. Dadurch haben wir wertvolle Zeit verloren. War mir eine Genugtuung, es ihm heimzuzahlen. Er hatte ein schwaches Genick. Hat geknackt wie trockenes Holz. So ein Genick zu brechen ist meine Spezialität.

Gut möglich, dass ich noch eins breche, bevor der Tag zur Neige geht. Doch zurück zum Thema. Haben Sie das Geld dabei, J.P., oder haben Sie den zweitgrößten Fehler Ihres Lebens gemacht?«

»Kein Geld dabei«, erwiderte ich. Ich fragte nicht, was seiner Meinung nach der größte Fehler meines Lebens gewesen sei. Wahrscheinlich auf die Welt gekommen zu sein.

»Misstrauisch, was? Kann ich Ihnen nicht verübeln. Also müssen wir's uns holen. Oder spielen Sie mit dem Gedanken, uns das Geld vorzuenthalten? Wenn überhaupt jemand Anspruch auf die irakischen Dollars hat, dann wir, Spode und ich. Ist doch klar, oder?«

»Im Moment ist das Geld noch zu haben«, sagte ich.

»Sicher, und wir sind die, die's haben werden.« Huddy zog ein Klappmesser aus der Hosentasche.

»Wir haben darauf verzichtet, noch mal Schusswaffen mit nach Mexiko zu bringen. Außerdem finde ich Messer martialischer. Man kann schneiden mit ihnen und aufschlitzen, zustechen, sie herumdrehen. Schon mal erlebt, wie Eingeweide aus einem aufgeschlitzten Bauch quellen? Sieht aus wie ein grauer Ballon. Oha, ich möchte lieber erschossen werden.«

»Mal sehen, da könnte ich Ihnen entgegenkommen, Huddy«, sagte ich und zog meinen Revolver hinten aus dem Gürtel. Huddy musterte die Waffe mit einer Miene, die Frust widerspiegelte und weniger Überraschung. Spode hatte sich von seiner Telenovela losgerissen und machte ein Gesicht, als hätte man ihn dabei erwischt, wie er sich in der Garderobe der Darstellerinnen einen runterholt.

Ich spannte den Hahn.

»Auf den Boden, Gesicht nach unten!«

Huddy trat einen Schritt zurück und schüttelte den Kopf. »Nein, so läuft das nicht.«

»Fessel ihn, Luther«, sagte ich.

Luther langte in die Papiertüte und zog eine Rolle Klebeband heraus. Er bewegte sich auf Huddy zu.

»Ich schnitz dir noch 'n Loch zum Scheißen, wenn du näher kommst, Fettsack«, sagte Huddy.

Luther sah mich an. »Er verhält sich unkooperativ, J.P.«

Ich richtete meine Waffe auf Huddys Kopf. »Sie haben die Wahl: Klebeband oder Patrone.«

Huddy grinste, als halte er eine Trumpfkarte in der Hand. »Das machen Sie nicht«, sagte er. »Dafür sind Sie nicht der Typ.«

»Stimmt. Freut mich, dass Sie's bemerkt haben.«

Das verwirrte ihn. Doch dann verzog er spöttisch den Mund, als hätte ich eine Schwäche eingestanden, die er ausnutzen konnte. »Sie haben noch nie jemanden erschossen, stimmt's?«

Ich schwieg.

»Ich glaube nicht«, sagte er.

»Glauben Sie, was Sie wollen.«

»Es gehört schon einiges dazu, einen unbewaffneten Mann zu erschießen. Ich denke, zu der Sorte gehören Sie nicht.«

»Sie sind nicht unbewaffnet«, sagte ich.

Er ließ das Messer fallen. »Jetzt schon.«

Er kam auf mich zu, machte einen Schritt, dann den zweiten. »Wir können uns doch einigen«, sagte er. »Wir teilen fifty-fifty. Von mir aus auch sechzig-vierzig zu Ihren Gunsten.«

Er lächelte – die personifizierte Großzügigkeit –, wollte mir die Hand schütteln.

Das erste Geschoss durchschlug seine Hand und traf ihn in die Brust. Huddy taumelte rückwärts, starrte ungläubig auf den wachsenden roten Fleck auf seinem Muskelshirt. Dann wollte er sich bücken, um sein Messer aufzuheben, und ich drückte ein zweites Mal ab. Ein Kopfschuss, direkt über dem rechten Auge. Huddy war tot, noch bevor er zu Boden fiel. Seine Stiefel schlugen noch ein paarmal gegeneinander, dann war Ruhe.

Vielleicht war es das, was Huddy als meinen größten Fehler angesehen hatte. Vielleicht hatte er über hellseherische Fähigkeiten verfügt. Eigentlich hätte mich das nicht zu kümmern brauchen, tat es aber. Schuld waren meine Nerven.

»Hurensohn!«, rief Spode und sprang von der Couch hoch. »Was für eine Scheiße!«

»Es kommt noch schlimmer«, sagte ich.

39

»Was meinst du damit?«, fragte er. Seine Stimme hatte alle Härte eingebüßt. Er klang jetzt nach einem Kind, das bereits die Hosen heruntergelassen hatte, um seine Prügel zu beziehen.

»Das hier, Spode«, sagte ich und drosch mit dem Griff meines schweren Combat Magnum gegen seinen Kopf, das Bild des Jungen aus Juárez vor Augen, den Spode mit dem Griff seiner Waffe niedergestreckt hatte. Spode fiel um wie ein Mehlsack.

Ich nahm die Flasche Tequila aus Luthers Einkaufstüte.

Ich hatte mich mehr als gründlich vorbereitet, war für

jede Situation gewappnet. Da war noch anderer Kram in der Tasche, den ich nicht mehr benötigen würde: eine Wäscheleine, eine Kette und zwei Schlösser. Ich hatte nur nicht damit gerechnet, dass ich jemanden würde erschießen müssen.

Ich schraubte den Verschluss von der Flasche, nahm einen Kanten und reichte sie an Luther weiter, der den Tequila schluckte, als wäre es Limonade. Als er fertig war, nahm ich die Flasche und schlug sie Spode über den Kopf, hart genug, um ihn noch ein wenig länger schlummern zu lassen. Mit einem Taschentuch wischte ich meine Fingerabdrücke von der Flasche, platzierte Spode so, dass sein ausgestreckter Arm neben Huddys Kopf lag, dann steckte ich Huddy den Hals der Flasche in die Hand. Ich entfernte meine Fingerabdrücke von meinem Revolver und drückte ihn Spode in die Hand. Mit Spodes Finger am Abzug und meinem Finger an Spodes schoss ich ein drittes Mal auf Huddy. Jetzt hatte Spode Schmauchspuren an der Hand. Mehr bedurfte es nicht, um die Cops davon zu überzeugen, dass er der Schütze war.

Langsam dämmerte mir, dass ich es womöglich ein wenig übertrieb. Ich hatte keine Ahnung, wie gewissenhaft die mexikanische Spurensicherung arbeitete, baute aber darauf, dass sie bei diesem Tatort nicht allzu viel Federlesen machten. Die Situation sollte offensichtlich sein für sie: Die kräftigen tätowierten *gringos* hatten eine kleine *disensión* – eine kleine Meinungsverschiedenheit, *claro?* Das Messer auf dem Boden würde diesen Eindruck unterstützen. *Mira:* Einer versetzte dem anderen mit der Tequilaflasche ein paar *chingazos* gegen den *cabeza*; dem anderen gelang es, ein paar tödliche Schüsse abzufeuern, bevor er zusammenbrach. *Bueno*, und gut, dass wir sie los sind, diese verdammten *gringos maricónes*.

Nachdem ich mich davon überzeugt hatte, dass die Positionen von Huddy und Spode stimmig waren, schnappte ich mir das Telefonbuch und rief die Cops. Nicht einfach nur die Cops – nein, alle Cops. Ich rief jede Dienststelle der Polizei in der Stadt an, angefangen beim nächsten Polizeirevier, den *locales* auf der Avenida Abraham Lincoln. Ich alarmierte die *judiciales* und die *municipales*. Ich rief sogar die *Policía Federal de Caminos* an – die Autobahnpolizei. Allen verkündete ich das Gleiche:

»Homicidio! En el hotel Maria Bonita! Andale!«

Spode hatte mindestens ein Schädel-Hirn-Trauma, wenn nicht sogar einen Schädelbruch. Wenn er in ein oder zwei Tagen aufwachte, würde er sich mit Handschellen an das Bett eines Krankenhauses in Juárez gefesselt wiederfinden. Das Schädel-Hirn-Trauma sollte eigentlich dafür sorgen, dass er sich kaum an die Ereignisse kurz vor seiner Ohnmacht erinnern konnte. Den Cops dürfte es sogar gelingen, ihn davon zu überzeugen, dass er seinen *compa* im Streit erschossen hatte. Ob er sich erinnerte oder nicht – Spode würde für eine sehr, sehr lange Zeit verschwinden, wenn nicht wegen dieser Sache, dann zumindest aufgrund einer zweiten Anklage wegen illegalen Waffenbesitzes.

Ich fragte Luther, ob er etwas dabeihabe. Er sah mich entrüstet an, doch ich wusste es besser. Ohne eine eiserne Reserve konnte er überhaupt nicht das Haus verlassen. Er rückte sie heraus und ich baute zwei dünne Joints und legte sie auf den Nachttisch. Es war nicht genug, um den Cops zu suggerieren, dass Huddy und Spode etwas mit Dealern am Laufen hatten, aber es genügte, um das Pendeln der Waagschale zu ihren Ungunsten zu verschieben. Diese *gringos* kamen hierher wegen *puta y mota*, aber die Sache entwickelte sich *loco*. Passiert oft mit diesen *culos* aus *el norte*. Sie sind aufeinander los *como* tollwütige Hunde. *El mundo* ist ohne sie besser dran, *sí?* Nicht einmal ihre *mamacitas* werden *pendejos* wie die hier vermissen, *verdad?*

»Okay, hauen wir ab.«

»Ja, gleich«, sagte Luther. Er setzte sich aufs Bett, nahm einen von den Joints, zündete ihn an und zog mit solcher Gier daran, dass ich zusehen konnte, wie das Ding kürzer wurde.

»Hat das nicht Zeit, bis wir über die Grenze sind?«, fragte ich.

»Himmelherrgott, ich bin das reinste Nervenbündel, ich brauch das jetzt!« Er ließ das Papier noch ein paar Male knistern, dann drückte er den Joint aus und legte ihn neben den anderen. »Außerdem sieht das wesentlich realistischer aus. Wieso sollten sie zwei rollen und sie nicht anrühren?«

Wir verschwanden, wie wir gekommen waren, durch den Hinterausgang. Die Schüsse hatten keine Neugierigen angelockt. Es wäre nicht klug, in Juárez einiger Schüsse wegen seiner Neugier nachzugeben. Noch immer gab es Revierkämpfe zwischen Drogenkartellen und Schießereien waren nichts Außergewöhnliches. Dabei wurden immer wieder Unbeteiligte Opfer von Querschlägern, weil sie sich in der Nähe der rivalisierenden Parteien aufgehalten hatten.

Als wir am Wagen standen, hielt ich Luther die Schlüssel hin.

»Fahr du. Ich habe mich noch nicht völlig beruhigt.«

Er fuhr die Avenida San Lorenzo hinunter. Er hatte sich im Griff und gab einen recht passablen Touristen ab. Auf der anderen Seite der Fahrbahn kamen uns jede Menge Streifenwagen mit heulenden Sirenen entgegen.

»Warum sollte ich eigentlich diesen ganzen Mist kaufen?«, fragte er, als wir auf der Avenida Abraham Lincoln waren.

»Ist das die einzige Frage, die dich bewegt?«

»Vorerst schon.«

»Keine Ahnung. Ich wollte wohl auf alles vorbereitet sein. Ist in letzter Zeit anders gewesen. Aber ich hatte nicht vor, Huddy zu erschießen.«

Wir fuhren über die Brücke zurück nach Texas, danach auf die Interstate Richtung Downtown El Paso. Luther blieb auf der rechten Spur und wir trödelten mit dreißig Stundenkilometern dahin.

»Ich glaube, du hast einen Riesenfehler gemacht, J.P.«

»Und der wäre?«

»Die Waffe, die du zurückgelassen hast. Sie ist auf deinen Namen registriert. Man wird sie zurückverfolgen können.«

»Sie ist nicht auf mich zugelassen«, sagte ich. »Ich habe diesen alten Smith & Wesson vor zwanzig Jahren auf einer Tauschbörse in Lordsburg gekauft. Ich habe ihn bar bezahlt. Sechzig Dollar, wenn ich mich recht erinnere. Er ist wahrscheinlich auf niemanden zugelassen.«

Über dreißig Grad Außentemperatur und ich fror. Meine Beine zitterten, das Adrenalin war ungewohnt für meinen Körper. Mein mitgenommener Kiefer schmerzte, weil ich die Zähne zusammenbiss.

Meine Augen schmerzten. Meine Seele schmerzte oder vielmehr das, was man darunter gemeinhin verstand.

»Alles in Ordnung mit dir?«, erkundigte sich Luther.

»Bei mir ist seit '91 nichts mehr in Ordnung.«

»Dann sollten wir uns betrinken, mein Junge.«

»Hört sich vernünftig an.«

40

Luther fuhr mit einem Zappelfuß auf dem Gaspedal. Mal ging er runter auf sechzig, dann beschleunigte er auf hundertzwanzig, blieb dabei, um wenige Augenblicke später die Geschwindigkeit erneut zu drosseln, bis der Monte gerade mal fünfzig fuhr. Auf diese Weise trieb Luther die anderen Autofahrer um uns herum zur Verzweiflung. Es wurde gehupt, Stinkefinger wurden aktiviert und lauthals Flüche ausgestoßen, die wir zum Glück nicht hören konnten. Ich spürte geradezu, wie sich Luthers Gedanken überschlugen, während er die Geschehnisse in Juárez Revue passieren ließ.

Ich spürte auch, dass er sich gleich darüber auslassen würde.

»Ich will nichts hören, Luther.«

»Meine Güte, ich habe doch kein Sterbenswörtchen gesagt!«

»Du feixt vor dich hin, meinst, es war gut, was ich gemacht habe.«

»Genau das war es! Etwa nicht? Zweifelst du daran? Hätten sie uns vierteilen sollen?«

»Ich habe getan, was notwendig war.«

»Richtig! Also fühl dich entsprechend. Wenn einer es verdient hat, umgelegt zu werden, dann dieser Typ. Genau wie die Schläger in deinem Apartment.«

»Also sind wir wieder vereint im Kampf? Geht's

darum? Wen legen wir als Nächstes um, Bruder?«

»Du ziehst mich runter, Mann.«

»Tut mir leid, Luther. Aber die Last trage diesmal ich, nicht du.«

»Wie? Wirst du jetzt religiös? Machst du auf Messdiener?«

»Ganz im Gegenteil, fürchte ich.«

»Wenn du gestattest, alter Freund, lege ich meinen Standpunkt noch einmal dar. Leute sterben. Das liegt in der Natur der Sache. Es ist bitter, wenn gute Menschen sterben. Überhaupt nicht bitter ist es, wenn Scheißkerle sterben. Behalte diesen Gedanken, J.P. Es ist der einzige, der wirklich zählt.«

»Okay, aber lass das Feixen.«

Höhe Sunland Park verließen wir die Interstate, nahmen die Ausfahrt North Mesa und fuhren direkt zum Fausto's, einer kleinen Spelunke in der Innenstadt.

Ich genehmigte mir als Erstes drei Tequila und ging anschließend zu Bloody Marys über. Nach der dritten hörte das Zittern auf. Auch mein Atem wurde ruhiger. Entspanntes Durchatmen war wieder möglich.

Luther beruhigte sich ebenfalls, wenn auch ein wenig zu viel. Stimmungsmäßig fiel er ins Bodenlose. Er wirkte paranoid. Sah ständig in eine dunkle Ecke der Bar. Er sah hinüber, dann schnell wieder weg, um sogleich den nächsten verstohlenen Blick zu riskieren.

Er sah mich an.

Angst stand in seinen Augen und seine Unterlippe zitterte. »Wir sollten nach Hause fahren«, sagte er und seine Stimme klang fast wie früher, als wir – gerade mal zwölf – Stunden nach dem Zapfenstreich mitten in der Nacht im Rio Grande Welse gefangen hatten.

»Was ist los, Luther?«

»Ich habe Halluzinationen. Ich sollte schnellstens nach Hause fahren und meine Medikamente nehmen. Der Typ, den du erschossen hast, sitzt leibhaftig dort drüben am Tisch und fixiert uns.«

Luther deutete mit einem schwachen Nicken in die dunkle Ecke. Ich warf einen Blick dorthin. Huddy Darko prostete mir mit seiner Bierflasche zu. Ich sah das Eintrittsloch in seinem Schädel, wo das Geschoss eingedrungen war und sein Hirn durch den Hinterkopf geblasen hatte. Ich sah dunkles Blut auf dem Boden eine Lache bilden. Ich sah seine zuckenden Füße in den Stiefeln, als hätte er vor, sich noch mal aufzubäumen und mich zu attackieren.

Ich dachte an meinen irakischen Rekruten, der nur halb so groß gewesen war wie die Erscheinung, die sich gerade auf uns zubewegte. Jetzt ist er am Zug, dachte ich. Ich bin bereit. Ich möchte mich entschuldigen, dass ich Sie getötet habe, Sir. Ich biete Ihnen mein Leben als Entschädigung an. Ich spürte, wie sich mir der Magen umdrehte. Die Vernunft floss stromabwärts. Ich versuchte, sie einzuholen.

Es war Huddys Zwilling in Bikerklamotten aus Leder. Groß, kahlköpfig, gemein. Nirgendwo Blut an ihm. Nur Knasttattoos auf kolossalen Armen. Blau und Scharlachrot. Totenschädel, Stacheldraht, kryptische Symbole. Ein Feuermal auf seiner Stirn ähnelte einem Einschussloch. Jetzt stand er neben uns an der Bar.

»Ihr zwei Totengräber braucht was zur Aufmunterung, stimmt's?«, fragte er. »Ihr seht aus, als hättet ihr neuen Schwung bitter nötig.«

»Wir sind okay, Sir«, sagte Luther. Er pflanzte seine

Ellbogen auf den Tresen und verbarg sein Gesicht mit den Unterarmen.

»Ich hab exzellentes Crystal, draußen, in meiner Satteltasche«, sagte der Hüne. »Mein Labor ist einwandfrei, das könnt ihr mir glauben. Mein Labor erfüllt den gesetzlich vorgeschriebenen Standard für pharmazeutische Produktionsstätten. Teufel auch, meine Kids spielen dort Fangen und sind wahre Musterschüler auf der Cabeza-de-Vaca-Mittelschule!«

Luther sah aus, als würde er gleich in sich zusammenfallen. Sein Hals verschwand und das Kinn fiel ihm auf die Brust. »Nein, danke, Sir, aber vielleicht einen Beutel Ganja, wenn Sie etwas Gutes im Angebot haben, Sir.« Seine zitternde Stimme wurde nahezu erstickt von seinen Armen.

»Herrgott noch mal, Luther! Es ist nicht Huddy«, sagte ich.

Der Biker trat einen Schritt zurück und musterte uns. »Mal sehen, ob ich richtigliege – ein durchgedrehter Fettwanst und sein depressiver Pfleger? Korrigiert mich, wenn ich mich irre. Der Dicke hat Freigang aus der Geschlossenen, ist aber außer Kontrolle geraten und du hast jetzt 'ne Menge zu erklären?«

»Du liegst nicht völlig daneben«, sagte ich. »Und nein, wir wollen kein Crystal und auch kein Gras. Danke für die Offerte.«

»Vertraut mir, ihr zwei Leichenbestatter braucht was. Scheiße, ich hab noch nie jemanden gesehen, der so durchgehangen hat wie ihr. Hab mal 'ne Weile in Pelican Bay eingesessen, Verdacht auf Mord zweiten Grades. Aber eine schlaflose Nacht? Fehlanzeige! Obwohl mein Zellengenosse so 'n Flachlandspinner aus Ost-Montana war. Man hat nie gewusst, wie dieser verrückte Hinterwäldler am nächsten Tag drauf sein würde. Da hab ich mir *Die Kraft des positiven Denkens* reingezogen. Hat mich echt bei Laune gehalten, und wir sprechen hier immerhin von der Nummer eins unter den Knästen der USA. Hört mal, ihr Totengräber, ich hab 'nen Plastikbeutel mit Thrusters, da geht man ab wie die Challenger. Kann ich euch für einen Lappen überlassen. Die machen selbst noch um Mitternacht aus einem Narkoleptiker 'nen Stepptänzer, garantiert. Ehrlich, Männer, ohne Scheiß.«

»Nein, nein«, jammerte Luther. »Uppers sind schlecht für die Manneskraft, Sir. Meine Lady toleriert es nicht, wenn ich keinen hochkriege. Wie die meisten Frauen.«

Man spürte es, der Biker hätte Luther nur zu gern angesehen, doch der verbarg weiter sein Gesicht. »Sehe schon, ihr trinkt lieber Tequila. Also dieser Scheiß bringt euch erst recht unter den Torf. Wird eure Leber zerfressen. Ihr werdet das Leben durch einen Gelbsuchtfilter sehen.«

»Wir wissen deinen Rat zu schätzen«, sagte ich.

»Totengräber sind immun gegen Ratschläge. Sie müssen ihre Erfahrungen auf die harte Tour machen.«

»Ich hab's mir anders überlegt«, sagte ich. »Ich nehm die Dinger.«

Der Biker verschwand nach draußen und kam mit einem Beutel kleiner, weißer Pillen zurück. Ich gab ihm einen Zwanziger. Er streckte die Hand aus. Ich gab ihm noch einen Zwanziger. Er hielt die Hand noch immer ausgestreckt. Ich nahm mein Geld zurück. Er sagte: »In Ordnung, heute ist dein Glückstag. Kriegst sie für vierzig.«

Ich gab ihm das Geld und er mir die Pillen. »Danke«, sagte ich.

»Bring deinen *compadre* besser zurück auf die Geschlossene«, sagte er. »Sieht ja 'n Blinder, dass der Dicke sich auf Freigang unwohl fühlt.«

Mit diesen Worten ging der Biker zurück in seine Ecke. Ich nahm zwei Pillen und spülte sie mit dem Rest meiner Bloody Mary hinunter.

»Komm, wir verschwinden hier, Luther.« Ich musste ihn regelrecht von seinem Barhocker ziehen.

Wir traten hinaus in einen glühenden Nachmittag. Eine Temperaturanzeige an einem Bankgebäude auf der anderen Straßenseite verkündete vierundvierzig Grad. Auf der Motorhaube des Monte hätte man Zwiebeln rösten können. Als ich die Tür öffnete, schlug mir Luft entgegen, so heiß wie aus einem Backofen. Diesmal setzte ich mich ans Steuer, denn Luther hatte noch nicht zu seinem Normalzustand zurückgefunden. Andererseits gab es für Luther keinen Normalzustand. Es gab nur Abweichungen von einem hypothetischen Punkt auf einer hypothetischen Linie. Was auf uns alle zutraf – ein Gedanke, den ich jedoch nicht weiter vertiefen wollte.

Luther verfiel in starres Schweigen. Von Zeit zu Zeit sah er nach hinten, auf die Rückbank. Was auch immer er dort sah, es versetzte ihn nicht in Panik, aber ich spürte seine aufgestaute Angst, so sehr, dass es auf meiner Haut zu prickeln begann.

Ich gab Gas. Ich musste Luthers Wahnvorstellungen entkommen, bevor sie meine wurden. Ich fuhr, als sei ich auf der Flucht, und dann knallte das Amphetamin voll rein. Ich bog in Luthers Straße ein – zu schnell –, als die Beifahrertür aufschwang. Luther hatte sich gegen den Griff gelehnt und als wir in die scharfe Kurve gegangen waren, war die Tür aufgesprungen. Er fiel einfach aus dem Wagen. Ich trat auf die Bremsen, kam zum Stehen und stieg aus. Bis auf ein paar Kratzer war Luther unverletzt. »Tut mir echt leid«, sagte ich.

»Das waren sie«, sagte er und meinte die Phantome, die uns vom Fausto's aus gefolgt waren. »Sie haben sich an meine Fersen geheftet.« Er sprach es mit solcher Überzeugung aus, dass ich spontan auf die Rückbank sah.

Er rappelte sich hoch, stieg wieder ein und wir fuhren langsam die Straße hoch zu seinem Haus.

»Wir sind da«, sagte ich und zog die Handbremse an. »In Sicherheit.«

»Da. In Sicherheit«, wiederholte er mechanisch.

41

Luther ging direkt ins Badezimmer, um seine Medikamente zu nehmen. Ich hörte ihn reden, ich hörte ihn flehen. Er sprach mit welchem Phantom auch immer, nur schien dieses Phantom ihm nicht zuhören zu wollen.

Ich setzte mich neben Gretchen auf das Sofa. Sie hatte gedöst und hob jetzt den Kopf, um zu sehen, wer die Kühnheit besaß, sie bei ihrem Nickerchen zu stören. Als sie sah, dass ich es war, rollte sie sich auf den Rücken und präsentierte mir ihren Bauch. Sie hatte einen üppigen, wohlgenährten Bauch, der gekrault werden wollte. Ich streichelte sie ein paar Minuten lang. Ihr Schnurren klang wie ein Sattelschlepper im Leerlauf. Das Schnurren einer dicken Katze ist beruhigend. Ich kraulte sie, sie schnurrte, dankbar für die Zuwendung nach einem langweiligen Tag.

Irgendwann kam Luther aus dem Badezimmer. »Ich

geh ins Bett«, sagte er. »Ich habe meine Pillen genommen. Wahrscheinlich schlafe ich durch bis morgen Nachmittag. Ich wäre dir dankbar, wenn du etwaigen Auftragsmördern den Zutritt verweigern würdest, okay?«

Er hatte wieder zu sich gefunden – kein berauschender Zustand, aber immerhin einer, der dem der letzten Stunden eindeutig vorzuziehen war.

»Keine Geister mehr?«, fragte ich.

»Nein. Den Geisterjägern der Pharmazie sei Dank.« Er schlich nach oben in sein Schlafzimmer.

Gefolgt von Gretchen, ging ich in die Küche und machte mir ein Sandwich mit Aufschnitt und Käse. Für Gretchen fielen einige Scheiben Pastrami, etwas Räucherlachs und ein gefülltes Ei ab. Sie war eine betagte, an menschliche Kost gewöhnte Katze, und so war es zu spät, sie auf Diät zu setzen.

Seitlich am Kühlschrank klebte ein Zettel:

Luther-Schatz, ich bin einkaufen. Jemand aus New York hat angerufen. Jonathan Traybull oder Craybull von der Yelburton Inc. Er möchte, dass du zurückrufst. Ich glaube, es gibt gute Neuigkeiten, was den Parsifal betrifft. Die Nummer steht auf dem Notizblock neben dem Telefon. – Lelanie.

Nachdem ich Gretchen noch mit etwas Pastrami erfreut hatte, verließ ich Luthers Haus und fuhr in mein Motel. Nach einer ausgiebigen Dusche ging ich zu Bett und fand auch in den Schlaf, nachdem die Wirkung des Amphetamins abgeklungen war.

Am nächsten Vormittag rief ich Fernie Peralta an. Er nahm beim ersten Klingelton ab.

»Wo bist du gewesen?«, fragte er. »Velmas Anhörung beginnt in zwanzig Minuten. Im Bezirksgericht.«

»Das ist doch eine reine Formsache, oder?«

»Mehr oder weniger, aber das alte Mädchen verfügt über eine gehörige Portion Kampfgeist. Das wird kein Durchmarsch, so wie ihr euch das vorstellt, Pilar Mellado und du.«

»Sie sieht Jungfrauen, Fernie. Sie spricht mit meinem verstorbenen Vater. Sie isst nichts.«

»Hier sieht jeder Jungfrauen. Wenn das ein Grund sein soll, Leute einzusperren, müssten wir in der Sun Bowl Käfige aufstellen.«

»Wer ist der Richter?«

»Henry Carstairs. Er hat eine Menge Fälle dieser Art verhandelt. Im Allgemeinen entscheidet er zugunsten der alten Leute. Wenn sie einen Scheck unterschreiben können und allein zur Toilette finden, lässt er sie laufen. Ist 'n alter Cowboy, der es nicht mag, wenn die Regierung ihre Nase in die Angelegenheiten der Bürger steckt. Unabhängigkeit steht ganz oben auf seiner Liste.«

»Wie komme ich dahin?«

Fernie erklärte es mir.

Als ich den kleinen Verhandlungssaal im Bezirksgericht betrat, war die Anhörung bereits im Gange. Velma saß neben Pilar Mellado. Sie sah so winzig aus, so zerbrechlich, aber keineswegs verängstigt. In derselben Reihe, ein Dutzend Sitzplätze entfernt, saßen zwei Männer und eine Frau. Fernie stand an der Richterbank und sprach in leisem Ton mit Richter Carstairs. Carstairs, ein Mann mit ausgeprägten Wangenknochen, ähnelte eher einem Footballtrainer als einem Richter. Er war leger gekleidet, trug ein gelbes Hemd mit Druckknöpfen aus Perlmutt und dazu ein Bolo-Tie. Er hatte einen breiten Mund, der Wohlwollen suggerierte, und die Hakennase eines alten

Haudegens. Fernie, klein und flink, kam zurück, um hinter Pilar Mellado Platz zu nehmen. Ich setzte mich zu ihm.

»Sind das da die Offiziellen?«, flüsterte ich und deutete auf die beiden Männer und die Frau.

»Das sind die sogenannten Entscheidungsträger der Adult Protective Services. Sie haben Carstairs gerade ihren Bericht vorgelegt.«

Fernie öffnete seinen Aktenkoffer und holte einige Papiere heraus. »Deine Mom hat sich geweigert, die Papiere zu unterschreiben, die dir die Vormundschaft übertragen würden. Genauso bei der Vollmacht. Jetzt hängt alles am Richter. Velma ist eine ganz reizende Person. Es tut mir so leid, dass ihr die ganze Sache über euch ergehen lassen müsst.«

Richter Carstairs sah von dem Bericht auf. Er nahm seine Lesebrille ab und legte sie auf die Papiere.

»Mrs. Morgan, können Sie mir einen Grund nennen, weshalb Sie aufgehört haben zu essen?«

Velma erhob sich. Sie hatte eines der Kleider angezogen, die sie immer in der Schule getragen hatte, und knöchelhohe Turnschuhe. Ihr weißes Haar war straff zurückgekämmt und wurde von bernsteinfarbenen, mit Gänseblümchen aus Plastik verzierten Haarspangen gehalten. »Was ich esse«, sagte sie, »wie viel ich esse und wann ich esse, ist meine Privatangelegenheit, Sir. Das geht nur mich etwas an.«

»Das ist richtig, Ma'am. Auf der anderen Seiten rückte es das County in ein merkwürdiges Licht, wenn nicht sogar in die Nähe schuldhaften Verhaltens, wenn wir Ihnen gestatteten, sich zu Tode zu hungern. Meinen Sie nicht auch?«

»Ich versuche, etwas abzunehmen«, erwiderte sie. »Ist das jetzt strafbar?« Lügen war nicht ihre starke Seite. Es machte sie eher verdächtig, als dass es sie ehrenwert erscheinen ließ. Sie sah hinunter auf ihre Turnschuhe.

Der Richter blätterte in den Papieren. »Wenn ich recht verstehe, hat Ihr verstorbener Gatte Sie angewiesen, nicht zu essen. Können Sie das bestätigen?«

»Was mein verstorbener Gatte mir sagt oder was ich ihm sage, ist ebenfalls eine Privatangelegenheit«, erwiderte Velma und stieg auf ihr hohes Ross, das allerdings mehr ein klappriger Gaul war.

»Ich verstehe. Führen Sie oft vertrauliche Gespräche mit Ihrem verstorbenen Gatten?«

»Nicht oft. Nur wenn ihn etwas beschäftigt. Er ist sehr einsam in der Dimension, in der er sich aufhält.«

»Verzeihen Sie, Mrs. Morgan, aber Ihr Gatte ist verstorben«, sagte der Richter milde. »Das verstehen Sie doch, nicht wahr?«

»Was ist der Tod anderes als ein Übergang? ›Ich und das Geheimnis – hier stehen wir.‹«

»Interessant, Mrs. Morgan, aber für die Behandlung Ihres Falles wenig hilfreich.«

»›Tod ist die Mutter aller Schönheit und von ihr allein wird die Erfüllung unserer Träume kommen, unseres Verlangens ... ‹«

»Konfuses Gerede bringt uns nicht weiter, Mrs. Morgan«, sagte der Richter.

»›Wir leben hier in einem alten Chaos: dem der Sonne‹«, konterte sie. Jetzt sah sie wirklich albern aus, ihr albernes Lächeln, so voller Triumph, der herausfordernde Blick ihrer alten Augen, so bedeutungsschwanger.

Der Richter ordnete seine Papiere. Fernie lehnte sich

zu mir herüber. »Also doch ein Durchmarsch«, sagte er.

Carstairs räusperte sich. »Es tut mir aufrichtig leid, Mrs. Morgan. Aber ich habe keine andere Wahl, als im Sinne des Antrags der Adult Protective Services zu entscheiden. Es gibt kein absolut sicheres Verfahren, die Zurechnungsfähigkeit festzustellen, aber es ist meine Überzeugung, dass Sie nicht in der Lage sind, für sich selbst zu sorgen. Ich übertrage hiermit die Vormundschaft auf Ihren Sohn, Mr. J.P. Morgan, der … «

»›Schwängere mir den Alraun‹«, schrie Velma. »›Ein Antlitz ohne Mund und Augen, das spricht und einen ansieht!‹«

»Hat die Dame mich soeben impotent genannt? Und einen Menschen ohne Mund und Augen?«, fragte der Richter.

Ich stand auf. »Sie hat Sie nicht beleidigt, Euer Ehren. Das ist Lyrik. Meine Mutter hat dreißig Jahre auf der Highschool Englisch unterrichtet.«

»Und ich bin sicher, sie war eine gute Lehrerin. Aber das hier ist kein Klassenzimmer.« Der Richter schlug mit seinem Hammer auf die Richterbank und erhob sich. »Wir sind fertig, Leute. In zehn Minuten habe ich die nächste Anhörung. Gönnen wir uns allen eine kleine Mittagspause.«

»Seht!«, rief Velma. Sie zeigte auf die Wand hinter der Richterbank. Wir sahen alle hin. Selbst Richter Carstairs drehte sich um.

»Die Jungfrau!«, sagte sie. »Sie ist da!«

Die Wand war mit den Jahren vergilbt. Kleine Risse in der Farbe bildeten ein Muster. Bis jetzt hatte ich es nicht bemerkt. Es sah aus wie eine verschleierte Frau mit ausgebreiteten Armen. Anfangs war kein Gesicht hinter dem

Schleier auszumachen, doch wenn man lange genug darauf starrte, sah man gütige Augen. Die zum Segen ausgebreiteten Arme schienen sich uns entgegenzustrecken.

»Eine alte Wand voller Risse, die dringend gestrichen werden muss«, konstatierte Richter Carstairs und brach den Bann. Und genau das war es: eine alte rissige Wand. Wenn man ganz genau hinsah, wenn man die Augen zusammenkniff, konnte man Wale, Berge oder die Umrisse von Peru erkennen. Oder die Jungfrau, je nachdem, was man wollte oder wessen man bedurfte.

Der Richter verließ den Raum. Pilar Mellado – knochig, gestresst, mit schwarzem, borstigem Haar, das sie streng aus dem Gesicht gebürstet trug – kam auf mich zu. »Ich bringe Velma jetzt ins El Descanso, J.P. Mit Ihrer Genehmigung, natürlich. Sie haben jetzt das alleinige Verfügungsrecht über das Haus Ihrer Mutter. Ich würde es so schnell wie möglich verkaufen. Schließlich müssen bald die Unterkunftskosten bezahlt werden.«

Pilar nahm Velma bei der Hand, um sie hinauszubringen. Das alte Mädchen machte einen verstörten Eindruck. »Mom, es geht wirklich nicht anders«, sagte ich.

Sie starrte mich an, als hätte sie es mit einem unhöflichen Fremden zu tun, der sich in eine Familienangelegenheit einmischt.

»Ich kenne Sie nicht, Sir«, sagte sie.

42

Heißer Wind trieb mir feinen Sand in die Augen. Fernie Peralta holte mich auf dem Parkplatz ein. »Alles in Ordnung?«, fragte er. »Ich habe die Vollmacht und die Vormundschaftsurkunde notariell beglaubigen lassen.« Er holte die Papiere aus seinem Aktenkoffer und überreichte sie mir. »Du kannst jetzt uneingeschränkt über den Besitz deiner Mutter verfügen.«

Ich hantierte mit meinen Autoschlüsseln. Ließ sie fallen. Ein Staubteufel schraubte sich über den Parkplatz, ein Minitornado aus Sand und Abfall.

»Hab Sand im Auge«, sagte ich, bückte mich und hob die Schlüssel auf.

»Du hast 'ne Menge durchgemacht in letzter Zeit«, sagte Fernie. »Komm, ich geb dir einen aus.«

»Mein Gott, ich hoffe, dass ich rechtzeitig ins Gras beiße, bevor ich meinen Kindern erkläre, dass ich sie nicht kenne.«

»Du hast gar keine Kinder«, stellte Fernie fest.

»Du weißt, was ich meine.«

Wir landeten im El Padrino, einer Bar in Downtown. Fernie bestellte einen trockenen Martini, ich ein Bier und ein Solei.

»Wie geht's deinem Freund?«, fragte Fernie.

»Welchen Freund meinst du?«

»Den Jungen, der die Neandertaler erschossen hat, die dich angegriffen haben. Ist er nicht der Sohn vom alten Richter Penrose?«

»Ist er. Und er ist verrückt wie eh und je.«

»Jeder sollte einen Freund haben, der so verrückt ist.«

Ich war versucht, Fernie von Huddy und Spode zu

erzählen. Der Impuls, sich jemandem anzuvertrauen, war stark, doch ich beschloss, es besser für mich zu behalten. Zwar glaubte ich nicht, dass Fernie aus juristischer Sicht gezwungen wäre, die mexikanische Polizei zu informieren, aber sicher war ich mir nicht.

»Wer ist eigentlich dieser Hector Martinez?«, fragte er.

»Du hast von ihm gehört?«

»Zumindest habe ich gehört, dass sein Name im Zuge der Ermittlungen aufgetaucht ist. Offensichtlich waren diese Neandertaler und die Rangers hinter ihm her.«

Als Anwalt für Immobilienrecht war Fernie nicht auf dem neuesten Stand, was gesuchte Kriminelle betraf. Ich erzählte ihm von Carla und Hector. Berichtete von Hamilton Scales und dass Huddy Darko von der Hans-Brinker-Brigade ihm das Genick gebrochen hatte. Ich erzählte auch von den Folterungen an Hector und formulierte meine Vermutung, dass er inzwischen nicht mehr am Leben sei.

»Das mit Scales ist mir auch zu Ohren gekommen«, sagte Fernie. »Er hatte einen üblen Ruf. Aber wer oder was ist die Hans-Brinker-Brigade?«

Ich erzählte ihm auch das. Er schüttelte den Kopf, nicht weil er es nicht glaubte, sondern wegen des Wahnsinns, der die Situation an der Grenze mehr und mehr bestimmte.

Fernie war ein *güero*, ein hellhäutiger Mexikaner, in dessen Adern – wenn überhaupt – nur wenig indianisches Blut floss. Einige Leute, die einen Rochus auf helle Mexikaner hatten, taten ihn als *pocho* ab – in ihren Augen hatte er die angloamerikanische Kultur und ihre Werte übernommen und dafür sein Erbe zurückgewiesen. Bei den regionalen Golden Gloves hatte er als Turniersieger im Weltergewicht überzeugt und als Angehöriger der 82. Luftlandedivision die Operation Desert Storm mit durchgezogen; er besaß einen Abschluss in Jura von der University of Southern California, sprach drei Sprachen fließend und zwei weitere mehr als nur leidlich. Dennoch vergaß er nie, woher er stammte. Er war ein Kind aus dem Lower Valley, ein ehemaliger All-League Wide Receiver der Isleta High School Indians und ein wahrer Meister, wenn es um mexikanisch-amerikanische Rechtsfälle ging.

Umtriebig wie er nun mal war, vertrat er im Rahmen ehrenamtlicher Tätigkeit diverse arme Familien aus dem östlichen El Paso County, die von skrupellosen Bauunternehmern über den Tisch gezogen worden waren. Nicht nur hatten etliche dieser Leute ihre mies bezahlten Jobs an Mexiko abtreten müssen, nachdem das Nordamerikanische Freihandelsabkommen seine Wirkung entfaltet hatte, sie und auch die anderen waren zudem von besagten Bauunternehmern überzeugt worden, Teil der »Gemeinschaft der Besitzenden« werden zu können, wenn sie das, was auch immer sie an Wenigem erspart hatten, in billiges, einen halben Hektar großes Bauland in der Wüste investierten. Das nur unzureichend planierte Bauland verfügte weder über eine Wasserhauptleitung noch über Elektrizität oder eine Kanalisation, geschweige denn über ausgebaute Straßen. Diese armen, hart arbeitenden Leute errichteten ihre Bruchbuden auf wertlosem Grund und Boden und bildeten *colonias*, die in ihrem Elend durchaus vergleichbar waren mit denen auf der anderen Seite der Grenze in den Slums von Juárez. Ihr Trinkwasser schafften sie mit LKWs heran und gekocht wurde auf Kerosinherden. Einige Häuser standen auf dem verseuchten Grund ehemaliger Müllhalden. Fernie zerriss sich für diese Menschen, hatte einige spektakuläre Urteile gegen die Bauunternehmer erwirkt – so man sie hatte aufspüren können – und wurde so zum Helden der Benachteiligten. »Das Einzige, was diese miese Bande von Projektentwicklern jemals entwickelt hat, ist ihre Gier nach dem schnellen Geld«, hatte Fernie einmal nach einer Runde Handball im YMCA zu mir gesagt. »Sie bescheißen die Armen, weil man die Armen am leichtesten bescheißen kann – die Weltgeschichte auf den Punkt gebracht.«

Fernie schmiss noch eine Lage. Nachdem wir einige Minuten schweigend dagesessen hatten, sagte er: »Das mit deiner Mom tut mir leid. Ich bin überzeugt, Richter Carstairs hätte zu ihren Gunsten entschieden, wenn sie zugesichert hätte, wieder mit dem Essen anzufangen. Sie ist eine muntere ältere Dame und keineswegs närrisch. Es gibt größere Narren, die sich sogar um öffentliche Ämter bewerben.«

»Danke für deine Hilfe, Fernie«, sagte ich.

»Ich hab nicht viel gemacht. Deine Belastung ist die größere, *compa.*«

»Was meinst du?«, fragte ich, obwohl ich wusste, worauf er anspielte.

»Du willst nicht, dass sie in dem Glauben stirbt, du hättest sie verraten. Doch das könnte das Zeug zu einem nahezu aussichtslosen Fall haben.«

Wir leerten unsere Gläser und Fernie bezahlte die Rechnung.

»Ach übrigens«, sagte er, als wir aufstanden, »die Truppe aus Kalifornien, die Sundown angeheuert hat ... die Flitterwochen sind vorüber. Die Kosten explodieren, während die Ergebnisse zu wünschen übrig lassen. Man mietet bevorzugt Luxuskarossen für den Job – Porsche Boxster, BMW, sogar ein Bentley soll darunter gewesen sein. Sundown würde es nur ungern zugeben, aber sie hätten dich am liebsten zurück.«

»Danke, aber zuerst müssen sie mir meinen rosa Arsch küssen.«

»Du müsstest dich nur nach vorn beugen.«

Wir gaben uns zum Abschied die Hand und gingen unserer Wege.

Mein Weg führte mich zum Union Depot, zum Schließfach. Ich öffnete es, nahm den Karton heraus und warf einen Blick hinein. Das Geld steckte in Plastikbeuteln, die mit Klebeband verschlossen waren. Was mich jedoch wesentlich mehr interessierte, waren die Videobänder, die Carla erwähnt hatte. Es befanden sich insgesamt sechs 8mm-Kassetten im Karton, alle identisch beschriftet: *Der versehentliche Schuss*. Sechs nummerierte Kopien. Ich nahm eine an mich und stellte den Karton wieder in das Schließfach. Auf dem Weg zurück in mein Motel hielt ich bei Radio Shack und kaufte einen Adapter, damit ich das 8mm-Band auf einem gewöhnlichen Videorekorder abspielen konnte.

Mir dämmerte, dass mein Vorhaben nicht im Einklang stehen konnte mit meinem Eigeninteresse. Mir dämmerte aber auch, dass ich überhaupt keine klare Vorstellung mehr davon besaß, was mein Eigeninteresse war oder was Eigeninteresse bedeutete. Vielleicht hatte das Eigene seine eigene Agenda und ich war nur das Werkzeug. Ein vertrauter und zugleich verstörender Gedanke, den man besser verdrängte.

Ich fuhr zu meinem Motel, heftigen Gefühlen ausgeliefert, für die ich keine Erklärung hatte.

43

Ich hielt beim First Strike, einem Waffenladen im Ostteil der Stadt, und kaufte eine Schachtel 230 grs. Teilmantel-Hohlspitzpatronen Kaliber 45 für meine Colt M1911. Sie war die letzte Waffe, die ich zur Verfügung hatte. Ich hatte nie damit geschossen, weil ich sie als Antiquität betrachtete, und wusste nur, dass ihre beweglichen Teile Rost angesetzt hatten und voller Sand waren. Ich nahm die Pistole auseinander, reinigte und ölte sie gründlich, setzte sie wieder zusammen und drückte ein paarmal ab. Gefühlt wog sie eine Tonne, aber man konnte einen Truck damit außer Gefecht setzen.

Phoenix war in etwa eine Tagesfahrt von El Paso entfernt. Ich mochte die Stadt nicht. Oder vielmehr das, wozu sie sich entwickelt hatte. Im Laufe der letzten zwanzig Jahre hatten Stadtplaner und -entwickler sie zu einem grünen Paradies umgestaltet und dafür Unmengen an Wasser aus dem Colorado River veruntreut. Wohin das Auge blickte, Golfplätze, künstliche Seen, fetter grüner Rasen, Obst- und Gemüseanbau. Wüsste man es nicht besser, man könnte meinen, sich in den Tropen zu befinden, wo die Niederschlagsmenge in Zentimetern gemessen werden könnte und nicht in Millimetern. Kostbares Wasser dient der Ästhetik und wird nicht als etwas Unverzichtbares behütet. Kalifornien, Nevada, Utah, New Mexico und Arizona, alle haben sie ihre Schnauzen im Trog und schlürfen das Einzige weg, was Leben in der Wüste überhaupt erst möglich macht. Hat der Fluss dann die Grenze erreicht, können die Mexikaner ihren Anteil in Teelöffeln abmessen. Eine lang anhaltende Trockenheit in den Rocky Mountains, der Wiege des Colorados, würde die großen Städte des Südwestens verschwinden lassen wie Luftspiegelungen.

Am späten Nachmittag war ich in Phoenix. Die digitalen Ziffern einer Uhr an einem Einkaufszentrum zeigten fünfundvierzig Grad. Ich entschied mich für ein in die Jahre gekommenes Motel in Chandler, südlich von Tempe, das seinerseits südlich von Scottsdale lag. Die Preise für Motels in Scottsdale waren ganz schön happig und diese Reise unternahm ich nun mal auf eigene Kosten.

Dr. Stefan Selbiades hatte einen Eintrag im Branchenteil des Telefonbuches von Phoenix. Ich rief in seiner Praxis an und erklärte der Sprechstundenhilfe, ich hätte ein auffälliges Muttermal am Bein, das praktisch über Nacht seine Form verändert habe, worüber ich ganz furchtbar beunruhigt sei. Ich sagte tatsächlich »ganz furchtbar«, und zwar mit einem »furchtbar« vornehmen Hydepark-am-Hudson-Akzent. Ich bildete mir ein, dass könne sie beeindrucken. Obwohl sie einen ziemlichen Aufriss um ihre Kreativität machen, sind Menschen aus dem Westen von jeher schnell einzuschüchtern, wenn es um das Geld und das kultivierte Gehabe der Ostküste geht. Ich hörte mich an wie Franklin D. Roosevelt, der zu Fala, seinem Scottish Terrier sprach.

Die Sprechstundenhilfe bot mir einen Termin für die kommende Woche an, doch ich bestand darauf, den Arzt am nächsten Morgen zu konsultieren.

»Ich fliege morgen Nachmittag nach Singapur. Geschäfte, die einen Aufenthalt von einem Monat erfordern. Sie müssen mich irgendwie dazwischenschieben. Dieses Ding an meinem Bein macht mir eine teuflische Angst! Ich habe gehört, Dr. Selbiades sei der Beste. Ich brauche meinen Seelenfrieden! In Singapur wird man mir wahrscheinlich mit Akupunktur oder kraniosakraler Therapie kommen. Ist jemals ein Melanom erfolgreich mit Akupunktur oder kraniosakraler Therapie behandelt worden? Ich wage zu behaupten, nein!«

Ich wage zu behaupten, nein? Sie zögerte – und ließ sich erweichen.

»Ich kann Sie zwischen zehn und elf Uhr einschieben, Sir«, sagte sie. »Seien Sie um halb elf da. Der Doktor wird Sie dann schnellstmöglich untersuchen. Wenn es sich tatsächlich um ein Melanom handeln sollte, werden Sie möglicherweise Ihren Flug nach Singapur absagen müssen.«

»Mein Leben ist mir wichtiger als jeder Erfolg in Singapur«, sagte ich mit Grabesstimme.

»Natürlich ist es das.« Ihr Tonfall klang wie mein Echo. »Das Leben ist ein Geschenk. Es ist bedauerlich, dass wir immer erst dann zu dieser Erkenntnis gelangen, wenn wir uns unserer Sterblichkeit bewusst werden.«

»Wahre Worte«, sagte ich. »Wirklich wahre Worte.«

Sie war der wandelnde erhobene Zeigefinger und brauchte es, dass man ihr täglich den über alles erhabenen Hintern küsste. Ich tat ihr den Gefallen.

Ich aß eine Kleinigkeit in einem Restaurant gegenüber vom Motel. Dem Restaurant war eine Bar angeschlossen, eine dunkle, großzügig klimatisierte Bar. Die Drinks waren ebenfalls großzügig. Das Glas, worin man mir die Bloody Mary servierte, hätte einem Goldfisch gereicht. Nachdem ich mir zwei Bloody Marys gegönnt hatte, ging ich in mein weniger großzügig klimatisiertes Motel. Ich zog mich aus und setzte mich in das armselige Lüftchen des klappernden Ventilators.

Meine Gedanken kreisten um Dani Thrailkill, die vermutlich bereits ein Apartment gefunden hatte, vielleicht sogar eins in der Nachbarschaft. Das man zu Fuß erreichen konnte. Ich wollte den Gedanken daran verscheuchen. Mir kam unser gemeinsam verbrachter Nachmittag in den Sinn. Auch diesen Gedanken versuchte ich zu verscheuchen. Doch mein bockiges Hirn produzierte Rückblenden dieses Nachmittags in Blue-Movie-Qualität.

Ich rief die Auskunft an und die elektronische Stimme nannte mir die neue Telefonnummer der Thrailkills. Ich notierte sie, saß da und starrte auf den Zettel. »Da wäre noch mehr drin«, hatte Dani gesagt. »Besuch mich mal.«

Aber ich war nicht ihretwegen hier. Oder?

Ich zerriss den Zettel, zog mir etwas über und machte mich auf den Weg zur Rezeption, um mich zu erkundigen, ob man einen Videorekorder ausleihen könne. Der Angestellte, ein Pickelgesicht um die zwanzig, reagierte mit einem anzüglichen Lächeln auf meine Frage.

»Klar doch. Wohl ’n paar Pornos ausgeliehen?«

»Snuff-Filme«, erwiderte ich und quittierte sein Feixen mit meinem besten Psychopath-kommt-nach-Phoenix-Blick. Es gelang ihm nur mit Mühe, sein dreckiges kleines Grinsen beizubehalten. Ich ging zurück in mein Zimmer, schloss den Videorekorder an und schob die Kassette rein. Man hatte das Band nicht geschnitten. Die ersten Bilder waren Allerweltsaufnahmen: Hector am Steuer von Carlas Corolla, vom Beifahrersitz aus gefilmt. Carla, wie sie irgendwo in der Wüste auf die Kamera zugeht. Ein am Himmel kreisender Falke oder Adler oder Geier, aufgenommen mit Teleobjektiv. Die Nahaufnahme einer Wüstenschildkröte. Dann die vorbeifliegende Landschaft, während der Wagen einen zweispurigen Wüsten-Highway hinunterjagt, anschließend gut eine Minute lang blaues Nichts. Plötzlich erwachten die Bilder zu neuem Leben und ich beobachtete, wie Hector sich einem bewaffneten Mann in Tarnkleidung nähert. Hinter Hector eine Reihe anderer Leute, offenbar die Illegalen – Frauen mit Babys, einige alte und ein halbes Dutzend junger Männer, zwei alte Frauen, in Schultertücher gehüllt. Der Mann im Tarnanzug hebt seine Waffe – schwer zu sagen, ob es sich dabei um eine Mac-10 oder UZI handelt. Hector fängt an zu gestikulieren, schreit. Der andere weicht zurück, strauchelt, hält die Waffe in einem merkwürdigen Winkel. Es kommt zu einem Wortgefecht zwischen Hector und dem Mann im Tarnanzug. Der Typ gibt einen Feuerstoß in die Luft ab. »Mein Gott, Hector«, hörte ich Carla sagen, »sieh dich bloß vor.« Hector packt den Lauf der Waffe, reißt ihn nach unten und zur Seite, das Knattern von gut einem halben Dutzend Schüssen ertönt und beide Männer springen erschrocken zurück, aber nur einer fällt, schreit und greift sich ans Bein. Hector hebt die Maschinenpistole auf und wirft sie weg, dann kniet er sich neben den Verletzten in den Sand. Es folgen verwackelte Bilder, ich sehe blauen Himmel, Wüstenboden, Gestrüpp, dann Hector, eine Nahaufnahme, wie er seinen Gürtel abnimmt und ihn um den Oberschenkel des verletzten Mannes schlingt. »Carla«, schreit Hector, »versuche 911 zu erreichen. Sag ihnen, wo wir sind, und dass wir einen Rettungswagen brauchen. Ich muss die Leute hier wegbringen. Sie klappen mir zusammen.«

Die Aufnahme war vielleicht fünf Minuten lang, ich hatte den Eindruck, sie sei sogar noch kürzer. Ich sah sie mir zehnmal an.

An Schlaf war überhaupt nicht zu denken. Ich wälzte mich hin und her auf der durchgelegenen Matratze, kam fast um vor Hitze. Das zerknüllte Bettzeug war klamm von Schweiß. Als ich endlich wegdriftete, schlüpfte Dani zu mir ins Bett, sah sich mein Bein an. *Ein Melanom, sagt sie. Da, an deinem Oberschenkel. Du hast doch gesagt, dass du sauber bist! Warum hast du gelogen? Dann betritt Raymond meinen Traum, in Uniform und die Augen tief in ihren Höhlen. Verschwinde, sage ich zu ihm, es gibt keinen hinreichenden Tatverdacht. Ein Melanom ist ein hinreichender Tatverdacht, sagt er. Er hat eine AK-47 und ein offenes Klappmesser dabei. Komm, ich schneid es dir raus. Beschützen und dienen, das ist meine Aufgabe, vato.*

Ich erwachte aus diesen verschwitzten Melanom-Filmen mit dem vagen Gefühl, dass ich der Sache, der ich nachjagte, allmählich näher kam, um sofort zu erkennen, dass diese Sache mich jagte, und zwar von Anbeginn an. Dieses Gefühl verflüchtigte sich erst nach einer kühlen Dusche und dem Genuss von drei Tassen Motelkaffee.

Ich fragte mich, ob diese Reise nach Phoenix ein eindeutiger Beweis dafür sei, dass ich den Verstand verloren hatte.

Ich kam zu dem Schluss, dass dem so sei.

44

Stefan Selbiades' dermatologische Praxis stand einsam am Ende einer L-förmigen Ladenpassage, abseits der sich nahtlos aneinanderreihenden Läden, die sich alle unter einer einzigen Markise drängten. Die Praxis, offenbar bereits vor Errichtung der Passage an Ort und Stelle, befand sich in einem eingeschossigen, mit Stuckelementen verzierten Gebäude im Art-déco-Stil – ein Überbleibsel aus einer Zeit, als Phoenix noch eine nichtklimatisierte Bushaltestelle zwischen El Paso und L.A. gewesen war.

In seiner stromlinienförmigen Modernität der abgerundeten Ecken und dekorativen Einlegearbeiten aus Glasbausteinen trotzte es den Zeugnissen indianischer Kultur, die in den Läden zum Einsatz kamen, um Touristen anzulocken. Ungeachtet dessen, was die einzelnen Kulturen in Fragen von Raum, Zeit und Weltanschauung voneinander trennte, musste eine krude Mischung aus unterschiedlichen Elementen für die Gestaltung der Schaufenster herhalten und bot einen starken Kontrast zum strahlenden Weiß des Praxisgebäudes: Donnervögel, das Symbol des Flöte spielenden Kokopellis, Bilder nordamerikanischer Indianer im Kopfschmuck, Nachbildungen des Steins der 5. Sonne der Azteken, daneben Schädel und Skelette für den Día de Los Muertos, den Feiertag für die Toten, alles wahllos in den Schaufenstern verteilt. Zusammen bildete das Zeug einen quietschbunten Fries, der aus der ernsthaften Kunst amerikanischer Ureinwohner Tinnef machte.

Punkt halb elf betrat ich die Praxis. Nachdem ich den üblichen Formularkram erledigt hatte, schob mich die Sprechstundenhilfe eilig in einen Untersuchungsraum. Laut Namensschild auf dem Empfangstresen hieß sie »Candy« und genauso sah sie aus: süß wie Batteriesäure.

Die anderen Patienten im Wartezimmer fühlten sich benachteiligt. Ihr verärgertes Gemurmel ließ daran keinen Zweifel. Die meisten waren ältere Leute und – weil das hier Scottsdale war – reich. Wie Florida hat auch Arizona eine breite Schicht aus kränkelnden Alten, die samt ihrem Geld Richtung Süden geflüchtet waren, um der Kälte der Nordstaaten zu entkommen.

Die Sonne Arizonas ist grausam zu alter Haut und hält die Dermatologen in Trab. Von Keratosen auf Armen und am Hals über Hautkrebs auf Wangen, Nasen und am Kinn war vermutlich auch in Selbiades' Praxis alles vertreten. Und dazwischen die eine oder andere, die sich ihre halbjährliche Botox-Spritze abholte oder die Ladung Collagen zum Aufpumpen der schlaffer werdenden Lippen.

Dermatologen gehören nicht zur Elite der medizinischen Zunft, aber die Arbeit ist relativ leicht und zahlt sich aus. Die Verachtung seitens der Neuro- und Herzchirurgen stecken sie recht locker weg und ihre Beiträge zur Berufshaftpflicht sind ein Klacks, verglichen mit den Summen, die Spezialisten zahlen müssen, die ein höheres Risiko zu schultern haben.

Dr. Selbiades' Praxis verfügte über mehrere Sprechzimmer und der gute Doc ging flott zwischen ihnen hin und her und sackte die Medicare-Dollars schneller ein, als die Regierung sie drucken konnte. Ich musste nicht lange auf ihn warten.

Er sah besser aus als auf den Fotos aus Carlas Dossier. Zunächst einmal war er jünger, als ich gedacht hatte. Den Fotos nach zu urteilen, hätte er sechzig, wenn nicht sogar siebzig sein können. Dabei war er den fünfzig näher und schlank wie ein Langstreckenläufer.

»Ziehen Sie die Hose runter, Mr. Morgan«, sagte er. »Lassen Sie uns mal einen Blick auf das Muttermal werfen.«

»Ich habe kein Muttermal«, sagte ich. »Ich bin hergekommen, um Hector Martinez mitzunehmen oder das, was von ihm übrig ist.«

Er zuckte nicht einmal mit der Wimper. »Muss ich das jetzt verstehen, was Sie sagen?«, fragte er. Er sprach mit leichtem Akzent, möglicherweise osteuropäisch.

»Von Huddy Darko weiß ich, dass Martinez bei Ihnen ist. Er hat mir alles über Ihren kleinen Horrorladen erzählt. Es ist nicht davon auszugehen, dass Huddy gelogen hat.«

Darauf gab es eine Reaktion. Selbiades zog die Augenbrauen hoch und neigte den Kopf ein wenig zur Seite, als wollte er einem Schlag ausweichen.

»Wenn Sie die Polizei rufen wollen? Tun Sie sich keinen Zwang an, Doc. Ich glaube, die hätten Interesse an Ihrem Verlies.«

»Huddy Darko«, sagte er nachdenklich, als wüsste er nicht wohin mit diesem Namen. »Sie kennen Huddy, ja?«

»Ich habe ihn getötet«, sagte ich. »Habe sein Hirn in einem Hotelzimmer in Juárez verspritzt. In Notwehr, natürlich.«

Er entspannte sich ein wenig, seine Mundwinkel wanderten aufwärts und sein schmaler Mund verzog sich zu einem Lächeln der Gelassenheit. »Früher oder später musste ihn jemand umbringen. Mr. Darko mangelte es an diplomatischem Geschick.«

Das amüsierte uns beide. Ich musste unwillkürlich auflachen. Bevor ich in die Praxis gefahren war, hatte ich ein paar von den Uppers genommen, um mich für einen ereignisreichen Tag zu wappnen, und jetzt fingen sie an, Wirkung zu zeigen. Inzwischen war ich hinreichend angeheizt, um mit Ausblick auf die kommenden Ereignisse sogar eine gewisse Euphorie zu empfinden.

»Ich bin sehr gut vernetzt, Mr. Morgan«, sagte Selbiades. »Ich habe Freunde in entsprechenden Positionen, sowohl bei der Polizei als auch in hiesigen Regierungskreisen. Mit meinen Freunden können Sie mir nicht drohen.«

»Und dennoch haben Sie bisher den Hörer nicht in die Hand genommen.«

Man sah ihm an, dass ihm urplötzlich ein Licht aufging. »Diese Frau hat sie geschickt«, sagte er. »Diese überspannte Person aus El Paso. Diese Professorin auf dem Kreuzzug, Advokatin der Mischlingsrasse. Habe ich recht?«

»Carla Penrose sitzt in Haft, als unverzichtbare Zeugin. Die Cops wollen Hector. Ich kann Ihnen, Carla und der Polizei eine Menge Ärger ersparen, wenn Sie ihn mir einfach übergeben.«

Er setzte sich auf den Hocker neben dem Untersuchungstisch, zog seine Hosen gerade, um ihre messerscharfe Bügelfalte zu konservieren.

Mein Blick fiel auf perfekt geputzte Slipper mit Troddeln. »Ich fürchte, ich bin in dieser Sache nicht objektiv, Mr. Morgan. Martinez hat meinen Sohn getötet.«

»Es war ein Unfall, ein versehentlicher Schuss«, sagte ich und zog die Kassette aus meiner Jackentasche. »Hier ist der Beweis.«

Er nahm das Band. »Was sollte mir das wohl beweisen? An den Tatsachen ist nicht zu rütteln. Mein wunderbarer Sohn ist tot. Sein Name war übrigens Willy.«

»Ihr wunderbarer Sohn war auf Patrouille für die Hans-Brinker-Brigade, eine Ausgeburt Ihrer Ideologie. Einen Jungen mit einer automatischen Waffe und einem Kopf voller gefährlicher Ideen dorthin zu schicken, war unverantwortlich. Sie suchen einen Schuldigen für seinen Tod? Fangen Sie bei sich an.«

Ich hatte einen Nerv getroffen. Selbiades zuckte zusammen. »Sie haben kein Recht, so mit mir zu sprechen«, sagte er. »Und Sie haben nicht die leiseste Vorstellung von meinen Ideen.«

»Sie haben da draußen Scharfschützen im Einsatz, die sich einbilden, das Land zu retten. Dank Ihrer Ideen werden noch mehr Menschen beiderseits der Grenze dran glauben müssen.«

»Der Krieg ist eine Konstante und er ist unvermeidlich. Der Mensch ist geschaffen für fortgesetzte Kriegsführung. Meine Männer bilden lediglich die Spitze des nächsten Feuersturms.«

»Wie alt war Willy, sechzehn?«

»Er war neunzehn und hatte sich dem Erhalt seiner Nation und der Bewahrung ihrer Werte verschrieben. Sie glauben das vielleicht nicht, Mr. Morgan, aber wir befinden uns in einem Zustand der Belagerung. Unsere Grenzen müssen doch einen Sinn haben. Entweder man hat ein Land, das man sein Eigen nennt, oder man hat es nicht. Ich nehme an, Sie halten mich für einen fremdenfeindlichen Rassisten.«

»Auf den ersten Blick schon.«

»Lassen Sie mich eines ganz deutlich sagen: Jeder, der halbwegs bei Verstand ist, wird zum fremdenfeindlichen Rassisten, wenn es darum geht, einen sicheren Hafen für die Familie zu finden und mit seiner Hände Arbeit ein vernünftiges Einkommen zu erzielen. Meinen Sie nicht auch? Vermutlich ist es Ihnen entgangen, aber Mexiko ist eines der rassistischsten und fremdenfeindlichsten Länder auf unserem Planeten. Die herrschende Klasse – direkte Nachfahren der spanischen Eroberer – hat die indianische Bevölkerung Mexikos fünfhundert Jahre lang ausgebeutet. Jetzt schicken sie ihre kleinen braunen Männer nach Norden – Tausende jede Woche –, um sich ihrer ungebildeten Brüder zu entledigen. Unsere Aufgabe ist es, die Flut aufzuhalten. Wenn das am Ende Krieg mit Mexiko bedeutet, gut. Sollen sie es versuchen.«

»Ich bin nicht gekommen, um mir einen Vortrag anzuhören. Bringen Sie mich zu Hector Martinez oder ich fang auf der Stelle an, Ihnen die Scheiße aus dem Leib zu prügeln.«

»Ich habe Termine ... «

»Sagen Sie sie ab. Niemand wird an einer Schuppenflechte sterben. Erklären Sie Ihrer Sprechstundenhilfe, Sie fühlten sich nicht wohl.«

»Ich glaube, Sie bluffen, Mr. Morgan«, sagte er, aber seine Stimme klang unsicher.

Ich versetzte ihm einen harten Schlag mit dem Handrücken, der ihn von seinem Hocker holte. Er verlor einen seiner Slipper, der daraufhin quer durch den Raum schlitterte. Selbiades landete auf seinem Hintern. Er schrie auf vor Schmerz. »Mein Steißbein! Ich habe es mir verletzt!«

Ich drückte ihm die .45er ins Ohr. »Es wird nicht bei Ihrem Steißbein bleiben, Doc. Ich bin stinksauer, sauer genug, um ein Dumdumgeschoss in Ihren Kortex zu jagen.«

Das schien ihn zu überzeugen. Er rappelte sich hoch, holte seinen Slipper, zog ihn an, nahm die Kassette und dann verließen wir gemeinsam den Untersuchungsraum. Selbiades blieb am Empfang stehen und erklärte Candy, dass er vor morgen früh nicht zurück sein werde. Durch meinen Schlag war sein Haar in Unordnung geraten.

Eine Partie hatte ihre sorgfältig gestylte Form verloren. Es sah aus, als hätte Selbiades einen Hahnenkamm.

Candy war versucht, etwas zu sagen, entschied sich jedoch anders und sah mich an, besorgt und verwirrt zugleich.

»Der Doc fühlt sich unwohl«, sagte ich. »Hat wahrscheinlich etwas Falsches gegessen. Ich komme morgen früh wieder, sofern Sie mich einschieben können.« Es war eine lausige Vorstellung meinerseits. Aber egal.

»Ich dachte, Sie müssten heute Nachmittag nach Singapur fliegen«, sagte sie misstrauisch, wenn nicht sogar ein wenig beunruhigt.

»Singapur wird warten müssen, Candy.«

45

»Welches menschliche Organ ist das größte?«, fragte Selbiades.

»Die Leber?«

»Versuchen Sie's noch mal.«

»Die Milz.«

»Nein.«

»Das Gehirn.«

»Sie raten drauflos. Nein. Es ist die Haut, Mr. Morgan. Die Haut ist die Grenze zwischen Ihnen und allem anderen. Sie ist die erste Verteidigungslinie des Körpers gegen das Nicht-Selbst und sie veranschaulicht recht plastisch Gewicht und Rechtmäßigkeit von Grenzen. Verstehen Sie?«

Ich fuhr die Scottsdale Road entlang, Richtung Norden, hinaus zu den Liegenschaften in der Wüste, wo Landhäuser im Werte von Millionen, Sandburgen gleich,

Kerben in den Horizont schnitten.

»Die Gesundheit der Haut ist in beträchtlichem Maße entscheidend für die Gesundheit des gesamten Organismus«, sagte Selbiades. »Dermatologie bedeutet Heilkunde an vorderster Front, und doch werden wir in der Öffentlichkeit eher als Kosmetiker wahrgenommen, wenn auch als Kosmetiker erster Güte. Nichts könnte den Tatsachen weniger gerecht werden.«

Er erwartete keine Antwort von mir. Er war ganz bei sich, er, die Kapazität, die Ahnungslose zum Lichte der Erkenntnis führte. Die .45er lag auf meinem Schoß. Ich ging nicht davon aus, sie als Drohung einsetzen zu müssen. Selbiades war nicht der Typ, der Krawall machte. Tatsache war, er verhielt sich auf eine unheimliche Weise ruhig.

»Sie haben eine gute Haut«, sagte er. »Makellos, feine Poren, ein hervorragend geschichtetes Epithelgewebe. Darf ich Sie berühren?«

»Sie möchten was?«

»Keine Sorge. Ich möchte nur die Beschaffenheit und Elastizität einer gesunden Epidermis spüren.«

Ich legte meine Hand auf die Pistole. »Nicht anfassen.«

»Ja, natürlich. Ich verstehe. Es ist nur ... die Haut ist sozusagen meine Domäne.« Seine langen Finger mit den manikürten Nägeln bewegten sich auf mein Gesicht zu, hielten jedoch wenige Zentimeter davor inne. Ich bemerkte, dass ein leichtes Zittern sie erfasst hatte.

»Ganz allgemein kann man sagen, dass der Körper das Reich des Arztes ist«, fuhr er in seinem Monolog fort. »Eine Vorherrschaft, die sich im Laufe blutiger Jahrtausende durchgesetzt hat. Wir beanspruchen sie, und das aus gutem Grunde. Nennen Sie es meinetwegen Arroganz, tatsächlich jedoch ist der Körper unser hart erkämpftes Territorium. Die Persönlichkeit, die das Fleisch okkupiert, nehmen wir nicht ernst. Sie ist bestenfalls ein ephemere Sache. Die Bedürfnisse und Zweifel des Hamsters, der das Rad in Gang hält, sind für uns nicht von Belang. Jeder Körper gleicht mehr oder weniger dem anderen, doch die ihm innewohnende Persönlichkeit ist ein Mischmasch aus Impulsen, Verlangen und halb garen, sich oftmals widersprechenden Überzeugungen. Ein scheußliches Wirrwarr miteinander konkurrierender Wünsche und Gefühle.«

»Betrifft das auch Sie persönlich?«, fragte ich.

»Nein. In meinem Falle, und vielleicht auch in Ihrem, ist das disziplinierte, auf Wissen fußende Denken das große Korrektiv.«

»Das bezweifle ich.«

»Ah, dann haben Sie diesbezüglich bereits Überlegungen angestellt?«

»Nicht wirklich. Aber eine Täuschung ist so gut oder schlecht wie die andere.«

»Das glauben Sie tatsächlich?«

»Mitunter.«

»Relativismus«, höhnte Selbiades. »Der Fluch unserer Zeit. Jede Ebene unserer Gesellschaft ist infiziert. In einer Welt des Relativismus gibt es keine Klarheit und es kann auch keine Helden geben – nur sich abrackernde Opportunisten und ihre gelangweilten Herren. Manchmal frage ich mich, ob dieses Land es überhaupt wert ist, gerettet zu werden.«

Der Vortrag endete, als wir vor dem eisernen Tor des Anwesens der Selbiades' hielten. Der Doc musste aussteigen und das Tor per Hand öffnen, da der elektronische Schlüssel im Handschuhfach seines Alfa Romeo lag, der wiederum stand in der Nähe seiner Praxis. Das Steißbein bereitete Selbiades Probleme. Er bewegte sich steif, als hätte man ihm einen Ziegelstein in den Arsch gerammt.

Es war noch ein Dreiviertelkilometer zurückzulegen, dann waren wir am Haus, einem dreigeschossigen grauen Bau im viktorianischen Stil, mit Türmchen, Wetterfahnen und pittoresken Giebeln, umgeben von einer üppigen Rasenfläche, groß genug, um einen 9-Loch-Golfplatz anzulegen. Wenn man nach einem Sinnbild für den Begriff »idyllisch« suchte, dann fand man es hier. Vor der Kulisse einer unwirtlichen Wüstenlandschaft erhob sich das Landhaus gleich einer Idee aus einer anderen Zeit, die hier wieder auflebte. Obsthecken umschlossen die Rasenfläche, wunderbare grüne Bäume, die feinen Nebeldunst in die trockene Luft entsandten. Oberhalb des Blattwerks spannte sich ein märchenhafter Regenbogen.

Ich hielt Selbiades mit meiner Waffe in Schach, während wir die Stufen zur Veranda hochgingen. Eine hohe Doppeltür, flankiert von gemeißelten Säulen, markierte den übertrieben imposanten Eingang. Betrat man das Haus, überkam einen das Gefühl, man schlüpfe durch ein Zeittor. Vorhänge aus Samt verhüllten hohe Fenster und machten es der Wüstensonne unmöglich, den mit Teppichen ausgelegten Raum mit ihrem grellen Licht zu fluten. Das langsame Ticken einer Standuhr unterstützte den Eindruck einer Zeitreise.

Das Mobiliar war dunkel, dazu tiefe Sessel und Sofas mit üppigen Polstern. Die Gemälde an den Wänden thematisierten historische Feldzüge. Auf einem belagerten wild dreinblickende Füsiliere eine Gruppe verwundeter

Offiziere, die tapfer eine einsame Barrikade verteidigten. Das Gemälde hing über einem Kamin, dessen Ausmaße es erlaubt hätten, einen ganzen Eber darin zu rösten.

»Gefällt Ihnen meine Uhr?«, fragte Selbiades. »Es ist eine Jakob Strauß. Vor dreihundert Jahren in Nürnberg gefertigt.«

»Sie geht zehn Minuten nach«, sagte ich.

»Sie stammt aus einer Epoche, als der Minutenzeiger noch nicht den Takt vorgab für das Leben der Menschen.«

Eine Frau betrat das Zimmer. Wie Selbiades war auch sie bereits stark ergraut, jedoch nicht so schlank wie er. Ihre Art zu lächeln erweckte den Anschein, als wäre dies der einzige Gesichtsausdruck, den sie sich gestattete. Der Blick ihrer trüben blauen Augen schien von allem entkoppelt zu sein, was einem Denkprozess nahekam.

»Möchten Sie einen Tee?«, fragte sie. »Wir haben schwarzen und grünen Tee. Wir haben Orange Pekoe. Wir haben Gunpowder und wir haben auch weißen.«

»Jetzt nicht, meine Liebe«, sagte Selbiades. »Der Gentleman und ich haben etwas Geschäftliches zu besprechen.«

Die lächelnde Frau neigte den Kopf leicht zur Seite, ein Versuch, Gehirnaktivität vorzutäuschen.

»Oh? Ist der Gentleman ein Kollege?«

»Nein. Er ist Prospektor«, sagte Selbiades.

Sie gab sich mit dieser Erklärung zufrieden und zog sich zurück.

»Sie denken, es geht mir ums Geld?«

»Geld ist für gewöhnlich die Wurzel aller törichten Vorhaben.«

»Ich will Hector Martinez«, sagte ich. »Übergeben Sie ihn mir und ich lass Sie in Ruhe.«

»Sie setzen sich dem ganzen Ärger aus, nur um dieser verrückten Frau aus El Paso gefällig zu sein?«

»Scheint so«, sagte ich.

»Sicher sind Sie sich nicht? In Ihnen brennt nicht die Leidenschaft für die Sache, was auch immer man darunter zu verstehen hat?«

»Nein. Leute wie Sie kotzen mich einfach an. Wenn mich was ankotzt, laufe ich zur Höchstform auf. Mich kotzt was an und das gibt mir ein Gefühl von Identität. Mich kotzt was an, also bin ich.«

»Ah, sehr gut. Eine etwas andere Sicht auf Descartes. Sie wären ein guter Kommandosoldat, Sir. Was müsste ich tun, um Sie für unsere Brigade zu begeistern? Wir brauchen zornige, junge Männer, gut ausgebildete und fähige junge Männer. Zu viele unserer Rekruten sind einfach nur zornig und haben darüber hinaus wenig aufzuweisen, was für sie spräche. Gelänge es mir doch nur, dass Sie die Welt aus meiner Perspektive betrachten! Unsere Grenzen sind von Geschwüren befallen, Mr. Morgan, das können Sie nicht leugnen. Unsere Grenzen bedürfen der unverzüglichen Heilung. Helfen Sie mir dabei. Helfen Sie mir, die offenen Geschwüre zu schließen, die es ermöglichen, dass Schmutz in den Körper eindringt. Ich ernenne Sie zum Stabschef, Sir. Das brächte Ihnen fünfzigtausend im Jahr, plus Zulagen und Urlaub.«

»Und was ist mit der Altersversorgung?«

»Sie machen sich über mich lustig. Doch bedenken Sie eines: Sie leben in den Tag hinein, sind ein Einzelgänger, frönen dem Müßiggang. Ihnen mangelt es an einer verlässlichen Grundlage – sei es in Fragen der Überzeugung oder in wirtschaftlicher Hinsicht. Das wird Ihnen in späteren Jahren auf die Füße fallen. Ein Mann muss für etwas einstehen, wenn er nicht als Versager in sein Grab kriechen will. Sie sehen einer wenig würdevollen Zukunft entgegen, Mr. Morgan. Ich biete Ihnen eine Art Rettungsring. Bekennen Sie sich zu etwas, Mann! Bekennen Sie sich zu uns!«

»Ich geb's auf«, sagte ich. »Hector Martinez, Doc. Bringen Sie mich jetzt zu ihm.«

Selbiades zuckte mit den Achseln. Seine Miene drückte Verärgerung aus. »Dann folgen Sie mir. Mit ihm bin ich fertig.«

Er führte mich einen Flur entlang und dann in die Küche. Seine Frau saß an einem kleinen Tisch und las ein Buch. Bei unserem Eintreten blickte sie auf, das starre Lächeln an seinem Platze. »Ich habe Wasser im Kessel«, sagte sie. »Man muss auf das Pfeifen achten.« Dann wandte sie sich wieder ihrer Lektüre zu.

Selbiades öffnete die Tür zu einer Abstellkammer und ging hinein. Ich folgte ihm. Im hinteren Bereich der Kammer befand sich eine weitere, niedrigere Tür – beim Hindurchgehen musste ich den Kopf einziehen. Hinter dieser Tür lag eine Treppe, die in den Keller führte. Selbiades schaltete das Licht an. Ich stieg hinter ihm die Treppe hinunter und fand mich in einem hell erleuchteten Raum wieder.

»Ihr berühmter Folterkeller?«, fragte ich.

»Ein roher Ausdruck. Ich ziehe es vor, ihn als Selektionsbereich zu bezeichnen.«

Boden und Wände des Raums waren weiß gefliest. Im Boden befand sich ein Abfluss, was darauf schließen ließ, dass der Raum gelegentlich abgespritzt wurde.

In der Mitte dann ein Operationstisch, darüber spezielle OP-Leuchten und entlang der Wände Schränke mit

Glastüren, darin chirurgische Instrumente, alle akkurat aufgereiht.

Gegenüber der Treppe, an der Wand, stand eine unbekleidete Frau. Ihre Handgelenke waren an in die Wand eingelassene D-Ringe gefesselt, ihre Fußgelenke aneinandergekettet. Der Kopf hing nach unten, als stünde die Frau unter Drogen. Selbiades ging zu ihr. »Wie fühlen Sie sich heute, meine Liebe?«, fragte er. Er streichelte ihr Gesicht. Die Frau zeigte keinerlei Reaktion auf seine Berührung.

Ihr Schamhaar war rasiert und der Schamhügel sah wund aus, genau wie ihre Brüste. Selbiades begann, die Frau zu untersuchen. Mit einem Zittern in den langen Fingern tastete er zuerst die Brüste ab, dann kniete er sich hin und begutachtete die Schamregion.

»Ausgezeichnet, meine Liebe«, sagte er. »Wir machen gute Fortschritte. Noch ein paar Tage und dann ist alles verheilt. Welch ein Vergnügen Sie anderen bereiten werden!«

Er schob ihr einen Finger unter das Kinn, wollte es anheben, doch sie hielt den Kopf gesenkt. Selbiades gab nicht auf und schließlich gelang es ihm, ihren Kopf nach oben zu zwingen, sodass ich das Gesicht sehen konnte. Er strich ihr das Haar aus der Stirn.

»Entzückend, finden Sie nicht, Mr. Morgan?«

Die Folgen des chirurgischen Eingriffs – Werk des todgeweihten Elvis – waren recht gut ausgeheilt und die Schwellungen zurückgegangen. Hector hatte jetzt ein schmales, stupsnasiges Gesicht, das gut mit seinem neuen Körper harmonierte.

»Der Knochenbau des Gesichts ist ganz ansprechend«, sagte Selbiades. »Ich finde den Gesamteindruck über alle

Maßen erotisch.«

»Mein Gott«, sagte ich.

»Eigentlich hatte ich vor, sie einem meiner Kommandosoldaten zu übereignen«, sagte Selbiades, »aber nun gehört sie Ihnen, Mr. Morgan. Sie haben darum gebeten und Sie sollen sie bekommen. Ihnen steht jetzt eine schöne, braune Jungfrau zur freien Verfügung. Wenn Sie sie nehmen, wird sie bluten. Schauen Sie nur, wie sie vor Erwartung zittert! Was kann ein Mann mehr verlangen? Sie gehört Ihnen, auf Gedeih und Verderb. Nur zu, küssen Sie die Braut. Sie wird eine gewisse Zeit brauchen, bis sie sich von der Vorstellung gelöst hat, einst ein Mann gewesen zu sein, doch wenn Sie die Hormoninjektionen beibehalten, wird dieses Machogehabe bald der Vergangenheit angehören.«

»Warum haben Sie ihn nicht einfach umgebracht?«, fragte ich.

»Das will ich Ihnen genau sagen: Mein Sohn Willy war mehr wert als Hunderte dieses Schlages. Glauben Sie allen Ernstes, dass Martinez' Tod meinen Verlust ausgleichen könnte? Nein, ich habe das äußerste Leiden angestrebt und was könnte für einen mexikanischen Macho unerträglicher sein, als in eine Frau verwandelt zu werden? Und vertrauen Sie mir, er ist eine Frau durch und durch. Ich habe die penile Inversionstechnik angewandt, die in der Clinique du Parc in Casablanca perfektioniert wurde, dazu tägliche Hormoninjektionen. Ihre Brüste sind bedauerlicherweise nur Implantate, aber die Brustwarzen reagieren erfreulich sensibel. Alles andere ist echt. Aus seinem Skrotum wurden die Schamlippen, sein Penis wurde zur Vagina. Ich habe sie sogar mit einem Hymen ausgestattet, verwendet habe ich dafür ein Stück Sehne aus dem Kiefer. Sie ist eine voll funktionsfähige Jungfrau, fähig, intensive Orgasmen zu erleben und zu genießen. Ist die moderne Chirurgie nicht etwas ganz Wunderbares?«

»Machen Sie ihn los«, sagte ich.

»Ja, natürlich. Sie gehört Ihnen, Mr. Morgan. Ich hoffe nur, dass Sie beide mit dem, was ich erschaffen habe, voll auf Ihre Kosten kommen. Ich empfehle die Honeymoon Suite im Sedona Hilton. Nehmen Sie sie mit dorthin und amüsieren Sie sich prächtig. Lassen Sie sie vor Lust schreien. Aber gehen Sie behutsam mit ihr um, noch erholt sie sich von den Folgen des Eingriffs.«

Er band Hectors Hände los und löste die Ketten an seinen Fußgelenken. Hector fiel auf den Boden, blieb einen Moment liegen, bevor er sich langsam aufrichtete. Nichts regte sich in seinem Gesicht und seine dunklen Augen waren Gruben, randvoll mit Hass.

Ich zog mein Taschentuch hervor, wischte die .45er ab, packte sie mit dem Taschentuch und hielt sie Hector hin. Der nahm sie und und lud sie durch.

»Was haben Sie vor?«, fragte Selbiades.

»Da gibt es nur eine Möglichkeit«, sagte ich.

Hector zielte tief. Der Schuss traf Selbiades knapp unterhalb des Nabels. Der Doc schrie auf, brach zusammen und wollte sich zur Seite rollen, als ihn der zweite Schuss traf. Diesmal hatte Hector direkt auf den Unterleib gezielt. Der dritte Schuss ging buchstäblich ins Auge, in das rechte Auge. Die Kugel musste auf einen Knochen der Augenhöhle getroffen sein, wurde abgelenkt und trat nicht am Hinterkopf aus, sondern am linken Ohr, zusammen mit der Hälfte des Schädelinhalts. Zum Schluss gab Hector hintereinander drei Schüsse auf den Oberkörper des Arztes ab und steppte eine blutige Naht in dessen Brust.

Hectors Blick streifte mich nur flüchtig. »Danke für deine Mühe, *compa.*« Die Stimme klang heiser, aber es war die Stimme eines Mannes. »Sag Carlita, dass ich sie geliebt habe.« Mit diesen Worten setzte er sich die Waffe an den Kopf und drückte ab. Im selben Moment hob oben in der Küche das Pfeifen des Teekessels an.

46

Ich ging nach oben. Der Teekessel pfiff noch immer zum Schichtwechsel bei General Motors und Mrs. Selbiades saß noch immer über ihrem Buch. Ich setzte mich ihr gegenüber. Sie schien es nicht zu bemerken.

»Ich habe leider schlechte Neuigkeiten für Sie, Ma'am«, sagte ich. Sie sah nicht auf. Ihre Augen klebten förmlich an den Buchstaben auf der Seite.

Ich schlug eine andere Richtung ein. »Wer gewinnt denn?«, fragte ich.

»Wie bitte?« Jetzt hatte sie offenbar die Gegenwart einer anderen Person wahrgenommen.

»Das Gute oder das Böse?«

Sie sah mich verwirrt an. Es sprach einiges dafür, dass sie die Schüsse nicht gehört hatte – oder nicht hatte hören wollen. Vielleicht hatte sie genug aus Selbiades' kleinem Horrorladen mitbekommen und sich antrainiert, es zu überhören. So wie Menschen, die in der Nähe eines Flughafens wohnen, den Lärm der Maschinen ausblenden. Gut möglich, dass der pfeifende Kessel als Mittel zum Zweck diente. Was auch immer es war, die Frau hatte sich eine Parallelwelt geschaffen und schien entschlossen, darin zu verharren.

»Es geht niemals darum, wer gewinnt«, sagte sie und

klappte das Buch zu. Ich beugte mich hinüber und drehte den Kopf ein wenig, um einen Blick auf den Einband zu erhaschen. Die Gestaltung war grell und sensationslüstern. Ein muskelbepackter Pirat war im Begriff, eine vollbusige Schönheit an Bord seines Schiffes zu verschleppen, der das auch noch zu gefallen schien. »Ah, *Der Scharlachrote Rächer.* Nun, Mrs. Selbiades«, ich nahm den Faden wieder auf, »wenn es nicht darum geht, wer gewinnt, worum geht es dann?«

»Es geht immer darum, das Gute in Menschen zu entdecken, von denen man nie erwartet hat, dass sie gut sind. Am Ende gewinnt ein jeder, weil die Liebe über alles triumphiert.«

»Das Böse hat also keine Chance?«

»Es ist nichts Reales, wissen Sie. Wenn Menschen einander nicht verstehen, das ist das Böse.«

»Dann danken Sie Gott für diese Liebesromane«, sagte ich.

»Oh, das tue ich. Möchten Sie jetzt einen Tee?«

»Einen munteren kleinen Kessel, den Sie da haben, Ma'am.«

»Ich trinke meinen Tee immer dann, wenn Stefan mit diesen armen Menschen, denen er so sehr zu helfen versucht, in den Keller geht. Nun, junger Mann, Orange Pekoe? Earl Grey? Ich habe einen sehr schönen aus Java. Vielleicht bevorzugen Sie ja Kräutertee? Wie wäre es mit Kamille?«

Meine Hände zitterten ein wenig. Ein Tequila wäre willkommen gewesen, doch ich ging davon aus, dass der sich nicht im Angebot befand.

»Ich komme darauf zurück, Ma'am«, sagte ich. Sie sah mich an, als warte sie auf etwas. Es entwickelte sich ein seltsames Bindeglied zwischen uns, das ich nicht ignorieren konnte. »Das mit Ihrem Sohn tut mir leid, Mrs. Selbiades.«

»Willy? Oh, es geht ihm gut. Da gibt es nichts, was Ihnen leid tun müsste. Er verbringt ein Semester auf See. Hängt immer oben in der Takelage eines Dreimasters, der La Paloma Blanca, die vor der Nordküste Neuseelands kreuzt. Ich sehe seine schönen grauen Augen vor mir, wie sie den Horizont nach Land absuchen. Wenn er zurückkommt, werde ich nicht mehr da sein, aber er wird zurückkommen.«

»Wie MacArthur auf die Philippinen«, sagte ich.

»Nein. Wie Rhett Butler nach Tara.«

Sie wandte sich wieder ihrem Buch zu. Liebesromane und Tagträume, die ihr über den Kummer hinweghalfen. Mehr Kummer erwartete sie, doch auch den würde sie überstehen, weil in ihrer Welt alles nur auf einem Missverständnis beruhte, das sich irgendwann aufklärte. Die Dinge wären dann wieder so, wie sie zu sein hatten.

»Sie sollten nicht in den Keller gehen, Ma'am«, sagte ich. »Es hat einen Unfall gegeben.«

Sie sah mich verwundert an. »Einen Unfall?«

»Ihr Mann. Ich fürchte, er ist von einem jener armen Menschen erschossen worden, denen er so sehr zu helfen versuchte.«

»Was nur könnten Sie meinen?« Sich aufbäumen gehörte nicht zu ihren Stärken. Es zuckte um ihre Mundwinkel. Sie blinzelte, versuchte, die Tränen zurückzuhalten, blätterte durch die Seiten ihres Romans. Doch dann klappte sie das Buch zu und legte es beiseite.

»Zeigen Sie's mir«, sagte sie.

»Ich glaube, das ist keine gute Idee, Ma'am. Die Polizei wird sich darum kümmern.«

»Polizei? Ich will keine Polizei. Die Polizei kommt nie hierher. Was sollte ich den Nachbarn sagen? Wir sind angesehene Leute.«

Sie stand auf und ging zur Abstellkammer, zögerte, dann öffnete sie die Tür und ging hinein. Ich folgte ihr die knarrenden Stufen hinunter.

»Es ist schlimm, Ma'am. Sie sollten da nicht hinuntergehen«, sagte ich.

Sie schien mich nicht zu hören. Vorsichtig stieg sie die Treppe hinunter, machte einen vorsichtigen Schritt nach dem anderen.

»Ich bin nie hier unten gewesen«, sagte sie. »Nicht seit Stefans junge Männer den Keller für die Wohltätigkeitsarbeit umgebaut haben.«

Sie ging zu Selbiades und sah hinunter auf ihn, betrachtete ihn mit distanziertem Interesse, als betrachte sie eine außergewöhnliche Blume in ihrem Garten. Für Hector hatte sie keinen Blick übrig. Plötzlich straffte sich ihr Gesicht. »Ich hab es dir gesagt! Ich hab es dir gesagt, Stefan!«, rief sie mit fester und überraschend tiefer Stimme. Doch diese Haltung konnte sie nicht lange wahren. Ich sah, wie ihre Augenlider flatterten. Sie griff nach meinem Arm und stützte sich darauf. »Entschuldigung«, sagte sie, »aber das alles scheint ... zu viel.« Ihre Lippen zuckten und die schlaffen Wangen erzitterten bei dem Versuch, das gewohnte Dauerlächeln zurückzugewinnen.

»Es ist so … unwirklich.«

»Unwirklicher als unwirklich«, sagte ich mechanisch, des Wahnsinns – ihres Wahnsinns und des Wahnsinns der Welt – überdrüssig.

»Ich meine, natürlich, es ist wirklich, aber irgendwie ... «

»Unwirklich«, sagte ich und beendete ihren Gedanken, der im Grunde kein Gedanke war, sondern der missratene Versuch eines solchen.

»Sie glauben wohl, ich stehe unter Schock«, sagte sie.

»Das wäre durchaus möglich, Ma'am.«

Sie grinste mich an, mit einem Anflug von Koketterie. »Nun, ich bin es ganz und gar nicht! Ich bin völlig gefasst«, sagte sie und legte einen Finger auf den Mund, als wolle sie einen Pakt des Schweigens mit mir schließen.

Wir gingen die Treppe hoch. Zuerst schaltete sie den Herd ab, dann setzte sie sich an den Küchentisch und schlug ihr Buch auf. Doch sie begann nicht zu lesen, sondern starrte versonnen vor sich hin.

»So etwas musste ja geschehen«, sagte sie. »Es kommt nicht völlig unerwartet. Menschen, die am meisten der Hilfe bedürfen, sind oft die undankbarsten.«

»Das passiert sehr häufig«, sagte ich. Sie sah mich an, als wäre ich ein Fremder, der plötzlich in ihrer Küche aufgetaucht war.

»Junger Mann, würden Sie bitte in den Garten gehen und Stefan sagen, er möge ins Haus kommen. Ich habe ihm hundertmal erklärt, dass er nicht ohne seine Mütze hinausgehen soll. Man sollte meinen, ein Dermatologe wüsste es besser.«

Sie schlug ihr Buch auf und begann zu lesen.

Ich machte mich auf die Suche nach einem Telefon und fand es in der Bibliothek, die neben dem Wohnzimmer lag, wählte den Notruf, nannte die Adresse und meldete einen Mord und einen Selbstmord, nannte jedoch nicht meinen Namen. Ich wollte sicherstellen, dass die Polizei eintraf, bevor ein Kommando die Möglichkeit bekam, alle Spuren zu beseitigen und die Leichen in der Wüste zu verscharren. Anschließend griff ich mir einen Notizblock und schrieb: *Das hier ist Hector Martinez, polizeilich gesucht in Arizona, New Mexico und Texas. Er wurde von Dr. Stefan Selbiades sexuell verstümmelt, aus Rache für die Erschießung von Selbiades' Sohn. Das Videoband beweist, dass der tödliche Schuss ein Unfall war und Martinez versucht hat, das Leben des Jungen zu retten.*

Ich ging zurück in den Keller und platzierte den Zettel neben Hector. Dann zog ich die Kassette aus Selbiades' Jackentasche und legte sie auf den Zettel. Ich blieb noch einen Augenblick und sah hinunter auf die beiden Leichen. Es gibt Momente, da befallen mich religiöse Anwandlungen. Ein solcher Moment war jetzt gekommen.

»Qué la vaya bien, compa« – gute Reise, Kumpel. Das galt Hector.

Selbiades wünschte ich den tiefsten Kreis der Hölle: »Mögen geile Teufel dich reiten, bis deine Knochen zu Staub zerfallen.« Sicherlich wäre mir noch etwas Zündenderes eingefallen, aber ich wollte nur noch weg.

Auf meiner Fahrt zurück in mein Motel kamen mir auf der Scottsdale Road zwei Hummer mit Tarnlackierung entgegen. Als sie vorbeifuhren, sah ich, dass sie vollbesetzt waren: kräftige Männer in Tarnanzügen, Schulter an Schulter, HBB-Kommandos, die im Anschluss an ihre morgendliche Patrouille ihrem Kommandeur Bericht erstatten wollten. Ich trat auf das Gaspedal und der alte Monte heulte auf. Als Nächstes kamen zwei Streifenwagen den Highway hinaufgebrettert – die Antwort auf meinen Notruf. Sie würden bei Selbiades eintreffen, bevor die Kommandos überhaupt begriffen hatten, was geschehen war.

Ich holte meine Sachen aus dem Motel in Chandler, fuhr auf die I-10 und weiter Richtung Osten. Ein Happy End sah anders aus, aber lägen erst mal alle Fakten auf dem Tisch, wäre Hector rehabilitiert und Selbiades als der teuflische Charakter entlarvt, der er gewesen war.

Ihres finanziellen Kopfes beraubt, würde die Hans-Brinker-Brigade allenfalls noch das Zeug zu einer Fußnote in der Dissertation irgendeines Studenten haben, der sich des Themas »Spielarten amerikanischer Paranoia« wissenschaftlich zu nähern sucht.

Ich würde einiges erklären müssen und möglicherweise würde ich meine Verstrickungen in die Affäre nicht mit absoluter Offenheit schildern können. Doch das beunruhigte mich kaum. Die alte .45er konnte nicht zurückverfolgt werden und es erschien mir eher unwahrscheinlich, dass das, was die entrückte Mrs. Selbiades zu Protokoll geben würde, bei den Cops verfinge. Meine Version jedenfalls las sich wie folgt: Auf der Suche nach Hector fand ich ihn und Selbiades tot im Keller. Punkt.

Das Schwierigste, was mir bevorstand, war das Gespräch mit Carla, wenn ich ihr eröffnen musste, was geschehen war. Nichts, dem ich mit Freuden entgegensah.

Irgendwo östlich von Tucson hielt ich an einem Truck Stop, um zu tanken. Hier, in eintausenddreihundert Meter Höhe, war die Luft viel kühler. Eine Brise verfing sich unter meinem Hemd, während ich den Monte fütterte. Es kam mir vor wie eine Atempause.

Über dem Truck Stop zog ein Rotschwanzbussard auf Beutetour seine Kreise, wohl wissend, dass Mäuse und andere kleine Nager sich anlocken ließen von den Müllcontainern und den Essensresten, die die Leute über die Seitenfenster ihrer Autos entsorgten. Dramen der Nahrungskette – und ständig wurden neue geschrieben.

Als die Nacht anbrach, hatte ich Las Cruces erreicht. Eine Stunde später war ich wieder in El Paso, zurück in meinem Motelzimmer, bereit, ins Bett zu fallen und tagelang durchzuschlafen.

47

Am Abend des nächsten Tages hatte das Wetter gewechs-elt. Von der kanadischen Steppe war eine Front herangezogen, die eine silbrige Bewölkung und einen trockenen Wind brachte. Ich duschte eine Minute unter dem heiligen Wasser des Hueco Bolson, trank einen mit lithiumreichen Wasser gebrühten Kaffee und las die Freiexemplare der Zeitungen, die das Motel zur Verfügung stellte – oder besser gesagt: Ich tastete die Buchstaben ab. Am Ende landete ich bei CNN, um herauszufinden, ob die Vereinigten Arabischen Emirate während meiner Abwesenheit in Schweden einmarschiert waren. Die Welt, die ich zurückgelassen hatte, drehte sich weiter, mit allen Fehlern, Nachteilen und Mängeln. Welche Götter auch immer das Chaos kontrollierten, ich schickte ihnen ein Dankgebet.

Ich musste mich wieder mit dem alltäglichen Wahnsinn des Alltags verkabeln. Der dunklere, nichtalltägliche hatte meine Reserven angezapft und langsam wurde es Zeit, dass die Albträume, die im Wachen und die im Schlafen erlebten, sich in der Geschäftigkeit des banalen Tagein-Tagaus verflüchtigten.

Ich rief einen mir persönlich bekannten Immobilienmakler am Thunderbird Drive an und vereinbarte einen Termin für den darauffolgenden Tag. Ich rief im El Descanso an und bat darum, mit dem Zimmer meiner Mutter verbunden zu werden. Die Vermittlung stellte mich durch. Ich ließ es zehnmal klingeln und legte auf. Das Pflegeheim war nicht weit weg vom Maklerbüro. Ich würde vorbeifahren und Velma besuchen, nachdem ich ihr Haus den Gesetzen des Marktes ausgeliefert hatte.

Ich rief Fernie Peralta zu Hause an, nur um die Stimme der einzig zurechnungsfähigen Person zu hören, die ich kannte. Zum Glück war er nicht da. Vermutlich hätte ich ihm in meiner derzeitigen Verfassung rückhaltlos berichtet, was sich in Scottsdale zugetragen hatte, und das hätte ihn, den Juristen, eventuell in die Zwickmühle gebracht. Sollte man herausfinden, dass ich zum Zeitpunkt des Mordes und des Selbstmordes in Scottsdale gewesen war, sollte ich aufgefordert werden, mich diesbezüglich zu äußern oder sogar vor einer Grand Jury aussagen müssen, würde ich meine Geschichte erzählen. Andernfalls würde die schmutzige Affäre mit mir sterben.

»Hab ich dich vagabundierenden Mistkerl endlich erwischt«, sagte Luther. »Was machst du in diesem Rattenloch? Dein Apartment ist fix und fertig, blitzblank und frisch gestrichen, inklusive Zottelteppich. Sieht wieder aus wie in den Fünfzigern. Man hat dir sogar einen schicken Esstisch und Stühle aus Chrom spendiert.«

Es war Mittag. Ich hatte noch einmal zwölf Stunden geschlafen, dieses Mal ohne von Kommandos oder Skalpell schwingenden Hautärzten heimgesucht zu werden. Luther schien weitere fünfundzwanzig Kilo zugelegt zu haben. Jedenfalls füllte er den Türrahmen zu meinem Zimmer vollständig aus. Ich hatte wohl die Tür nicht verschlossen oder das schwache Schloss hatte Luthers

Gewicht nichts entgegenzusetzen gehabt.

»Was willst du, Luther?«

»Zieh dich an, eine Feier steht ins Haus«, sagte er.

Lelanie schob ihn beiseite und schlüpfte ins Zimmer. Ich zog die Bettdecke hoch, konnte jedoch nicht verhindern, dass sie einen Blick auf J.P. Morgans nackte Haut erhaschte.

»Was feiern?«, fragte ich.

»Erzähl's ihm, Lelanie«, sagte Luther.

Sie lächelte mich an und machte es spannend.

»Mir was erzählen?«

»Luther hat *Der Entfesselte Parsifal* verkauft!«, verkündete sie schließlich.

»Dreh dich um, Lelanie«, sagte Luther, »damit der Mann aus den Federn kommt und sich was anziehen kann. Wir müssen die Sache doch begießen.«

»Gratuliere, Luther. Wer hat ihn denn gekauft?«

»Erzähl ich dir später. Zieh dich an, wir fahren zum Paso del Norte. Komm in die Gänge, Junge!«

In Luthers edlem alten Packard fuhren wir in das edle alte Hotel. Das Paso del Norte hatte eine der schönsten Bars auf diesem Planeten. Über dem kreisrunden Tresen wölbte sich eine Deckenleuchte, die aussah wie ein riesiger Tiffanylampenschirm und bunte Lichtflecken auf das Mahagoniholz zauberte. Rund ein Dutzend Männer mit teuren Haarschnitten und noch teureren Anzügen saßen dort in Gruppen, zu dritt oder zu viert, tranken ihre nachmittäglichen Martinis und widmeten sich von Zeit zu Zeit ihren Mobiltelefonen. Ich bestellte ein Bier und ließ mir aus dem Restaurant ein Pastrami-Sandwich kommen. Letzteres übrigens meine erste Nahrung seit zwei Tagen.

Luther zierte sich ein wenig, doch ich fragte ihn kein

zweites Mal, wer sein Buch gekauft habe.

»Verrat's ihm, Schatz«, sagte Lelanie. »Verrat ihm, wer dein Verleger ist.«

»Yelburton House«, sagte er, »ein Imprint von Zellman and Rutledge. Sie haben vor ein paar Jahren diesen Bestseller über Czar, die rumänische Kinderprostituierte, herausgebracht.«

»Dicker Vorschuss?«, fragte ich.

»Du weißt, dass mir Geld nichts bedeutet«, sagte Luther.

»Also kein Vorschuss?«

»Zwölfhundertfünfzig Dollar, nachdem Luther den Vertrag unterschrieben hat«, sagte Lelanie. »Und weitere zwölfhundertfünfzig nach Drucklegung.«

»Na wenn dem so ist, nehm ich noch 'n Bier«, sagte ich.

»Ja, spotte du nur«, maulte Luther. »Aber das Geld ist mir egal. Das könnte mein Durchbruch werden.«

»Entschuldige, Kumpel. Ich wollte dir nicht die Stimmung verderben. Gratuliere. Ich mein's ehrlich.«

»Natürlich möchten sie, dass er zuerst einige Änderungen vornimmt«, sagte Lelanie. Luther warf ihr einen giftigen Blick zu.

»Wie? Bevor sie dir den Vertrag schicken?«, fragte ich.

Er sah mich beleidigt an, kippte seinen George Dickel Sour Mash – seinen vierten – und ging zu Bier über. »Es geht ums Geschäft, nicht um Wohltätigkeit. So läuft das nun mal«, sagte er. »Sie wollen ein Produkt, von dem sie glauben, dass es sich verkauft, also machen sie Vorschläge.«

»Welche?«

»Sie wollen, dass er sich von Wagner verabschiedet, von diesem alten, überdrehten Typ«, sagte Lelanie. »Sie mögen diesen Neunzehntes-Jahrhundert-Sturm-und-

Drang-Romantik-Kram nicht. Sie wissen schon, J.P., Tournüre und Jupon und endlose Gespräche in muffigen Salons. Leidenschaft im duftenden Mondenschein, untermalt von trillernden Geigen. Sie glauben, dass dieser Krempel für das heutige Publikum zu sentimental ist. Sie wollen, dass es nur um Hitlers Drogensucht geht, Punktum. Sie wollen Hitler, zugedröhnt bis unter die Haarwurzeln, während seine Armee in Russland einmarschiert.«

Luther bedachte sie mit einem vernichtenden Blick.

»Aber, Schatz! Ich erzähle J.P. doch nur, was sie gesagt haben. Wenn es erst mal so weit ist, wird das ein viel besserer Roman sein!«

»Ich habe angefangen, ihn umzuschreiben«, sagte Luther kleinlaut. »Ich habe auch meine Sicht auf die Metapher verändert. Ich sehe sie jetzt als etwas schärfer Umrissenes, weniger Wolkiges.«

Dunkle Sturmwolken heulten über Bayern wie hungrige Wölfe. Etwas in der Art würde bald Luthers Underwood von 1926 entspringen. Doch verdammt noch mal, er hatte eine gewisse Anerkennung seitens eines New Yorker Verlegers erfahren und wer war ich, mich darüber lustig zu machen?

»Du schaffst das schon, Luther«, sagte ich.

»Beeindruckt waren sie von meinen Recherchen zur Swastika«, sagte er. »Ihnen war völlig neu, dass die Swastika das erste von Menschenhand kreierte abstrakte Symbol darstellt. Und dass jede primitive Kultur es auf irgendeine Weise in ihre Kunst einfließen ließ. Gegenstände aus Ton, die man bei Ausgrabungen entlang des Mississippi fand, waren mit Swastiken versehen. Genau wie alte Hindu-Münzen. Das Hakenkreuz mit all seiner düsteren Geschichte ist nur eine Variante von vielen.«

»Wie passt Amphetamin da rein?«

»Mit diesem Teil muss ich mich noch intensiv beschäftigen. Ich betrachte Amphetamin als die Kriegsdroge überhaupt. Ein Land führt Krieg und das Volk greift zu Amphetaminen. Früher genauso wie heute. Die Nazi-Truppen aßen es wie Bonbons. Unsere GIs liebten ihr benzedrinhaltiges Nasenspray. Rosie the Riveter bekam ihre Hallo-wach-Pillen, ihre Bennies und Dexies, ganz legal über die Ladentheke geschoben. Vielleicht lösen sich dadurch derart viele Gehirnzellen auf, dass darunter begraben liegende Archetypen freigelegt werden. Nachdem er ein paar hundert Milligramm Pervitin geschluckt hat, wird der Führer in meinem Roman eine brennende Swastika halluzinieren, die ihm wie sein ergebener Hund überallhin folgt. Krank. Aber wer weiß? Jedenfalls hat mir Yelburton dafür ein Jahr Zeit gegeben.«

Schwarze Blitze durchzuckten amphetamingesättigte zerebrale Wolken und setzten des Führers Hirn unter Strom, während seine Wehrmacht Polen überrollte.

»Was meinst du, J.P., sollte ich mich nach einem Verleger umsehen, der mit dem Wagner-Thema einverstanden ist, oder sollte ich den Ring des Papstes küssen und es dabei belassen?«

»Küss den Ring, den Fuß und den Arsch, küss jeden Körperteil, der geküsst werden muss, damit das Buch in Druck kommt. Aber sei eine clevere Hure – dringe darauf, dass man dir einen Vorschuss zahlt.«

»Ich verbeuge mich vor der alles überragenden Weisheit eines Mannes, der seit 1990 kein Buch mehr in die Hand genommen hat«, sagte Luther und rutschte von seinem Hocker.

Lelanie packte seinen Arm und sorgte dafür, dass Luther nicht umfiel. Die kleine Frau hatte Kräfte wie ein Dockarbeiter. »Uuihh, Zuckerkuchen, du bist ja ganz schön betrunken. Jetzt ab nach Hause und ins Bettchen.«

»Sie ist hungrig.« Luther grinste mich verschlagen an.

»Du alte Kodderschnauze!«, sagte Lelanie entzückt.

»Dieses Mädchen lässt nicht locker«, verkündete Luther der gesamten Bar. »Sie ist immer auf Betriebstemperatur, wenn ihr versteht, was ich meine.« Die teuren Haarschnitte in ihren noch teureren Anzügen ließen ihre Telefone im Stich und drehten sich neugierig um.

»Nichts da, Jungs«, teilte Luther ihnen mit. »Sie gehört mir. Mir ganz allein.«

»Hör jetzt auf, du dicker Pups«, sagte Lelanie. »Das ist mir peinlich.«

Mit diesen Worten verließen wir das Paso del Norte.

Wir fuhren in dem eierschalengelben Packard durch die Stadt. Wir drei auf den Vordersitzen, dazu eine Flasche Schnaps, die zwischen uns hin und her wanderte – wie Teenager auf einer Sauftour.

Das war ein versöhnlicher Tagesausklang. Luther setzte mich am Motel ab. Ich schüttelte ihm die Hand, gratulierte noch mal, küsste Lelanie auf die Wange und ging hinein.

Zuerst meldete ich mich telefonisch bei dem Immobilienmakler, den ich versetzt hatte, entschuldigte mich und vereinbarte einen neuen Termin für den nächsten Tag. Dann packte ich meinen Kram zusammen, checkte aus und fuhr nach Sunset Heights in mein renoviertes Apartment.

Nach Hause.

48

Der Immobilienmakler hatte Velmas Haus und den beträchtlichen Grundbesitz in Augenschein genommen und taxierte den Wert auf etwa zweihundertsechzigtausend. Er meinte, auf dem derzeit heißen Markt könne ich gut und gern zweihundertachtzig, wenn nicht sogar dreihundert erzielen.

El Descanso verlangte für Velmas Unterkunft, Logis und Pflege fünftausend im Monat. Bei dieser Summe würden zweihundertsechzigtausend vier Jahre reichen. Danach käme das Armenhaus. Ich erklärte mich mit den sechs Prozent Provision einverstanden, gab dem Makler zum Abschied die Hand und verließ leicht deprimiert sein Büro.

Das El Descanso war knapp drei Kilometer vom Büro des Maklers entfernt. Das Gelände fiel aus dem Rahmen: Springbrunnen, moderne Skulpturen und ein außergewöhnlicher Espenhain, dazu jede Menge Schwarzkiefern und Olivenweiden. Wie die meisten seiner Zunft hatte der hierfür verantwortliche Landschaftsarchitekt die Tatsache völlig ausgeklammert, dass wir nördlich der Chihuahua-Wüste leben. Drinnen unterschied sich das El Descanso von keinem anderen mittelprächtigen Pflegeheim.

Velmas Zimmer lag in der ersten Etage des dreigeschossigen Baus. Das Zimmerchen war nur geringfügig größer als ihre Vorratskammer zu Hause, aber es war ganz hübsch: ein Krankenhausbett, ein großes Fenster mit Blick auf das blau gedeckte Dach einer Highschool, ein Fernseher samt Fernbedienung, zwei Sessel und ein kleines Sofa. An der Wand neben dem Bett hing ein Gemälde, eine Landschaft mit dem Titel »Unendliche Gelassenheit«. Bunte Farben und brillantes Sonnenlicht, nur war es dem Künstler gelungen, die natürliche Welt wie einen gemalten Leichnam aussehen zu lassen.

Sie saß in einem der Sessel und verfolgte eine Seifenoper im Fernsehen. Sie sah mich nicht an, hielt ihren Blick auf das verzwickte Geschehen im *General Hospital* gerichtet.

»Ein hübsches, gemütliches Zimmer hast du hier«, sagte ich, bemüht, gute Laune zu verbreiten. »Behandeln sie dich gut?«

Sie antwortete nicht. Dann bemerkte ich den Schlauch. Wie eine dünne Schlange wand er sich von einem Beutel hinab, der an einem Stahlständer hing, schlängelte sich über ihre Schulter und Brust, verlief anschließend in einem scharfen Knick hoch zu ihrem Kinn und weiter in die Nase. Transparentes Klebeband fixierte den Schlauch an ihrer Oberlippe. Ich stand auf und ging hinaus in den Flur. Dort traf ich auf eine Schwester.

»Warum hat sie einen Schlauch in der Nase?«, fragte ich.

Es dauerte einen Moment, bevor sie von ihrem Klemmbrett aufsah.

»Wie bitte?« Sie war jung und hübsch und auf eine spitze Art professionell. Sie war so verdammt professionell, dass es beinahe quietschte.

»Meine Mutter hat einen Plastikschlauch in der Nase«, sagte ich.

»Ihre Mutter ist ... «

»Velma Morgan, Zimmer 213.«

Die Schwester sah auf ihr Klemmbrett.

»Morgan, Velma ... ja, seit dem neunten August bei uns.«

»Was ist mit dem Schlauch? Warum hat sie diesen gottverdammten Schlauch in der Nase?«

»Das ist nur für die künstliche Ernährung, Sir. Er verläuft über die Nasenpassage zur Speiseröhre. Mrs. Morgan hat die Nahrungsaufnahme verweigert. Das ist die einzige Möglichkeit, ihr Nahrung zu verabreichen. Es bedeutet nur eine minimale Einschränkung. Vielleicht ist ihre Kehle ein wenig wund, aber es ist nichts, worüber ich mir Sorgen machen würde.«

»Ich möchte aber, dass Sie sich darüber Sorgen machen«, sagte ich.

»Sir, der Schlaganfall hat bei Ihrer Mutter zu einer teilweisen Lähmung geführt«, sagte die Krankenschwester. »Ihre linke Seite ist mehr oder weniger unbeweglich. Es besteht eine kleine Chance, dass sie mit einer Therapie einige Funktionen wiedererlangt. Der Neurologe ist der Ansicht, dass ihre kognitiven Fähigkeiten ebenfalls beeinträchtigt sind. Sie hat mehrere Male versucht, sich den Schlauch mit der gesunden Hand herauszuziehen. Deshalb mussten wir Ihre Mutter fixieren.«

»Sie was?«

Wir gingen in das Zimmer. Manchmal sieht man nicht, was man nicht ertragen könnte, zu sehen. Jetzt sah ich es: dass die linke Gesichtshälfte hing, die trüben Augen, den durchsichtigen Plastikschlauch, der die Nährlösung vom Beutel über ihre Nase in ihre Kehle und hinunter bis in ihren Magen transportierte. Ihr Handgelenk, festgeschnallt an der Sessellehne, was ihre bewegliche Hand unbeweglich machte.

»So etwas habe ich nicht erwartet«, stieß ich hervor. »Um Himmels willen, sie ist doch nicht hier, um zwangsernährt zu werden. Wann hatte sie den Schlaganfall?

Warum wurde ich nicht benachrichtigt?«

»Wir haben versucht, Sie zu erreichen, Mr. Morgan«, sagte die Schwester. »Offensichtlich waren Sie nicht in der Stadt.«

»Ich habe ein Mobiltelefon.«

»Ich glaube nicht, dass wir die Nummer hatten.«

Ich setzte mich neben Velma. Meine Augen brannten. Sie sah mich noch immer nicht an. »Ich weiß nicht, warum ich das zugelassen habe, Mom«, sagte ich mehr zu mir selbst.

»Der letzte Lebensabschnitt ist oft nicht so, wie wir ihn uns vorgestellt haben«, sagte die Schwester.

Ich glaubte, mich verhört zu haben. »Was haben Sie gerade zu mir gesagt?«

»Der letzte Lebensabschnitt – «

»Ich habe Sie beim ersten Mal sehr wohl verstanden. Woher haben Sie das, aus einem Scheißleitfaden für hilfreiche Floskeln?«

Sie wich zurück, geriet fast ins Stolpern. »Eine derartige Ausdrucksweise können wir hier nicht dulden, Sir«, sagte sie.

»Eine Folterkammer erfordert eine kultiviertere Ausdrucksweise? Meinen Sie das?«

Sie fing ein wenig an zu stottern, bis ihre Professionalität erneut Oberhand gewann. »Versuchen Sie bitte, die Situation zu verstehen, Sir. Was hätten wir Ihrer Meinung nach tun sollen? Sie sterben lassen, weil sie die Nahrungsaufnahme verweigert hat? Nach dem Schlaganfall ist der Umgang mit ihr noch problematischer geworden. Sie war sehr unkooperativ. Man kann vom Pflegepersonal nicht mehr erwarten.«

»Vor allem glaube ich, dass man für fünf Riesen im

Monat nicht sonderlich viele Streicheleinheiten erwarten kann«, sagte ich. Ich zog so behutsam wie möglich den Schlauch aus Velmas Nase. Dann schnallte ich ihr Handgelenk los.

»Jetzt lassen Sie sie verdammt noch mal in Ruhe. Wenn sie nicht essen will, ist das ihre Entscheidung. Ich werde jetzt bei ihr sitzen bleiben. Und wenn jemand ihr einen Schlauch in die Nase schieben will, muss er zuerst an mir vorbei.«

Alles, was verkehrt lief in dieser Welt, schien sich hier zu verdichten: eine kleine alte Dame mit einem Schlauch in der Nase und einem festgeschnallten Handgelenk, damit sie sich das beschissene Ding nicht herausziehen konnte.

Ich hatte keinen Plan. Was sollte ich machen? Hier sitzen bleiben, bis sie verhungert war, so, wie es eigentlich ihrem Wunsch entsprach? Würde man mich wegen Mordes anklagen?

Die Schwester verließ das Zimmer und war kurz darauf wieder zurück, in Begleitung zweier Pfleger. Der größere von beiden sagte: »Sie müssen das Gebäude verlassen, Sir. Sofort.«

Er war ein Muskelprotz mit einem hübschen Gesicht. Zu hübsch, um Risiken einzugehen. Er hatte eine gerade Nase, ausgeprägte Wangenknochen, ein gut modelliertes Kinn und Hollywood-Zähne. Er dachte sicherlich, er sei darauf angewiesen, alles in einwandfreiem Zustand zu erhalten. Ich stand auf. Mein mit frischen Narben gezeichnetes, zerschlagenes Gesicht nötigte ihn zu einem flinken Sidestep, ein Manöver, um einem möglichen rechten Cross zu entgehen. Dabei stieß er fast seinen Kollegen um.

»Wir gehen«, sagte ich.

»Habe ich es dir nicht gesagt, James?« Velma sprach mit meinem toten Vater, der irgendwo über uns schwebte oder gerade aus einer Wand trat. »Ich habe dir gesagt, der Junge wird zur Vernunft kommen.« Ihre Sprache war undeutlich, aber verständlich genug. Sie schloss das linke Auge und öffnete es wieder – ein verschwörerisches Zwinkern in Zeitlupe.

Ich hob sie hoch, trug sie aus dem Zimmer, den sterilen weißen Gang entlang und hinaus aus dem El Descanso. Ich setzte sie in den Monte und fuhr sie nach Hause.

49

Eine Woche später wurde Carla aus der Haft entlassen. Völlig ausgestanden war die Sache für sie jedoch nicht. Theoretisch drohte noch immer ein Verfahren wegen Beihilfe genauso wie eine Anklage wegen Behinderung der Justiz. Doch seit klar war, dass Hector niemanden ermordet hatte, sondern selbst Opfer eines irren Sadisten geworden war, verfolgten weder der Bezirksstaatsanwalt noch das Büro des Generalstaatsanwaltes des Staates Texas den Fall mit großem Engagement. Die Anschuldigungen waren zweifelhaft und würden aller Wahrscheinlichkeit nach fallen gelassen werden. Sie nahm ihre Lehrtätigkeit wieder auf, nur war die Festanstellung kein Selbstläufer mehr. Sie war sogar eher unwahrscheinlich, um genau zu sein. Carla hatte sich im Epizentrum zu vieler außerplanmäßiger Veranstaltungen der Unruhe stiftenden Art befunden. Die Leitung eines College will keine tickenden Zeitbomben, sie möchte willfährige Teamspieler. Die Lektionen der sechziger und siebziger Jahre wirkten noch immer nach im Gedächtnis des Campus.

Selbiades' Frau hatte gegenüber der Polizei von Phoenix Andeutungen gemacht, dass sich am Tage des Mordes / Selbstmordes ein Fremder in ihrem Haus aufgehalten habe. Aber ihre Beschreibung war vage und variierte, zudem sorgten Anflüge von Phantasien für entsprechende Ausschmückungen. Mal handelte es sich bei dem Fremden um einen Piraten mit Augenklappe, dann wieder um einen mexikanischen Gärtner, der ihrem Mann hatte zur Hand gehen sollen. Wie auch immer, das, was sich im Folterkeller abgespielt hatte, war offensichtlich und unzweideutig.

Die Cops kamen zu dem Schluss, dass die .45er Colt Selbiades gehört hatte. Selbiades galt als Waffensammler mit einer Vorliebe für Waffen aus der Zeit Pancho Villas. General Pershing, dessen Männer die mexikanischen Revolutionäre in die Sonora-Wüste zurückgedrängt hatten, hatte eine .45er Colt M1911 getragen und so nahm die Polizei sogar an, dass es sich bei der im Keller gefundenen Waffe um Pershings Pistole handeln könnte. Irgendwie sei es Hector gelungen, so die Schlussfolgerungen der Cops, Selbiades die Pistole abzunehmen, ihn damit zu töten und anschließend sich selbst.

Die unbeantworteten Fragen blieben unbeantwortet. Selbiades' einflussreiche Freunde waren nicht erpicht darauf, dass der peinliche Umstand ihrer Verbindung zu ihm zur Belastung würde. Ergo überzeugten sie sich und jeden, der überzeugt werden musste, dass es witzlos sei, in der Asche dessen zu wühlen, was man fortan das »unglückliche Ereignis« nannte. Und die Hans-Brinker-Brigade? Niemand hatte je von ihr gehört.

Am Tage ihrer Entlassung traf ich mich mit Carla zum Mittagessen im Hollywood-Café. Sie war um zehn Jahre gealtert. Die Nachricht, was Hector widerfahren war, hatte eine fatale Wirkung auf ihr Gemüt. Da war eine graue Strähne in ihrem Haar, die es vorher nicht gegeben hatte. Carlas Blick war entschlossen und gleichzeitig verletzt. Es kostete mich Überwindung, ihr direkt in die Augen zu schauen. Also sah ich weg und kramte in meiner Jackentasche nach dem Schlüssel für das Schließfach im Union Depot, wo die halbe Million Dollar vermutlich noch immer lag.

»Was willst du jetzt mit dem Geld machen?«, fragte ich.

»Es ist Hectors Geld. Ich werde das machen, was er vorgehabt hat.«

»Denk an die Bundespolizei. Sobald du eine Einzahlung über zehn Riesen tätigst, schrillen bei denen die Alarmglocken.«

»Ich werde dran denken. Die Arbeit, die in Juárez getan werden muss, kann ich bar bezahlen. Ich werde ein Haus in El Paso kaufen. Auf meinen Namen. Vielleicht werde ich dort auch wohnen, ein Jahr oder so, bevor ich daraus einen Zufluchtsort für Einwanderer mache. Man wird mich noch die Schleuserin mit Herz nennen.« Dass sie fähig war, über sich selbst Witze zu machen, überraschte mich ein wenig.

Plötzlich legte sich ein Schleier über ihre Augen und ihr Blick ging in die Ferne. Ich wusste, dass ihre Gedanken jetzt bei Hector waren, bei ihrem Miteinander an diesem Zufluchtsort, wo sie das Leben verzweifelter Menschen hatten retten wollen, auch um ihr eigenes zu retten.

Sie schluckte.

»Hat Hector noch etwas gesagt, bevor ... «

»›Sag Carlita, dass ich sie geliebt habe.‹ Das hat er gesagt.«

Sie putzte sich die Nase und schüttelte heftig den Kopf. Niemals würde sie es zulassen, dass Gefühle sie blind machten gegenüber den vor ihr liegenden Aufgaben. »Ich habe dem FBI mein Dossier über Selbiades gegeben«, sagte sie. »Sie haben reagiert, als ob ich ihnen die Krieg- und- Pest-Prophezeihungen von Nostradamus ausgehändigt hätte. Sie sind nicht interessiert an dem, was sie ›periodische Abweichungen‹ nennen. Scheiße, periodische Abweichungen werden die Zukunft dieses Landes bestimmen.«

»Der Schmetterlingseffekt.«

»Nur dass sich diese Schmetterlinge in den Gärten hinter unseren Häusern tummeln und ihr Effekt unmittelbar einsetzt.«

»Das Chaos regiert«, sagte ich.

»Das würde es gern. Und doch schaffen wir kleine Inseln der Vernunft und Güte. Das ist unser verdammter Job. Es ist der einzige verdammte Job, den wir haben.«

Wir ließen es dabei bewenden. Wenn sich eine Unterhaltung zu einem Austausch von Metaphern entwickelt, ist es Zeit, seiner Wege zu gehen. Ich mochte Carla Penrose, doch ihretwegen wäre ich fast über die Klinge gesprungen. Ihr Charisma war gefährlich. Ich hatte mich ihrer Sache angeschlossen, war zu ihrem Infanteristen geworden, ohne mir darüber völlig im Klaren zu sein, dass ich mich eingeschrieben hatte. Ihr Zauber, woher er auch kommen mochte, auf welche Weise auch immer er angewendet wurde, er war zu stark, als dass ich mich ihm widersetzen konnte. Ich wollte nicht wieder hineingeraten in diese Strömung. Ich musste meine apolitische

Haltung beibehalten. Als wir uns voneinander verabschiedeten, sagte ich Lebewohl, nicht *hasta la vista*. Lebewohl heißt für immer. Sie küsste mich, aber ihre Lippen waren kühl. Genau wie meine.

50

Nach nur wenigen Tagen zu Hause kehrte bei Velma linksseitig das Gefühl zurück. Mithilfe eines Rollators konnte sie sich sogar durchs Haus bewegen. Dreimal die Woche fuhr ich sie zur Physiotherapie. Ich zog bei ihr ein und beabsichtigte, so lange zu bleiben, bis ich eine ständige Pflegekraft gefunden hatte. Adult Protective stimmte dem widerwillig zu, wies mich jedoch darauf hin, dass regelmäßig nicht angekündigte Kontrollen durchgeführt würden.

Velma war so glücklich, dem El Descanso entkommen zu sein, dass sie sich bereit erklärte, wieder zu essen. Die Fortschritte bei ihrer Genesung schrieb sie der Mutter Gottes an der Wohnzimmerdecke zu, dem Einfluss meines Vaters aus einer anderen Dimension und ihrer Starrköpfigkeit.

An dem Tag, als Pilar Mellado sich angesagt hatte, bereitete ich Velma ein Mittagessen zu aus gebratenem Wels, Basmatireis und Gemüse. »Ich möchte, dass du in Pilars Gegenwart isst. Gibst du ihr auch nur den geringsten Anlass, an der neuen Vereinbarung zu zweifeln, bist du rappklapp wieder im El Descanso.«

»Ich habe keine Angst vor ihr«, sagte Velma und reckte ihr Kinn vor.

»Siehst du? Das ist genau die Einstellung, die du aufgeben musst. Willst du gegen das Rathaus kämpfen? Sie werden jedes Mal gewinnen.«

»Die schöne neue Welt ist Wirklichkeit geworden«, sagte sie.

»So schön ist sie gar nicht und erst recht nicht neu«, erwiderte ich.

»Zu meiner Zeit kümmerte man sich umeinander.«

»Zu deiner Zeit haben sie Großmutter auf den Dachboden verfrachtet, damit sie ihre komischen Geräusche nicht hören mussten.«

Sie war nicht wirklich auf Streit aus. Sie hatte ihren Willen durchgesetzt, wenigstens für eine Weile. Wenn sie ein Jahr, vielleicht auch nur ein oder zwei Monate in ihrem Haus bleiben konnte, hatte sie einen Sieg davongetragen.

»Wenn Pilar nachher da ist«, sagte ich, »erzähle nichts über Jungfrauen, andere Dimensionen oder über Dads Besuche, okay?«

»Du willst, dass ich Lügen erzähle?«

»Konfrontiere zumindest nicht jedermann mit deinen Ansichten.«

»Und wenn sie spezielle Dinge wissen möchte?«

»Dann kannst du lügen.«

Eine Woche später recherchierte ich im Fall einer Frau, die behauptet hatte, im Casita Linda, einer Tex-Mex-Fast-Food-Kette mit Sitz in San Antonio, in ihrer Guacamole einen Augapfel gefunden zu haben. Der hiesige Franchisenehmer war bei Sundown Fidelity versichert. Ich arbeitete wieder für Sundown, diesmal jedoch auf der Basis von Erfolgshonoraren. Man hatte sich reumütig gezeigt, eingeräumt, dass es ein Fehler gewesen sei, mich gehen zu lassen, und meine Leistungen in der Vergangenheit gerühmt. Ich akzeptierte beides, die Entschuldigung und das Lob, und sagte zu, mich des Falles anzunehmen. Nebenbei, ich brauchte Geld, denn ich hatte Olga Maria Calderón eingestellt, eine Illegale, damit sie sich um meine Mutter kümmerte.

Fernie Peralta war dabei, für Olga eine begrenzte Aufenthaltserlaubnis zu erwirken, obwohl die meisten Arbeitskräfte von der anderen Seite des Flusses derlei Papiere nicht besitzen. Das ist allgemein bekannt, auch der Stadt und der Einwanderungsbehörde, doch niemand stört sich daran. Ist so ein El-Paso-Ding, keine große Sache. Es funktioniert. Würde der Rest des Landes nur für eine Minute zur Vernunft kommen, könnte er viel von El Paso lernen.

Der Augapfel war der einer toten Katze. Einen Tag, nachdem die Frau ihre Ansprüche geltend gemacht hatte, fand ich die Katze auf einem freien Platz direkt hinter dem Haus der Frau. Sie lag in einem flachen Grab, mit Steinen bedeckt und oben, auf den Steinen, lag ein aus Eisstielen geformtes Kreuz. Ich brauchte kein Bodenradar, um die Stelle zu finden. Dort wimmelte es nur so von aufgeregten roten Ameisen, den passionierten Fleischfressern. Ein Auge der Katze war herausgehebelt worden, mit einem Teelöffel und post mortem – zumindest hoffte ich das. Den Teelöffel fand ich als Grabbeigabe. Ein Volltreffer.

Die Frau, die behauptete, sie leide seit dem Vorfall unter einer posttraumatischen Belastungsstörung, hatte Casita Linda auf zwei Millionen fünfhunderttausend verklagen wollen. Nun musste sie sich wegen Erpressung, Betrugs, Falschaussage und aller möglichen infrage kommenden Vergehen verantworten. Die Augapfel-in-der-Guacamole-Story schaffte es nicht in die Presse, sondern wurde im Keim erstickt. Zum Glück für das Restaurant. Sundown schickte mir einen üppigen Scheck und der Manager des Casita Linda überreichte mir einen Packen Rabattcoupons.

Olga Maria Calderón, schön und voller Würde, war dem Fluss wie ein Gottesgeschenk entstiegen. Ich hatte mich zum Essen im La Hacienda aufgehalten, einem Restaurant plus Bar am Nordufer des Rio Grande. Das Gebäude, Teil der ersten Armeefestung in West-Texas, wurde um 1850 erbaut. Die Bar ist mit Zeugnissen aus dieser Zeit dekoriert – an den Wänden hängen alte Musketen und Karabiner, lange und kurze Bajonette, Säbel und Regimentsflaggen. Die Barkeeper und Kellner scheinen im gleichen Alter wie das Gemäuer zu sein. Allerdings sind die Drinks, die sie servieren, großzügig bemessen und die Gerichte ganz vorzüglich, sofern man darauf abfährt, Feuerbälle zu schlucken.

Zum Abschluss trank ich draußen, auf der Terrasse, meine Bloody Mary. Die meisten Tische waren von Gästen einer ausgelassenen Hochzeitsfeier belegt. Ich stand auf, ließ die Hochzeitsparty hinter mir und spazierte hinunter zum Ufer des Flusses. Eine dichte Ansammlung aus Trompetenbäumen und Tamarisken dämpfte die romantischen Klänge der Mariachi-Gitarren und das laute Stimmengewirr der Hochzeitsgäste.

Die an Orchideen erinnernden Blüten der Trompetenbäume tanzten in der leichten Brise, die vom Wasser herüberwehte. Die Blüten sahen aus wie Tausende winziger Glocken, nur ohne Klöppel.

Ich setzte mich auf den trockenen, harten Untergrund des Ufers. Das hier ist mein Platz in der Welt, dachte ich. Es ist alles, was ich kenne. Liebe bedeutet Verbindung und mit diesem Ort der Heilung fühle ich mich verbunden. Ihm habe ich mein Überleben zu verdanken.

Meine Wunden waren inzwischen verheilt, zumindest die äußeren. Die im Innern würden noch eine Weile brauchen. Mein Gefühl, mit diesem Ort verbunden zu sein, hatte mit dem Fluss der Zeit zu tun. In den großen, bedeutenden Städten des Nordens steht die Zeit nie still, sie kann es gar nicht. Es gibt keine Momente des Innehaltens, die es erlaubten, dass man eine Verbindung eingeht und Wurzeln schlägt. Im Norden ist die Zeit unermüdlich. Sie bewegt sich in eine Richtung, mit der Entschlossenheit einer motorisierten Armee. Hier nickt sie ein, die Zeit. Wird langsamer. Fließt rückwärts. Bringt sich selbst durcheinander. *Mañana, ayer, hoy?* Morgen, gestern, heute? Wen interessiert's? *Ahora,* der Augenblick, ist alles. Mit einem kleinen Tequila in den Adern kannst du den Widerwillen der Zeit spüren, unbeirrt einer schnurgeraden Linie folgen zu müssen, und du kannst spüren, wie wir auf magische Weise vollkommen in einem unendlichen Moment gefangen sind. Man sollte zu Ehren dieses Gefühls eine Kathedrale errichten. Gemächlich bewegte sich der Fluss auf den Golf von Mexiko zu, seine Wasser wie poliert in der tiefer stehenden Nachmittagssonne. Entlang des gesamten Flussverlaufs, von hier bis nach Brownsville, kämpften Männer und Frauen zu beiden Seiten um ein würdevolles Dasein. Die wirtschaftlichen Kräfte der Welt schienen entschlossen, die Leute an dieser Grenze in verzweifelter Armut zu halten und ihre Umwelt mit Giften zu kontaminieren.

Und dennoch geschieht Gutes.

Ich sah einen Kopf mitten im Wasser. Es war ein schöner Kopf, der aus einem aztekischen Relief hätte stammen können. Darum herum, auf der Wasseroberfläche, langes schwarzes Haar, wie ein abgeworfener Schleier. Der Kopf kam langsam auf mich zu, die Lippen bewegten sich.

Ayúdame, sagten sie. Hilf mir.

Zu dem Kopf gehörte ein Hals und zu dem Hals gehörten Schultern und die wiederum hatten Arme: Ein Oberkörper, der durch die Fluten auf mich zukam.

Ihr Gesicht drückte Unbekümmertheit aus, obwohl sie sich den Strömungen des Flusses ausgeliefert hatte, in denen so viele vor ihr den Grund unter den Füßen verloren hatten, untergegangen und ertrunken waren. Es war ein reizendes Gesicht, so voller Gelassenheit gegenüber der Gefahr. Und das zinkgraue Wasser um sie herum wurde blau, als ob sie es durch ihre Gegenwart entgiftete.

Ayúdame, sagte sie.

Ich ging zum Uferrand. Wasser floss an ihrem Oberkörper hinunter, perlte ab von ihrem langen schwarzen Haar. Von einem wahren Geistesblitz getroffen, fragte ich: *»Usted es una ilegal?«* – Sind Sie eine Illegale?

Zu meiner Entlastung kann ich vorbringen, dass ich noch unter dem Einfluss von warmem Essen und Tequila stand.

Todos somos ilegales, sagte sie.

Wir sind alle Illegale. Dieser Satz war mir vertraut. Er stand auf der anderen Seite der Santa-Fe-Brücke, auf mexikanischer Seite, hingekritzelt auf dem Betonufer des Rio Grande. Er sollte die Gringos daran erinnern, dass sie Besetzer waren, dass sie Mexiko das Land nördlich des Flusses mit Gewalt oder Waffen oder Geld genommen hatten. Aber er hatte noch eine andere Bedeutung: Das Land zu beiden Seiten des Flusses war Gottes Eigentum und wir waren allesamt wilde Siedler ohne offizielle Genehmigung.

Ayúdame, sagte sie.

Ich watete zu ihr hinaus und streckte meine Hand aus. Sie griff danach, hielt sie fest und zog und ich fiel kopfüber in den Fluss. Sofort riss mich die Strömung mit und meine Füße fanden keinen Grund. Ich tauchte auf, spuckte. Jetzt war mein Kopf oberhalb des Wassers, doch der Sog zog mich weiter.

Mit kraftvollen Bewegungen kam sie hinter mir her, packte erst mein Hemd, dann meinen Gürtel und zog mich auf die Füße. Zusammen kämpften wir uns ans Ufer.

»*Gracias*«, sagte ich, als wir Arm in Arm aus dem Fluss stapften und zum Ufer hochgingen.

»*No problema.*«

Dieser Austausch von Höflichkeiten direkt nach unserer Showeinlage im Wasser amüsierte uns beide. Wir mussten lachen. Für eine große Frau hatte sie ein beinahe schüchternes, helles Lachen. Ihre Stimme hingegen war tief und wohlklingend. Melodisch, dachte ich und ahnte sofort, dass Velma Gefallen daran fände.

Sie hatte eine verschlossene Plastiktüte dabei und machte mir ein Zeichen, dass ich mich umdrehen solle. Ich verstand schließlich und drehte mich um, damit sie ihr nasses Kleid wechseln konnte. Als sie fertig war, trug sie ein anderes weißes Baumwollkleid, jedoch keine Schuhe, weder nasse noch trockene.

»*Necesito empleo*«, sagte sie – Ich brauche Arbeit.

Sie war jung und kräftig und fast ein Meter achtzig. Mestizin, aber mehr indianisch als spanisch. Ihre Wangenknochen waren stark ausgeprägt, sie hatte breite Lippen und tiefliegende Augen. Augen, die meinen nicht auswichen, meinen nicht und wie ich mir vorstellte auch nicht den von anderen.

Der Fluss hatte sie mir gebracht und sie hatte mich vor dem Fluss gerettet, diese kräftige braune Göttin, die Arbeit brauchte.

»Ich bin Olga Maria Calderón«, sagte sie, beugte sich zur Seite und wrang ihr Haar aus. »Ich kann Wäsche waschen. Ich kann bügeln.«

»Das ist großartig, Olga«, sagte ich.

»Ich kann auch kochen. Ich kann *carro* fahren.« Sie tat so, als lege sie einen Gang ein, als betätige sie ein Steuer und die Hupe. Am Ende warf sie noch einen Blick aus dem imaginären Seitenfenster.

»Noch besser«, sagte ich.

»También, ich spreche *inglés.«*

Wir schüttelten uns die Hände, nüchtern wie Diplomaten, die einen Pakt besiegelten.

»Heute ist unser Glückstag, Olga Maria«, sagte ich.

Wir gingen auf die Terrasse zu, wo die Hochzeitsfeier noch im vollen Gange war. Olga fuhr sich mit den Fingern durchs Haar, versuchte es zu trocknen, indem sie Luft in die dicken Strähnen fächerte.

Ich sah, wie sich ihre Lippen bewegten. Ganz leise sagte sie: *»Región de los sueños.«*

Sie betrachtete die Hochzeitsgesellschaft, den Wohlstand, der hier zelebriert wurde, und dahinter sah sie El Paso und dahinter Amerika:

Das Land ihrer Träume.

»Olga Maria Calderón«, sagte ich.

Beim Klang ihres melodischen Namens fuhr sie zusammen. *»Sí señor?«*

»Ich habe Arbeit für Sie.«

Zu den Übersetzern:

Ango Laina (Heinz-M. Vogel), geboren 1947 in Faßberg (Celle). Er ist Buchhändler, Diplomdesigner und studierte Ägyptologie, Iranistik, Klassische Archäologie und Finnougristik in Hamburg.

Angelika Müller, geboren 1954 in Berlin, Magister in Germanistik und Politologie, zeichnet seit 1988 als Lektorin und Übersetzerin für die Reihe Pulp Master verantwortlich und lässt sich von Rammstein und Velvet Underground inspirieren.

Mit diesem Buch möchte Pulp Master auch Heinz Scheffelmeier (1966-2012) offiziell *goodbye* sagen, der uns viele Jahre begleitet und ehrenamtlich redaktionell unterstützt, Ideen und kritischen Input geliefert hat. Jammerschade, dass Du das *making of* dieses Buches nicht mehr miterlebt hast. Wir haben Dich vermisst. Diesmal wärst vielleicht nicht mal Du drum herum gekommen, zehn Patronen vergeben zu *müssen.* Egal, auf welcher Wolke Du gerade schwebst, versuch Dir auf jeden Fall die E-Book-Ausgabe aus irgendeiner Cloud zu laden, und mach Dir um die Bezahlung keinen Kopf. Du hast uns schon genug gegeben. Mach's gut, *compa.*

ANOTHER ONE
BITES
THE PULP...
SUPER-PULP
SUPER-PULP
3 PACKENDE STORYS IN EINEM HEFT
EVOLVER BOOKS lässt die Tradition
der Pulp-Magazines wieder aufleben
– im ansprechenden Romanheftformat.
SUPER PULP bietet
je drei spannende Genre-Kurzgeschichten
plus einen Popkultur-Artikel.
SCOTT BRADLEY
EVOLVER BOOKS
Weitere spannende Genre-Titel aus unserem Programm: www.evolver-books.at